金子息・著

目錄

Prologue 楔子 005
Chapter 01 青鬼戲袍 009
Chapter 02 古鎮水鬼 023
Chapter 03 媚狐借命 079
Chapter 04 梧桐引鳳 145
Chapter 05 梵音古剎 219
Chapter 06 畫皮粉婆 271
Chapter 07 鎮河鐵犀 291
Chapter 08 蠱墓血妖 329
Chapter 09 夢演道人 375
Chapter 10 夢中迷夢 421

Prologue

／楔子／

沒人知道他是誰，也沒人在意他從哪裡來，到哪裡去。

他的大半生是在行走中度過的。

他從雲南到東北，山東到西藏，往來乞食，隨吃隨住，一日不短，三日不長。

他是孤獨的行者，歲月的磨礪掩蓋了他原本清澈剔透的面貌，一身灰布長袍滿是補丁。他頭戴笠帽，一手撐一根油亮的竹棍，一手把玩一支青玉短笛。他腳蹬一雙圓口布鞋，腳步緩慢沉穩，每一個腳印都像是一枚滄桑的印章。他習慣掩面，時刻用麻布圍巾遮蓋住自己的臉龐，沒人知道他到底長什麼模樣，甚至連我，也根本記不清他的五官面龐。

他手中永遠握著那支玉笛，但從來沒人聽他吹響過。可總有人說，他們在睡夢中聽過他的笛聲，洋洋盈耳，含商咀徵，么弦孤韻，勾魂攝魄。人們總這樣說，但又從沒親耳聽到過，是真是假，幾張嘴沒人能說得清。

他背上還揹著一柄二十一節的玄木鞭，顯得仙風道骨，讓人捉摸不透。

他平日食素，飲食清淡，卻離不開酒。沒人知道他的錢從哪裡來，卻常見他從路邊的酒館裡拎出兩壺散酒。他離不開酒，卻飲而有制，每晚三盅，不多不少。

他從來都是形單影隻，煢煢孑立。時而富裕下酒館啖牛肉，時而窮困挖野菜充饑。沒人知道他到底是什麼來頭，做什麼樣的營生。

但他有一個非常響亮的名號，只要提到這個名號，不管走到哪裡，都會有人主動將剛出爐的白麵窩窩塞進他髒兮兮的口袋。

人們稱他爲「食夢先生」。

而這個人，就是我的師父——姜潤生。

我的出現，讓師父從來孤身一人的局面被打破。他一個向來都不怎麼講究的大男人，竟也真的一把屎一把尿地把我拉拔大了。我不知道自己究竟是誰，自打我有記憶起，我就跟在師父的身邊。師父給我取名楚弦，隨他姓姜，教我一些與夢境有關的奇怪本領。我小時候貪玩總覺得無趣，沒有跟著師父好好學，如今師父突然離去，我不得不孤身面對接下來的一切。

我的師父有很多秘密，他是個神秘而有故事的老男人。但我對他所謂的那些秘密統統不感興趣，我唯獨好奇自己的身世。但師父卻從來都不肯正面回答我，每當我問起時，他只是微笑伸出右手的食指與中指合併，輕輕敲在我的天靈蓋上，然後故弄玄虛地答道：「時機，未到。」

我師父的緘口莫言並不是沒有道理，據他所說，他身上背負的那些秘密足以要了我們師徒二人的性命。因此，在我二十歲的那年夏天，在一個下著暴雨的深夜，我的師父，突然失蹤了。

他給我留下了那支青玉短笛和那柄玄木鞭，留下了裝著食夢貘的葫蘆和那身早已破舊不堪的灰布長袍，甚至還有那根油亮的竹棍。於是，爲了營生，我不得不穿上這些行裝，依靠師父曾經教我的那些本領，接替了師父的身分，成爲又一個食夢先生。

從此，沒人知道這個世界上多了一名食夢先生，少了一個叫作姜楚弦的少年。

Chapter 01 青鬼戲袍

1

百年之前，算不清具體年代的某個深秋；湖北襄陽，道不明具體位置的青水古鎮。鎮裡來了個戲團，可是，戲團裡卻有個小姑娘得了怪病。

她叫靈琚，今年剛滿十歲，正是活潑可愛的年紀。她紮著兩個羊角小辮，站在戲臺子上哼哼哎哎，咿咿呀呀。可細細聽去，竟都是些苦戲，什麼《秦香蓮》《竇娥冤》《桃花庵》。小手在水袖裡擺得像條活魚，期期艾艾的，和小姑娘稚嫩可人的形象截然不同。她膚若凝脂，面如瑩玉，體骨輕巧，明眸善睞。歌聲宛如珠喉乍起，脆如裂帛，輕聲細語時又宛若柳間鶯語，雲外鳳鳴。

可是我聽得出來，那苦情戲根本不是她唱的。

我本不想出手，這戲團明眼人一看就知道窮得叮噹響。設備簡陋，扮相粗糙，曲目單一，更何況在這種窮鄉僻壤，誰還會有閒情準時搬著小馬紮來大院裡聽戲？除了一些紅白喜事，這戲團根本賺不著什麼錢，所以根本不可能花大價錢去給小丫頭治病。所以，我若是出手相助，就表明了我是樂善好施，行善積德罷了。

可是，我見小丫頭可愛得緊，便不忍心讓她一直被一件戲袍給佔了身子。

這天夜裡，我如尋常客人一樣坐在臺下的角落裡聽戲。小丫頭穿一身素衣邁著碎步上臺，和著響器，一曲《清風亭》唱得如泣如訴，讓人聽得肝腸寸斷。

在別人看來，這是個有靈性的小丫頭在學大人唱苦情戲，可愛又動情；可在我看來，卻是一件青鬼戲袍緊緊裹在了小丫頭身上，控制著她的一舉一動，一顰一蹙，正把小丫頭折磨得虛弱不堪。這項能看到別人看不著的東西的本領，我師父稱之為「探夢」。

我將自己身上的灰布長袍裹緊，拉起脖子上的麻布圍巾遮擋住自己的臉龐，雙手瑟縮在寬大的衣袖裡摩挲著那支陪伴了我許久的青玉短笛，等待夜晚的來臨。

入夜，在一陣又一陣的打更聲中，我偷偷潛入了戲團的後臺。

看得出來，這並不是個常駐的戲團，所有的佈置都顯得有些倉促。各色的戲服在夜色的襯托下顯現出一種瘆人的反光，有的草草堆在角落裡，有的掛在架子上。頭套和長鬍鬚錯落地擺放著，一不留神，還眞以爲是一個什麼人直愣愣地坐在那裡。他們畫臉的油彩胡亂擺在梳妝檯前，顏色各異，透過面前的鏡子卻讓人看不清色彩。

我悄然拐進靈琚所在的房間。

小丫頭睡在倉庫裡，裡面堆滿了被淘汰的戲服道具和一些該修理的響器。我輕聲繞過這些障礙，一言不發地坐在了靈琚的身邊。

她面色粉嫩，眉眼純澈得像一汪清泉。分明是一張小孩子的臉，可表情卻痛苦不堪，彷彿嚐盡了人間疾苦。她小小的身子蜷縮在角落裡，身上蓋著破爛的毯子，精巧的身軀輪廓一清二楚。過早發育的胸脯讓她比同齡的孩子都要惹眼，怪不得被戲團團長看上收了徒，這身子骨要是長起來發育成熟，挑梁唱個青衣花旦都綽綽有餘。在我看來，這丫頭就像一枚還未雕琢的璞玉，眞是純樸清純得好看。

我有些愛憐地伸手摸了摸她滾燙的臉頰，然後替她把了把脈。脈象平穩，氣息勻和，看來，今夜可以出手。

我從懷中摸出青玉笛，放在嘴邊輕輕吹響。在旁人聽來，這支玉笛根本沒有發出任何聲音；

但在這些被噩夢纏身的人來看，這曲調簡直比搖籃曲還要動聽感人。這支青玉短笛是我師父傳給我的，可他只教了我一首曲子，名叫〈安魂曲〉。在身陷噩夢的人身邊吹奏這首〈安魂曲〉，會讓對方進入一種完全放鬆的麻醉狀態，這樣，便於我接下來的行動。這一步，稱為「催夢」。

一曲吹罷，小丫頭的表情趨於緩和，睡得香甜。

這個時候，便輪到我和阿巴上場了。

我將腰間的葫蘆取下，拔掉上面封印的桃木蓋子。一縷黃煙從葫蘆中倏忽竄了出來，盤旋著化作一隻圓潤的異獸。它通體橙黃，如同中秋的月亮，渾圓的身體光滑有彈性，泛著瑩瑩弱光。它沒有四肢，只有一雙貓一樣萬變的眼瞳和一張大得可以吞下一切的巨嘴。平時，阿巴睡在我的葫蘆裡，有生意的時候我就會把它喚醒，陪我一起入夢。我不知道阿巴的嘴巴到底有多大，到底能吞下多大體積的東西，但是從我做這行開始，就沒有見過阿巴吞不下去的東西。

阿巴是一隻食夢貘，是我師父託付給我的神獸。

食夢貘以人類的噩夢為食，所以，我那貪財的酒鬼師父就利用食夢貘的特性開闢了一條賺錢的捷徑——幫人化解噩夢，收服噩夢中的鬼怪邪祟。

阿巴鑽出葫蘆，晃動了一下渾圓的身體，用透亮的貓眼看了看躺在那裡的小丫頭，不屑地對我笑道：「姜楚弦，你真是麻煩死了，這次怕是又沒有收人家錢吧。」

我瞪了阿巴一眼：「少廢話。」

阿巴是一隻怕麻煩的食夢貘，有時候我總覺得，它的智商和年齡水準和我處在同樣的水平線上，但有時候它又像是一隻還未長大的貓，很容易忘事，也很容易被一些不打緊的小事吸引注意力，仍舊保留了原始的獸性。

阿巴撇了撇嘴不再反駁，然後猛然張大那張彈性十足的嘴巴，將我囫圇吞了下去。緊接著，阿巴晃動身體，再次變為一縷黃煙，緩緩鑽入了靈琚的鼻孔。

鼻孔通連天靈蓋，是直抵人夢境的必經之路。

這一步叫「化夢」，通過食夢貘身體的異變將自己幻化為意識虛體，潛入人類沉睡的身軀，進入對方的夢境。

由於夢境是意識的產物，而平時我們所說的鬼怪邪祟也都是一些因執念遺留在世界上的殘存意識體，所以，那些鬼怪邪祟通過控制一些意志力薄弱的人的意識，來實現附身，營造出噩夢，借助他人的身體去完成自己生前未了的心願。而我進入夢境，也就能夠直面受害者內心，從根源處對抗入侵人意識的罪魁禍首。

所以，人們常言的鬼啊怪的，不過是一些殘存的意識罷了。

當然，這些都是我師父教給我的。

一陣眩暈之後，我順利來到了靈琚的夢境中。阿巴仍舊是圍繞在我身邊的一縷黃煙，而我卻已經恢復了正常的身體。

此時此刻的夢境，就是那些搗亂的邪祟利用宿主的大腦意識創造出來的虛幻世界。在夢境中，我所見到的一切都是對手幻化出來的幻景，我要做的，便是想方設法破除對方的把戲，削弱對方的力量，讓阿巴趁機吞下作怪的邪祟，驅散噩夢，幫助受害者脫離噩夢的困擾。

什麼情況？我剛一落地，就被眼前的景象嚇到了。

此時此刻，我竟端坐在一張金絲床榻之上，面前一名妖豔的女子，正媚笑看著我。她身上披著透明的青色長紗，正是我探夢時看到的靈琚身上的那件戲袍。女子渾圓的胸脯在青煙一樣的薄紗下若隱若現，兩條如同白蔥的長腿盤在我的腰上，她輕輕倚在我肩膀上呵氣如蘭：「公子，你喜歡聽戲嗎？」

說來慚愧，我自小樣貌便有些女兒相，常常被人稱爲「小白臉」。我當然知道這話不是什麼好話，可這樣一副美如冠玉的皮囊，倒是給我招來了不少爛桃花，甚至包括一些多情女鬼。

就比如眼前恨不得纏在我身上的這位。

「你管我喜不喜歡聽戲？！」我一邊破口大罵，一邊抬手用灰布長袍遮住自己的眼睛。

師父說過，邪祟最會蠱惑人心，它利用人性的薄弱點來使對手放鬆警惕，以攻佔對方的要害。

可我萬萬沒想到，自己一上來就遇到了這麼一個美豔的妖物。

我這麼張口就罵，就是爲了瓦解她的障眼法，惹怒她讓她現出原形。可是，誰知我剛才那麼凶神惡煞，這女鬼竟然一點也不生氣，反而笑盈盈地貼上來，用她蒼白的指尖輕刮我的臉頰：「喲，火氣這麼旺，不如我幫公子瀉瀉火？」

我冷笑一聲，改變了策略：「不是說要聽戲嗎？來吧，給小爺唱一曲。」既然硬的不行，那我只好來軟的。

那女妖得了命令，竟瞬間端起了架子。那件青鬼戲袍敞開衣領穿在她身上的感覺與靈琚完全不同，這種香豔的畫面讓我看得臉紅心跳，可我不得不克制自己，在心裡默默唸起了靜心咒。

隨著不知從何而來的鼓點，那女妖竟張口咿咿呀呀地唱起戲文來，那一副淒苦的模樣讓人心生愛憐。我一副沉醉的表情，也站起身來跟在她的身邊輕聲哼唱。

我必須找出她的執念，這樣才能順利攻克她的幻術。

「劉郎，你可知我心？」一串唸白過後，那女鬼竟閃著淚花依偎在我懷中，癡癡地抬眼看著我。

我心一沉，只得跟著她唸下去：「娘子，你我心意自相通，恩恩愛愛過此生！」

然而事情不如我所料想，隨著一陣急促的鼓點傳來，那女鬼竟突然伸出尖銳的十指向我撲來：「你個狼心狗肺白眼狼，枉我這般愛你，卻換來你那般無情！」

好嘛，入戲太深？原來是個戲癡。我及時反應過來，單手撐地一個後空翻躲過了她的攻擊，然後從懷中取出一柄利劍般的玄木鞭，迎上了女鬼的魔爪。

這柄玄木鞭和那支青玉笛一樣，都是師父留給我的。它通體呈玄黃色，鞭長三尺六寸五分，有二十一節，每一節有四道符印，共八十四道符印，和傳說中代表天道制約天庭眾神的無上寶物打神鞭極其相似。我不知道師父他老人家是從哪裡盜來的這樣的寶物，居然自帶原始天符，可以輕鬆收服鬼怪邪祟。

這女鬼比我想像的要厲害得多，瘦弱的身軀力量卻極大，幾乎與我不相上下。我倆抗衡對峙時，我卻思索著該如何擾亂她的注意力，好讓阿巴一口將她吞下。

在女鬼轉身之際，我趁機一腳踩住她那拖地的衣袂，她被我這麼突然一絆，瞬間跌落在地。

「娘子，我苦等你好幾年，你怎如此待我？」我趁此機會正色道。

「騙人！」誰知那女鬼竟不上道，厲聲打斷我，「你根本不是我的劉郎！我要殺了你！」

「好你這惡鬼，佔了小丫頭的身子不說，還逼迫她一直唱苦情戲，我來助你脫離苦海，你卻對我心生歹意，簡直不識抬舉！」我憤怒地發力揮動玄木鞭，招招直擊對方的咽喉。女鬼被我逼得無處可躲，只好四下逃竄。

我見機會正合適，便將玄木鞭豎在面前低聲唸咒，只見玄木鞭被鍍上了一層金光，我迅速握住發光的玄木鞭，沒有猶豫直接刺向了那女鬼的身體。

那青衣厲鬼痛苦地扭動著身體，全身的顏色漸漸變淡，身形已開始消散。

「阿巴！」我低聲呼喚。

阿巴十分機敏，一直都在旁邊候著，它得了命令，就迅速從一縷黃煙瞬間化作圓潤獸形，張開大口一下子便將那個因受傷而無法行動的女鬼吞入口中。

而這最後一步，正是所謂的「食夢」。

我鬆了口氣。這次行動，比我想像中要簡單一些。

阿巴吞下那女鬼後，似乎還有些不滿足，搖晃著身子下意識地張開了嘴。我知道，阿巴一定沒有吃飽。我沒有阻攔，示意阿巴繼續。它張大了嘴巴猛然吸氣，將我倆身處的夢境緩緩吸入了自己的口中。

瞬間，我被強烈的白光所包裹。阿巴吃掉了靈琚的噩夢，而這就是夢境坍塌的表現。我會通過此時此刻女鬼殘存下來的意識，看到女鬼心中的執念。而白光消散後，我和阿巴便會從夢境中脫離，回到熟睡的靈琚面前。

2

那女鬼名叫青嫣，本是青水古鎮的一名當紅花旦，卻愛上了同一個戲班子裡只會翻跟斗的武生。

青嫣當時在鎮子裡十分有名，不論老小，都喜歡聽她唱戲。每當青嫣上臺，都能獲得滿堂喝采。所以當時人人都說，青嫣和武生在一起，簡直是鮮花插在牛糞上。可那武生雖然笨拙，卻對青嫣一心一意，甚至為了給青嫣一個驚喜，五大三粗的漢子居然去和繡娘學了女紅，親手給青嫣縫製了一件青紗戲袍——也就是這次導致靈琚噩夢的那件戲袍。

不管別人怎麼說，這二人情意相投，青嫣也到了嫁人的年紀，可是戲班子的老闆為了留青嫣再唱幾年戲來賺錢，遲遲不肯鬆口，一直拖著二人的婚事。

天有不測風雲，鮮花太過惹眼，在引來喝采的同時，也必然會招來一些飛蠅。青嫣在一次巡演時被隔壁城中財主王二爺看上，當即，王二爺就拍下十錠銀子，說要跟戲班子當家的買下青嫣做小妾。當家的自然高興，十錠銀子，比唱戲要賺得多好幾倍，於是立刻拍著胸脯向王二爺允諾，到時定將青嫣完完整整地交到王二爺手上。

那個時候，唱戲的戲子跟當家的都是簽了賣身契的，當家的說要嫁，青嫣不得不嫁。可那王二爺不僅眼歪口斜，更是一臉的疹子，任誰也不會甘心去府上伺候這麼一個病秧子。更何況，青嫣早已心有所屬。無奈之下，她決定放棄一切和武生私奔。然而就在私奔的那天夜裡，青嫣一不小心驚動了戲班子的看門狗，於是，當家的披了件衣服就帶著一隊人馬追趕他們，順利將青嫣和武生二人堵在了一座懸崖之上。

青嫣見事已至此已無活頭，便身披那件愛人親手縫製的青紗戲袍，堅貞不屈地跳了崖。那武生一時間竟然慌亂猶豫，沒有膽量殉情，只好被當家的捉回去，給當家的做了一輩子的苦力，用以償還王二爺的那十錠銀子。

死去的青嫣看到武生對自己這般薄情寡義，含著一口氣不肯入輪迴，化爲一縷幽魂附著在戲袍上，專門尋找戲班子裡年輕的姑娘去營造噩夢。她身披青衣，唱著自己的苦情，勾引男人並吃掉他們的精魄，以報復薄情的武生。

就這樣，一直持續到今天。

被食夢貘吃掉的孤魂野鬼，會忘卻痛苦與執念，重新走入輪迴之道，早日超渡重生。這麼算下來，我師父做食夢先生其實也是在做好事。

但是，收錢和不收錢之間，就差了很多。

白光漸漸消散，我又重新站到了一片漆黑的房間裡。映著月色，那小丫頭居然從睡夢中恍惚醒了過來。她揉了揉眼睛坐起身子，看到陌生的我倒也不害怕，脆生生地喊了聲：「神仙？」

這一聲又暖又甜，我不禁微笑，輕撫她的腦袋說：「我可不是神仙。」

「可是，靈琚剛才明明夢到了你，殺死了一個嚇人的女鬼！」那小丫頭奶聲奶氣，一臉天眞地仰視著我。

「那只是一個夢。」我敷衍地對她揮了揮手，轉身就要離開。

「神仙！你帶我走吧！」誰知道，靈琚竟然撲通一聲朝我跪下了。我有些驚愕，不知這小丫頭究竟想幹什麼。

「神仙，靈琚早年沒了父母，被爺爺賣到了戲團，戲團團長總是打我罵我，不給我吃穿……神仙，求求你發發慈悲把我帶走吧！」靈琚漲紅了臉，對著我連連磕頭。

我急忙扶起她，心緒一時猶豫。可是……我細想之下，終究是搖了搖頭，狠狠心轉身離開了。

「神仙！神仙！」靈琚在我身後哭喊。

「死丫頭！活膩了？大半夜嚷嚷什麼呢！」不遠處傳來一聲兇惡的呵斥，這想必就是那個戲團團長吧。我裹緊了身上的灰布長袍，三步併作兩步，逃也似的離開了後臺。我想，我是時候該離開這個青水古鎮了。

3

青水古鎮位於湖北最北部的一個偏僻的小山坳裡，離襄陽很近。由於出入閉塞，這裡仍舊比較貧窮，但勝在它青山綠水環繞，和它的名字很般配。一條青水灣從村子裡流過，景色秀美卻絲毫不做作，別有一番風情。這，是我選擇在青水古鎮歇腳的原因之一。

至於原因之二，自然是因為我那個挨千刀的師父曾在襄陽附近禍害過一個名叫寶璐的姑娘。這是我小時候在師父大醉的時候，偶然從師父口中聽到的。我本想在這裡找到當時那個姑娘，向她詢問關於我師父失蹤的事情，可是這一圈走下來，村子裡根本就沒有人知道有寶璐這麼一個人。

雖然尋找師父的線索斷了讓我心有不甘，可我也得繼續趕路了。至於靈琚……即便我再喜歡那個小丫頭，我也不能將她帶在我的身邊。

因為，我還有更重要、更危險的事情去做。

我撐起一根竹棍，趁著夜色離開了這個閉塞的小村落。我只是個路人，路過而已，什麼都不改變，什麼都不帶走。

我沿著樹林裡的小路向北走了好遠。夜色撩人，偶爾聽到幾聲貓頭鷹的叫聲，除此之外，就是我自己的腳步聲了。天上的星子遼遠稀疏，月色宜人，夜風飛奔在耳畔，在路旁的古樹上撞得自己支離破碎。萬籟俱寂之中，我卻突然聽到身後不遠處有窸窸窣窣的腳步聲。我停下腳步屏氣凝神，斷定這不是我自己腳步聲的回音後，轉身大喝一聲：「是誰？」

一團小小的黑影哆哆嗦嗦地從一棵大樹後面走了出來，又是一下子跪在地上，銅鈴般清脆的聲音哭喊著：「神仙……是我！」

這小丫頭膽大包天，居然自己跟了過來！

我無奈地扶起她，看她掛著鼻涕一臉狼狽，頭上的羊角辮也已經鬆散歪斜，頓時生出一股說不清的愛憐，連忙抬手幫她擦乾了眼淚。但我終究是沒有帶她走，給了她一些乾糧，我就轉身離開了。

我走了很久，久到我覺得她已經不可能再跟上來。可是在我停下靠在樹上閉目休息的時候，靈琚竟然捧了一些新鮮的野果，小心翼翼地擺在我的面前，然後跪在那裡拜了拜我，連磕幾個響頭。

我竟有些想笑。這小丫頭，眞把我當神仙？

也是有些口渴了，我隨手拿起一個野果塞進了嘴裡。靈琚遠遠地躲在樹後，傻傻地衝我笑。

就這樣，她居然跟了我一路。

她用枝條編織了遮雨的蓑衣，然後在我休息的時候悄悄披在我的身上；她每天都去採摘新鮮的野果，恭恭敬敬地擺在我的面前，然後一定要拜一拜才肯離開；她用樹葉吹出好聽的曲調，用她那副銀鈴般的好嗓子唱出幾句戲文，讓我孤單的旅途顯得不再那麼寂寞。

她就這樣每時每刻爲我做著這些細微的小事，卻也始終離不了小孩子的心性。比如披在我身上的蓑衣會插上一朵黃色的小花兒；比如她爬樹摘野果時，卻被樹上的甲蟲吸引，丟下野果就去追甲蟲，害我餓一上午肚子。我已經很久沒有開張了，因此身上也幾乎沒有錢。到下一個村子，我不得不狠狠敲詐一筆才行。

也或許，我身邊是該有個伴兒了。

在靈琚跟了我足足七天之後，我終於繳械投降：「你想清楚了，眞的願意跟我走嗎？」我停下腳步，對跟在我身後的靈琚說。

她紅著臉，用力點頭，羊角辮一晃一晃的。

「好吧，既然如此，我就收你當徒弟。你往後就跟在我身邊吧。」我扯了扯身上的灰布長袍，一本正經地對她招了招手。

靈琚有些不敢相信，站在原地愣了半天才反應過來，隨後便像隻兔子一樣蹦跳著朝我撲過來，興奮地扯著我的衣角，跟著我的腳步向遠處走去。她一邊蹦躂，一邊嘴裡不停地唸叨著：

「師父師父，你是神仙嗎？」

「我不是。我是人，和你一樣的人。」

「師父師父，你替靈琚治病，那你是醫嗎？」

「算是吧。」

「師父師父，那你是中醫還是西醫？」

我思忖片刻，答：「中醫治的是得病的人，西醫治的是人得的病，而我治的，是人心。」

Chapter 02

古鎮水鬼

1

我叫姜楚弦，是個進入他人夢境驅鬼靈、收邪祟的食夢先生。

我為了尋找突然失蹤的師父姜潤生，已經孤身在世間遊蕩四年有餘，可我走遍師父曾經走過的地方，都沒有尋得一絲關於師父的痕跡。我越來越孤單，身邊只有食夢貘阿巴陪伴著我。不知道為什麼，我竟然越來越活成了師父曾經的樣子——長袍短髮、麻布掩面，直到我來到青水古鎮，遇到這個叫靈琚的小姑娘。

我一時間竟有些不習慣，她跟了我之後，嘴巴一直都閒不下來，成天嘰嘰喳喳圍在我身邊問這問那。我自然是不會對她實話實說，向她透露任何關於食夢先生的事情，因為畢竟她還只是個十歲的小丫頭，本就是該天真爛漫的年紀，不應該去考慮我需要考慮的事情。

不過眼下最著急的，是我該想辦法去賺點錢了。我自己一個人挖野菜採野果充饑也就罷了，可小丫頭正是長身體的年紀，本就瘦弱，不能因跟著我受苦再挨餓。於是，我沒有徒步行走太遠，而是在青水古鎮隔壁的一個村子停下了腳步。

這裡叫仙人渡鎮，名字聽起來挺玄乎，鎮子裡也有一條小河。凡是有水流過的地方，陰氣重，也就最容易招來一些徘徊世間的邪祟。所以，當我站在高崗上環顧這個小鎮的時候，就決定在這裡好好敲詐一筆。

仙人渡鎮裡面有一大片一大片的柿子園，黃澄澄的柿子掛滿枝頭，看起來酸甜可口。我拄著竹棍沿著小路往鎮子深處走，靈琚卻停下了腳步抬起頭望著那些柿子直流口水。

「想吃嗎？」我停下腳步問她。

「想。」小丫頭咽了口唾沫，可憐巴巴地看著我。

「想吃就要自己動手。」我不疾不徐地對她說。

「哦。」靈琚喏喏地應了我一聲，吸了下鼻涕轉身就往柿子樹上爬。

我趕忙用手裡的竹棍輕敲她的腦袋：「哎哎，誰讓你上樹了？」

靈琚手還扒在柿子樹上，轉頭一臉迷茫地看著我：「師父不是說，想吃就要自己動手嗎？」

我笑了笑伸手將她拉下來：「我的意思是，要通過正當的途徑動手，沒讓你去偷人家的柿子。」

靈琚紅著臉點點頭，羊角辮翹著，依依不捨地離開了那柿子樹。

「要怎麼做呢？」靈琚一定是饞蟲犯了，不依不饒地追問我。

「幫人家的忙，人家自會摘柿子感謝你。」我不慌不忙地回答。小丫頭年紀還小，我得以身作則，引她上正途，不能再用以前的那些歪門邪招了。要是換作以前……我姜楚弦在柿子園中走一遭，枝頭的柿子絕無倖存。

靈琚聽話地跟在我的身邊自言自語：「幫人家的忙，人家自會感謝我。」

突然覺得心好累。我姜楚弦堂堂二十四歲七尺男兒，竟在一個十歲的小丫頭面前畏首畏尾，裝作一副正直的模樣，這和我紅塵作伴策馬奔騰對酒當歌的人生態度大相逕庭啊！我這麼一匹不羈的野馬，怎麼能為了一個小姑娘動如此凡心呢？

我倒是看看我還能忍多久。

沒走多遠，就是一排排的矮土房，想必是已經到村子裡人最多的地方了。我也不著急，挨家挨戶打眼看了一遍，然後就走到小河旁邊，尋了一棵大樹，席地而坐。

「師父，你要修行了嗎？」我剛擺好架勢，靈琚就撲了上來趴在我的肩膀上問我，然後環抱著我的脖子繞到我的面前，跪下來朝我咚咚磕了幾個響頭。我剛剛鋪墊好的大師級氣場，就這樣一下子不攻自破。

「別鬧，你去一邊玩。」我閉上眼皺著眉頭說道。

靈琚聽話地跑開了，跑到小河邊撿好看的小石子。我也就繼續端起架子，等待魚兒的上鉤。

我灰布寬袖長袍的打扮，很容易讓人誤認爲我是個道士，即便不是，再不濟也像是個算命的陰陽先生。我這麼往人流密集的地方一坐，擺出一副高深莫測的表情，拿麻布圍巾一遮面，嘴裡再唸叨著一些咒語，人來人往的，特別是在這種小村落裡，很容易就會把「村裡來了個高人」這樣的消息傳遍整個地方。這樣一來，若是誰家眞有個不尋常的，自然就會主動找上門來。

當然，這都是我師父教我的。

這招屢試不爽。只不過，現在我的身邊多了個嬉笑玩鬧的小丫頭，這招兒還靈不靈，就另當別論了。

靈琚很聽話，一下午都沒有再過來打擾我。我就如同打坐一樣，乾巴巴地坐了一下午。期間，人來人往的村民見了我，就跟沒看見我一樣，都事不關己地匆匆離開了。

咦，奇了怪了。這仙人渡鎭明明陰氣很重，怎麼會沒人主動找上門？

我正有些坐不住，忽然聽到不遠處的靈琚尖叫了起來。我即刻起身上前，卻發現小丫頭居然不小心掉進了水裡。現在正是十月份，秋風乍起，河水裡甚是冰涼。我急忙將竹棍伸進河水裡遞到靈琚的手邊，可她卻只是一隻手抓住了竹棍，另一隻手一直揣在懷裡不知道拿了什麼東西。

「靈琚！抓緊竹棍！」我有些生氣，不知道她到底在搞什麼。

「師父……我，我手裡抱著小雁呢……」靈琚在水裡掙扎著，卻不忘向我解釋。

管不了了。我脫下灰布長袍，一頭扎進了河水中。果然，水裡比我想像的還要冰涼。我迅速划動雙手，一把攬起靈琚瘦小的身體將她托出水面，然後自己迅速蹬腿，用最快的速度上岸。可是即便這樣，我倆也都渾身濕透，一陣陰風吹來，我倆都接二連三地打起噴嚏。

「師父師父，小雁是不是要死了？」靈琚沒有管自己濕透的衣服，而是將手中的一隻小鳥舉給我看。我這時才注意到，原來她手裡一直捧著一隻奄奄一息的野鳥，渾身也是濕漉漉的，還折了一隻翅膀，躺在靈琚的小手中毫無生命跡象。

「先別管這野鳥，把自己身上先弄乾。不然染了風寒，師父可救不了你。」我沒好氣地說。

「嘩啦」一聲，一張破毛毯突然掉落在我和靈琚的腳邊。我和靈琚都被嚇了一跳，同時抬頭看去，只見我們面前站著一位老態龍鍾的婆婆，拄著一根龍頭拐杖，傴僂著站在晚霞裡，雖然面相有些凶煞，看起來像是那種蠻不講理的老骨頭，可此時扔給我們這樣一張毛毯，簡直如雪中送炭，更像是一尊救苦救難的觀世音菩薩。

我急忙拾起毛毯披在靈琚的身上，然後轉身向婆婆說道：「多謝了，老人家。」

婆婆根本沒回應，而是不耐煩地衝我們擺擺手，示意我們跟她走。

我牽起靈琚就跟婆婆走。然而就在婆婆轉身的瞬間，我卻看到在她的一雙小腳上，有一雙慘白的人手正死死抓住婆婆的腳腕，這使得她的腳步十分緩慢。

我頓時下意識停下了腳步。

「怎麼了師父？」靈琚沒有學過探夢，自是看不見那雙白手。她正邁開步子往前走，就一下子撞在了猛然停下的我的腿上，然後抬頭疑惑地看著我。

「探夢」是師父教給我的第一個本領，也是作爲食夢先生的基礎必修課程。通過修養個人強大的意志力，進而去窺探他人的意識，就可以在最平常不過的言談舉止中，發現對方心中的問題，而那些一般人看不到的邪祟，就會實體化出現在食夢先生的眼前——就像我當時看到靈琚身上的青鬼戲袍一樣。

我猶豫了一下。看這老人家的神態本是精神得很，陽壽未盡，卻無故受到這白手的拖累，才會如此老態龍鍾，行將就木，怕是沒有多久的時日了。看樣子這白手不是個什麼善茬。我向來知道自己幾斤幾兩，師父的那一套玩意兒，我也只學了個七七八八，所以我從不會逞強。可我看著靈琚可憐兮兮地站在那裡，身上滴著水，手裡捧著小鳥凍得發抖，我就不得不硬著頭皮，繼續挪動腳步，跟上了老婆婆的身影。

錢？怕是不會有了，這老婆婆像是個孤寡老人，自然是沒有什麼存款的。只要她能夠給我們提供個臨時歇腳的地方，讓我們先把衣服烤乾了，就算是幫了我們大忙。

老婆婆把我們領進了一戶獨門獨院的土磚房，是那種很典型的農村住房。並不寬敞的廳堂，角落裡堆積了一些穀物和農作工具。東側是兩間臥房，可是都沒有床，直接用草垛和被褥鋪就。能看得出來，老人家平日裡就一個人，深居簡出。她行動遲緩地幫我們把被褥展開，然後又從裡屋抱來了一床被褥給我們。

當然，老婆婆做這一切的時候，腳腕上都是帶著那一雙白手的。

我也趁機觀察了那雙白手，就像是人的手長時間泡在水裡之後發脹變白的樣子，可是它的力氣卻很大，幾乎是嵌進了婆婆的腳腕，讓本來就枯槁的老人更顯得脆弱了。

一臉凶相的婆婆不言不語，給我們收拾好屋子，就顫巍巍地離開了。

2

我謝過老人，就坐下來幫靈琚擦她濕漉漉的頭髮。可是這小丫頭卻根本不配合我，鐵了心非要我先去救那隻落入河裡的野鳥。

「靈琚在撿石頭玩，看到小雁從好高好高的地方一下子就掉進了水裡。我怕小雁淹死，所以才踩著石頭去撈小雁，結果腳下一滑，才不小心掉進河裡的。」靈琚一邊吸著小鼻子給我講述當時的情景，一邊用小手輕撫著這野鳥的身體。

我捧起那野鳥一看，竟一時認不出來這是什麼品種。牠和我們平時見到的雁雀很不一樣，通體覆蓋細密柔亮的毛，身上綴有褐斑，上體均呈暗灰色，胸部卻又是褐紅色，尾部純白色。牠嘴較厚長，跗蹠只上部被羽，喙爪像鐵鉤一樣硬。即便是折了一隻翅膀，也看起來威風凜凜，要不是因爲體型較小，我更願意稱呼牠爲鷹，而不是雁雀。

我沒有救治過鳥的經歷，因此，只好憑藉現有的一些枯草樹枝做了 個簡單的支架，將這隻野鳥受傷的翅膀重新扳回來並加以固定。剩下的，也就只能看牠的造化了。

讓我沒想到的是，靈琚居然對這隻鳥很上心，自己光溜溜地裹在被褥裡，還生怕小鳥凍著，小心翼翼地將牠揣進了自己的懷裡，時刻暖著牠。

收拾完靈琚，我才脫下了濕透的衣物晾起，並在屋子裡生起了火堆。

不一會兒，我倆的衣服便被烤乾。重新穿好衣物，靈琚軟塌塌的黑髮也已經乾透，只見她放下了懷中的那隻小鳥，然後慢慢挪到我的身邊對我伸出了雙手：「師父能幫靈琚紮辮子嗎？」

我低頭看去，小丫頭手上捧著兩根紅色的頭繩。我有些傻眼，看看紅頭繩，再看看靈琚柔順的黑髮，一時間竟不知道該如何是好。

紮辮子？呵呵，瘋了吧。

「好嗎？」靈琚卻不依不饒，一臉期待地看著我，然後將頭繩往我手裡送。

「這……」我嚇得連連後退。我姜楚弦哪裡長得像會紮辮子的人？我承認，雖然我長得是有些像小白臉，但別說辮子，我長這麼大，連大姑娘的頭髮都還沒碰過呢。

靈琚忽然笑了，然後自己轉過身舉起雙手，艱難地把自己的頭髮給紮了起來。我還沒反應過來，靈琚就晃著已經紮好的辮子轉身看著我笑嘻嘻地說：「看來師父不會呢，那以後靈琚教師父紮頭髮吧。」

我皮笑肉不笑地呵呵兩聲，不忍心打擊她的積極性，就索性站起身去看看老人家有沒有什麼需要幫助的。快要到用餐時間了，我們師徒二人來這裡白吃白住可不行，我最起碼能幫婆婆洗洗菜淘淘米什麼的。這麼想著，我就走出房門，來到了院子西側的廚房。

跟我所想差不多，婆婆正在彎著腰準備從井裡打水。她顫巍巍地使了好大勁兒才把木桶拉到井口邊，然後靠著井沿呼呼喘氣。

我急忙上前接過水桶：「您去歇著吧，要做什麼您就應一聲，我來。」說著，我一把將水桶丟入井口，然後拉著井繩慢慢將打滿水的水桶拎上來。

婆婆不說話，遠遠站著看我。

「婆婆，這水井的水是村外面那條小河的水吧？」我見氣氛有點尷尬詭異，只好沒話找話，就著手邊的水試圖聊起來。

誰知，本來一直不言語的婆婆忽然面露凶光：「井裡是地下水。外面河裡的水，喝不得！」我一愣，還沒從她的話裡反應過來，婆婆就轉身去米缸裡舀米了。

看來，和我之前猜想的一樣，這問題還是出在了那條河上。

接下來我要做的，就是試圖從婆婆的口中打探到更多的資訊。這一步，師父叫它「解夢」，也就是拆解對方的心結，根據周邊的異常情況和人物關係，推斷出困擾對方噩夢的緣由，這樣便有利於對症下藥，所謂解鈴還須繫鈴人。

師父教我的，基本上也就是這五大步驟了。

第一步「探夢」，利用自身強大的意志力去窺探他人心中癥結，得以看到具象化的邪祟；第二步「解夢」，收集資訊，打探口風，推斷對方心結和問題所在，好對症下藥；第三步「催夢」，吹響青玉笛，安魂鎮定，讓對方陷入深度睡眠；第四步「化夢」，利用食夢貘的習性進入對方的夢境，找出作祟的主體並打敗它；第五步「食夢」，在對手失去攻擊能力之後，讓食夢貘吞下那些殘存的孤魂野鬼，讓它們順利墮入輪迴，早日超渡。這樣，整個過程才算圓滿完成。

可是，往往最困難的一步，就出在這「解夢」上。

因爲那些噩夢纏身的人，要麼是老人或者孩子，身體虛弱、意志力薄弱，要麼就是做了什麼虧心事，整天提心吊膽心虛而讓那些孤魂野鬼鑽了空子。這第一種倒還好辦，至於第二種……他們往往會對你隱瞞一些他們所犯下的錯誤，這樣就導致我無法徹底剖析其中因由，自然就不容易做出最準確的判斷。

可是我面前這位神秘的老人家，到底又是因爲什麼而對我有所戒備呢？

婆婆將白米淘洗乾淨，我幫忙支起了鐵鍋燒水。由於乾柴受潮，嗆鼻的柴火味肆意鑽入我的鼻孔，熏得我幾乎睜不開眼來。而婆婆卻像是早已經習慣了一樣，默默地站在一旁等待水開。

這不正常。我看著爐灶裡飄出來的黑煙，心頭掠過一絲疑惑。這裡並不是特別靠南的地方，按道理來說，氣候不應如此潮濕，以至於都浸濕了柴火。而且我看小河的水位和地面的潮濕程度，都不像剛下過雨，那麼柴火爲什麼會這麼潮濕？

天色已晚，遠處的歸鳥正成群結隊地往家的方向飛去。隨著夕陽一聲沉重的歎息，夜幕降臨，炊煙四起，一股白粥的味道飄然而至，讓我恍惚間有些不太習慣。翻滾的稀粥在火苗的映襯下顯得滾燙，婆婆熟練地掌勺，舀起一碗熱氣騰騰的白粥，遞在了我的手上。

我喊靈琚出來吃晚飯，她好像有些著涼，一直在不停地吸鼻涕。我用手摸了摸她的額頭，還好溫度正常，總不會是因爲落入河水著涼而感染鼻炎了吧？我有些擔憂，可靈琚卻沒心思管自己的鼻子，仍舊是懷揣那隻受傷的小雁，還不忘問婆婆要上幾粒稻穀，用熱水泡軟了，一顆顆地餵給這隻奇怪的野鳥吃。我吹涼了稀粥，讓靈琚趕緊喝下暖暖肚子，然後自己也呼呼兩口將一大碗白粥吞下肚。

舒服。好幾天沒吃到熱飯了。

在這之前，我和靈琚一直靠乾窩窩和野果子充饑，已經很久都沒有吃到剛出鍋的熱食了。因此，我和靈琚都很不好意思地對婆婆表示還想再要一碗。婆婆雖然看起來兇巴巴的，但仍舊很貼心地給我倆又盛上一碗。我和靈琚的肚子都吃了個渾圓，才抹了抹嘴放下了碗。

靈琚很懂事，主動承擔起了洗碗的工作。趁此間隙，我和婆婆坐在門檻上，婆婆瞇起眼遙望著天上三三兩兩的星子。這正是個可以談心的好時機。

「老人家，這個村子裡經常下雨嗎？」我隨手拾起一根稻草，在土地上胡亂寫寫畫畫。

婆婆並沒有說話，而是有所防備地看了我一眼，沉默地搖搖頭。

「嗯……那咱們這裡，濕氣怎麼那麼重呢？」說著，我還十分配合地用手擦了把脖子上的汗水。

婆婆沒有要回答我的意思，這讓我很失落。想我姜楚弦好歹有一副玉樹臨風的皮囊，雖然打扮得有點像算命先生，但是五官明明是個俊俏的少年郎啊。平時哄騙一些小姑娘都是十分容易的事情，甚至是面對一些大叔大媽，他們看我細皮嫩肉的模樣，也都會願意和我嘮上兩句，怎麼偏偏碰到這個鐵面婆婆，倒像是武功盡失了？

靈琚這時洗罷了碗，揣著小雁邁過門檻，像隻小貓一樣從我和婆婆之間鑽過，然後一屁股也坐在了門檻上。

「小丫頭不要隨隨便便坐門檻，會紅屁股的。」一直沉默的婆婆突然開口了，有些嚴厲卻又不失寵愛地對著靈琚說。

「哦。」靈琚屁股剛挨上門檻就彈了起來，十分乖巧地站起身，隨便找了一塊石頭就坐了上去，還不忘看著婆婆嘿嘿傻笑。

「多機靈的丫頭，偏偏命不好，跟了這麼個窮苦的爹，還要四處討飯吃。」婆婆自言自語道。

我大跌眼鏡，差點沒坐穩一屁股摔在地上：「咳咳，老人家您誤會了，這是我徒弟，不是我女兒。再說了，我這麼年紀輕輕，怎麼會——」

「跟婆婆去屋裡坐，晚上外面濕氣重，小心著涼。」婆婆沒有理會我，徑直打斷了我的話，對靈琚招了招手。靈琚吸了一下鼻子，竟然也十分配合地把手遞給婆婆，任婆婆牽著就回屋去了，把我一個人丟在了院子裡。

院子裡頓時安靜了下來。我借著燭火四處觀察，看看能否找到和那雙白手有關的線索。茅房、後院、屋頂……我幾乎每一個角落都走遍了，可這裡除了濕氣很重，根本沒有發現其他什麼異常的情況。

難道……我決定趁著夜色，再去那條小河邊查看一番。

3

走夜路其實並不嚇人，嚇人的是那顆作祟的人心。我手提著紙燈籠，伴著月色沿著蜿蜒曲折的小路向白天的那條小河走去。村子裡很安靜，仙人渡鎮正如其名，彷彿這裡到了晚上，就眞的會有許許多多的仙人從這個村子裡路過，安靜得根本聽不到其他的人聲。這裡的人家熄燈很早，早早就睡下了。

可能眞的是因爲濕氣太重，村子裡到了晚上竟然愈發寒冷了。我沒有走草叢，可是腳下卻變得濕黏，黃土地慢慢被我走成了泥土地，四周靜謐的樹林裡偶爾飄過幾隻幽綠的螢火蟲，撲閃幾下翅膀，也很快就熄滅了。

越往小河邊走，我就感到濕氣越重。奇怪了，白天的時候有這麼潮濕嗎？我幾乎能感覺到自己的鬢角已經沾滿了露水，根本來不及擦就聚落成水滴。黏膩濕稠的感覺越來越明顯，我甚至感覺雙腿像是被爛泥糊住了一般，走路更加困難。

手裡提的紙燈籠的火光突然竄了兩下，一陣陰風襲來，我瞬間渾身冰涼。

突然，我清晰地聽到自己的耳邊好像有什麼東西在呼吸！

我的神經迅速緊繃，一手提燈，一手就去摸自己背上揹著的玄木鞭。因玄木鞭上附有原始天符，一般的妖魔鬼怪根本不敢近身，因此，這柄玄木鞭也是我的護身符。

耳邊的呼吸聲十分清晰，那聲音巨大而深沉，像是什麼巨獸在睡夢中發出的沉重呼吸聲。我緩緩轉身，提起手中的燈籠照去，可是，我的身後空無一物，除了黑漆漆的樹林，什麼都沒有。

頓時，耳邊的呼吸聲也消失不見。

奇怪，難不成是我出現了幻聽？

前方不遠就是白天的那條小河，我裹緊了灰布長袍，心一沉，便向前走去。可是我剛剛邁開腳步，耳邊的呼吸聲便再次出現！

只不過這一次，聲音更加眞實，距離更近。我緊閉雙眼，手握玄木鞭，在心裡默唸阿彌陀佛。我既不是和尙，也不是道士，更不是法師，因此根本沒有系統地學過什麼陰陽符咒或者佛經，只能每次都靠阿彌陀佛之類的來敷衍了事。因爲我知道，不管我唸的是什麼，都只不過是一種強迫自己鎭定的心理暗示罷了，沒人管你到底唸的是唵嘛呢叭咪吽，還是眞主阿門。

我努力讓自己鎭定，調整均勻呼吸。好了，姜楚弦，你身手了得，哪有什麼鬼怪能近得了你的身？別這麼沒出息，自己嚇自己。這麼想著，我便緩緩睜開了眼睛。

可是，四下居然一片漆黑！

怎麼回事？我的燈籠什麼時候熄滅了？

該不會遇上鬼吹燈了吧？我急急忙忙地從懷中摸索著火柴，卻在慌亂中不愼掉在了地上。眞是倒楣！我強裝鎭定，眼睛適應了一會兒四周的黑暗，發現其實身邊根本什麼都沒有，依舊是靜悄悄的小樹林，依舊是安靜的小路，依舊是緩緩流淌的小河……不對！那是什麼？

只見那條小河中央出現了一個紅色的身影，沿著河流的方向正緩緩往東流去。那是個十分明顯的人形，而且根據她的頭髮長度和體型來判斷，應該是個瘦弱的女人。可是，她卻是一動不動地仰面躺在河面上，不像有生命氣息……難道……是一具浮屍？

我管不了那麼多，若是有人溺水，肯定早就有呼喊的動靜，可我從剛開始就站在這裡，根本沒聽到有人呼救，甚至連落水聲都沒有。這麼說來，那紅衣女子定不是普通人了。

想到此，我渾身打了個哆嗦，丟下早已經熄滅的紙燈籠，連滾帶爬地回到了婆婆的家。

婆婆見我神色慌張，卻沒有詢問我去了哪裡，反而黑著臉給我舀了一碗熱水，讓我喝下壓壓驚。

「師父，你去哪裡啦？」靈琚睡眼矇矓，從屋子裡探出腦袋問我，看樣子是剛睡下。

「沒事，我……我去巡視了一下，看看村子裡有沒有不乾淨的東西。」我對著靈琚隨口胡謅。靈琚也不知道聽懂沒有，吸了下鼻子就抱著那隻小雁繼續回房間睡下了。

我的一身冷汗在熱水的溫暖中漸漸散去，我驚魂未定地朝門外那條小河的方向看了看，就趕緊轉身準備回屋睡覺。

突然，那個婆婆在我身後輕聲說道：「那條河，可萬萬沾不得。」

我看婆婆像是有話要說，便急忙擺出一副洗耳恭聽的模樣。可誰知道，婆婆僅僅是這樣提醒了我一句而已，然後就一言不發地轉身回屋。

不管了，大不了晚上化夢去婆婆夢境中看一看，說不定能得到其他的一些資訊。其實，我本可以完全當作沒看見婆婆腳腕上的那雙白手，在婆婆家借宿一晚，第二天拍拍屁股就走了，婆婆的生死也都和我沒有半點關係。可是，我卻根本做不到。

或許，我算是有良心的吧，雖然我很不想承認。以前，我總是罵師父沒良心，成天就知道騙人家的錢自己吃喝，有時候，他們其實根本沒有被邪祟附身，只不過是精神壓力大而經常做噩夢罷了，師父也會忽悠著人家，到了晚上，隨隨便便吹一曲〈安魂曲〉就敷衍了事，根本不用化夢，甚至都不需要食夢貘出場。所以，我是一直都看不慣師父的行爲。

結果到了現在，輪到我來做這些的時候，我為了生計不得不張口去問別人要錢，漸漸地，我也慢慢發現自己和師父沒什麼區別了，哄騙嚇唬別人起來也是一套一套的。可是唯獨有兩種人我實在是下不了手，也沒辦法放手不管，一種，就是靈琚那樣的小孩子；另一種，就是婆婆這樣孤苦的老人家。

哎，我姜楚弦還是有惻隱之心的嘛。

靈琚已經抱著小雁睡著了，我坐在靈琚的身邊等待子夜的降臨。師父曾經說過，在子夜時分人睡得最熟，這個時候去化夢往往最容易，而且不會輕易被化夢對象察覺。就算是婆婆醒過來，也不過是以為自己做了一個夢。

時間差不多了，我揣起青玉笛和玄木鞭，輕聲輕腳地走出了房間。

婆婆睡在裡屋的床榻上。說是床榻，其實也和我們的枯草堆差不多。婆婆身上蓋著的紅色被褥，被面上有一對手工織繡的精緻鴛鴦。這種被子一看就知道是婆婆年輕時候出嫁為自己準備的嫁妝。那個時候人比較窮苦，大姑娘出嫁，往往都是自己動手繡個被面當嫁妝。手工不靈巧的，就繡一個大紅色的雙喜字；手工靈巧的，往往就會繡一對活靈活現的鴛鴦。

被子雖然年代久遠，可是被婆婆保存得十分完好。我站立在婆婆身邊，若有所思地吹響了青玉短笛。

這次，我把曲子吹得十分柔和，而且比平時都要緩慢。一曲終了，婆婆一直緊皺的眉頭漸漸舒展，臉上掛著祥和的微笑。時機成熟，我打開腰間的葫蘆，阿巴從一縷黃煙幻化成圓潤的獸形，抖動了兩下身子，四下打量了周圍破舊不堪的環境，然後歎了口氣：「哎，姜楚弦，你是要餓死自己啊？」

「餓不著你不就行了。」我懶得和它廢話。

「你現在也不是一個人了，身邊帶個小丫頭，你就不想讓她吃飽穿暖嗎？你以爲自己是行俠仗義的英雄嗎？」阿巴一臉不滿地坐在婆婆身邊，趴在她身上聞了聞。

「你今天好囉唆。再不閉嘴，這個噩夢你就別想吃一口！」我用手戳了戳阿巴圓潤的腦袋威脅道。

「眞是狗咬呂洞賓，我這不是爲你好嗎？眞是麻煩死了。」阿巴用它那反光的貓眼瞥了我一眼，然後就停止了說話，猛然張開大嘴將我吞了下去，而後化作一縷黃煙，鑽入了早已經熟睡的婆婆的鼻孔裡。

4

一陣眩暈之後，我穩穩落地來到了婆婆的夢境中。誰知道我剛一下腳，就一下子踩了個空。隨即，我瞬間被冰冷的水所吞噬。

做食夢先生，說白了就是拿自己的生命開玩笑，在別人的夢境中冒險。貿然闖入他人的夢境，是存在很多未知的危險的，比如曾經，有人的夢境是遠古洪荒時代，異獸遍佈各個角落，你根本不是它們的對手；有人的夢境是一個冗長而複雜的迷宮，我也一樣差一點被困死在裡面；有人的夢境是個陰森可怖的心理陰影，鬼魅隨處可見，我雖是個漢子，可也經不住那樣高密度的驚嚇……再比如，現在這個婆婆的夢境，竟然是一眼望不到頭的水，除了水，還是水。

我若是不慎在別人的夢境中失手，自己也很可能會魂飛魄散，陷入其中，再也無法從別人的夢境中出來，從而成爲對方意識的一部分，永遠失去肉體，並且根本入不了輪迴。

所以我師父才說，我們賺的是冒險錢。

我在水中划動雙手，黑漆漆的水中根本什麼都看不到。頭頂倒是有微弱的亮光，我無奈只好先向上游去。這水很冰冷，和之前靈琚掉進那條河裡時候的感覺幾乎一模一樣。

不會吧？

我雖然心裡有些發怵，可是這畢竟是在夢境中。不管怎麼說，我獨立做食夢先生已經四年有餘，或多或少還是有一些應對能力，在夢境中，我才應該是掌控全域的人。我這麼想著，就已經游了好遠，幾乎能看到頭頂的水面。

果然，我鑽出水面，一眼就認出來這是什麼地方。

這裡就是村子外面那條河，而我剛剛就是沉溺在了河水中。現在夢境正是大中午，道路上沒有人煙。只不過，這條河的水量好像都要比之前我看到的要多一些，旁邊的村落也更加破敗和陳舊，倒像是好幾十年前的村莊。

我一邊划水向岸邊，一邊觀察著四周。沒想到我剛一上岸，面前就出現了一張俊朗少女的臉，她伸手遞給我一個魚簍，還不停地催促著我：「快點！」

什麼情況？她好像認識我？我第一次在夢境中遇到這種情況。因爲我對那些入夢的人來說，只不過是個普通的陌生人，他們夢境中的一切都應該和我沒有關係，我只不過是以一個旁觀者的身分在夢境中找出因果和作惡的主謀，可這個少女卻對我熱情有加，明顯是把我當成了熟人。

我愣手愣腳地爬上岸，那個少女打量了我的雙手，然後一臉洩氣的樣子嘟起嘴巴：「什麼啊，一條魚都沒有啊！」

哦，敢情我剛才下水是要捉魚啊？

我有點不知所措，一下子不知道該怎麼擺清自己的位置，於是只能站在那裡對著那個姑娘傻笑。那姑娘長得很漂亮，兩根黑亮的麻花辮子一直垂到腰際，穿一身碎花的罩衫，挽起褲腿站在河邊，懊惱地收回魚簍，一邊往回走一邊不滿地嘟囔著：「怎麼這麼大的人了，連條魚都抓不到呢？來不及了，人家都已經提著準備好的魚在路上了，我們還在這裡現抓！哼！」

順著她的目光，我的確看到遠遠的有不少人都提著魚簍正往遠處走去。

我雖然不知道抓魚是要幹什麼，但是我知道，我現在必須搞一條魚出來，才能繼續推動夢境。

我二話沒說，轉身就再次跳入了河裡。

我從小跟著師父過著流浪的生活，採野菜捉河魚這種小事幾乎是我的必修課。我再次潛入河水中，定睛看去，在我前方不遠處就有幾條聚堆兒的草魚。我放慢划水的頻率，儘量減小動作的幅度，緩緩地繞到了那幾條魚的附近。

捉魚要捉頭，也就是說，抓魚的時候要從魚的正面進攻，而不能站在魚的身後。那幾條魚很是機敏，見我靠近，竟然也不慌不忙，反倒是擺動尾巴轉個了方向，隨時準備逃走。

我姜楚弦長這麼大，還沒有捉不住的魚！

我若無其事地從牠們身邊漂過，並沒有去伸手觸碰牠們的安全底線。那幾條魚看我不像有威脅，就沒有管我，繼續在水中的石頭縫裡尋找著食物。就在我划過一條魚身旁的瞬間，我猛然伸出雙手掉轉方向，向一條最大的魚的頭部撲了過去。

那魚很敏捷，發覺有情況就立刻擺尾試圖逃脫。可是，我正在牠的前方，雙手包圍了兩側，牠根本沒有可以逃走的地方，只得乖乖束手就擒。

我一口氣也憋得差不多了，指頭死死卡住魚鰓，就急忙浮了上去。

那個辮子姑娘仍舊焦急地站在河邊等我，見我這次上來手裡抓著那麼大一條魚，臉上頓時笑開了花：「潤生，你太厲害了！」

潤生？姜潤生？

原來，她是把我當成我師父了？那這麼說……這個姑娘，原來認得我師父？

婆婆的夢境中居然有認識我師父的人……沒想到，這個婆婆居然和我師父有過交集！我頓時來了興趣，也對這次歪打正著見義勇爲的化夢行爲感到萬分慶幸。

不對啊！我把魚遞給這個姑娘，一邊上岸，一邊低頭打量著自己。只見自己上身並無衣物，下身穿著一條十分普通的農家漢子穿的粗布褲子，打著赤腳，活脫脫一個農夫的標準形象。根據以往的經驗，化夢之後，不管我在別人的夢境中遇到什麼，我還依然是我，是個與做夢主體沒有任何交集的陌生人，是個夢境的旁觀者，自然還保留著我本身的面貌。但是，我面前的這個姑娘居然開口就叫我師父的名字，難道我此時此刻的容貌變成了師父的樣子嗎？

這麼想著，我便急忙看向河裡的倒影，因爲我也很好奇一直掩面的師父到底長什麼樣。可是，讓我感到奇怪的是，河中的倒影仍舊是我姜楚弦那張宛如小白臉的精緻面龐，樣貌沒有發生任何改變。

那這個姑娘……又是怎麼會把我認成師父的呢？

這時我才注意到我脫在岸邊的衣物，衣服下面，壓著我那柄玄木鞭。

哦，估計是因爲這個吧。師父常年掩面，沒人清楚他的樣貌，或許，這個辮子姑娘是靠那玄木鞭而把我當成師父的吧。原來如此，我對自己的猜測表示認同。

「怎麼了？傻啦？怎麼不說話呢？」辮子姑娘揹起魚簍，用手在我面前晃了晃，打斷了一直在思考的我。

「沒什麼。」我回過神來對她笑笑。

「趕快走吧，要不然都來不及了，今年又得不了名次，獎金永遠分不到咱們頭上！」辮子姑娘說著就拉起我往山上走去。

「去哪兒？」我對師父曾經的這一段打魚生涯一無所知，只好開口詢問。

辮子姑娘停下腳步，上前摸了摸我的額頭，然後一副不可思議的表情說道：「你眞的傻了？

我們不是要去參加打魚節的嗎？我們不是說要抓上來一條最大的魚，把月呈他們給比下去嗎？」

打魚節？原來這小村落裡，竟還有這樣的風俗節日。

「月呈是誰？」我對這個陌生的名字表示疑惑。

「哎呀，潤生！你再這樣鬧，我可要生氣啦！月呈啊，咱們家隔壁的月呈啊！」辮子姑娘顯然是著急了。

我急忙裝模作樣地拍了拍腦袋：「哦，對啊。嘿嘿，我逗你玩呢。不是要去打魚節嗎，趕緊出發吧！」我怕我再問下去，這辮子姑娘肯定要生氣。哄女孩子那麼可怕的事情，我可不想插手。

我們一路狂奔，我這時才清清楚楚地看了看這個夢境中的仙人渡鎮，它和我所在的仙人渡鎮有些不同，感覺上要更加荒涼一些、落後一些……不對，如果我師父曾經在仙人渡鎮待過，那一定是還沒有我的時候，因爲我的腦海裡完全沒有關於這些的記憶，那也就是說，這裡應該是好多年前的記憶。

「哎，現在是什麼日子？」我隨口問那個辮子姑娘。

「七月初八打魚節，怎麼了你？老是問奇奇怪怪的東西。」

「不是，我是說，現在是什麼年份？」

辮子姑娘氣急敗壞地停下步子，嘟起嘴巴狠狠瞪了我一眼，不耐煩地報出了一個讓我目瞪口呆的年份來。

這夢境……居然是四十年前的仙人渡鎮！

有些好笑。我從沒想過，居然會從一個陌生婆婆的夢境中接觸到四十年前的師父。四十年前……我今年二十有四，如果我被辮子姑娘當作了四十年前的師父，那麼粗粗算下來，師父他老人家居然已經有一甲子的歲數了？雖然師父常年掩面，我並不知曉他的準確年齡，可在我的記憶中，他並沒有那麼蒼老，反倒像正值壯年。這其中的差異讓我一時間有些迷亂。

不對！先不說我師父年齡的問題，我忽然反應過來，如果辮子姑娘把我當成了師父，那麼存在於婆婆記憶中眞正的師父又到哪裡去了？爲什麼沒有出現在這個夢境中？若不是我因化夢而來到這裡，那麼這個姑娘本該在河邊等著的人又到哪裡去了？

我後背一陣冷汗，說實話，我獨自行走這麼多年，還從未遇到過這樣的情況。以往都是作爲旁觀者，現在卻不得不擔任夢境中的角色，這讓我一時間有些不知所措，更無法解釋本來的師父到哪裡去了。我只能是承認自己功力尙淺，看不透夢境的奧妙。

現在想這些也沒用，還是跟著姑娘去打魚節看看，看這個婆婆到底是沾染了什麼邪祟。

婆婆……不對！如果夢境是四十年前，那麼婆婆在這個時候一定還是個年輕的小姑娘！難道說……我不自覺地看向那個拉著我狂奔的辮子姑娘，卻怎麼也沒法把她和面相兇惡的婆婆聯繫在一起。

糟了……之前粗心大意，沒有調查清楚就莽撞化夢，我居然忘了問婆婆叫什麼名字！這樣，我就根本不知道在四十年前，出現在夢境中年輕的小姑娘們到底哪一個才是眞正的夢境主人！

哎，完了完了，只能走一步算一步了。

越往山上走，人就越多。我看四周都擠滿了年輕力壯的小夥子和一些面色紅潤的年輕丫頭，人人手裡都提著魚簍在焦急地排隊。那辮子姑娘拉著我趕緊站到了隊伍的盡頭，然後喘了口氣說：「哎，終於趕上了。」

我舉目向前看去，山頂人頭攢動，彩旗飄揚，好不熱鬧。人們都掛著笑臉，雖然穿著都樸素簡單，可是那種發自肺腑的開心從內而外地洋溢著。山頂的正中間，還扯著一條紅色橫幅，上面用蒼勁的毛筆字書寫著：仙人渡鎮打魚節。

看來這個打魚節對仙人渡鎮來說，是個十分重大的節日。

「喲，姜潤生，這次怎麼還空手來呢？」忽然，排在隊伍前面的一個短髮女子轉過頭來看了我一眼，然後輕蔑地笑了笑。這個姑娘穿著素色長裙，看起來倒是挺面善，可是說起話來怎麼就酸酸的。她的身段玲瓏有致，皮膚卻有些粗糙，看樣子是個典型的經常做活的鄉下丫頭。

我身邊的辮子姑娘很不服氣地往我面前一擋，一副要替我做主的模樣：「月呈，你可別得意得太早！」說著，辮子姑娘舉起了手中的魚簍對著她晃了晃。

哦，原來辮子姑娘的對手月呈，就是我眼前的這個短髮丫頭啊。

「喂，上一次打魚節是誰贏了？」我趴在辮子姑娘的耳邊悄聲問道。

「你失憶啦？去年你剛來我們村子，正巧就碰上了打魚節。你還對我誇下海口，說一定幫我取勝。結果呢？還不是人家月呈又拿了獎，害我被嘲笑了一整年。今年好不容易說要報仇雪恨，你又在這裡裝糊塗！」辮子姑娘氣呼呼地對我說著。

原來如此。我點點頭對她笑了笑：「放心吧，你沒看這條魚這麼大，咱們贏定了！」

辮子姑娘奇怪地瞥了我一眼：「哼，拿大獎我就不指望了，好歹要拿個重量名次吧。」

「大獎？重量名次？這打魚節不是比誰打的魚大嗎？」我頓時對這比賽的規則感到莫名其妙。

辮子姑娘很不耐煩地對我揮揮手，抬手指了指前方不遠處的一塊告示牌。那告示牌上用毛筆十分工整地寫了幾條規則，大意就是說，在打魚節前，鎮長會在全鎮人的面前將一顆做了標記的珍珠放入一條魚的嘴裡，讓那魚將珍珠吞下，然後再將魚放回到鎮子裡的那條河中。隨後，正式開啓爲時一週的打魚活動，每個人限拿一條魚來參加比賽，排隊依次過秤，然後再將魚剖開肚子，看看裡面是否有珍珠。捕到有珍珠的那條魚的人，就會拿到打魚節的大獎，是一筆十分豐厚的獎金。其次，比賽將會按照所捕魚的重量，分出排名，前十名的參賽選手，都可以獲得一筆可觀的獎金。

規則很簡單，但是我不禁疑惑，這大獎不就是純粹靠運氣嗎？每條魚除了大小不同都長得幾乎一模一樣，怎麼能在水裡分辨出哪一條才是吞下珍珠的那條呢？

我不禁覺得好笑。這四十年前的村子爲了鼓勵人們捕魚，竟然還能想出這樣的招數來。

排隊過秤持續了很久，當排在我們前面的月呈姑娘提起她捕到的那條魚的時候，所有人都驚呆了。那條魚足足有一成年男子手臂那麼長，沒想到在這種小河裡，居然還有這麼大的魚！辮子姑娘顯然是有些著急了，埋怨地看了我一眼。

沒辦法，技不如人啊。我都已經這樣盡力了，若是真的換作我師父潤生，捉來的魚還不一定有我這條大呢。

公證人員將月呈的那條大魚放在了秤上，認眞地看了看秤上的數字，然後轉身在後面的公告牌上寫下了一個數字。數字寫出來剛一落筆，圍觀的人們就整齊地發出了一聲讚歎。

「看來今年又是月呈姑娘贏了。」

「對呀，每年她捕到的魚都是最大的。」

「月呈姑娘眞是好水性啊。」

……

隨著圍觀者的討論，辮子姑娘更加著急了。她像是游水一般雙臂撥開了擋在面前的幾個男子，然後將自己的魚簍往公證臺上面狠狠一擺，挑起眉毛瞥了眼一旁的月呈，說：「來，先秤我的！」

看來鎮子上的人都知道辮子姑娘和月呈不和，紛紛擺出一副看好戲的樣子自覺地讓開。公證員也不好說什麼，只好面露尷尬地拿起我剛剛捉到的那條魚放在了秤上。

公證員報出了一個和我想像中差不多的數字。當然，還不足月呈姑娘那條魚的一半。

辮子姑娘頓時就紅了眼睛。我見大事不妙，想趕緊找辦法補救，卻也無能爲力，只能輕輕拍拍她的肩膀：「沒事沒事，不是還有明年嗎。」

「姜潤生！明年明年，你上次就說明年！你不是說了，這次打魚節一定拿一筆獎金，然後回去娶我的嗎？你現在又是明年，你到底什麼意思！」辮子姑娘一把鼻涕一把淚地哭訴著。旁邊看熱鬧的人越聚越多，我臉上紅一陣青一陣的，卻又不能說什麼，只能心裡默默罵那個處處留情的該死師父。

姜潤生啊姜潤生，你貪財好色的習性原來這麼早就有了？這下鬧大了吧，我是救不了你了，反正待會兒婆婆夢一醒，這其中的愛恨糾葛和我也沒半點兒關係。

等一下……我幡然醒悟。我從來都不知道我師父有過這麼一段情史，師父他雖然好色，但是從來沒有過一個眞正的老婆，至於他喝醉酒時提到的他禍害過的女人，從來也都只有我正四下尋找的寶璐這麼一個。那麼，如果我在青水古鎮找不到那個寶璐，會不會在隔壁鎮子上這個嚷著要嫁給我師父的辮子姑娘就是寶璐呢？

不會……這麼巧吧？

「你……是寶璐？」我有些不相信，試探性地輕聲問道。

「姜潤生！你個白眼狼！我看你流浪可憐收留了你，你也答應我要娶我爲妻，沒名沒分跟了你一年，到頭來，你連我的名字都記不清了！我不是寶璐，難道她是啊！」辮子姑娘哭著，用手狠狠指了指一旁圍觀的月呈。

「不不，我不是那個意思……」看來，這個辮子姑娘果然是寶璐沒錯了。

一邊的月呈好像有些看不下去，揚了揚齊耳的短髮主動走上前來挽住我的手：「寶璐，你不要無理取鬧了。潤生明明是自己要留在村子裡的，吃的又不是你寶璐一家的飯。再說了，你憑什麼逼人家娶你？你問過他，他願意嗎？」說著，月呈抬眼看了看我，隨即嬌羞地低下了頭。

我去，我師父這是玩火自焚啊。說到底，原來，可不僅僅是寶璐一個姑娘啊！

就在我不知所措的時候，旁邊公證臺傳來了一陣歡呼聲，所有人頓時都簇擁過去，我和寶璐、月呈也被人群擁著往那邊走。直到走近了才發現，原來是他們從魚肚子裡剖出了那顆大獎的珍珠！

「是誰的魚？」眾人都十分好奇。

公證員也很激動，捏著那顆血淋淋的珍珠看著我們，然後緩緩地吐出了兩個字：「寶璐！」

辮子姑娘瞬間張大了嘴巴，不敢相信地看向我。說實話，我也不相信自己有這樣的狗屎運，也得虧了是在夢境中。寶璐在短暫的震驚中回過神來，隨即就開懷大笑，晃動著兩條粗大的辮子一下撲進我的懷裡：「姜潤生！我就知道……我知道你不會虧待我的！」

懷裡的寶璐喜極而泣，一旁的月呈臉色十分難看。那這麼說……按照這夢境的發展，我師父的確是拿了獎金然後娶寶璐爲妻了？但是後來，師父爲什麼又離開了這裡，拋棄了寶璐？而現在變成老婆婆的寶璐姑娘，又是爲什麼被一雙慘白的鬼手拖住了性命？

我正疑惑著，忽然感到腳下一軟，發現身邊的景物都開始虛化並且扭曲。怎麼回事，夢境怎麼突然開始坍塌？難道是婆婆要醒了？

還沒想明白，我就腳下一空，一陣眩暈。

5

再睜開眼，我就已經跌坐在婆婆的身邊。外面已經有了雞叫聲，晨星還未落下，東方卻已顯現出魚肚白。我緩過神站起來，發現婆婆果然是醒了過來。她緩緩坐起點燃了一旁的油燈。一燈如豆，昏黃的燈光映襯著婆婆佈滿溝壑的臉龐，全然沒有了之前的兇神惡煞，反而一臉的滿足與慈祥。可是，我細細看去才發現，婆婆早已經老淚縱橫。

被婆婆發現我莫名其妙出現在她的房間，讓我一時間有些不知所措，只好尷尬地對婆婆點點頭，轉身就要逃走。

「原本……我只是以爲長得像。可沒想到，你也有進入別人夢境的本領……」婆婆忽然開口說話。我一聽，便立刻停下了逃跑的腳步，轉過身來吃驚地看著婆婆。

「姜潤生，是你回來了嗎？」婆婆滿臉期待地看著我，眼中的淚花像是一柄鋒利的匕首，直直地插入我的心臟。

我有些哽咽。我不忍心傷害婆婆……不，應該說，我不忍心傷害寶璐姑娘。可是……我除了告訴她眞相之外別無選擇，更多的隱瞞有時候往往會造成更大的傷害：「對不起……婆婆。姜潤生是我的師父，我叫姜楚弦。」

婆婆並沒有驚訝，隨即苦笑著搖搖頭：「我就知道不可能的……都已經過去四十年了，不可能還是年輕時候的樣子。不過還是謝謝你，讓我做了這麼一個美滿的夢……」

看來她也應該明白，事情已經過去四十年，我師父不可能還像我這般年輕。不對……我突然意識到，在方才的夢境中，寶璐把我當成年輕時候的師父也就罷了，可就連在現實中，婆婆也說我和師父長得像。難道說……我急忙衝過去雙手扶住婆婆的肩膀：「婆婆，您以前是不是見過我師父到底長什麼樣？」

婆婆也有些被我嚇到了，卻還是如實地點了點頭：「你長得，的確和你師父年輕的時候幾乎一模一樣……」

因太陽還未升起來，屋子裡還是有些陰冷。婆婆披上被子，在一旁生起了火堆，然後緩緩地向我道來關於我師父曾經的那一段記憶。

四十年前，仙人渡鎮還是一個十分貧困落後的小村落，村子裡沒有什麼可以賺錢的營生，直到後來有人發現，村子裡的那條河中居然有源源不斷的魚苗。於是，村子裡的一些年輕力壯的小夥子就開始了捕魚的營生，將捕到的魚賣給其他的村子。雖然生產力低下，他們沒有使用漁網大規模捕魚，而是靠人力潛入河水中，但也能捕魚蝦，還能時不時找到一些河底的蚌貝，從裡面摸出天然的珍珠來。仙人渡鎮也因這條河而慢慢富足了起來。

後來，村裡的女孩子不甘在家中帶孩子，也加入到捕魚的隊伍中。沒想到，女孩子憋氣游水的能力比男孩子還強，潛一次水往往能捉不止一條魚。於是，那些女孩子漸漸成爲捕魚的主力。這些捕魚的女孩子，被人們稱作「河女」，一方面是指這些女孩子以河爲生；另一方面，還指這些女孩子是河水的女兒，暗含了一種祝福和祈禱，以免河神動怒，輕易取了這些女孩子的性命。因爲河底畢竟有很多水草和未知的危險，雖然至今還沒有發生過溺亡事件，但還是小心爲妙。

之後，村子就開始舉辦了一年一度的打魚節，這些「河女」都是參加比賽的主要選手。那個時候，寶璐和月呈都是村子裡很出名的河女。本來，這兩個人小時候是最好的朋友，後來卻因爲打魚節的比賽，漸漸轉化成了競爭對手，二人的友誼也逐漸走向盡頭，最後成爲死對頭。

在又一年打魚節到來之際，我的師父流浪到了這個小村落，被這裡獨特的捕魚生活所吸引，便在此停歇了腳步。婆婆說，我師父年輕的時候幾乎長得和我一模一樣，都是一樣的粉面少年，也都有一張善於哄騙女孩子的嘴皮子。當然，第一點我十分贊同，第二點分明和我沒什麼關係。

不過，這也解開了我心中的疑團。原來我師父年輕時候的容貌，果然和我極其相似。這也解釋了他爲什麼在收留了我之後就開始掩面，原來他是怕我看到他的樣貌和我一樣會嚇到。但是到後來，我漸漸成年懂事，可師父爲什麼還是不肯摘下面罩，以自己的眞實面貌示人？聯想到師父並不老態的樣子，我不禁懷疑，難道師父口中的那些秘密之一，便是能長生不老？

還有，我和師父到底是什麼關係，我倆的容貌爲何如此相像？

師父他……究竟在對我隱瞞什麼？

婆婆繼續講述之後的故事。後來，師父在村子裡留下來，也加入到捕魚的隊伍中，並且，漸漸和村子裡當時最吸引人的兩名年輕河女成爲朋友。我師父夾在月呈和寶璐這兩個死對頭之間其實並不好受，但是我知道，我師父心底裡是喜歡寶璐的，不然，也不會在每次喝醉酒的時候都呼喚著寶璐的名字。

「你師父告訴我，他有進入別人夢境的本領，我不相信，還非讓他進入我的夢境試試看。沒想到，他果眞不是騙我的，就連他的徒弟……」婆婆說著看了我一眼，『就連他的徒弟，也能隨隨便便進入我這個老太婆的夢境中……』

我不好意思地撓了撓頭，猶豫了一下，還是沒有告訴婆婆她腳腕上那雙白手的事情。

「不過還是謝謝你了，給了我一個夢寐以求的結局。」婆婆說著，臉上浮現出一絲微笑，之前兇巴巴的表情全然不見。

看來在夢中，我師父贏取了獎金，寶璐姑娘便依照之前的約定和師父成了親，這對於婆婆來說，的確是個十分美滿的結局。可是我知道，事實並不是這樣圓滿，肯定有什麼其他的理由，我師父最後才會選擇離開寶璐，離開仙人渡鎮。

「那……我冒昧問一句，您最後，是怎麼和我師父分開的？」我糾結了半天，還是問出了心中的疑團，說不定這和我師父失蹤的事情有所關聯。

婆婆眉頭一皺：「分開？」

「是啊……我師父，最後不是拋棄您離開了仙人渡鎮嗎？」我補充道。

婆婆連連搖頭：「開什麼玩笑，我和你師父根本就沒有發生過什麼……」

我也愣了：「不是，不是說贏了獎金，您和我師父就成親嗎？難道那個時候，你們根本就沒有贏取獎金？」

婆婆頓時明白了，然後搖頭無奈地苦笑：「小兄弟，是你理解錯了。你師父當時說要娶的人不是我，是寶璐。」

啊？我大跌眼鏡：「婆婆您不是寶璐？！」

「我是月呈。」婆婆說著，一臉坦然地看著我。這麼一說，婆婆的樣貌的確和那短髮的月呈有些相似。

我瞬間凌亂了：「那……那長辮子的寶璐呢？」

婆婆的眼神瞬間黯淡了，然後急忙避開了我的目光，似乎是想要逃避這個話題。我的直覺告訴我，這裡面肯定有蹊蹺。

在我不捨的追問下，婆婆最終還是鬆口了：「寶璐，就是在那年打魚節的時候，死了。」

死了？寶璐死了？這和我剛才在夢境中看到的根本不一樣，怪不得婆婆說這夢才是最好的結局。

「寶璐是怎麼死的？」我窮追不捨。

月呈婆婆這下徹底不理我了，站起身來端起一個鐵盆去院子裡餵雞了。這時，隔壁房間的靈琚醒了，獨自穿好了衣服，揣著那隻小鳥走到這邊，看到我在婆婆的屋裡坐著，一臉驚訝：「師父，你怎麼在這裡呀？」

我笑了笑，只好把心中的疑惑暫時放一旁。

看來，解開月呈婆婆的心結，才是瞭解寶璐死因、瞭解那雙白手來歷、瞭解我師父去向的最終關鍵。

6

我決定去村子裡面走訪一下，看看有沒有人瞭解四十年前的那個打魚節到底發生了什麼。

靈琚餵飽了小鳥，非要跟著我一起去村子裡轉悠，無奈，我叮囑她不要亂跑，就任她跟在我後面。

話說那隻白毛棕斑的小鳥經過一晚上的休養，已經能勉強站立起來了。早上吃了不少稻穀，現在就臥在靈琚的頭頂一動不動，就像是隻好不容易找到媽媽的離群小雀。

「師父，你看小雁已經能站起來了，是不是再過上一段時日，小雁就能飛高高啦？」靈琚興奮地在我腿邊繞來繞去，我這時候才深切體會到「兒孫繞膝」這個成語的奧妙。

我沒工夫去搭理那隻鳥，只是敷衍地點了點頭。

靈琚一路上很興奮，一邊採著路邊的野花野草，一邊小聲哼唱著戲文。我們沿著一條小路往村子深處走，正巧看到有個婦人揹著竹筐在路邊走著，我便急忙整了整衣衫趕上去詢問：「您好。」

那婦人抬頭看我是個生臉，不由得有些警惕。

我清了清嗓子：「您好，是這樣的，我師父曾經在這個村子裡待過，和一個叫寶璐的姑娘有過一段交情。我想要詢問一下，這個寶璐姑娘現在在什麼地方？」

誰料，這婦人一聽「寶璐」這兩個字，登時變了臉，像是見到了妖怪一樣，倉皇轉身走了。

「哎……」我剛想去攔她，卻一想不太對勁，可又說不出來什麼地方不對勁。

就這樣在村子裡轉上一圈，無論老小，他們只要一聽到「寶璐」二字，都立即緘口莫言，擺手拒絕我的詢問，更有甚者，一聽寶璐的名字就連連跪地磕頭，嘴裡唸叨著什麼「阿彌陀佛不要來尋仇」之類的話語。

看來這個村子裡的人，對寶璐的死都十分忌諱。

「師父，大家怎麼都不喜歡和你說話呢？」靈琚似乎是感覺到了村民的態度，有些怯懦地拉扯著我的衣袖，躲在了我的身後。

我不知該怎麼向靈琚解釋，只好趕緊作罷調查，帶著她往回走。

這麼盲目地問下去不是辦法，我暗暗思忖，決心趁著白天再去那條河水附近查看一番。昨天晚上我偶然看到的那具紅衣浮屍，會不會和寶璐的死有什麼樣的聯繫？

我剛準備改變方向往小河那邊走去，卻突然想到了身邊還扯著我衣角的靈琚。小孩子天靈蓋未閉合，靈光尚存，可以見到大人看不見的東西，而且小孩子陽氣不旺，容易被陰氣侵擾而得病。貿然帶靈琚去小河邊，萬一有什麼差池，我也無法保證靈琚百分百安全。

我思索片刻，索性拉起靈琚坐在了一旁的石頭上，然後抓起一旁焚燒麥稈的灰燼就往靈琚粉嫩的臉蛋兒上塗抹。

「師父你幹嘛呀？」靈琚嚇了一跳，伸手就要擋。

「你聽話，師父要去那河邊一趟，你跟著不安全，所以師父幫你偽裝一下。」我對她笑了笑，然後拍了拍她的腦袋。靈琚似懂非懂地點點頭，就十分聽話地坐著不動，任我往她的臉上身上塗抹。不一會兒，本來清透可人的小丫頭，轉眼就變成了灰頭土臉髒兮兮的小叫花子。

邪祟本是由人心生，從人而來，天理迴圈之物。正直的人，鬼邪是無法靠近的，故民間有

「鬼七分怕人，人三分怕鬼」的說法。因此做食夢先生，第一條要學會的就是建立強大的心理防線，即便是看到了不該看到的東西，也要淡然處之。

邪祟乃殘存的意識，它們在害人之前必會通過人的大腦製造各種幻象，使人失去常心才能乘虛而入。我打小跟在師父身邊，自然是不會被輕易迷惑心智，但是靈琚不同，加之她又是小孩子，所以我不得不這樣做來保證靈琚的安全。

師父說過，鬼邪最怕六種人，分別是木匠、泥瓦匠、屠戶、惡人、孕婦和骯髒之人。木匠和泥瓦匠，是古代手工業者的代表，在古代是被看作神明的，尤其魯班，更是被眾人供奉的對象；而屠戶因為宰殺牲畜很多，所以身上有惡氣和牲畜的怨氣，所以一般的鬼邪不敢近身；至於惡人，鬼怕惡人古而有之，和人遇鬼打牆後破口大罵即可破除是一樣的道理；而孕婦，傳說女人懷孕後，頭頂會有三層金光護體，這是由於孕婦在人生生世世的迴圈中扮演了一個非常重要的角色，她負責把轉世投胎的魂魄帶到人間，因此，鬼是根本無法威脅到孕婦的；最後，骯髒的人是連鬼都瞧不上的，因此，我把靈琚塗了個滿臉灰，正是驅邪避害的好辦法。

靈琚變成了小灰人兒，便更加安靜地跟在了我的身邊，和我一起朝著小河走去。

白天，陰氣沒有晚上那麼重，村子裡也沒那麼潮濕。我們來到小河邊，我吩咐小灰人兒坐在一旁等我，而我，則要潛入河水中去看一看。

我將灰布長袍脫下，只穿著一條底褲。裝著阿巴的葫蘆還有青玉笛也都留在了岸上讓靈琚看著，我只攥了玄木鞭，活動了兩下筋骨就撲通鑽入了河水中。

河水還是一樣的陰冷，這和時下的天氣並不相稱。因此我更加確定了，這條河裡一定有什麼不尋常的東西。

潛下去之後我才發現，這條河和月呈婆婆夢境中的河已經相差太多，河中再也沒有成群的魚苗，取而代之的則是各種膨脹腐爛的水草。除此之外，河水的水量也大大下降，沒游兩下就到了底。看來，自從四十年前那個打魚節後，這條河就出現了異變，不僅不再產魚，甚至變成了死水。

一番搜尋無果，一口氣也憋得差不多了，我改變方向準備上浮。剛蹬了兩腳就輕鬆冒出了水面，頂頭的陽光刺眼，我一下子睜不開眼來。誰知道我剛冒出頭，就聽靈琚在一旁大聲呼喊：「師父！快跑啊師父！」

我用手抹了一把臉上的水漬，勉強睜開眼，就看見岸上的小灰人兒正焦急地朝我擺手。

怎麼了？我心生疑惑，想著就轉頭看向自己的身後，還未看清怎麼回事，就一下子被什麼東西給直直撞到了胸口，疼得我一口氣悶過去溺到了水裡。

我趕緊蹬腿讓自己再次浮出水面，剛鑽出來，就迎面看到一張腐爛的白臉向我這邊貼了過來。我下意識地用手去推，可誰知道這東西死沉，根本推不動，順著流水的方向就壓上了我，我這時候才徹底看清楚了這到底是個啥。

這玩意兒不是別的，正是昨晚上我看到的那具紅衣浮屍！

剛剛撞到我胸口的，正是這傢伙腐爛的腦袋！

我的第一反應竟不是害怕，而是更加疑惑地看向靈琚。靈琚沒學過探夢，怎能像我一樣看到實體化的邪祟？來不及思考，浮屍又壓了上來，我想推卻又推不開，於是只能順著流水的方向任她壓著我向下游漂去。浮屍的臉正對著我，那潰爛發白的皮膚冰涼黏膩，我不得不重新潛入水中才避免了和她的直接接觸。

我本想潛下去換個方向出來躲開浮屍，可誰知道，那紅衣浮屍的雙手竟然緊緊抓住了我的肩膀，讓我根本沒法轉身，於是只能任她鉗制著。她的雙手被河水泡得發白膨脹，正和月呈婆婆腳腕上的那雙白手一模一樣！

看來，作怪的就是這隻水鬼了。

不管了，我趕緊伸手去摸腰間別著的玄木鞭。我一口氣憋的時間不長，現在已經是極限，我可不想浮上去換氣的時候和一具浮屍來個深吻，只好先下手爲強了。

我握住玄木鞭的手柄，抬手就直戳女屍的腹部。由於水下有阻力，因此我雖用了很大的力氣，可攻擊效果並不明顯。不過還好玄木鞭自帶原始天符，剛一觸碰到女屍的身體，那女屍死死抓著我肩膀的雙手就鬆開了。

我趕緊趁此間隙浮上來換氣。此時此刻，岸上的靈琚正抱著我的衣物順著水流方向往我這裡小跑著跟來，衣服拖拉在地上狼狽不堪。靈琚看得見這女屍，因此我怕這女屍對靈琚不利，便急忙向靈琚喊道：「你站在那裡不要動！」

小灰人兒很聽話地停下了腳步，抱著我的灰布長袍站在那裡傻傻地吸了吸鼻子。

誰知道那具女屍竟很機敏，看我手中有武器，就猛然掉頭朝著岸邊靈琚的方向游去了。

「哎，你給我站住！」我急忙伸手一把抓住了那女鬼散開的長髮，阻止她去找靈琚的麻煩。

「你的對手是我，瞎跑什麼呢！」說著，我猛然發力一把將那女屍給揪了回來，舉起玄木鞭就朝女屍的胸口戳去。

那女屍靈活躲避，然後再次一躍而起朝著靈琚的方向直愣愣衝了過去，而我手中仍舊抓著她的頭髮，可她卻像是無所顧忌一般，硬生生地往靈琚那邊衝，只聽「唰啦」一聲，她的頭皮被我扯掉了一大片，身體卻還是向著靈琚撲了過去。

「快躲開！」我一把丟開手中的頭髮，迅速朝靈琚那邊游過去。

然而我的速度比不上那女屍。靈琚嚇得雙手抱頭蹲在了地上。眼看女屍就要觸碰到靈琚，只見金光一閃，女屍像是被什麼東西給瞬間彈開了一般，迅速鑽回了水面，消失在河面上。

我趕緊上岸去看靈琚，只見她仍舊是雙手抱頭蹲在地上瑟瑟發抖，身體卻並無大礙，看來剛才那女屍並沒有觸碰到靈琚。我上下打量著她，並沒有發現什麼奇特的地方。她怎麼能看得到邪祟，剛剛那道金光又是怎麼回事？難道是我隨手塗抹在靈琚臉上的炭灰眞起了作用不成？

正這樣想著，我看到那隻一直被靈琚揣著的小鳥從她的懷裡鑽了出來，抖了抖身上的羽毛，隨即虛弱地臥在了地上，像是剛剛經歷了一場劫難。

不會吧？我有些疑惑。

「師⋯⋯師父⋯⋯」靈琚被嚇得說不出話來，抬眼看我安然無恙地站在她面前，便「哇」的一聲哭了起來。

「好了好了，師父沒事。」我趕緊扶起靈琚，裹上了掉在地上的灰布長袍。

這時我才發現自己的胸口有一塊烏黑的瘀青，應該是剛才那女屍撞到我的時候留下的痕跡。我心有餘悸地回頭看了看此時已經平靜的河面，一絲漣漪都沒有蕩起，彷彿剛才的一切就是一場根本不存在的鬧劇。

現在還是趕緊離這條河遠一些吧，這大白天的，那水鬼就敢這般造次，要是換作晚上來，誰知道她的妖法還會不會大增。到那個時候，就算是我也不一定是她的對手。靈琚還有些沒緩過神來，一手捧著那隻疲憊的小鳥，緊緊跟在我的身邊。

或許小孩子天生陽氣弱，偶爾會看到一些普通人看不到的東西吧。我這般說服著自己，就牽著靈琚往回走。

7

一番走訪毫無收穫，看來只能回去再試試能不能從月呈婆婆口中問出些什麼，就在我們往回走的時候，突然被小路旁一個拐角處坐著的老爺爺叫住：「年輕人，剛才是你在尋寶璐嗎？」

我和靈琚雙雙停下了腳步。

這位老人年紀已十分大了，瑟縮在角落裡，抽著旱菸，用幾乎看不清顏色的瞳孔上下打量著我。我像是抓住了救命稻草一般，急忙坐在老爺爺的面前：「是的，我想問一下，寶璐姑娘她到底……」

「她到底是怎麼死的？」老人徑直接過了我的話。

我一時無語，只能點了點頭。身旁的靈琚捧起小鳥去一旁草叢裡捉螞蚱，留下我和這位老人在這邊單獨談話。

「其實村子裡沒有人不知道寶璐姑娘的死，但是他們都避諱，沒人敢隨便講起來。因為寶璐姑娘其實並沒有離開仙人渡鎮，她現在住在那條河裡，變成了那條河裡的水鬼。」老人手中捏著菸桿，坐在牆角的石頭上，抬頭看了看頭頂的太陽。

「水鬼？」這麼說，昨天晚上我看到的，還有剛才襲擊我和靈琚的那個紅衣浮屍，就是死去的寶璐姑娘？

老人點點頭：「寶璐姑娘是帶著極大的怨恨死去的，她死之後，就對我們這個村子降下了詛咒，那條河也很快就乾涸了，水量大大下降，已經不比從前，河裡從此再也沒有魚了。不僅如此，那條河的河水也不能用來做飯飲用了。」

「爲什麼？」怪不得之前我和靈琚掉進河裡，月呈婆婆會那麼緊張地看著我們，還給了我們毯子讓我們擦乾身子。

「之前有人喝了河裡的水，就開始日日夜夜做噩夢，飽受精神折磨。有的人受不了便自殺了。」老人歎了口氣，「所以到後來，我們各家都自己打井，找地下水喝。」

原來還有這麼一回事。死去的寶璐姑娘將怨氣通過河水注入村民的身體裡，才使村民產生了噩夢，因而進入了他們的夢境中。月呈婆婆肯定也是因爲喝了河水，才會被那雙白手纏身拖累的。只不過，寶璐姑娘似乎對月呈婆婆糾纏更深，才使得這麼久了，還深深植根於月呈婆婆的夢境中。

我看這個老人家似乎知道什麼內情，於是繼續追問：「那麼，寶璐姑娘到底是怎麼死的呢？」

老人再次看了看我，突然轉變了話題：「你眞的不是姜潤生？」

原來這個老人也把我當成了師父，怪不得要和我搭話。我向他解釋了姜潤生是我師父的事情，老人若有所思，才緩緩地點了點頭，告訴了我寶璐死去的眞相。

「寶璐就是在這條河裡淹死的。而我，當時目睹了她溺死的整個過程，卻根本沒有出手相救。」

老人家一開頭，三兩句話就足以讓我震驚，便趕緊示意老人家繼續。

「那時候，你師父說一定要幫寶璐奪得名次，拿了獎金好和寶璐成親。但是隔壁家的月呈姑娘和你師父之間也有說不清的關係，其實我們全村人都知道，你師父眼裡只有寶璐，月呈姑娘不過是單相思罷了。

「打魚節開始之後，月呈以爲只要拿到大獎，就可以吸引你師父的目光，因此總是趁夜晚大家都回去睡覺的時候來到河邊，打著燈籠掛在河岸，一次又一次地下河捕魚，想要抓到一條最大的。因爲在夜裡，魚都沉下去休息了，警惕性放鬆，比白天要更好抓一些。後來，有一天夜裡，寶璐偶然發現了月呈夜晚去捕魚的行蹤，於是就悄悄跟在了月呈的後面。

「那個時候，我們家孩子剛滿月，每晚都哭鬧得我睡不著覺，於是我常常一個人去河邊散步，那天正巧就看到了跟在月呈後面的寶璐。當時我不知道她倆要幹什麼，於是就悄悄躲在了樹林裡。月呈還是像平時一樣，把燈籠掛在岸邊就下河了。寶璐可能是覺得月呈一直對你師父示愛而對她造成了威脅，於是，也跟著脫下外衣下河了。

「當時我就奇怪，這深更半夜的，寶璐不會是下河要對月呈痛下殺手吧？就這樣想著，過了好久都不見二人上岸。我就有些害怕，怕她倆在水裡起了爭執，於是我考慮了好久才終於下決心要下河去救她們的，可誰知道，我剛準備站起來，就看見月呈一個人從河裡鑽了出來。

「先下河的月呈上來了，後下河的寶璐卻不見了。我當時就很懷疑。可是月呈從河裡出來之後，又先後潛下去了好幾次，就這樣反覆了幾次之後，月呈才坐在岸邊哭了起來。一直哭到了天明，她才打著燈籠匆匆忙忙地離開了。

「第二天，正是打魚節結束要比試的日子，結果到處不見月呈和寶璐的身影。直到公證員宣佈打魚節比賽結果，也就是在這個時候，河裡突然浮起了一具紅衣屍體，把當時在場的人都嚇得不輕。打撈上來一看，卻發現是早已經被泡得發白了的寶璐。

「由於當時沒有人知道寶璐是怎麼落水，又是怎麼溺死的，於是這件事情就被定調爲意外事件。可村子裡的人都知道寶璐和月呈不和，而那天打魚節比賽，月呈又很反常地沒有出現，於是，村裡就有人傳言，是月呈為了和你師父在一起，才在夜裡把寶璐給溺死的。而我作為唯一的一個目擊者，卻從來沒有對任何人說起過這件事情。或許是因為我懦弱吧，我怕我說出來，村裡人會責怪我為什麼當時不去下河救她們，所以……」

我聽得一愣一愣的，沒想到這事情的背後竟然這麼複雜：「所以您就一直保守著這個秘密，直到我出現，您把我當成了姜潤生，才告訴我這些？」

老人點點頭，眼中閃著淚花：「是的……只有我知道，一開始是寶璐動了壞心思，下河想要陷害月呈……可是我就是沒有說出來，害得月呈一輩子被人唾棄，直到老都還是孤身一人……」

我想起月呈婆婆破敗的院子，不禁聯想到她淒苦的一生……愛上我師父，我師父卻和別人定情；作為受害者，卻被全村人指責為兇手，在異樣的眼神中苟且過完了大半輩子……

「你師父在得知寶璐的死訊後就突然消失了，沒人知道他去了哪裡……後來，村子裡就開始發生一些奇怪的事情，河裡的水漸漸變少，魚也都消失不見，河裡的水喝下去就會不斷做噩夢……大家都傳言，是寶璐不甘心冤死的靈魂在作祟。可是我知道，事實一定不是這樣！」老人有些激動，「所以我告訴你這些，就是想讓你原諒月呈，寶璐的死真的和她沒有關係……」

「老人家您誤會了，我不是替師父來找月呈婆婆尋仇的。您放心，我肯定會幫月呈婆婆主持公道的。」我緊緊握住了老人家的手，並遞給了他一個堅定的眼神。

是的，我一定要還原事情的真相，給月呈婆婆洗清冤屈！

我帶著靈琚回到月呈婆婆的家裡，閉口不提遇到那位老人的事情。月呈婆婆見靈琚弄得灰頭土臉的不知道是發生了什麼，趕緊燒了一鍋熱水，一邊埋怨我，一邊幫靈琚洗乾淨身子。婆婆把靈琚的髒衣服也換下來洗乾淨，靈琚赤條條地裹在那大紅鴛鴦被子裡，傻兮兮地看著婆婆笑。

而我現在需要做的，就是等待夜晚的來臨。

夜色涼如河水，我先安撫靈琚睡下，然後瞪著兩隻眼等待月呈婆婆入眠。昨日已經沒有睡覺了，今夜要再戰，就必須打起精神來。

經歷了昨夜先斬後奏的化夢，月呈婆婆似乎對我有所戒備，遲遲不肯睡去，直到我假寐才騙過了她。不一會兒，就能聽到月呈婆婆平緩的呼吸聲。

依舊是一曲安魂，依舊是阿巴慵懶的嘲諷，我帶著老爺爺的信任，再一次潛入月呈婆婆的夢境中。

8

上一次月呈婆婆做了美夢，並且沒有邪祟出來搗亂，一定是因爲上次的〈安魂曲〉吹得太過柔和，讓老人陷入了安穩的睡夢。於是這一次，我改變了〈安魂曲〉的曲調，以確保月呈婆婆腳踝上的那雙白手能夠出現在噩夢中。

眩暈過後，我來到了月呈婆婆的夢境中，果然，這一次的夢境氛圍和昨天的大不一樣。這次正是夢境中的黑夜，而我卻隻身站在黑暗的小樹林中，看不到一絲亮光。

忽然，我看到前方不遠處有星火般的燈光在移動。我急忙尋了一個角落藏匿了起來。這次，我要好好做一個旁觀者，看看四十年前月呈和寶璐之間到底發生了什麼。

火光越來越近，映襯著光亮我看清了來人，正是年輕時候的月呈婆婆。她依舊是和上次一樣的精緻短髮，行色匆匆地揹著魚簍來到河岸邊，脫下了外套活動了幾下，就果斷地鑽入了水中。

我沒有上前，靜靜等候著。

果然，不一會兒就見又一個身影跟在後面來到了河岸邊，那人正是梳著大辮子穿著紅色罩衫的寶璐。看來，那個老爺爺說的的確是真的。

寶璐先是在河岸邊站了一會兒，然後來回踱步，像是在思考什麼。沒多久，寶璐就像是下定了決心一樣，二話沒說就鑽入了河中。

我突然明白了她在幹什麼。

她來回踱步，是在算計時間！

她在算月呈閉氣的時間，這樣就可以剛好在月呈將要憋不住氣的時候下去，輕而易舉地在水下溺死月呈了！我突然感到有些害怕，沒想到女人的嫉妒心居然這麼可怕，明明已經是自己的東西，爲什麼還要如此患得患失，一心想著把根本就沒有威脅的對手處理乾淨呢？

可是，明明一切都對寶璐有利，那爲什麼後來安全上岸的卻是月呈？爲了看清她們在水裡發生了什麼，我沒有猶豫，脫下灰布長袍就鑽入了河水中。

水下一片漆黑，我適應了好久，才能恍恍惚惚看清楚前方的人影。我不好湊近，只能在一旁遠遠看著。

只見寶璐潛到了月呈的身後，猛然一把拉住了月呈的腰部。月呈正要上岸換氣，被這突如其來的攻擊擾亂了氣息，一下子就嗆水了，於是痛苦地雙腿猛蹬水，絕望而用力地掙扎著。

寶璐畢竟瘦弱，而人在溺水將死的時候力量是十分大的，因此在月呈猛烈的掙扎下，寶璐也漸漸支撐不住，二人一起跌入了河底。而在她們的下方，正是一大片水草。我忽然明白了最後發生反轉的原因。

二人落入水草叢中之後就分開了，我急忙游過去，這才看見月呈已經繞開了水草，從另一個方向游上岸去。我趕緊在水草附近尋找寶璐的身影。

接下來的畫面，讓我明白了寶璐爲何害人不成不慎死去，可還偏偏心有怨氣，不甘心走入輪迴。

只見水下的寶璐雙腳被一團水草死死纏住，無論她怎麼掙扎都無濟於事。而又由於水下太黑，她自己根本就看不到到底是什麼抓住了她的雙腳。

我明白了……寶璐一定以爲是月呈抓住了她的雙腳，要與她同歸於盡！

可是寶璐卻沒想到，月呈居然活了下來……而抓住自己雙腿的，根本不是月呈，而是一團無辜的水草。

事情發展到這裡，我已然瞭解到了眞相，一口氣也差不多了，正準備轉身上岸，卻被突如其來的力道抓住了雙腳！

我急忙回頭看去。

只見那雙慘白的雙手正死死抓住我的腳踝！順著那雙手看去，那竟是已經妖魔化了的寶璐！她披頭散髮，和我之前看到的紅衣浮屍一模一樣，全身都被水泡腫，紅色的衣裙在水中上下翻飛，像是一隻猩紅色的水母。寶璐的雙眼已經翻了出來，卻還是那樣直愣愣地看著我。

好吧，是你要惹我的！我二話沒說，急忙抽出腰間的玄木鞭，一把向她劈了過去。

玄木鞭剛一觸碰到紅衣浮屍，寶璐就猛然鬆開了雙手。氣再也憋不住了，我得空趕緊上岸，卻正好看見下潛想要尋找寶璐的月呈姑娘。我二話沒說，上岸拉起她就跑。

「潤生你幹嘛？」月呈臉色蒼白地問我。

「我是姜楚弦！婆婆你別再下去了！寶璐要的是你的命！」

月呈頓了一下，恍然意識到自己是在做夢，卻還是連連搖頭：「不行，她是因爲我才下去的，我不能放著不管……」

話音剛落，水面就突然炸起了水花。只見寶璐已經完全化身爲紅衣浮屍，張牙舞爪地向我們撲了過來，動作極其敏捷。

我側身一閃，躲過了寶璐的攻擊。

誰知道寶璐的目標根本就不是我，她直接撲在了月呈的身上，發白的雙手死死抓住月呈的雙腳，緊接著就把月呈往河水裡面拉。月呈掙扎著，在地面上劃出一條長長的痕跡。

「你去死吧！」紅衣浮屍的面容已經潰爛，卻仍發出了尖銳的笑聲。慘白的雙手力道巨大，死死扣住月呈的雙腳，眼看月呈就要被拖入水中。

「你住手！」我一躍而起，從玄木鞭上猛然扯下一道符篆，看準了向寶璐丟去。玄木鞭上的原始天符能夠再生，我剛撕下一張，下一張就立刻出現填補了玄木鞭的空隙。

隨著紅衣浮屍的一聲尖叫，那張原始天符緊緊貼在了她的額頭上，她立刻痛苦地鬆開了抓著月呈雙腳的手，試圖去撕下那張符篆。我瞅準時機，趕快翻身上前一把推開嚇得失魂的月呈，然後將玄木鞭直直劈下，落在了寶璐的後背上。

寶璐一下子無法動彈。

阿巴迅速從一縷黃煙變作獸形，剛要張嘴吞下寶璐，卻被我一把攔下：「等一下，我有話要問她。」阿巴不滿地合上嘴，趴在一旁伺機而動。

我鬆了口氣，然後上前看著這高度腐爛的浮屍：「寶璐，是我。」

寶璐抬起頭，用翻起的眼珠看了看我，然後猛然痛哭起來：「潤生！你快救救我吧！」果然她也把我當成了師父。我沒有理會她的求饒，蹲下身子繼續問她：「你為什麼要害月呈？」

紅衣寶璐身體一陣顫抖，「她……她要把你從我身邊搶走！她還死死抓住我的雙腳，要和我同歸於盡！可是……可是……」寶璐越說越傷心，「可是她不知道用了什麼妖法，居然獨自活了下來！我不甘心，我想要和你成親啊潤生……」

我有些不忍：「可是，當時抓住你雙腳的根本不是月呈，而是河底的一團水草。」

紅衣寶璐不敢相信地看了看我，然後又看了看一旁的月呈。突然，她爆發出一陣強大的氣流，一下子就把貼在她額頭上的符篆吹掉，然後十分靈活地一轉身再次鑽入了水中。

沒想到……寶璐的怨念這麼重。

「殺氣很足哦，楚弦你要小心了。」阿巴一副事不關己的模樣臥在一旁說風涼話。

「閉嘴。」我手持玄木鞭站在河邊，機警地注意著河裡的動靜，「她的目標是月呈，你保護好她。」

「嘁，真麻煩。」阿巴不滿地回應。

阿巴話音剛落，紅衣寶璐就猛然從河水中的另一個方向鑽了出來，我急忙轉身揮鞭，卻被她再次躲了過去。我的功力尚淺，這次遇到這麼一個棘手的對手，不禁額頭開始冒汗。

而寶璐也好像知道我的心思一般，竟然就這樣一次次地從不同的方向鑽出來襲擊我，讓我防得措手不及。

「寶璐……你快停下吧……」一旁的月呈見我慢慢處在下風，不禁站出來替我說話，「我從沒想過要害你，也沒想過要從你身邊搶走潤生……我連夜捕魚，是爲了拿到獎金給你們做一床新褥子成親用，被面我都繡好了，是小時候答應你的鴛鴦圖案……寶璐，你快停下來吧！」

我腦海裡浮現出了昨日月呈婆婆披在身上的那床鴛鴦被子。

我剛一分心，紅衣寶璐就趁機從河水中鑽出來，給了我狠狠一擊。這一擊正中我的胸膛，依舊是白天攻擊我的位置。我兩眼一黑，一下子飛出好遠，跌落在地無法動彈。這個女鬼……力氣可眞大……

寶璐獰笑著伸出慘白的雙手，手上尖利的指甲讓人看了很不舒服。下一秒，紅衣寶璐就騰空而起，直直向我撲了過來，而那攻擊的雙手，正對著我的心臟。

「姜潤生！你趕快下來陪我吧！！」

完了。我根本沒有力氣閃躲，只能絕望地閉上了眼睛。沒想到，我姜楚弦竟然死在了我師父戀人的手下……

一聲利器穿破肉體的悶響，我卻感受不到任何的疼痛。我急忙睜開眼，卻看到月呈竟在剎那間選擇擋在了我的面前，而紅衣寶璐的魔爪已經穿透了月呈的胸膛來到我的面前，月呈的鮮血滴落在我的身上，染紅了我的灰布長袍。

怎……怎麼可以！

沒人能預料到一旁的月呈竟然會做出這樣的犧牲，紅衣寶璐也吃了一驚，急忙抽回已經鑽入月呈胸膛的手臂。可即便這樣，寶璐的手上也依舊沾滿了月呈的鮮血。月呈應聲倒地，身子軟軟地躺在了一片血泊之中。

該死的！我立刻持起玄木鞭豎在眼前，口中唸起了咒語，玄木鞭頓時被金光籠罩。我一把將玄木鞭丟向了愣在面前的寶璐身上，正中刺入了寶璐的胸膛，「嘩啦」一聲，紅衣浮屍瞬間化作了一灘爛水，而守在一旁的阿巴則趕緊上前，將爛水盡數吞下。

「月呈！」我急忙去攙扶血流不止的月呈，卻還是沒出息地紅了眼眶。

無論是誰，只要在噩夢中死去，那麼他的意識便會消散，在現實中平靜地死亡。

月呈已經虛弱得說不出話來，嘴角帶血，顫抖著嘴唇不停地呢喃著：「寶璐……對不起……」

「不！」我一聲嘶吼，卻根本無力回天。即便收服了紅衣浮屍又怎樣，還是讓她陷害月呈的奸計得逞了……若是我再強大三分，月呈就不會因爲救我而死去！都怪我都怪我！！

阿巴有些於心不忍，沒等我吩咐便趕緊吞下了整個噩夢。隨著噩夢的坍塌，我看到了月呈和寶璐的往事。

那是寶璐和月呈小時候的場景。她們二人本來是非常要好的朋友，成日混在一起，月呈像個大姐姐一樣處處照顧著寶璐。兩個天眞無邪的小姑娘並排坐在院子的石磨上，開心地聊著天。

「月呈，我的手眞笨，連個刺繡都學不會。」寶璐懊惱地說著。

「沒事啦，我慢慢教你。」月呈溫柔地笑著安慰她。

「可是，我要是學不好女紅，以後出嫁了，可該怎麼繡被面啊！」寶璐一下子栽倒在月呈的懷中，撒嬌般地看著月呈。

「沒關係的。」月呈溫柔地摸著寶璐的頭髮，「如果將來寶璐你要出嫁了，我就親自幫你繡一對鴛鴦的被面，你看好不好呢？」

「眞的？」

「眞的，不騙你。不信，咱倆打勾勾！」

……

我的眼眶模糊了，我本來不想流淚，可是想到善良的月呈即便是在和寶璐成了死對頭之後，還仍舊信守承諾，幫寶璐繡了一床鴛鴦被面，我就不自覺地紅了眼圈。

寶璐，你看到了吧，月呈從來沒有想過要害你，也沒有想過要從你身邊搶走我師父。

寶璐，你被一團水草困住了四十多年，而今終於解開了吧？這次，你可以和月呈一起走入輪迴，下一世，你們一定還會是最好的朋友。

9

白光漸漸消散，我重新回到月呈婆婆的身邊。然而此時此刻，月呈婆婆已經斷了氣，安詳地在睡夢中結束了淒苦的一生，甚至都沒有來得及洗清自己在村民眼中的冤屈。我看向月呈婆婆的腳腕，那雙白手已經消失不見了。

「師父。」一聲小小的呼喚顫巍巍地從角落裡傳來，我趕緊抹了一把臉上的淚水，強撐起一張笑臉轉身：「怎麼了？」

靈琚眼圈紅紅的，小心翼翼地走近，眨巴著大眼睛悲傷地問我：「師父……婆婆她……」我強忍住淚水，蹲下來愛憐地撫摸著靈琚的腦袋：「婆婆只是睡著了，她去另一個世界裡找她最好的朋友了……」

靈琚終究是沒忍住，一把撲倒在我的懷裡痛哭了起來。

我除了站在那裡不說話，安靜地拍著靈琚的腦袋，其他的什麼都做不了。連我自己都還沒有能夠淡定接受生老病死的能力，我又怎麼能忍心讓一個小丫頭去控制自己的情緒呢。靈琚很聰明，她明白我的意思。

我常常想，在死亡面前，我們其實都是脆弱的，任何安慰的話語在現在看來都是蒼白無力的。人和人之間出現交集，自然也會有分離的那一天，這是我們每個人都要去面對和學會的必修課。就像寶璐和月呈，我和我師父，或許在將來的某一天，靈琚也會和我分離。因此，世界上才會出現了一個對應的詞語，叫作『珍惜』。

天亮之後，我和靈琚一起安葬了月呈婆婆，並將那床保存完好的鴛鴦被子隨著婆婆一起下葬。我不知道自己做的到底是對是錯，如果我不插手這件事情，或許婆婆還能再多活一些時日；可是如果我放任不管，我就根本不會知道我師父和寶璐的事情，更不會知道這段傳奇的友誼。

「師父，每個人都會死嗎？」靈琚跪在月呈婆婆的墳前，連連磕了幾個響頭。

「是的。」我猶豫了一下，還是回答了她。

「師父也會嗎？」

「也許吧。」

「可是……靈琚不想讓師父死。」說著，靈琚又紅了眼圈，「師父要是死了，靈琚就又剩下一個人了……」

我趕緊蹲下來幫她擦乾淚水，然後指了指她一直揣在懷裡的小鳥：「沒關係，不是還有小雁陪著你嗎？」

靈琚搖搖頭，死死抱住我的腿。

我歎了口氣，一陣風吹過，漫天的紙錢像一群起飛的白鴿劃過天空。我相信，這一定是月呈和寶璐再次相遇時微笑發出的氣息。

「靈琚，以後師父若是死了，就找一個有花的地方把師父埋了，好嗎？」我仰望遠方，看不到盡頭的地平線像一條腰間的條帶，攔住過路人惆悵的情思，把看不見的未來拉得越來越長。

靈琚本想拒絕，可是她抬頭看到我一臉安詳地遙望遠方，還是堅強地點了點頭。

我要她從小就試著學會接受死亡、接受離別。如此，她才不會像我現在這樣，面對死亡和離別，茫然無措，徒自悲傷。

是時候，該離開仙人渡鎮了。

「走吧。」我拍拍靈琚的腦袋，招呼她啓程。

我們二人剛走出去沒多遠，再次來到了那一大片柿子園裡。靈琚這次沒有犯饞，一手牽著我的衣角，一手捧著小雁，乖乖地走在我的身邊。

突然，一陣莫名的風吹來，林子中枝頭搖曳，兩個熟透了的大柿子被風吹落，剛巧滾落到了我們腳邊的草叢上。靈琚停下腳步，驚訝地看了看地上的柿子：「婆婆？」

或許，小孩子眞的能看到我們看不到的東西吧。

我微笑點頭：「吃吧，這是月呈婆婆送給我們的。」

靈琚開心地拾起地上的柿子揣進了口袋裡，然後站在那裡朝著西面恭恭敬敬地鞠了個躬：「謝謝婆婆。」

幫助別人，別人自會拿柿子感謝你。這一刻，我突然覺得自己說的話並沒有錯。

Chapter 03 媚狐借命

1

我習慣走野路，靈琚對此沒有表示反對，仍舊是吸著鼻子捧著小鳥跟在我身邊。這小丫頭的鼻子，怕是要落下病根兒了。

再往北走，就要進入河南的地界了。

然而比較巧的是，我曾聽師父說，在二十四年前，他就是在河南北部的一個小鎮上撿到了我，那個地方叫作衛輝，黃河以北，緊挨著新鄉。當然，這些話我都是從師父那裡聽來的。至於那個叫作衛輝的地方，我從來沒有任何印象，以至於我後來長大了，也從沒去過那裡。

既然來到了河南，我便打算去衛輝走一趟，或許那裡就是我的故鄉。

說不定，我還能找到和我身世相關的線索，也有可能打聽到我師父的下落。

這裡守著一方肥沃的華北平原，還有一條翻滾的黃河從這裡穿流而過，以致讓河南成爲產糧寶地。農耕文明的發展讓這裡變得富庶安康，特別是這黃土地上清香的糧食味兒，有種讓人說不清的感覺，當眞像是回到了久違的故鄉。

穀香撲鼻，金黃的麥苗在風中搖曳身姿，滾過滔滔麥浪。原始的農耕習慣依舊很好地存在於這片蠻荒的大地，農民們黝黑的手掌撫過黏膩的耕地，播撒下希望的生命種子，等待下一個收穫的秋季。

這裡是湖北與河南的交界處，信陽的底端，我和靈琚在一個不知名的小村落裡歇了腳。

現在正是農忙時節，道路兩旁的耕地裡站著不少農民。靈琚很是新鮮，這邊瞧瞧那邊看看。

揚起的玉米子像是金色的風暴，阻了陽光的腳步。

我尋了一棵大樹坐在樹蔭裡，靈琚也走累了，靠在我的身上就睡著了。那隻奇怪的野鳥已經可以飛起來了，可牠仍舊臥在靈琚的頭頂，根本沒有要離開的樣子。

我已經許久不開張，身上早已沒有錢財，這幾天一路上都是靠村民們好心的接濟。只有一次餓得實在不行，我才支開靈琚去人家地裡偷摸了幾個紅薯。可就算這樣，我能挺得過來，小丫頭可不行。這次不管怎樣，也一定要賺上一筆路費。

就這麼想著，突然，一個挑著糞桶的中年男子在我的面前停下了腳步，上下打量了我一番，然後操著一口帶著泥土氣息的口音問我：「打哪兒來？」

我抬眼看了看他，身上並無異樣，是個陽氣十足的健康人：「南邊兒來。」

「吃了嗎？」那男子放下了肩頭挑著的扁擔，似乎是想要站在這裡和我攀談。

「還未開張。」我微微一笑，對他點了點頭。

「師父……會看相嗎？」那男子竟有些不好意思地搓了搓粗糙的雙手，咧開嘴露出一口黃牙看著我直笑。

我將揣在懷中的雙手掏出來，示意那男子。可那男子卻連連擺手：「不，不是我要看。我看師父像個高人，尋思著給師父指條明路。」

「哦？」我的興趣頓時被提了起來，我敏感地嗅到了生意。

「打這條路一直走下去，到盡頭往左拐，第四戶是個有錢的大戶人家，姓鄧。師父去看看他們家主的兒媳婦，沒準能賺到錢。」那個男子說完，就再次挑起糞桶往地裡拐去。

鄧家兒媳婦？難道是染了噩夢？我正準備站起身對那男子道謝，可那男子竟頭也不回地挑著糞桶到了地裡，看也沒看我一眼，低頭就開始澆糞。

這人……有點古怪。

我雖然越想越不對勁，可是眼下混個酒足飯飽才是正經事，我二話沒說，喚醒靈琚，就朝著那人所說的方向走去。

我沿著小路走到盡頭，左拐，不用數第幾家，就能看到一座比較氣派的老宅子。農村的房子幾乎都長得一樣，多是簡陋的土磚房。可這個鄧家的不一樣，是那種典型仿古的前朝建築，簷牙高啄的，估計是祖上傳下來的家業。

一般來說，這種老宅子裡，最容易招不乾淨的東西。

我拉起靈琚，見那隻野鳥還在靈琚身上，就放心地去敲門了。上次在河邊並不是我眼花，靈琚金光護體定是與這隻鳥脫不了干係，我雖然現在還不知道這鳥到底是個啥，但最起碼瞭解到牠對靈琚並沒有惡意，那我也就放心了。

這老宅子外面的院牆上密密麻麻爬滿了藤蔓，雖看起來生氣勃勃，可是在我看來卻是極為不合適的。我師父說過，院牆爬滿藤葛的房子容易招陰。我讓靈琚站在後面等我，自己抬手敲起了門。

「誰呀？」剛敲三聲，裡屋就傳來了回應聲，聽聲音應該是個中年婦女。

我清了清嗓子，然後拉起我師父曾經用來掩面的麻布圍巾遮擋住自己的下半張臉：「咱們家兒媳婦是不是要看相？」我畢竟年輕，一副粉面小生的模樣總被人們認為是招搖撞騙的江湖騙子，所以我也不得不學師父掩起面來。

屋內安靜了一會兒，不多時，大門「吱呀」一聲開了，一個圍著頭巾的中年婦女從門縫裡探出頭來，上下打量了我一番，目光落在我身後的靈琚身上，便疑惑地問我：「先生會看相？」

「略懂一二。」我畢恭畢敬地回答。

「先生……是道士？」那婦人還是不放心。

「相差無幾。」我依舊是不緊不慢地回答。

那婦人似乎仍舊有些疑慮，但還是打開了屋門讓出身子讓我進去。我招手叫靈琚，帶著她一起走進了院子。

「這小丫頭……」婦人皺起了眉頭。

我笑了笑：「哦，失禮了。這是小徒，靈琚。」

靈琚很乖巧地對那婦人笑了笑，然後用甜膩的嗓音喊道：「大娘好！」

婦人的眉頭一下子便舒展了，笑了笑就引我們到裡屋去。我剛一踏進院子就頓覺周身發涼，我瞥了瞥院子周圍，居然種滿了芭蕉，蔥蔥鬱鬱的很是清爽。可是，芭蕉這種植物並不適合種植在自家院子裡，像竹、榕、桃樹或芭蕉，都是容易招煞或卡陰的植物。

不對……這房子有些蹊蹺。我停下腳步看了看房子的大門，然後又看了看頭頂的太陽。這房子的大門，居然是朝西南方向開著的！

東北或西南方是風水上所謂的「鬼門」，房子的門若開在上述方位，或坐落在十字路口的東北或西南方上，都比較容易招陰。這老宅子本身就陰森，還種滿了招陰的植物，不出問題才怪呢。

婦人招呼我坐在廳堂，給我和靈琚分別倒了杯熱茶，就轉身去叫人了。

不一會兒，屋內接連出來了三個人。打頭的還是剛才引我進來的那個婦人，看樣子應該是個下人的角色；隨後跟著的，是一個佝僂的小老頭兒，穿著頗有舊時代的風格，中式盤扣的大馬褂顯得他更加瘦小，銀白的頭髮軟軟地趴在他乾枯的腦袋上，怎麼看也不像是個有福之人；老人旁邊跟了一個娃娃臉的年輕孕婦，還是小姑娘的身板，可唯獨肚子鼓起老大，看樣子時日已足，快要生產了。

我沒有妄自揣測他們的關係，而是站起身向他們行了個禮，就安靜地坐在那裡觀察，暗自進行探夢。

中年婦人沒什麼問題，就是身體有些虛弱；小老頭兒也沒什麼異常，只是陽氣不足才導致如此乾瘦；至於那個年輕孕婦……我清楚地看到她隆起的肚子上臥著一隻雪白的小狐，這才導致她的行動十分遲緩。

我端起茶抿了一口：「這位……想必就是鄧家兒媳婦了吧？」說著，我抬眼看了看那位長相可人的年輕孕婦。

那孕婦並沒有回話，反而是坐在中間的小老頭兒說話了：「大師若是有能耐，可否麻煩給看上一卦？」

我笑笑不說話，一手縮進寬大的長袍衣袖中摩挲著青玉笛，把眼睛瞥向一邊說道：「足月卻遲遲無法生產，這樣的情況持續多久了？」

此話一出，一旁站著的中年婦女趕緊接話：「這都整整一年了，拖在娘胎裡也不見動靜。先生有什麼好辦法就趕緊給出出主意吧！」

中間的小老頭兒咳嗽了一聲，那婦人連忙收住話，站在一邊沒動靜了。

「辦法倒是有。不過……」我故弄玄虛，因爲我知道，不說得玄乎一些、困難一些，一般人是不會主動拿錢出來的。

中間的小老頭兒站起了身子，對我行了個拱手禮：「大師有什麼要求儘管提，我鄧某雖不說腰纏萬貫，但家底還是有的。若大師能夠救這腹中胎兒一命，我定會好好答謝大師。」說著，那小老頭兒指了指一旁的一個棗紅色雙開立櫃，中年婦女立即心領神會，前去打開上面的鎖，拿出了一條「小黃魚兒」。

「大師你若是能辦好此事，好處自然是少不了的！」小老頭兒勉強挺直了腰板對我說道。

我接過「小黃魚」不動聲色地塞進口袋裡，然後站起了身抖了抖灰布長袍：「沒問題。只不過，今晚我須和你兒媳婦共處一室，門上上鎖，不得任何人進入房間。」

「這……」鄧家老爺面露難色。

「怕什麼，我身邊還帶著小徒。若是鄧老爺不放心，那就另請高明吧。」說罷，我作勢拉了靈琚的手就準備往門外走。

「等一下！」鄧老爺起身喊住我，然後和端坐在旁邊的年輕孕婦輕聲交流了片刻，最終才無可奈何地衝我點了點頭。

好了，魚兒咬鉤了。

2

那中年婦女是鄧家的下人，人稱張嫂。她在鄧老爺的吩咐下，領了我和靈琚到二樓的客房休息，順便給我倆下了碗撈麵條。拌著蒜泥，我吃了整整三碗雞蛋麵，才終於捨得放下碗筷伸了個大懶腰。靈琚也好不到哪兒去，小小的人兒卻吃了一大碗麵條，現在正摸著渾圓的肚皮坐在那兒傻呵呵地笑。

餓了這麼久才吃上飽飯，不一次吃個夠怎麼對得起這噴香的雞蛋鹵子。

下午，靈琚摟著那隻野鳥趴在床上睡午覺，我趁此間隙下樓想去和鄧老爺交談，好找出那孕婦的問題，這樣避免盲目化夢而帶來危險。

誰知道鄧老爺居然不在家，只有張嫂一個人在院子裡面灑掃，見了我就停下了手中掃帚，端了一個針線笸籮坐在角落裡納起鞋底來。

反正閒著也是閒著，我索性搬了個板凳坐在張嫂身邊，有一搭沒一搭地和她聊起天來。從她的口中，我漸漸得知了這些人物的關係和發生在這間老宅裡的怪事。我一邊默默聽著，一邊把手縮進灰布長袍裡，習慣性地摩挲著青玉笛。

原來，鄧家在方圓幾十里地都算得上是有頭有臉的人物，依靠著祖上傳下來的基業，在這偏僻的小村裡也算得上是個大戶。鄧家一直都是單傳，人丁並不旺盛。鄧老爺也只有一個兒子，名叫鄧七。鄧七娶了隔壁村最漂亮的姑娘，年方十七，知書達禮，長相可人，名曰歲菡。不出一年的時間，歲菡便懷上了身孕，也就是我今天見到的那個娃娃臉的年輕孕婦。

可奇怪的是，歲菡懷上孩子之後就性情大變，經常把自己一個人關在屋子裡自言自語，也常常連著幾日不吃不喝。十月懷胎，眼看就到了時間，可是歲菡肚子裡的娃娃卻始終都沒有動靜。鄧老爺找遍了附近的醫生都沒有人能夠瞧出個所以然來，要麼是建議去找個高人來做做法事，要麼就是建議去城裡找個高明的大夫往肚子上劃一道口子，將娃娃取出來。

鄧老爺這個人比較老派，古董封建，一聽要在兒媳婦肚子上剌口子便斷然拒絕，轉而從各處找來了各種道士和尚，做法事、唸咒文……能試的方法都試過了，可歲菡的肚子仍舊是沒有一絲動靜。

就這樣，鄧老爺一直在不停地到處尋找高人，直到今天我找上門來。

聽張嫂這麼一說，好像並沒有什麼特別蹊蹺的地方。但是，我總感覺張嫂對我隱瞞了什麼事，故事感覺不那麼完整，好像是故意隔過去了什麼細節不想告訴我。

「對了，宅子裡現在只有鄧老爺和歲菡嗎？其他人呢？」我像是突然想起了什麼，趕緊抬眼問張嫂。

張嫂面露難色：「鄧家人丁向來不旺，老夫人早早過世，只留下了鄧七這一根獨苗。至於鄧七少爺……實不相瞞，自從歲菡肚子裡的孩子生不出來之後，鄧七少爺就在外面單獨成了家，養了個小狐狸精，已經好幾個月不著家了！」

「哦？」我敏感地捕捉到了有用的資訊。

張嫂從針線笸籮裡挑出碎布頭，然後四下看了看，壓低了聲音對我說：「至於其他人……鄧家曾經是有不少下人的，不過說來也怪，自從歲菡懷了身孕，宅子裡的人就一個個不見了。」

「不見了？」

張嫂點點頭：「就是莫名其妙地失蹤了。宅子裡本來還有好幾個手腳伶俐的下人，可是就打歲菡懷孕，人一個個都接連不見了……鄧老爺先前還會派人找一找，到後來，老爺都懶得找了，對外就說下人是怕歲菡懷了妖物，紛紛辭了工回老家了。」

我若有所思地點了點頭。

「可是啊……根本不是那樣的！」突然，張嫂神色慌張地將手指上的頂針取下來丟在笸籮裡，然後在自己的圍裙上面擦了擦手，隨後把自己的袖子擼起來給我看，只見她右手手臂上有一排清晰的牙印，那牙印尖銳細密，像是出自某種野物之口。

「這是……」我疑惑地看了看張嫂。

「有一天我去給歲菡送飯，進屋之後，我看歲菡側臥在床榻上蒙著被子，叫也不應，我怕是要生產，便趕緊去掀被子。可誰知道，我剛一伸手，手臂就一陣劇痛，抽回來一看，就是這般模樣了。」張嫂心有餘悸地收回了手，「所以我覺得……之前失蹤的那些下人，肯定是被什麼妖怪給活活吃了！」

我想起之前在歲菡肚子上看到的那隻白毛狐狸，心裡有了數。

我看，在化夢清除那白毛狐狸之前，我還是先處理一下這怪異的宅子比較好，不然到了夜裡陰氣極重，就算化夢順利捉了那隻狐媚子，也怕有其他的鬼煞再衝撞。

我在張嫂的幫助下，先是把院牆上面爬滿的藤蔓給盡數砍下，然後又將院裡的芭蕉連根拔起，將這些植物放到板車上盡數拉到了後山一把火給燃了。回去之後，我看天色還早，就想著去集市上轉一圈，買一些我晚上需要的東西。靈琚一聽要趕集，便也吵著要跟來。我拗不過她，只好帶著她一起出了門。

我倆沿著張嫂給我們指的路，一路向西，往集市方向走去。

「師父，姐姐肚子裡是有妖怪嗎？」靈琚剛一邁出鄧家大門，就迫不及待地問我，看來應是憋了一下午，好不容易獨處了才敢問我。

「怎麼會，人家肚子裡懷的是個胖娃娃。」我微笑著搖了搖頭。

靈琚吸了下鼻子：「那，爲什麼娃娃不出來呢？」

「說了你也不會明白的。」我無心向靈琚解釋，只好打哈哈。

沒想到靈琚居然有些生氣：「哼，小氣。師父不說，靈琚怎麼可能會明白。」

我最受不了她這人小鬼大的模樣，只好換了種說法將我的推斷講給她聽：「歲菡姐姐生不出娃娃，是因爲有妖怪搶了腹中胎兒的飯碗，妖怪吃了胎兒的飯，娃娃沒有飯吃，自然長不大，也就生不出來呀。」

靈琚似懂非懂地點點頭。

這應該就是簡單的腹中借命。有一定修行的野物，爲了儘快修煉成妖，就會尋找一些孕婦附身，用自己的眞身替代孕婦腹中的胎兒，吸取孕婦體內的眞氣和營養，讓自己修行的進程大幅度加快。可這樣一來，孕婦腹中原本的胎兒就斷了營養來源，自然停滯了生長進程，即便是足月了也無法生產。若是貿然剖腹取出胎兒，很有可能會威脅到胎兒的性命。

而孕婦通常有金光護體，一般的邪祟是無法靠近的，但狐卻是個特例。因爲狐善於模仿人類的行爲，也是與人類氣息最爲接近的一種動物，因此，但凡出現腹中借命的情況，十有八九就是隻狐媚子。

如果我推斷得不錯，那這次行動應該沒有什麼大問題。

3

集市並不如我想像中那麼熱鬧，畢竟這裡不是什麼大城鎮，商業自然不會那麼發達。不過，尋常的雜貨鋪還是能夠滿足我的需要的。我進雜貨鋪要了捆結實的麻繩和三支紅蠟燭，揣在口袋裡就結束了採買。可靈琚倒是依依不捨，一副根本沒有逛夠的表情。我看時間還早，只好再陪她轉悠兩圈。

不管經歷怎麼曲折，小丫頭也還是沒能脫離小孩子的心性，看到新奇的玩意兒就想往上湊。我想起之前鄧家老爺給我的那條「小黃魚」，然後看了看小丫頭身上破舊得早已經看不出顏色的衣裳，拉著她就往衣服鋪子裡鑽。

「買件新衣裳吧。」我推了推靈琚的後背，讓她在貨架上挑選。小丫頭跟了我這麼久，我還從沒正經送過她什麼東西。

「師父不買嗎？」靈琚這回反倒沒有興奮地上前，反而很冷靜地詢問我。

我搖搖頭：「師父這件袍子穿得有感情了，就不換新衣服了。」

靈琚拍了拍自己身上的舊衣服，轉身就鑽出了鋪子：「師父不換，我也不換！」

這丫頭有時候懂事得讓人心疼。可即便這樣，我還是摸出了那條「小黃魚」換成了散錢，買了件青綠色的碎花長衫。

我拿好新衣服，出門卻尋不見靈琚的身影。奇怪，就一眨眼的工夫，怎麼就不見了呢？

我急忙邊喊靈琚的名字，邊在人群中尋覓著那小丫頭的身影。可這人來人往的，根本不見靈琚的蹤影。

我沿著大路往上走，一邊走一邊詢問著身邊的路人是否見到了落單的小丫頭，一路竟詢問未果。突然看到前方不遠處聚集了一群人，像是在圍觀什麼，我心裡大叫不好，便趕緊衝過去撥開了人群。

果然是靈琚！

村民裡三層外三層圍成了圈，把靈琚和一位陌生女子圍在了正中間。

我急忙上前：「靈琚！」可根本不見靈琚應我，我走近了才看見，靈琚昏睡不醒倒在那陌生女子的懷中，肩頭的那隻野鳥圍在那陌生女子的身邊，正不停地用尖喙啄那女子的臉頰。

那女子身上穿著獸皮製成的短裙和紅色的斜肩緊身衣，及腰的黑髮被辮成了一條粗壯的麻花辮垂在腦後，腰間掛著一條看不出是什麼野物的皮毛。這種大膽暴露的著裝在村民中本身就十分惹眼，再加上她身上揹了個巨型的黑色弓弩和一個牛皮箭筒，讓人一看就感覺不像個善茬。

「你大爺的！哪兒來的小雛不知天高地厚的，敢在老娘面前撒潑！」那女子一手抱著靈琚，一手不停地驅趕著那隻野鳥。可那野鳥卻瘋了般地不停襲擊著那個女子，招招都像是下了狠手。

這女的……該不會是人販子吧？我心頭一驚，趕緊上前，一把抓住了那女子正揮舞著的手臂。

誰知道，我剛抓起那女子的手臂，那女的就猛然一驚，停下了動作看向我。可我只看到了她挺拔的胸脯，還未看清她的容貌，她就倒抽一口涼氣猛地甩開我的臂膀轉身抱著靈琚一溜煙地跑了。

「哎！你給我站住！」看來這下真的是遇上人販子了，不過……這種惹人注目的身材，還用得上去當人販子嗎？我不由自主地就摸向自己腰間的玄木鞭，可我猶豫了片刻，還是收起了手。畢竟，玄木鞭是專門對付邪祟用的神器，用在人販子身上豈不是暴殄天物？我邊追邊隨手抄起一旁攤位上擺放的東西，撒開了腿就向那人販子追去。

「說你呢！你跑什麼！」我大喝一聲，抄起剛才手中拿著的武器就向那女子的肩頭劈去。這時我才注意到，自己剛才隨手拿了個什麼東西。

擀麵杖！

算了……現在不是計較武器的時候，還是先攔下那人販子最要緊。她畢竟是個女子，再加上又抱著靈琚，奔跑的速度自然是不如我。我沒幾步就一把抓住了那女子拖在腦後的長辮子，然後猛地停下腳步紮穩了下盤。

誰料那女子並沒有束手就擒，反而靈活地轉了個身向我這邊移了過來，然後猛地低頭鑽了個圈，隨之脖頸再一用力，我竟一下子被手中的辮子給帶倒了！趁此間隙，那女子抱著靈琚繼續往前跑去。

這是哪門子妖術？我急忙站起來，瞄準了那女子的後背，用力甩出手中的擀麵杖，那擀麵杖準確地擊中女子的後腦勺，她一下子跌倒在地，懷中的靈琚也滾落到了地上。一直跟在身邊的野鳥落在了靈琚的身上，正不停地蹭靈琚的臉頰，試圖喚醒她。

「快來人啊，抓人販子啦！」我見她摔倒，便急忙趁勢吆喝。集市上本就人來人往，剛才我倆追逐本就吸引了不少人駐足圍觀，經我這麼一吆喝，人們都呼呼啦啦地圍了上來，一下子就阻斷了那女子企圖再次逃跑的道路。

「切。」我拍拍身上的灰布長袍，不緊不慢地朝那女人走過去。那女的正雙手捂著自己的後腦勺蹲坐在路中央，見我過來，竟抬起頭狠狠瞪了我一眼。

這一瞪不要緊，可我倒是徹底看清了她的模樣。高隆的額頭、濃眉大眼、大臉盤、高挺的鼻梁和不算白的皮膚，再加上她少數民族風格的紅色緊身衣和獸皮短裙，還有腦後那條又粗又長的大辮子，這種蒙古族人的長相和打扮讓我瞬間想起了這人到底是誰！

我驚得下巴差點掉在地上：「嬴……嬴萱？」

那女的沒好氣地站起來拍了拍身上的灰土，朝一邊啐了口唾沫，然後用右手小拇指朝反方向刮了下自己的鼻子，沒好氣地朝我吼道：「姜楚弦你個不要臉的，敢跟老娘玩偷襲！」

我瞬間一身冷汗……這死女人，怎麼會出現在這裡？

一旁的靈琚好像被驚醒了，她緩緩地坐起來，睡眼矇矓地看了看我，又看了看嬴萱。

「哎，不是人販子嗎？趕緊抓了啊！」

「就是就是，這女的一看就不是什麼好人！」

「哎，不如先綁了她！然後再去報官！」

……

熱心的村民見我倆僵持在那裡，便紛紛出謀劃策。我的腦子還在飛速旋轉，我根本不知道這個女的爲什麼會出現在這裡，又是爲什麼要搶走靈琚？

嬴萱眼珠子一翻，立即改變了自己的態度，屁股往地上一坐，摟起一旁還在恍惚的靈琚，「哇」地就哭喊了起來：「姜楚弦你個不要臉的啊……你好好地和我過日子不行嗎？誰知道中了什麼妖法，怎麼就鐵了心要出家……」

什麼玩意兒？我愣在那裡不知說什麼好，只是感覺此時自己身上的灰布長袍有些灼人。

嬴萓繼續一把鼻涕一把淚地在那裡自導自演：「大夥兒給我評評理啊，你們說說，我這該死的丈夫鐵了心要出家，留我一個嬌弱女子可怎麼辦啊！可是這個沒良心的這還不算啊……出家就罷了，竟然還要把我們唯一的女兒給帶走！你們說說這像話嗎……啊！蒼天啊……」

我徹底汗顏。可是這下，圍觀的村民們竟開始紛紛指責我的不是了。

「你說說……哪有這樣的。」

「就是就是，把人孩子給帶走，不是要了做母親的命嘛！」

「出什麼家，一副小白臉的模樣，肯定是外面有了人，找的冠冕堂皇的爛理由！」

……

嬴萓見我大勢已去，便更加賣力地表演了：「你們大夥兒可要給我做主啊！我這唯一的孩子，可不能白白給了這沒良心的丈夫！誰想到今天他居然公然在集市上和我搶啊！還污蔑我是人販子……你說說，哪有這樣的白眼狼！」嬴萓一邊哭，一邊摟著傻乎乎的靈珺一頓親。

「你別鬧了行嗎，怕了你了。」我扶額，低聲懇求。

這時候，靈珺也回過了神，聽了嬴萓剛才的一席話，看看我，再看看嬴萓，然後驚喜地朝嬴萓喊了句：「師娘？」

嬴萓立即停止了哭聲，胡亂抹了兩把眼淚，抓著靈珺的肩膀就問：「師娘？姜楚弦是你師父？」

「嗯。」靈珺瞪著大眼傻乎乎地點了點頭。

「我去！白費勁了！」嬴萱一把鬆開靈琚，站起身拍了拍身上的灰塵，提起箭筒和弓弩轉身就走了。

我在村民們的一片疑惑聲中站起身，拉起靈琚就跟在了嬴萱的後面。

4

她叫嬴萱……嗯，是我的初戀。

說初戀其實也並不太準確，因爲我倆之間根本什麼都沒有發生過。

那是十年前的事情了，師父帶著我走過北部草原，在一個以狩獵爲生的遊牧部落停留過一段時間。而我就是在那個時候遇到嬴萱的。

嬴萱大我兩歲，但那時候和我一樣也是十幾歲的小屁孩。嬴萱當時也是跟在她師父身後的一個小跟屁蟲，嬴萱的師父是個老獵人，騎射技術在當時的草原上數一數二。嬴萱的師父和我師父姜潤生是朋友，我師父當時借宿在嬴萱師父的家中，年紀相仿的我和嬴萱也自然成了朋友。

我聽師父說，嬴萱和我一樣也是孤兒，小時候生出來沒多久，就在暴風雪來臨的時候在蒙古包裡被狼叼走了。可那隻狼剛巧是隻母狼，生下的孩子都被冰雪凍死了，有可能是奶憋得難受，牠並沒有吃掉嬴萱，而是把嬴萱拖進了狼洞，用自己的奶水將嬴萱一口口餵大。

嬴萱在三歲之前都是過著狼人般的生活，徒手捕獵，生吞野物，和原始人並無差別。直到後來，嬴萱的師父在一次狩獵過程中發現了落單的嬴萱，才把嬴萱打昏了綁到家裡，給她剪了指甲剃了頭髮，強迫她學著吃穀物，硬是花了兩年的時間，才慢慢將嬴萱變成了一個正常人。

可就算這樣，嬴萱身上仍舊帶著一股狼的野氣，就像頭暴躁的母老虎，大大咧咧的沒個女孩子樣。所以那個時候，經常是嬴萱欺負我，而我只能忍氣吞聲。

因爲那時候我打不過她。

可是後來有一次意外，讓嬴萱徹底改變了對我的態度。

那是個天上連星子都沒有的漆黑夜晚，我倆貪玩，背著各自的師父偷跑出來想要去掏狼崽。我本以為嬴萱曾經被狼收養過，應該比較懂得狼的習性，跟著她肯定不會有危險。可是誰知道，嬴萱在掏狼窩的過程中卻被捕獵歸來的老狼襲擊，還好嬴萱身手不錯才保住了性命。

我揹起被狼咬傷的嬴萱躲入了樹林中。嬴萱的傷勢很嚴重，被狼咬了肩膀，我若是不及時給她止血然後去找大夫，她很可能有生命危險。在嬴萱的指揮下，我幫她脫去了外衣，將裡衣撕成條，給嬴萱的傷口進行了簡單的包紮，然後我才揹起她去找師父。

嬴萱後來跟我說，若不是她身上還有一絲狼的氣息，那老狼是絕不會鬆嘴的。

嬴萱養了半個多月才能下地走路。可是她傷好後，對我的態度就大不一樣了。

她不再對我頤指氣使伸手就打，反而是多了幾分少女的嬌羞，說起話來眼裡帶水。我很疑惑，不明白嬴萱為什麼會這樣對我。那時候我小，不懂事，覺得女孩子突然溫柔起來很沒勁，就漸漸地不喜歡和嬴萱一起玩了，而是去找一些年紀相仿的男孩。可是嬴萱很霸道，把那些和我玩的男孩子一個個都打跑，非要成天和我黏在一起。

後來，直到我的師父要離開草原，嬴萱才在送我走的時候趴在我的耳朵邊對我說了一句話，讓我恍然大悟。

「在我們這裡，看了女孩子的身子，就要娶回家做老婆的。姜楚弦，十年之後，我等你回來娶我！不然……小心我擰斷你的脖子！」

就是這句話，把我嚇得屁滾尿流，拉著師父的手就逃離了草原。

我記得那時候師父姜潤生曾對我說過一句話：「男孩子許下的承諾，可一定要記得回來兌現。」

可我從來都沒承諾過什麼，最多算是嬴萱的一廂情願吧。可即便這樣，我也還是認爲嬴萱她就是我的初戀。雖然我倆什麼都沒有發生過。那晚她被狼咬傷，天那麼黑，我也根本什麼都沒有看見。

我這般裝傻充愣了十年，沒想到在這裡會再次遇到她。

「哎，你等等！」嬴萱在前面走得極快，不一會兒就離開集市到了旁邊的野地裡。我拉著靈琚根本跟不上她的腳步，無奈，我只好一手抱起靈琚扛到肩上，大跨步跑到了嬴萱的身邊。

「說你呢，你走那麼快趕集哪？」我擱下嬴萱，把靈琚放在地上，然後自己抹了把頭上的冷汗。

誰料靈琚腳剛一著地，就晃動著腦袋上的羊角辮「嘩啦」一下撲到了嬴萱的身上，雙手環抱住嬴萱的雙腿死死貼緊，然後十分興奮地抬起頭對著嬴萱喊道：「師娘！」

這一聲無辜又脆甜，卻一瞬間讓我和嬴萱都羞紅了臉。

「小孩子家別亂認親。」嬴萱及時反應過來，推了一把身下的靈琚。沒想到靈琚的小手力氣倒是滿大，死死抱住嬴萱的雙腿就是不放。

「剛才不是說了，我師父是你的丈夫嗎？那你不是師娘，應該是什麼呢？」靈琚像個橡皮糖一樣黏在嬴萱身上，傻呵呵地仰著脖子衝我倆笑。

嬴萱一時間被靈琚的話給噎住了，見對方又是小孩子，不好衝她發脾氣，於是只好抬手就推了一下我的肩膀，河東獅吼般朝我嚷嚷：「姜楚弦你大爺的！管管你家徒弟！」

「靈琚你在這兒窮樂呵什麼呢，別亂認。」我不等嬴萱罵完，就趕緊上前拉住了靈琚。靈琚這時才聽話地鬆開了手，一臉委屈地回到我的身邊。

「真的不是師娘嗎？」靈琚還是不甘心，從我身後探出頭追問嬴萱。

嬴萱搖搖頭，渾圓的胸脯就跟著來回晃動：「就他？呸！」

「哎，你什麼意思？」我支開靈琚讓她帶野鳥去一邊玩，轉臉就迎上了嬴萱那咄咄逼人的臉，「我怎麼了？我哪兒配不上你了？是誰當初嚷嚷著要嫁給我的？」

對付嬴萱這種女惡人，就要使出三大絕招：不要臉，不要臉，還是不要臉。

沒想到嬴萱竟然不吃這套，上來就要動手。這麼多年沒見，我不知道她的功夫現在到什麼境界了，但從她的衣著打扮來看，應該是跟她師父一樣做了獵人。女獵人應該不是什麼好惹的角色，我這點三腳貓功夫對付下夢境裡那些玩意兒還管點兒用，對付她……我覺得自己應該是處在下風。

「哎哎，你幹嘛呢……君子動口不動手，哪有像你這樣的女流氓啊！」我連連後退不讓她觸碰到我，小時候挨的那些打，我可是記憶猶新。

嬴萱二話沒說一巴掌就朝我搧了過來：「老娘又不是君子，能動手就儘量別吵吵！看我不擰斷你的脖子！」

巴掌一下子落在了我的臉上，火辣辣的疼。不遠處的靈琚見我被打竟然也不驚訝，反而捂著嘴笑了笑跑得更遠了。這鬼機靈孩子，腦子裡到底在想什麼！

「嬴萱！你別太過分啊！你拐靈琚的事情我還沒找你算賬呢，哪有你惡人先告狀的道理！」

我挺起腰，試圖讓自己顯得強勢一些，可是看著嬴萱那張會吃人的嘴，自己的聲音愣是提不起來。

嬴萱邪邪地笑了笑，然後一把揪起我的衣領：「我要拐的不是你徒弟，要不是我把她當成你女兒了，我才懶得拐她呢。」

我不甘示弱，一把拍掉她的手：「就算是我女兒，你拐我女兒幹什麼！」

嬴萱竟一時說不上話來，一下子定住了，眼圈泛紅，不敢相信地看看我，再看看遠處的靈琚：「我就說……長得那麼像，都是一副細皮嫩肉的模樣，肯定是你女兒！姜楚弦你大爺的！」

嬴萱猛然蹲下一個掃腿把我掀翻在地，然後橫跨在我的身上把我按在身下一頓猛揍。鐵塊兒般的拳頭連續落在我的臉上身上，我躲也沒處躲，身子又被嬴萱鉗制住無法動彈，只好用雙臂擋在面前，可是基本沒有任何用處。

「死女人！喂，有話好好說不行嗎……哎！別打臉啊！」

嬴萱根本不管我的呼救聲，埋頭就是一頓胖揍。不管了，我姜楚弦好歹是個頂天立地的男人，又不是光屁股什麼都不懂的小時候，哪有被一個女子壓在身下揍的道理！我不再顧忌，身下猛一用力，雙手抓住嬴萱的雙拳向反方向推下去。嬴萱沒料到我會進行如此激烈的反擊，一不留神，局面就進行了大反轉。

嬴萱沒有了受力點，一下子躺倒在地，而我從下方抽腿，用膝蓋抵住嬴萱的身子一把將她壓在身下。我將嬴萱的雙手死死按在地上，這樣一來，戰況馬上就發生了轉變。嬴萱氣急敗壞卻又無法動彈，只能對著我吹鬍子瞪眼：「姜楚弦你有本事把老娘放開！我保準擰斷你的脖子！」

「你給我安生點兒！」我懶得聽她的那一套威脅，小時候聽得夠多了。

誰知道嬴萱鬼馬得很，趁我稍不注意，突然抬起自己的腿向我的後背踢去。我沒料到這死女人的柔韌性這麼好，居然被她偷襲到，一下子失去平衡整個人就面朝黃土撲倒了。

可我身子下面還壓著女惡人！

我及時鬆開了鉗制住嬴萱的雙手，迅速撐地避免自己徹底撲倒。謝天謝地，要不是我反應快，就差那麼一點兒……我就要和女惡人行貼面禮了！

身下的嬴萱也愣住了，嚇得死死閉上了眼睛，僵直了身體一動不動。

此時我和嬴萱的距離，不過分毫。我甚至可以感受到嬴萱的呼吸打在我的鼻梁上，熱熱癢癢的。

一瞬間，我倆都定住了。氣氛尷尬得讓人十分不舒服，我不知道自己接下來到底應該做什麼……身下可是個活生生的女人，如此近的距離，按道理說我應該親上去才是，反正我也不吃虧。可是我定睛看了看眼前的嬴萱，渾身就有種恐懼的敬畏感，生怕自己的小心思被她看出來，然後被她吊起來痛打。

就這樣，我倆保持這樣曖昧的姿勢，誰也沒有動靜。

「嘖嘖。」突然聽到遠處咂舌的聲響，我和嬴萱就像是找到了救命稻草一樣同時朝那邊看去，完成了化解尷尬的第一個動作。發出這聲響的不是別人，正是躲在樹後面觀戰的靈琚。她見自己被我和嬴萱發現，嚇了一跳，趕緊一手捂住自己的眼睛，一手捂住了她懷裡那隻野鳥的眼睛。

「我們什麼都沒看見！」靈琚捂著眼說瞎話。

不過也好，我和嬴萱都趁著靈琚的這一攪和迅速分開站起身，像是什麼都沒有發生過一樣，拍了拍身上沾著的樹葉和灰土，然後像是兩個陌生人一樣客套了起來。

「切磋切磋，並無他意。」我對她連連擺手。

「是、是……功夫長進不少……」嬴萱附和道，把垂到胸前的長辮了撥到了腦後。

我怎麼覺得……這樣比剛才更尷尬？

靈琚適時地回到我們身邊，看看我，又看看嬴萱，然後十分興奮地拉著我的手問：「師父師父，你們是不是要生小妹妹了？」

此話一出，我和嬴萱瞬間血脈賁張漲紅了臉：「小孩子不要亂說啊喂！！」

「生你個頭啊！你想多了！」

「剛才不是你想的那樣！我們只是在……」

「只是在練功而已！！」

「對對，在練功！」

靈琚在我和嬴萱的接連解釋下恍然大悟：「哦……那就是沒有小妹妹？」

「並沒有！！」我和嬴萱異口同聲。

靈琚撇了撇嘴，十分失望地抱著野鳥走開了。

這……你這失望的表情又是搞哪一齣啊……我焦慮地撓了撓頭，然後瞪了眼嬴萱。

天色不早了，我還需回鄧家處理那隻借命的狐媚子。可誰知道，嬴萱竟二話沒說就跟在了我的身後，一起朝村子方向走去。

「你跟著我幹嘛？」我停下腳步，皺著眉頭看她。

「我出來就是要找你啊，找到了，自然就要跟著了。」嬴萱拉了把自己身後的箭筒，嘴裡叼著根狗尾巴草，衝著我挑了挑眉，活脫脫一個女流氓。

找我？我疑惑地停下了腳步。

「準確來說……不是找你，而是找你的師父姜潤生。」嬴萱盯著我的眼睛，一字一句地說。

「哎，巧了。我也在找我師父姜潤生。」我咧開嘴對她嘿嘿一笑。

嬴萱說，十二年前，姜潤生曾經將一個很重要的東西交給了嬴萱的師父讓他代爲保管，並且約定十年後親自來取。可是十年後，我的師父並沒有按照約定回到草原來取東西，於是嬴萱的師父就又等了兩年。可誰知道，這兩年過去後，我師父仍不見蹤影，而此時，嬴萱的師父年紀大了，再加上身患重病，怕是等不到姜潤生回來。於是，嬴萱的師父在臨終時，囑咐嬴萱帶著這個東西出草原尋找我師父並親手交給他。

「你師父呢？十二年過去了都不見人。」嬴萱一邊問我，一邊從懷裡掏出了一個吊墜遞給我，「吶，就是這個東西了。我師父管它叫天眼。」

天眼？我接過吊墜，發現它是個形狀奇特的貝殼，通體深棕色，像是蝸牛的殼一樣呈旋渦形狀。這個東西被油亮的繩子編起來製作成了吊墜，我拿在手裡看了看，二話沒說掛在了自己的脖子上：「不是我師父沒有按照約定去取東西，是因爲我師父他失蹤了。就在四年前。」

「失蹤？」嬴萱疑惑地看著我。

「是的，而且失蹤得非常突然，根本沒有任何預兆，我甚至懷疑過他是不是遇到了什麼突如其來的危險。因爲我很瞭解我的師父，只要他活著，他是不會食言的。既然約定了十年後去取東西，那麼他沒理由不出現。」我用手捏住那個奇怪的吊墜，若有所思地說道。

嬴萱壓低了聲音：「你是說……姜潤生，很可能已經……」

我沒有點頭，也沒有搖頭。

「哎，不過話說回來，你是怎麼找到我的？你怎麼知道我在河南？」我覺得關於我師父的這個話題有些沉重，便急忙轉移了話題。

嬴萱輕蔑地看了我一眼：「我師父說了，姜潤生說過，你的故鄉在河南衛輝，所以我就沿著河南北部一直往南走，都快要走出河南了，誰知皇天不負有心人，正巧，就在集市上遇到了你。」

「那你拐靈琚幹嘛？」我再次轉移話題，臉一拉問道。

嬴萱用手指撓了撓自己的臉頰：「我……我那不是以為她是你女兒嘛。說好了十年後回來娶我的，怎麼能還沒兌現就和別人有了孩子呢？眞是和你師父一個樣，十年之約根本沒個屁用。」

「怎麼說話呢！」我瞪了她一眼。

「老娘就這麼說話，怎麼的了？」嬴萱掐起腰就對我怒目而視，簡直像隻碰不得的刺蝟。

「那你現在呢，找到了，東西也交給我了，可以回去了吧？一路好走啊。」我說著就對她擺手做出告別的模樣。

「姜楚弦你想得美，我師父知道咱倆的事情！我師父死了我可就無依無靠了，只能來投奔你這個做丈夫的了。說不定，我師父讓我轉交東西是假，讓我來投奔你才是眞呢。」嬴萱壞笑著靠近我。

「我呸！」我連忙後退，「咱倆啥事啊？小時候那天月黑風高的，我啥都沒看見，你說我冤不冤？」

「我管你冤不冤，不是說了承諾的事情不能無故食言嗎？你師父食言了，你可不能不學好，老娘就跟定你了！」嬴萱厚著臉皮湊上來，一把攬住我的脖子，「你不是要繼續找師父嗎？正好，我們一起搭個夥啊！」

我看了看嬴萱那張無賴的臉，然後自己在心裡默默地翻了個大白眼。

「哎，你還做你師父那一套嗎？」嬴萱湊近了我，看到了我腰間的葫蘆和玄木鞭，好奇地問我。

嬴萱和她的師父，是知道我們食夢先生的事情的，而且嬴萱還特別執著於讓我帶她進入別人的夢境，或許在這個沒心沒肺的女人眼裡，我成日裡提著腦袋在別人夢境中冒險的事情，於她而言就像是一種新奇的把戲。

我沒工夫搭理她，拿起胸前的那個所謂的天眼，緊緊攥在了手中。或許，這東西和我師父的失蹤有什麼關聯。我招呼靈琚，帶著嬴萱，一起向鄧家大院的方向走去。

5

回到宅子裡已經是傍晚了。張嫂見我出去逛個集市還帶了個穿著暴露的女人回來，不禁有些疑惑。我解釋說因爲那邪祟太棘手，嬴萱是我找來的幫手，張嫂這才半信半疑地不再追問。

「家裡有屏風嗎？」我一進院就問張嫂。

張嫂思索片刻，從後院的角落裡找出了一扇積滿灰的破舊木雕屏風拿給我看，我點點頭，讓嬴萱搭把手幫我把它豎在了院門口。大門朝西南已經無法改變，豎個屏風擋擋陰煞也算是補救吧。

我拿著從集市上買來的東西，在張嫂的陪同下走進了歲菡的房間，靈琚和嬴萱跟在我身後。張嫂端詳了屋內片刻，便轉身出門，按照我的要求上了鎖。

歲菡的房間很陰冷，可能是背陽的緣故。我先讓張嫂殺了一隻平日裡叫得最凶的大公雞，然後將在集市上買的一捆麻繩拆開，在上面灑上那公雞的鮮血，完成準備工作之後將麻繩捆在腰間。

嬴萱這個女人，沒什麼別的能耐，就是耐打，或許帶著她也能防個身。她坐在歲菡的屋子裡不耐煩地抖抖腿撓撓頭，簡直和剛從石頭裡蹦出來的猴子沒什麼兩樣。而靈琚則很聽話地陪在歲菡的身邊，肩膀上落著那隻野鳥，默默地看著我做這些事情。

「師父，爲什麼要殺小雞？小雞那麼可愛。」靈琚坐在歲菡的床邊蹺著腿問我。

我有些汗顏，沒有理會她。嬴萱噗哧一聲笑了，我立馬瞪了過去。

「師父，爲什麼要殺小雞……小雞那麼可愛！」靈琚不依不饒地繼續追問。

「因爲小雞的血可以驅邪。」我忍住粗口，一個字一個字地回答道。

靈琚點點頭：「哦。那靈琚的血可以嗎？小雁的血可以嗎？師父的血可以嗎？師娘的血可以嗎？這個大姐姐的血可以嗎？」

「……不可以。」我幾乎是青筋暴起地收起已經沾滿公雞血的麻繩，端坐在一旁，點燃了三支蠟燭。

嬴萱一副看熱鬧不嫌事大的樣子：「哎，姜楚弦你在哪兒找了這麼個小徒弟？眞的，眞是剋你啊。」

「你滾，我不想和你說話。」我別過頭去不搭理嬴萱。

一直坐在那裡一言不發的歲菡突然看著靈琚笑了起來，然後十分溫柔地捏了捏靈琚的臉蛋：「好可愛的丫頭。」

靈琚也有模有樣地學著歲菡的動作，捏了捏歲菡的臉頰說：「好可愛的姐姐。」

我一時間竟也有些想笑，可眼下的氛圍卻不太合適。靈琚說得沒錯，歲菡的確是個小美人，臉上的嬰兒肥讓她看起來像是還未長大的孩童，可渾圓的雙眼卻大而無神，像是被什麼東西抽離了魂魄般。歲菡很容易疲憊，和靈琚玩鬧了片刻就哈欠連天，我知道她一定是受了那隻狐媚子的影響。

我也不作聲，靜靜地等歲菡睡下了。嬴萱也好像是有些累了，癱倒在凳子上閉上了眼。倒是靈琚很是精神，趴在角落裡和那隻野鳥玩鬧。

「噓——」我對靈琚做了個安靜的手勢，她瞬間停下了玩鬧，捉起那野鳥乖乖地坐在了一旁。

「早些睡吧。」我熄了燈，只留下了三支點燃的紅蠟燭。這叫引魂燈，像在這種陰氣較重的房間裡化夢，一定要燃著三支紅燭作爲引路之用，否則食夢先生很容易迷失在夢境深處無法自拔，進而永遠沉淪在他人的夢境之中。

靈琚似乎是有些睏了，卻死撐著不願意閉上眼：「師父不睡嗎？師父是不是又要去捉妖怪了？」

我沒回答她，笑著點點頭。

「眞好……師父什麼時候能教我捉妖怪呢……」靈琚呢喃著，不一會兒就進入了夢鄉。

「哎，醒醒！」我走到嬴萱的身邊，輕輕用腳踢了踢她蹺起的二郎腿，嬴萱一下子從半夢半醒的狀態清醒過來，白花花的胸脯接連晃動了幾下，睡眼矇朧地看著我：「嗯？啥？」

「想不想化夢？」我壓低了聲音對她說。其實，對付這隻狐媚子我還是比較有把握的，但是人們都說，狐疑不定，像狐狸這種狡猾的動物，你永遠無法猜測出來牠的眞實目的。正好嬴萱從小跟著她師父以狩獵爲生，經常和這種狡猾的動物打交道，所以我化夢帶上她，也是給自己增加一點勝算。

嬴萱曾經跟著我在我師父的帶領下化過一次夢，進入的是嬴萱師父的夢境。那次是我師父爲了教我而進行的實戰演練，嬴萱得知後就偏要我師父帶著她。經那一次之後，嬴萱就徹底迷上了進入別人夢境的本領，經常纏著我讓我帶她化夢。可是那時候我還小，技術掌握得不純熟，還沒辦法馴服阿巴讓它帶領別人一起化夢。

但是現在不同了，別說帶一個人，就是再帶兩個也沒問題。

嬴萱一聽要化夢，眼裡立馬像是鑽入了水流星，興奮地對著我打了個響指：「姜楚弦，還算你有良心！」

我就知道這個笨女人會答應。我一直覺得嬴萱是個沒腦子的女人，神經大條，根本沒有女人應該有的細膩心思，要不是她那誇張的幾兩胸脯肉，我鐵定會把她當成漢子。我二話沒說，從懷中掏出青玉笛站在了早已睡下的歲菡身邊，低頭開始吹奏〈安魂曲〉。嬴萱明明什麼都聽不見，卻還是一臉認真地盯著我看。催夢笛聲曲調柔和婉轉，讓人雖身在浮世中，卻有皓月當空、清風徐來之感。

一曲終了，我把過歲菡的脈象，確定她已進入了深度睡眠。嬴萱站到我的身邊，迫不及待地盯著我腰間的葫蘆。我背過身去拔下了葫蘆上封印的蓋子，阿巴就順著氣流鑽出了葫蘆，舒展開了圓滾滾的身形。

「哎，打開方式不太對，姜楚弦你再來一次！」阿巴剛一站穩，看到了面前笑嘻嘻的嬴萱，就趕緊背過身去往我的背後躲，試圖再次鑽入那葫蘆裡。

「你什麼意思？」嬴萱上前揪住阿巴渾圓的肚皮，面目猙獰地瞪著阿巴。

「這個女惡人怎麼在這裡！」阿巴扯著嗓子問我。看來，嬴萱是女惡人是個不爭的事實，連整日睡在葫蘆裡的阿巴都這麼說。

「小點兒聲……準備開張了，這可是個大戶人家。」我沒有理會他倆的追逐打鬧，而是用手拍了拍腰間捆著的公雞血麻繩，一手指了指一旁睡夢中的歲菡。

「真麻煩，還要多帶一個人。」阿巴嘟囔著，一個轉身繞過我躲開嬴萱的追擊，貓眼提溜一轉，阿巴急忙張開大嘴把我和嬴萱一起吞了下去。

嬴萱急忙拉起我的手臂，防止自己因失去平衡而摔倒。我倒是對化夢司空見慣，一副悠閒的樣子順著眩暈的感覺就倒了下去。我們此時已跟隨阿巴化作一縷黃煙，鑽入了歲菡的鼻孔中。

6

再次睜開眼，我和嬴萱就已經抵達了歲蕤的夢境。

我還未站穩看清四下是什麼情況，就聽見我身邊的嬴萱一聲淒厲的尖叫聲。我急忙伸手捂住嬴萱的嘴巴：「你嚷嚷什麼呢！」

嬴萱抬手就指向我的身後。

我狐疑地向身後望去，只見一片血腥之象——無數血淋淋的動物皮毛被橫七豎八地掛滿了牆頭，定眼看去，卻都是一些常見的獸皮，皮肉帶血，似乎還冒著蒸騰的熱氣，像是剛剛被活剝下來沒多久。這裡雖然是夢境，但由於此時我們的身體已經被食夢貘意識化，所以我們在夢境中一樣擁有各種感官，包括能聞到那血腥的味道。

「你叫什麼啊，你不是獵人嗎？拔毛剝皮不是你經常幹的事情嗎？」我沒好氣地看了嬴萱一眼，然後扯了扯她身上的獸皮短裙。

「是啊，所以我是激動得大叫啊。這麼多上好的皮毛……我的天啊，能賣不少錢啊！」嬴萱根本就沒有理會我的責怪，一把推開我就想要去觸碰那些鮮血淋漓的獸皮。

「別動！夢境裡的東西都是假的，哪怕是金山銀山，我們也分毫帶不出去。除非你願意抱著這些獸皮一輩子待在夢境中生活。」我一把拉住嬴萱說道。

「我就是看看，就看看。」嬴萱還是一副貪財的模樣，忍不住伸手去觸碰那些獸皮。

我沒理會嬴萱，自己上下打量起這夢境的環境。夢境中現在正是深夜，月明星稀，我們所在的地方像是個深山小屋，四周都是荒山，挺拔的樟樹如將軍般站在遠方綿延著，而我們身邊有齊腰高的蒿草，成年的大黃狗鑽進去都看不到影子。只有我們站的這裡有這麼一小塊空地，空地上有一間破舊的小木屋。我們面前的這些獸皮都是掛在了小屋西側的院牆上。我拉起嬴萱繞到小屋的正面，卻見小屋木門緊閉。

我和嬴萱交流了一下眼神，我手持玄木鞭躲在木屋門口，嬴萱則負責上前敲門。

嬴萱叩響屋門，然而屋內並沒有任何回聲，只聽木門「吱呀」一聲自己打開了。我倆都有些疑惑，考慮片刻，我還是率先邁出了腳步。管它是不是陷阱，師父說過，身爲食夢先生，一定要主動去推動夢境的發展，甚至去引導夢境的劇情，這樣你才能儘快得到你想要的答案。

嬴萱跟在我的身後，一起走進了小木屋。

可是，屋裡空無一人，只有壁爐在燃著熊熊烈火，烤得整個房間都暖烘烘的。

「沒人？」我有些奇怪，這裡既沒有狐媚子，也沒有歲菡的身影。這幾年下來，什麼樣的夢境我都見識過，可這沒有人的夢境我倒是第一次見。我收起玄木鞭，隨手拾起一根柴火丟進了壁爐裡，爐裡的火燒得更旺了。

「誰說沒人？」突然，我和嬴萱的身後傳來了一聲嬌媚的嗔怪，光聽聲音，我就知道對方一定是個身段柔美長相魅惑的美人兒。這個猜想，在我轉身之後得到了驗證。

只見門後站了一個瘦弱的身影，那人一身白色獸皮長袍，領口開到了心窩，長髮齊腰，幾綹碎髮隨意地撩在額前。那身段簡直和我想像中的一模一樣，波濤起伏，和嬴萱不相上下，卻是比嬴萱不知道要嫵媚多少。最勾人的，還是那人的一雙眼睛，眼雖不大，可眼眸卻像是捲簾大將無心打碎的琉璃盞，流光溢彩，心蕩秋水橫波清。

「公子，夜深人靜光臨寒舍，是想要借宿吧？」那女子掩面一笑，朝我暗送秋波。

這種極品女子若是放在平時，我姜楚弦肯定是會多看她兩眼的。可是現在情況不同，身爲食夢先生在別人的噩夢中，需要時刻提防對方夢中出現的人物，說不準哪一個就是我要揪出來的邪祟。

而我現在很肯定，這個渾身散發著魅惑氣息的女子一定是我要找的狐媚子。

「切，哪裡來的不正經女人，好好說話不會啊？」嬴萱倒是先沉不住氣，上前擋在了我的前面。

我拍了拍嬴萱的肩膀，示意讓她先退下。對付這種角色，還是我來比較順手。

我徑直走到了那女子的面前，上下打量了她一下，輕蔑地笑了笑：「喲，這身段花了多久才修煉出來啊？」

那妖媚女子臉上的笑容倏忽不見，警覺地後退一步：「你是誰？」

「我是誰不重要，我就是來問問你，佔人家孕婦的肚子借命，借夠了嗎？」我一邊對她說，一邊不動聲色地摸向腰間的公雞血麻繩。

那女子很是機敏，狐狸精這個稱號也不是白叫的，還未等我抽出麻繩，她就一躍而起，輕盈地落在了我的身後。我急忙轉身，卻看見她已經伸出了尖牙和利爪。

我迅速拉起麻繩，一手將繩圈朝她丟了過去，準確地套進那狐媚子的腦袋，隨即一手收緊麻繩勒住了她的脖子。公雞血最能驅邪，此時沾染了公雞血的麻繩就像是帶刺的毒藥，只要一接觸到那狐媚子的皮膚，就能迅速讓她皮開肉綻，乖乖束手就擒。

這一招我曾經看師父用過，專門套一些人形的狡猾邪祟。可我沒想到，這隻狐媚子竟不是吃素的，居然忍著劇痛就朝我撲了過來，我躲閃不及一下子被她推倒在地。什麼情況，這和我師父曾經演示給我的完全不一樣啊！

「畜生，吃老娘一箭！」我還沒來得及去反抗，一旁的嬴萱便已經拉滿了弓弩，「嗖嗖」兩聲，黑色的利箭呼嘯著一頭扎入了那狐媚子的身體。雪白的皮毛長袍一下子就滲出了暗紅的血液，下一瞬間，那狐媚子就已經現出了原形，的確是一隻白毛狐狸。不巧的是，另一支射出的弓箭卻剛好將我手中的麻繩給割斷了，白毛狐得了空隙，轉眼就竄了出去。

「不愧是草原第一獵手的徒弟，箭無虛發，百發百中啊。」我諷刺了一下嬴萱，而後急忙抽出玄木鞭，向那受了傷落跑的狐狸追去。

嬴萱氣急敗壞地一跺腳，提起弓箭就跟上了我。

我和嬴萱剛追出小木屋，就見外面掛著的那些獸皮竟然一個個自己活動了起來，彷彿提線木偶一般張牙舞爪就向我們撲過來，一瞬間就把我們給團團圍住了。血淋淋的獸皮此時像是有了生命，整齊劃一地進行列隊，居然擺出了一個七星陣來。

「這狐媚子不簡單，還會陣法。」我和嬴萱背靠背站立，這樣可以無死角防禦敵人的來襲。雖然之前我和嬴萱並沒有並肩作戰的經驗，可此時我倆卻十分默契。

「什麼什麼陣？」嬴萱顯然不懂陣法，拉滿了弓箭不知道該瞄準哪一張獸皮。

「七星陣，就是參照北斗七星之形佈天下的陣法，依次按天璇星、天璣星、天權星、玉衡星、開陽星、瑤光星、天樞星的方位站定，將敵人圍在陣中，各人隨意發招。」我迅速解釋給嬴萱聽。

「什麼鬼東西，你就告訴我該打哪一個！」嬴萱不耐煩地打斷我。

我搖搖頭：「此陣暗含天地寰宇的生息相剋之學，虛實倒置，無本無末，實在難測難防。不管你打哪一個，都會有另一個按照順序立即填補上來。」

「老娘還不信了！」嬴萱二話沒說，接連從箭筒中抽出好幾支箭，一齊裝在了弦上。

此時的嬴萱渾身上下都透著一股殺氣，手指間夾了三支長箭，拉滿了弓同時放了出去。說也奇怪，這麼原始的打獵武器在嬴萱手中竟然像長了眼睛，三支箭倏忽飛向一處角落的獸皮，箭無虛發，瞬間就清理掉了三張血獸皮。

「厲害啊。」我目瞪口呆。

嬴萱沒有理會我，而是迅速從身後的箭筒裡又抽出三支箭來，以同樣的招數再次射向剛才的那個方位。箭速要比獸皮挪動的速度更快，因此在獸皮進行替補的時候，仍舊有空出的缺口。我和嬴萱看準了缺口，依次跳出了這獸皮七星陣。

說實話，這要是換作我自己，破這個陣還真不容易。

我突然很慶幸自己帶上了嬴萱。

「還沒有畜生能從老娘箭下逃走！」嬴萱啐了口唾沫拉起我就往那隻受傷白毛狐逃匿的地方追了過去。我有些汗顏，心說咱倆到底誰才是食夢先生呢？

破了陣，剩下的獸皮便開始沒有規律地胡亂飛舞起來。四下沒有任何燈火，只有小木屋裡發出微弱的爐火火光，周身的蒿草爲那隻白毛狐提供了十分便利的藏身之處，可是嬴萱並沒有盲目地四下搜尋，而是站在了原地閉上了雙眼，一聲不吭地深呼吸起來。

嬴萱在原地上下嗅了片刻，抬手就指了一個方向。我大跌眼鏡，這女人的鼻子了不起，連獵狗都省了！

我倆迅速跳入蒿草叢中，向嬴萱說的那個方向追去。

穿過一片蒿草，前方竟是一片十分開闊的樹林。我們要找的那隻白毛狐竟然真的就靠在一棵樹下舔舐著自己的傷口，我看那箭傷比較嚴重，牠應是活不長了。嬴萱剛準備跳出去給那狐狸致命一箭，卻被我伸手攔下，我一把抓住嬴萱腦後的長辮子，讓她蹲了下來。

「姜楚弦你再揪我頭髮小心我擰斷你的……」

我迅速捂上了嬴萱的嘴巴，示意她往前方看去。

原來，狐狸身邊竟然出現了一個小孩子的身影。那小孩子約莫只有五六歲，穿著開襠褲大跨步來到了那隻受傷的白毛狐身邊。

那小男孩見白毛狐受傷，急忙跪地幫牠拔去了身上的箭鏃，然後撕下自己的上衣幫白毛狐包紮了傷口。那白毛狐也不動，渾圓靈光的雙眼警惕地盯著那個小男孩，雙耳卻又無辜地耷拉著，十分聽話地臥在那裡任那小孩擺弄。

止住了血，那男孩舒了口氣，抱起白毛狐就轉身走了。

「哎，被截胡了！」嬴萱指著那小男孩就向我告狀。

我拍拍身子站起來指了指那棵樹：「你先別著急上火，你再仔細看看，那白毛狐身上的箭，是你的嗎？」

嬴萱不明就裡，上前察看：「嘿，奇了怪了，這……這不是我的箭。」嬴萱舉起被那小孩丟在地上的箭鏃對我說，「我的箭鏃上都打了倒鉤，這樣可以使獵物沒那麼容易將箭從身體裡拔出來，可是這個箭卻是普通的箭頭，不是我剛剛射出來的。」

我點點頭：「夢境轉換了。」

人的夢境本來就不是一個完整的劇情，都是由一些支離破碎的意識片段整合銜接在一起的，因此，也少了很多的邏輯性和嚴謹性。做食夢先生，我經常會遇到這樣的情況，前一秒說不定還是生離死別的愛恨情仇，下一秒就可能是蠻荒異獸的圍追堵截。我見怪不怪，拉起嬴萱就跟上那小男孩兒的腳步，想看看那白毛狐身上到底發生了什麼。

而且……我還沒弄清楚這個小男孩到底是誰。出現在夢境中的人物，不可能是憑空出現的。夢裡的人物，有可能是白天有過一面之緣的路人，也有可能是身邊的親朋好友，他們都會和夢境主人有著千絲萬縷的關係。總之，夢裡的人物不可能是來路不明的人。

我們跟在小男孩的身後，左拐右拐，穿過一片雜草叢後，竟然來到了鄧家大院的門前！

此時的夢境已是正午時分，鄧家大院張燈結綵，好不熱鬧。大紅的燈籠掛滿了裡裡外外，門上貼著的大紅喜字，還有旁邊一直不停的鞭炮聲，和剛才靜謐的夜晚形成了極大的反差。

「喲，結婚呢。」嬴萱倒是像看熱鬧一樣，順手從櫃子上抓了一把瓜子喜糖就準備吃，迅速融入了這裡歡樂的氣氛。

「吃了也是白吃。」我瞥了她一眼沒好氣地說。

我嫌棄地看了一眼在那裡興奮的嬴萱，打心底鄙視了她一番。夢境中所有的東西都是虛無的意識，在夢境裡吃下去的東西自然也是假的，頂多算是過過嘴癮。可唯獨死亡，不管在哪裡都是眞實的。

剛才的小男孩已經消失在人群中，怎麼也找不見了。此時的鄧家車馬盈門，十幾個家丁都在忙內忙外。我看到了熟悉的鄧家老爺正喜氣洋洋地站在大門口迎客，本就佝僂枯柴的身板被一個接一個的拱手禮行得直不起腰來。伴隨著一陣響器的吹打聲，一頂花轎就出現在了不遠的道路上。這應該是歲菡當初結婚時候的情景吧，我拉嬴萱站在角落裡默默觀望。

「新娘子來咯！」在人們的歡呼和簇擁下，一身紅色嫁衣的新娘子就出現在了人們的視線中。在張嫂的攙扶下，頂著蓋頭的新娘子邁著小步走向了鄧家大院。

這時候，門口出現了一名年輕男子，看起來比較魁梧，星目劍眉的，一身嶄新的傳統中式喜服，胸前戴著大紅花，一臉笑意地站在那裡等著新娘子的到來。這應該就是鄧老爺的兒子鄧七吧，樣貌竟然和之前的那個救下狐狸的小男孩十分相似。

鄧七上前牽起了新娘子，一把將她抱起，笑容滿面轉身就向院裡走去。可此時卻突然襲來一陣陰風，新娘子的蓋頭竟然一下子被掀了起來！

所有人瞬間安靜了。因爲鄧七懷裡抱著的不是歲菡，而是之前小木屋中那隻白毛狐化成的妖媚女子！

我二話沒說就掏出了玄木鞭，正準備上前降妖，卻被突然衝進來的女子打斷：「七郎！」

我們紛紛看向這個女子，來人正是歲菡！此時歲菡還未有身孕，瘦瘦小小的像是個還未長大的小姑娘，玲瓏的小臉上掛著兩道淚痕，一身白衣打扮，淒苦地看著懷抱著狐媚子的鄧七。

鄧七被嚇得一下子就鬆開了手，懷中的狐媚子沒有被摔倒在地，反而站起身拉起鄧七的手就往外跑。一時間，眾人都傻了眼，敲鑼的也不敲了，吹嗩吶的也不吹了，就連外面放炮的也停下了動作，眼看著狐媚子帶著鄧七消失在了人群裡。

歲菡見狀便立刻在後面追了起來，我拉著嬴萱也跟了上去。

「七郎！你要去哪裡啊……我是歲菡啊！」歲菡身著那白毛狐的雪白長衫，一邊跑一邊呼喚。

前面的鄧七頭也不回，像是被灌了迷魂的湯藥，緊緊跟著紅衣的狐媚子向遠處飛奔。

「七郎！」歲菡邊哭邊喊，一腳沒踩穩一下子摔倒在地，可即便這樣，也無法阻擋狐媚子帶著鄧七消失在了遠方。

「七郎……你怎麼能這樣對我！」歲菡哭得直不起身來。隨著她一聲悲愴的哭聲，我和嬴萱的腳下開始塌陷。

「要醒了？」嬴萱一驚，趕緊拉住我的手臂。下一秒，我和嬴萱就隨著夢境的坍塌而跌落，眩暈過後，我倆雙雙跌坐在了歲菡的房間裡。

靈琚早已經醒了，看到我和嬴萱突然出現自然是嚇了一跳，阿巴迅速鑽回了葫蘆裡，更是讓靈琚看得目瞪口呆。

一旁的歲菡雖還在睡夢中，可是臉上卻分明掛著淚痕。

這次的噩夢竟是爲情所困，這讓我有些犯難了。

靈琚很好奇地看了看我腰間的葫蘆：「師父，剛才那黃色的，是個什麼呀？」

我無心向靈琚解釋那麼多，抬眼看了看化夢之前我點燃的那三支蠟燭。蠟燭早已經不知什麼時候熄滅了，也難怪我們會突然從夢境中出來。

這間鄧家老宅還是陰氣太足，讓我不好把握化夢的時間。看來這個狐媚子不是個好對付的角色，看來我今晚得換一個方式下手了。

如果我推斷得不錯，從剛才歲菡的夢境中我應該能猜出個所以然。這狐媚子應該是鄧七小時候救下的一隻白毛狐，後來白毛狐應該是愛上了鄧七，可是鄧七卻娶了歲菡，還讓歲菡懷上了自己的孩子。狐媚子估計是氣不過，就使妖法將鄧七勾魂攝魄，讓鄧七跟了狐媚子而拋棄了歲菡。

不光如此，狐媚子還利用歲菡的身孕進行借命，企圖讓自己的修行更進一步。若眞是如此，那這狐媚子可算是罪大惡極了，得了救卻不知報恩，甚至還動了貪念，破壞了人家本身和睦的家庭。

這種不知廉恥的妖孽，就應該早早被收服，省得繼續爲禍人間。

嬴萓聽我的分析後點頭表示認同：「應該就是這樣沒錯了，那現在該怎麼辦？等晚上再來一次，直接收了那狐媚子？」

我搖搖頭：「解鈴還須繫鈴人，有時候解除他人的噩夢，往往並不需要從他本人來入手。」

嬴萓不明就裡：「你是說……」

「鄧七。」我點點頭，收起了蠟燭和麻繩，領著靈琚離開了歲菡的房間。

7

歲菡被拋棄的噩夢完全是由鄧七造成的，而鄧七又是被狐媚子迷了眼，因此解除這兩人一妖之間的感情糾葛，還是得從中間人下手，也就是這段孽緣的男主角——鄧七。

我和嬴萱因爲一夜未眠而有些困頓，於是各自回了屋去補覺，避免今夜連續熬夜。靈琚因我隱瞞阿巴的事情而有些生氣，沒有搭理我揣了那隻野鳥就下樓玩去了。我也不好說什麼，只好囑咐了張嫂不要讓靈琚跑遠，就回屋迫不及待地睡覺了。

脫下灰布長袍，我身上線條流暢的肌肉便顯現了出來。我剛要躺下，就瞥見了那個掛在我胸口處的所謂「天眼」的貝殼，我拿起來在手上把玩著。說實話，我不記得我師父曾經有這麼一個東西，難道他一直掛在脖子上沒讓我瞧見過？我將吊墜放在鼻子前嗅了嗅，聞到了一股中藥的味道，似乎還眞摻雜著一絲師父的氣息。

戴著這吊墜，突然覺得自己離師父並不遠。

我剛要躺下，卻突然覺得有些不對勁。

奇怪……之前仙人渡鎭那水鬼撞擊我胸口時留下的瘀青哪裡去了？

我以爲是自己眼花，便急忙站起身找了面銅鏡端詳。胸口皮膚毫無異樣，根本找不到了之前那片嚴重的瘀青。我用手指按壓，卻也一點兒都沒有痛感。

怎麼會這麼快就恢復了？見到嬴萱之前我還檢查過，一大片的瘀青都還在，輕輕一碰還覺得生疼……不對，遇到嬴萱之前？應該說……是我脖子上掛上這天眼之前！

不會吧，這東西眞是個寶物？

我拿起胸前的天眼端詳片刻，也看不出來這到底是個什麼東西，居然有癒合傷口、活血化瘀的功效？我像是撿了寶貝，笑了笑就握著它躺下，不一會兒就睡去了。

一覺睡至大中午，我醒來打水洗了把臉，看到嬴萱早已經起來了，正在院子裡和靈琚坐著玩鬧。鄧老爺此時也出現了，我把握好時機，趕緊下去截住了鄧老爺。

沒想到鄧老爺見了我還挺熱情，上前主動詢問起昨夜的成果來。我如實彙報了狐媚子的事情，並詢問了關於鄧七小時候是否救下白毛狐的事情。鄧老爺倒是沒有隱瞞，主動把這段往事詳細地告訴了我。

鄧老爺說，鄧七曾經確實救下過一隻白毛狐，只不過，那都是好些年前的事情了。

那時候，鄧七還是個小孩子，在林子裡撿了一隻受傷的小白狐，好像是剛生下來沒多久，鄧七見牠可愛便把牠帶回了家，用米粥來餵牠。三天之後，小狐狸便能微微地睜開眼睛，過了兩個月就如一隻小狗那麼大了，毛茸茸的顯得十分可人。

鄧老爺繼續說道：「當時，鄧七大概只有五六歲，天天抱著那白毛狐戲弄牠，好吃好喝伺候牠，有時候還抱著睡覺。那時候我見了他，總會開玩笑說牠是你媳婦。後來有一天，那狐狸不見了，鄧七哭鼻子哭了一整天，我就隨口說你是不是想你媳婦了。玩笑話，大家逗樂哈哈一笑就過去了，現在想來，一定是那狐媚子聽見了，就以爲我眞的要讓牠做鄧七的媳婦吧。」

我點點頭。鄧老爺說得不錯，那時候白毛狐還小，心智還沒修煉健全，聽不出玩笑話，說不定眞的把鄧老爺的話給當眞了。

「後來啊，那白毛狐就再也沒有回來過。鄧七長大後做了商人，卻不知道怎麼就迷上了打獵，於是在後山上建了座小木屋，存放一些打來的獵物和捕獵工具。」

聽鄧老爺這麼說，昨夜我和嬴萱在夢中見到的那座山中小屋，應該就是鄧七的狩獵大本營沒錯了，至於院牆上掛的那些血淋淋的獸皮，應該就是鄧七的戰利品。

鄧老爺繼續說道：「後來，鄧七到了娶媳婦的年紀，媒人上門給說了個親，鄧七沒拒絕，就娶了隔壁村的歲菡。」鄧老爺端了杯熱茶，吹了吹停下喝了口，然後繼續說。

「結婚之後一切都正常，沒多久歲菡就懷了孩子。可是自打這孩子懷上，鄧七就不對勁了，不喜歡在家裡待著，總往山裡跑。後來歲菡生不出孩子，鄧七就徹底不回家了，直接搬到了山裡的木屋去住。後來我聽上山砍柴的村民說，經常能見到鄧七和一個妖媚女子一起出沒在後山，我想可能是鄧七有了新歡。考慮到歲菡有孕在身，我也就沒告訴歲菡。」

鄧老爺放下茶杯：「事情就是這樣。是犬子三心二意對不住歲菡姑娘，所以我才費盡了心思想幫歲菡治好這個怪病，也就麻煩師父和這位女高人多費心了。」說著，鄧老爺對我們抱了抱拳。

沒想到，鄧老爺居然對歲菡很上心，並沒有像其他農村家庭一樣迂腐不堪，把生不出娃娃的歲菡姑娘掃地出門，可見這鄧老爺還是個有底蘊的文化人，知道是自家兒子理虧，所以想辦法補救。

我姜楚弦就喜歡和這種講道理的人打交道，這個狐媚子，我捉定了。

我向鄧老爺打聽了鄧七那座山中小屋的確切位置，把靈琚託付給了張嫂，帶著嬴萱順著迂迴的小路向山林深處進發。

不知道爲什麼我總感覺不太對勁，可又說不上來是爲什麼，我一想到在歲菡夢境中看到的那些血淋淋的獸皮，就有種說不出的寒意。同樣是打獵，我看了看嬴萱身上揹著的弓箭，卻絲毫沒有感受到任何不適。山林中陰冷不堪，密佈的參天古樹遮擋了陽光的傾瀉，微風帶起腳下的落葉，細密的草叢如同柔軟的棉墊，忘我地呑噬著我們的腳印。

我終究是沒忍住，抬眼看了看嬴萱。

「你瞅啥？」嬴萱正在抓撓自己的後腦勺，見我看她，便立刻停下了動作，順勢撩了撩自己的長辮子，動作卻僵硬得有些好笑。不過……她那典型的蒙古族打扮看久了倒也是挺順眼的。

我忍不住笑了：「我問你個事啊。」

嬴萱點頭示意我繼續。

我思忖片刻，不知道到底該怎麼開口，也不知道這樣問究竟是否合適。嬴萱見我呑呑吐吐的，白了我一眼就揮揮手往前走了。

「哎，你等下。」我追上去，「是這樣……我不太懂你們的那些，要是有問得不合適的，你可別生氣啊。」

嬴萱停下腳步用奇怪的眼神盯著我，陰陽怪氣地說：「姜楚弦，你背著我做什麼虧心事了？」

「呸，你別亂想，說正事呢！」我正色道，「我說的是，你們做獵人的，不是經常要和這些野物打交道嗎，像鄧七那樣活剝獵物皮毛的行爲，你們是怎麼看待的？」

嬴萱愣了愣，撓撓頭思索了一下說：「說實話……我還眞不清楚。」

「你不是做獵人的嗎？你們蒙古族不是狩獵高手嗎？就沒有什麼禁忌或者……嗯，比如說鄧七這種殘忍的行爲，會不會遭什麼報應之類的說法？」

嬴萱恍然大悟：「哦……你說這個啊。不過，我們蒙古族獵手和鄧七那種純粹愛好的行爲是不一樣的。我們蒙古族打獵的主要對象是狼，像其他的野物就打得比較少，即便是打，也是爲了生存，扒皮吃肉，和鄧七那種單純娛樂性的目的不一樣。」

「打狼？」我有些驚訝。我一直以爲嬴萱就是打一些什麼小兔子小野雞之類的玩意兒，沒想到她居然打的是狼！

嬴萱點點頭：「是，我們和狼是一種矛盾的存在。我們憎恨著狼，因爲狼是侵犯我們家園的敵人；可同時我們也敬畏著狼，因爲草原狼幫助蒙古牧民獵殺著草原上不能夠過多承載的食草動物，比如黃羊、兔子和大大小小的草原鼠。」

我點頭追問：「那，你們打狼，會遭到狼的報復嗎？」

嬴萱乾脆地搖了搖頭：「不會，因爲我們和狼的鬥爭，實際上是在共同維護著草原生態的平衡。當草原上的食草動物過多的時候，我們就會停歇捕獵，好讓狼去捕食，這樣有利於草原的生生不息。而只有當狼的數量過多的時候，我們才會插手去打狼，我們相信這些被我們打死的狼實際上是前往了騰格里，這是牠們心甘情願爲草原做出的犧牲，並且會在騰格里保佑我們，保佑蒙古草原。」嬴萱談起自己的故鄉和風俗，變得容光煥發、神采奕奕，彷彿是瞬間回到了遼闊的草原，她的話語中好像帶著青草的芳香。

「騰格里？」我挑揀出自己沒有理解的詞語。

「『騰格里』是蒙語，就是長生天的意思。」嬴萱耐心解釋給我聽，抬手指了指我倆頭頂的天空，然後做了一個奇怪的手勢，看起來像是在祈禱。

「那你說，像鄧七這樣殘忍捕殺山林中動物的行爲，會不會遭到天譴？」我話鋒一轉，終於清清楚楚地問出了我心中的疑惑。

嬴萓思考片刻：「活剝獵物皮毛的這種行爲的確不怎麼道德，再加上鄧七也並不是爲了生存，純粹是爲了好玩，我覺得……我要是老天爺，肯定讓他遭報應。」

我心中一直疑惑的，也就是這個。有時候世界上並沒有純粹的好人與壞人，只有做好事與做壞事的區別，有些罪大惡極的犯人私下裡或許是個好爸爸，有些衣冠楚楚的善人或許背地裡是個奸小之徒。我們不能再以單純的好人或壞人來標籤化身邊的人，更不能被這種臉譜化的假象蒙蔽眞相的眼睛。

即便在這件事裡，鄧七是個受害者，可他這種血腥殘忍的行爲依然是要受到譴責的。或許狐媚子來攪和他原本幸福的婚姻，就是上天給他的報應也說不定。

和嬴萓這麼聊下來，我心裡之前的不好受便化解了不少。說實話我很膽小，我非常害怕自己沒有一雙明察秋毫的眼睛，而被一些虛無的假象所迷惑。我痛恨惡，甚至到了疾惡如仇的地步，但同時我又非常小心，生怕自己弄巧成拙，做一些讓自己後悔的事情。

嬴萓見我愁眉不展，大大咧咧地朝我擺了擺手：「嘿，你就別糾結這種沒用的了。鄧七該遭報應自然有天收，咱們就別替老天爺操心了。但這件事咱們收了鄧老爺的錢，得人錢財，與人消災，咱們就老老實實去抓了那狐媚子不就完了嗎。」

「誰跟你咱咱的，錢是我的，跟你沒半毛錢關係！」我被嬴萓的話拉回到了正常的頻道，死死捂住了我藏在腰間的那些錢財。

「哎，我也出了一半力呢，怎麼能沒我一分錢呢！」嬴萓大吼，隨即抬手從樹上揪下一片葉子叼在嘴裡，彷彿她那張嘴不用東西堵著，就分秒不能停歇一般。

8

和嬴萓一路打鬧，不多時就找到了鄧七的林中小屋。我和嬴萓遠遠躲在草叢裡，觀察小屋中的情況。這小木屋和葳蕤夢境中的一模一樣，外牆上也是掛著滿滿一牆的獸皮，屋裡恍惚有燈火，卻看不清人影。

「狐媚子和鄧七在一起嗎？」嬴萓問我。

我搖搖頭：「距離這麼遠我又沒法探夢，我哪知道。不過，邪祟要保持住自己的身形出現在我們身邊不是件容易的事，因此大多數邪祟並沒有實體，往往是通過進入一些意志力薄弱或者身體虛弱的人的意識，通過噩夢來操控對方，成爲對方頭腦中的夢魘。除了被附身的人，其他人是看不到那些邪祟的。」

「我說呢……我長這麼大還沒見過鬼，原來是根本就看不見啊……」嬴萓嘿嘿一笑。

我將手縮回灰布長袍中，把青玉短笛拿在手中暗暗摩挲。除了被附身的人，就是身爲食夢先生的我才能看得見那些鬼怪邪祟了。在這個世界上，作祟的從來都不是什麼實際的物體，而是一顆千瘡百孔的人心。

我和嬴萓蹲了沒多久，就看見鄧七隻身一人拎著一個破木桶走出了小木屋，他一手提桶，一手拿葫蘆瓢，彎下腰竟開始澆起地來。這時我才注意到，原來小屋後面有一片菜地，種了些常見的瓜果蔬菜，長勢喜人。我感到有些好笑，一個富家子弟，好好的生活條件放著不要，偏偏隱居到這深山老林裡體驗生活，這不是被勾了魂又是什麼？

可奇怪的是，鄧七一邊澆地，竟然一邊有說有笑的，好像是在和地裡的那些菜苗交談。我和嬴萱面面相覷，摸不清鄧七到底在搞什麼花樣。

難道說……我拉起嬴萱繞開幾棵大樹，想辦法湊近了去探夢。一般的邪祟只存在於人的心中，普通人根本看不到實體化的邪祟，只有食夢先生通過探夢才可以看到。

我躲在靠近鄧七的一棵古樹後面，默唸咒語，雙目緊閉，再次睜開眼，我竟看到鄧七的身邊站了一名妖嬈的女子，長相身段都和那夜在歲菡夢中看到的極其相似，只是沒有濃妝豔抹也沒有穿白色皮毛，而是穿著普通農婦的粗布衣裳，乍一看倒像是歲菡那樣的正經姑娘，正用手巾幫他擦汗。

「果然是狐媚子。」探夢完畢，我蹲回到草叢裡。

「爲啥你能看到我就看不到？」嬴萱不滿地抱怨著，「不行，姜楚弦，你得教我探夢。」

「你想得美。探夢、解夢、催夢、化夢、食夢這五大招式，可是我師父畢生的心血，哪能傳給外人。等下化夢進入鄧七的內心，你自然就看到了。」我沒理會她，轉身靠著樹幹坐下。既然已經確定了是那個狐媚子在搞鬼，那麼我現在能做的，就是等待夜晚到來。

嬴萱見我沒心思搭理她，也就趁著這會兒工夫打了個盹。林子裡不比外面，寒氣較重，坐了一會兒我也覺得身子有些僵了，只好湊近嬴萱兩人相互取暖。嬴萱早已經入睡，姿勢極爲不雅，嘴裡還叼著根草，敞開的紅色衣領放肆地炫耀著自己的幾兩胸脯肉，我倒不是垂涎她的身材，只是怕她這樣會著涼，於是我很好心地伸手幫她拉了拉衣領，才放心地睡下。

林子裡天黑得很快，四下並無燈火，唯獨小木屋發出微弱的光芒。我醒來後沒有聲張，直到耳邊響起了蛐蛐兒聲，才推了推嬴萱把她叫醒。

天色已暗，時機已然成熟。

我和嬴萱壓低了身子往小木屋方向靠近，貼著院牆緩慢移動。我並不確定此時鄧七是否已入睡，因此還是小心爲妙。嬴萱倒是用手勢示意我先停下，然後她將自己的手指放在嘴邊輕輕吹響，發出了一種類似鳥叫的聲音。

「咕啾——咕啾——」

吹響幾聲，不見屋裡有任何動靜，我倆才先後翻牆進入院子內。院子被收拾得十分乾淨利索，和之前夢境中看到的不一樣的是，腳下有一條石子鋪成的小路蜿蜒向前，院子一角甚至還搭起了一架鞦韆，一看就是恩愛的小倆口共同築建的愛巢。

我輕輕推了推木屋的門，卻發現它居然從裡面門了起來。嬴萱不屑地一把拉開我，從自己腰間的皮袋裡抽出了一根細長的金屬棍，看起來像是一種特製的工具，然後又將自己小臂上繫著的一塊手帕取了下來。

嬴萱蹲下身子，先將帕子從下面的門縫中塞進去，然後用那細鐵棍搗鼓了幾下把手帕鋪平。緊接著，她又將細鐵棍插入到側邊的門縫中，小心地上下移動尋找門閂的位置，找準後，只見她雙手輕輕一挑，門閂就應聲而落，不偏不倚正好落在之前鋪好的手帕上，沒有發出任何掉落的聲響。

她得意地站起身對我挑了挑眉。

這死女人，看來一定是做過毛賊。我沒心思計較，輕輕推開門收起地上的手帕和門閂，來到了已經睡下的鄧七身邊。

睡相很穩，面帶微笑。看來這次我要進入的，不是噩夢，而是一場春夢。

我掏出青玉笛進行催夢，一曲終了，我拔下了葫蘆的封印蓋子，阿巴鑽出葫蘆，仍舊是對嬴萱心有忌憚，心不甘情不願地張開大嘴，一臉厭煩地將我倆一併吞下。

化夢進入了鄧七的夢境，眩暈過後，我和嬴萱睜開眼，卻發現自己竟仍舊站在這個小木屋內，只不過，這裡不是黑夜，而是白天。

說來也巧，夢境中的場景，竟然和現實在一個地方。

屋內空無一人，我機警地輕聲來到門前，發現鄧七正站在那鞦韆的後面，滿面春風地微笑著一下又一下地推著鞦韆，而鞦韆上坐著的不是別人，居然是歲菡！

二人恩愛萬分，一副其樂融融的樣子，鄧七也絲毫沒有移情別戀的模樣。怎麼回事？狐媚子哪兒去了？鄧七心裡所想所念居然不是那狐媚子，而是自己的老婆歲菡！

這對夫妻……究竟是怎麼一回事？歲菡做著自己被鄧七拋棄的噩夢，可鄧七卻在這裡做著和歲菡恩愛一生的美夢……我一時間想不明白，竟有些恍惚。

我正摸不著頭腦，就忽然感覺肩頭一沉。

「姜楚弦小心！！」

伴隨著嬴萱的一聲叫喊，我的肩頭火辣辣的痛。我回頭看去，發現那狐媚子原來就在我們身後不遠處，一爪子就撓在了我的肩膀上，灰布長袍被撕裂了一道長長的口子，肩膀早已經鮮血淋漓，赫然一道狐爪的痕跡。

化夢狀態下在別人的夢境中受傷，是會和現實中一樣感受到清晰的疼痛的，而且在夢境中受的傷會伴隨著我一起回到現實出現在我真正的身體上。如果不慎在別人的夢境中死亡，那麼我將永遠存在於這個噩夢中，死無全屍。

該死的，一不小心就讓這狐媚子佔了便宜！我急忙閃躲，避免她再次向我撲過來。此時，嬴萱已經拉開了弓弩，「嗖嗖」兩箭就朝那狐媚子射去。可這狐媚子明顯比之前更加靈活了，恐怕是因爲上次吃了教訓因此有了防備。

狐媚子躲過嬴萱的弓箭輕盈落地，目露凶光，抬起兩隻血淋淋的爪子對我說：「你們到底是誰，怎麼會闖入七郎的美夢！」

「美夢？」我嗤笑，「不知道你這狐媚子到底用了什麼妖法營造出這般夢境，可是你佔人家媳婦的肚子就是你的不對！」說著，我抽出玄木鞭就迎了上去。

嬴萱舉起弓箭就射向我們的頭頂，我正納悶她是要幹什麼，就看到她射出的弓箭瞬間就割斷了房梁上掛著的一擔糧食。這裡習慣將糧食裝進麻袋裡掛在房梁上，這樣做一是防蟲蛀，二是確保糧食不受潮。拴著糧食的麻繩應聲而斷，一擔糧食就直直掉落。此時那狐媚子就站在那糧食的正下方，當她反應過來的時候，麻袋已經砸了下來。

狐媚子縱身一躍滾落至一旁，可是仍舊被砸中了早已露出的狐狸尾巴，疼得站不起身來。

我趁機揮鞭上前，雖然左肩受傷使不上力氣，但還好不影響右臂的發力。我直衝那狐媚子的要害劈了上去，可誰知道，就在我以爲萬無一失的時候，那伏地的狐媚子突然挑眉一笑。

完了，肯定有詐！

可是我完全收不住自己的腳步，心一橫，仍舊是朝著狐媚子的方向衝了過去。就在我玄木鞭接觸到狐媚子身體的那一瞬間，我突然感覺自己腳下一軟，眼前一黑，便跌倒在地。

這狐媚子，竟然會使用幻術！

剛才趴在那裡等我過去的並不是狐媚子的眞身，而是一個幻術的分身。眞正的狐媚子其實就藏在木屋的門後，在我完全沒有防備的時候施法，朝我發出了一股強大的紅色光芒的氣流，讓我整個人都飛出了好遠，腰部正好撞在了木屋中間的承重柱上。

我甚至聽到了自己腰折斷的聲響。劇痛從我的腰間襲來，我倒抽一口涼氣，疼得喘不上氣來。這狐媚子下手夠狠啊，再怎麼說我也是個男人，要是我姜楚弦的腰從此廢了，我這輩子都不會放過這個該死的白毛狐狸！

嬴萱見我遭受暗算，急忙拉弓，連發三支短箭。箭發得極快極準，狐媚子躲得很吃力，其中一支躲閃不及，正中狐媚子的腿部。狐媚子受傷流血，一下子就現出了原形，不再是一副村婦的打扮，粗布衣服碎裂開來，露出了原本的身體，通體雪白，上面有暗紅色的花紋。只見她身泛紅光，雙眼血紅，黑色盤髮盡數散開變成了雪白銀絲，在氣流的撩撥下彷彿是妖魔的惡爪。

那狐媚子猛然一轉身，竟然甩出了一條蓬鬆的尾巴，一下子打在嬴萱的身上，嬴萱躲閃不及，手中的弓箭頓時飛了出去。

這下麻煩了，本來我想著有嬴萱坐鎮，就疏忽大意了沒有帶公雞血麻繩。不過趁著那狐媚子攻擊嬴萱的間隙，我還是吃力地扶著柱子站了起來，抬手撕下了玄木鞭上的一道符篆，雙指夾緊，默唸咒語。符篆閃現金光，我用力一擲，符篆便緊緊地貼在了那狐媚子的背後。

「陰陽破陣，萬符通天！」我將玄木鞭橫在眼前凝聚丹田之氣唸出咒語，然後用盡全身的力量將手中的玄木鞭揮出，「火鈴符！破！」

這是我第一次使用師父曾經教我的五行符咒，若不是因為面對的是一隻修行極高的狐媚子，我斷不會冒這樣的險，因為如果操作不當，那麼我極有可能遭到符咒的反噬。師父曾教過我五種符咒，分別是捉神符、撼山符、鎖龍符、火鈴符、五獄符，依次代表了金木水火土五行。只需撕下玄木鞭上自帶的原始天符，運氣唸咒，恆動五行，就可以使出相應的符咒。

火鈴符是我唯一一個嘗試過的五行符咒，雖然威力不如師父用起來那麼大，但眼下卻是唯一能夠救命的招數也說不定。

隨著我唸出的咒語，玄木鞭發出火紅色的光芒，那張火鈴符瞬間懸空分散成無數張符咒，將狐媚子團團圍住，並且隨著我最後的一聲令下，所有的火鈴符都瞬間引燃爆裂，烈火瞬間引燃，像是放煙火般散發出巨大的威力。

中間的狐媚子一時招架不住，身上被火灼燒，同時被強大的爆破力震出好遠，一下子癱倒在地，失去了還手的能力。

「嬴萱！再補上一箭！」我因使用符咒而元氣大傷，一下子跪地無法站起，只能抬頭吩咐嬴萱。

嬴萱被我爆發出的力量嚇得目瞪口呆，隨即迅速反應過來舉起弓箭就朝著那狐媚子射去。

「住手！不要啊！」突然，木屋的門被人猛然撞開，只見鄧七跌跌撞撞地衝進來趴在了狐媚子的身上，死死護住早已失去戰鬥能力的狐媚子。

嬴萱的箭已經在弦上，根本收不住，只好急忙改變射擊方向，弓箭「唰」地一下就射到了一旁的窗子上，將掛在上面的花布簾子刺破。

「哎，你幹嘛啊！」嬴萱和我都捏了把冷汗，差一點，我們就要殺死夢境的主人了。

「不要……你們是誰？爲什麼要傷害她！」鄧七倒是不卑不亢，死死護住身後昏死過去的狐媚子，一副要和我們拚死拚活的樣子。

嬴萱走過來攙扶起我，我緩了緩，開口說道：「我們是你父親請來除妖的。」

「父親？」鄧七猛然驚醒，像是大夢初醒後魂飛魄散的樣子。

「喂，你傻了？眞被這狐媚子給迷了眼，連自己的父親都忘記了？」嬴萱嘲諷道，「你媳婦歲菡不會也不記得了吧？」

「歲菡……歲菡！」鄧七恍然大悟看向窗外，然而之前坐在鞦韆上的歲菡已經消失化作了一撮狐狸的皮毛。

「那都是假的！都是這狐媚子使出來的妖法，蒙蔽了你的眼睛。你眞正的媳婦現在身懷六甲，正和你的父親在鄧家大院裡等著你回去呢！」嬴萱氣不打一處來，狠心敲碎了鄧七最後的理智。

鄧七卻如同癡傻了一般，盯著自己的雙手呢喃道：「是我不對……是我不對！我以後……再也不敢了！」

怎麼回事？我看鄧七話中有話，頓覺事有蹊蹺。可眼下最重要的是趕快收服了這隻狐媚子，不然等下她恢復了體力，我們都不是她的對手。

不管了，還是要以大局爲重，我喚出阿巴，同時示意嬴萱讓她將鄧七支開。嬴萱上前就給了癡傻的鄧七一掌，鄧七頓時昏了過去。排除了阻礙，阿巴現出眞身，二話沒說張大口就要將狐媚子吞下。

可就在這一瞬間，那伏地無力掙扎的狐媚子卻用盡了全身的力氣，從口中吐出了一顆圓潤的珠子。珠子泛著白光朝鄧七墜落，嬴萱攔了一下卻撲了空，那珠子觸碰到鄧七之後就瞬間融入了鄧七的身體，形成了一圈微弱卻持久的白光，將鄧七籠罩了起來。

那狐媚子欣慰地笑了，隨即安心地長舒一口氣閉上眼。同時，阿巴也毫不留情一口將其吞下，將她強行拖入輪迴，轉世重生。

這……那狐媚子在臨死前爲何要將自己辛辛苦苦在歲菡肚子裡借命修來的內丹交給鄧七，給鄧七鍍上了一層庇佑的結界？

「等一下！！」我突然心生不妙，可阿巴早已將那狐媚子吞下，並開始吞噬這狐媚子一手建造出來的美夢。

不好……此事必定另有隱情！

9

現在後悔爲時已晚，我有些發慌，豆大的汗珠順著額角滾落了下來。隨著鄧七夢境的坍塌，我和嬴萱一起看到了這隻狐媚子的回憶。

這隻狐媚子本是隻普通的白毛野狐狸，幼年時在獵人的追捕下僥倖逃生。身負箭傷的牠逃至村子附近的樹林中，正巧遇到了貪玩跑出來的鄧七。那時候，鄧七不過五六歲的樣子，正是農村娃子穿著開襠褲滿地跑的年紀。

鄧七見了這隻年幼的狐狸，可能是由於小孩子喜愛動物的天性，竟然幫狐狸包紮了傷口，將小狐狸抱回了家中，好生伺候。狐媚子的回憶與鄧老爺所說的相差無幾。孩童鄧七就像是得了個玩伴，成日將小狐狸抱在懷中玩弄。小狐狸傷勢漸好，並在鄧七的悉心照料下逐漸長大。

「成天抱著這隻狐狸，你是要娶牠做媳婦吧？哈哈哈。」

可誰知道，就是鄧老爺這隨口的一句玩笑話改變了小狐狸的一生。小狐狸聽鄧七的父親這樣說，竟當眞了，下定決心回到深山中修煉，以求早日修成人形，好答應鄧老爺口中的姻緣。就這樣，小狐狸徹底消失在了鄧七的視線中。

最初，小狐狸不見了，鄧七成日哭泣，可畢竟是小孩子，傷心來得快去得也快，哭了幾日之後就徹底把小狐狸的事情拋在腦後了，渾然不知那小狐狸竟然爲了他正在深山中潛心修煉。

二十年過去，誰知鄧七長大後，居然變了心性，和小時候善良的本性背向而馳，成了一個不折不扣的紈褲子弟，依仗著鄧家有錢有勢，做盡喪盡天良之事。鄧七不知爲何迷上了打獵，配置了整套設備，還在山中建了一所小木屋，用來存放自己引以爲傲的戰利品。鄧七專門獵一些林中野物，活剝皮毛，做成各種裝飾品。後來打的野物多了，就懶得加工製作，直接剝了皮掛在院牆上。

這時候的鄧七早已忘記小時候救下小狐狸的事情，可當時的小狐狸卻帶著嫁給鄧七的信念投奔了山神，迅速修煉成了狐媚子，可即便如此，仍舊無法長時間化作人形，甚至連最基本的附身都無法做到。

而最終，鄧七在父親和媒人的撮合下迎娶了隔壁村的美人歲菡。狐媚子得知此事後心灰意冷，自己心心念念的鄧七居然完全忘記了與自己的婚約，因此傷心欲絕，甚至試圖去勾了歲菡的魂魄搶佔歲菡的身子，進而獨佔鄧七。可是當狐媚子在鄧七大喜那天混跡在人群中，看到鄧七那般開心的笑顏，就瞬間退縮了，打消了搶佔歲菡身體的念頭，決定成全鄧七和歲菡，於是夾著尾巴灰溜溜回到了深山中。

本來，事情發展到這裡一切都很圓滿，也不會出現後續的那些變故。可是，正應了那句古話，自作孽，不可活，惡人自有天來收。鄧七喜好活剝野物皮毛的殘暴行爲終於惹怒了山神，山神召集林中各個妖獸，決定選派使者去了結鄧七的性命，爲無數慘死在鄧七手中的生靈報仇。

狐媚子得知此事，主動請纓。山神給了狐媚子三日的時間，命她即刻取來鄧七的人頭。狐媚子領了命就匆匆下山了。

狐媚子自然是不捨得殺掉鄧七回去覆命的，於是她想盡辦法，才終於想到了一個保護鄧七的萬全之策。那時，歲菡懷了身孕，狐媚子不得不借此機會前去利用歲菡的肚子借命，好大增自己的修為。

修為增加，狐媚子的妖法便大大增強。她先化身為歲菡的模樣，將鄧七勾引到林中小屋，然後在小屋四周佈下隱藏的結界。三日之後，山神見狐媚子遲遲沒有回來覆命，便又派去了其他的使者。可是由於結界的庇護，其他的妖獸怎麼找也找不到鄧七的影子，只好空手而歸。山神大怒，下令擴大搜尋範圍，誓要找出鄧七和叛變的狐媚子。

狐媚子為了繼續隱藏鄧七，只得持續在歲菡的肚子裡借命，加速修煉的進程。而鄧七一無所知，以為自己還是和歲菡在一起隱居，不問世事，和狐媚子用一撮皮毛化成的「歲菡」在小屋的結界中過著世外桃源般的避世生活，全然不知結界外部的山林中早已因他而掀起了腥風血雨。

這樣的情況一直持續了兩個月的時間，歲菡因被媚狐借了命，肚子裡的娃娃遲遲不生產，鄧家老爺才開始四下尋找高人，也就碰巧遇到了我和嬴萱。

而我和嬴萱在毫不知情的情況下貿然闖入了鄧七的夢境，攪擾了狐媚子的計畫。狐媚子以為我和嬴萱是山神派來捉拿她和鄧七的使者，於是拚盡了全力也要保護鄧七，最終捨棄了自己好不容易修成的內丹，只為繼續在鄧七身上布下保護結界，避免山神對鄧七不利，自己卻修為盡失，被食夢貘吞下墮入輪迴，轉世重新投胎。

白光漸漸消散，我和嬴萱回到了現實的黑夜中。我的肩頭仍舊在不停流血，狐狸留下的爪印就像是火爐中炙烤過的生鐵，烙得我整個左邊的胸腔都隱隱作痛，讓我一時間分不清楚，到底是我的肩膀在痛，還是自己的心在痛。

嬴萱攙扶著我儘快離開了小木屋，臨走前，我回頭望了一眼仍舊在睡夢中的鄧七，他身上那層微弱的白光就像是長夜裡永不熄滅的北斗星，帶著那隻無名無姓的狐媚子最後的願景，成爲他今後生命旅途中重要的護身符。

10

我已不知道自己是如何離開小木屋、如何離開山林、如何回到鄧家大院的。鄧老爺見我受傷，急忙去鎮上請了大夫幫我消毒包紮，可我卻像是丟了魂魄，一句感謝的話都說不出來。嬴萱見我心裡難受，便早早安頓我，帶著擔心我傷勢的靈琚去了隔壁的房間，給我留了一個私密的空間。

我究竟是在與人為善，還是在幫奸人作惡？我口中所謂的善惡又到底有怎樣的評判標準呢？俗話說，正邪不兩立。可我們在這漫長的生命旅途中，究竟何為正，何為邪？就像我之前所想，我雖然疾惡如仇，但是在這件事上我又徹徹底底變成了一個惡人，竟然親手將那誓死要護鄧七周全的無辜狐媚子給無情斬殺……我這雙手……究竟是沾染了鮮血，還是我之前所謂的普度的佛光？

我苦笑著躺在冰冷的床榻上，一時竟陷入了糾結與苦惱之中。我正把自己折磨得疲憊不堪時，嬴萱敲響了我的房門。

「靈琚睡下了，你……還好吧？」嬴萱的長辮子鬆散在肩頭，紅色草原服飾上裝飾的皮毛讓我看得心痛，她小心翼翼地試探道，同時端了碗湯藥遞給我。

我根本無心去吃藥療傷，仍舊目光空洞地躺在那裡。

嬴萱放下手中的藥碗，歎了口氣：「我知道你心裡不好受，我也不是什麼會講大道理的人，但是啊，這件事情錯不在你，你也就別放在心上了。」

「你告訴我，我這樣做究竟是對是錯？」我有氣無力，抬眼看了看一旁的嬴萱。

嬴萱聳聳肩：「我沒什麼文化，就隨口說了。要是你覺得我說得有道理，就起來把藥喝了，如何？」

我沒有拒絕，算是默認了。

嬴萱撓了撓頭，打開了話匣子：「其實吧，這件事情根本就沒有誰對誰錯這一說，也沒有你所謂的正邪之分。從我的角度來看，你所說的正邪，其實歸根結底是這樣的。

「我打個比方，就比如我們蒙古族和狼的關係。假如說，蒙古族代表正，狼代表邪，那麼現今我們蒙古族佔統治地位，那就是邪不勝正的時代。可是如果有一天，狼的力量大增，對我們正道統治的根基產生了動搖，那麼狼代表的邪的勢力也許就能代替正的勢力，直到當狼完全取代了蒙古族，那麼邪就變成新的正了，而舊的正就被淘汰變成了邪。所以啊，正邪根本就是相互轉化的雙方，並不是對立的。」

我猶如醍醐灌頂，被嬴萱的一席話敲開了一直閉塞的神經。

嬴萱說得很對，自然界的規律很簡單，一切均以力量為勝，無論是正還是邪，誰的力量大，誰就能主導。

天下之大，沒有永遠的正，亦沒有永遠的邪，正邪之念體於心，而顯於力。

狐媚子的邪，完全是因為形勢所逼，才不得不去拆散鄧七與歲菡，不得不到歲菡肚裡借命。世間並沒有多少人天生就是壞到骨子裡去的，也許那背後，正是一些不為人知的苦衷。

而我，只有堅定自己的信念，不再以絕對的正邪去區分好壞，才能以正道人心，匡天下正義。

看破了正邪，我也釋然了，在嬴萱的攙扶下坐起，端了藥碗，一飲而盡。

和我預料的一樣，鄧七在第二日便回到了鄧家大院，對之前幾個月的事情一概不知，感覺像是自己做了一場夢，根本不記得自己在山中小屋裡住了那麼久的時間。鄧七回到家中端起一碗水喝了個精光，然後接過張嫂遞上來的熱毛巾裡裡外外擦了擦身子，才長吁一口氣，開口第一句話就是：

「歲菡生了嗎？」

我想，大概是那狐媚子用最後的力量抹去了鄧七這些日子的記憶吧，本身就是早已遺忘的童年友伴，也不必將這幾個月痛苦的記憶帶回到正常的生活軌跡中。或許遺忘，才是對鄧七最大的懲罰。

奇怪的是，鄧七回來後在家中寢食難安，好像有什麼事情一直在腦子裡糾纏著他。鄧七坐立不安，直到他突然舉著火把上山，一把將林中小屋燒毀後，他才順暢地喝了碗疙瘩湯，大汗淋漓地睡下了。我想，鄧七今後恐怕是再也不會去打獵了。

我和嬴萱、靈琚借宿在鄧家大院養傷，鄧老爺對我們十分照顧，不僅幫我請了大夫，還讓人替我抓了好些補品和湯藥，口口聲聲稱我們是鄧家的救命恩人，最後還硬是塞給了我五條「小黃魚」。我推託一番還回去了三條，才勉強收下。畢竟這錢不是什麼小數目，我拿多了自己心裡也過意不去。嬴萱倒是很不客氣，不知道怎麼樣又從鄧老爺那裡騙來了兩條，塞進自己貼身的衣兜裡。

不出十日，歲菡的肚子便有了動靜，正是晚飯時間，鄧家所有人都丟下了飯碗圍在歲菡屋子前。鬧騰了一夜，直到接生婆踩著晨光抱出來了一個白乎乎的大胖小子，在娃娃清脆的啼哭聲裡，鄧家大院的空氣中四處洋溢著新生的喜悅。靈琚更是歡喜得不行，前後圍著小弟弟轉，那隻奇怪的野鳥瞬間遭到了冷落，好像心生醋意，遠遠地落在枝頭任靈琚怎麼喚也叫不回來。

我的傷好得很快，不知道是因爲那個天眼的功勞還是鄧老爺找來的大夫醫術高明，調整得當。一直賴在鄧家也不是長久之計，我想，我們也是時候該告辭了。畢竟，我還要繼續去尋找我的師父。

第二日天大亮，我披上灰布長袍。袍子上之前被狐狸爪子抓破的地方，已經被張嫂細緻地縫補好了，袍子之前縫補的地方本身就不少，現在又添了一塊補丁，讓這件師父留下來的袍子更顯滄桑。

我們辭別了鄧老爺，就沿著村路一直往北走。我的目標很明確，就是傳說中我的故鄉——衛輝。至於嬴萱，算是死皮賴臉地跟上我了。我轉念一想，帶著她沒準也能在以後的行動中幫到我，而且靈琚畢竟年齡不小了，有許多事情是我這個大男人照顧不到的，嬴萱在身邊也許會方便很多，於是也就不再說什麼，帶著她一起上了路。

Chapter 04

梧桐引鳳

1

嬴萱自作主張要帶路，說她之前打北邊過來，早已經熟悉了這附近的路，這裡有一條林中小路能直接通到下一個村子，好走還不用繞遠路。我心想她既然是獵人，想必野外經驗比較豐富，所以就輕易信了她，讓她在前面帶路。

事實證明，這是我做過的最輕率的決定。

當嬴萱帶著我和靈琚圍著一個小土坡轉了三圈的時候，我已然發現了這個死女人早就迷路了。可她還嘴硬，偏偏說就是這麼走。我拗不過她，只好繼續跟在她的身後。靈琚走得有些累了，我不得不蹲下身揹起她。那隻野鳥也乏了，安靜地臥在了靈琚的腦袋上。

大清早出發，嬴萱愣是帶著我們走了一上午，卻依舊沒有走出那個小土坡。

正午的太陽很暖，照得人有些睏頓。我們在密林中穿梭著，來回幾乎把差不多的路反反覆覆走了好多遍，我甚至能在枯黃的落葉叢中找出我們之前走過的腳印。

一直昂首闊步走在前面的嬴萱也終於停下腳步，彷彿在宣告自己的失敗。

我放下靈琚，讓她靠在樹上歇息，然後自己也趕緊坐下來歇歇走得痠脹的腳。一上午滴水未進，原本以爲只要一個時辰的路程竟然著實走了大半天。因爲從鄧家大院到下一個村子並不遠，因此我們並沒有準備什麼乾糧，現在竟餓得有些發慌。

「姜楚弦。」嬴萱手持自己的長辮子搖晃著，四處張望了一下，像是如鯁在喉，十分神秘地湊過來。

「幹啥，有話說話，別裝神弄鬼。」我推開她笑嘻嘻的臉，裹了裹身上的袍子。

嬴萱也一屁股盤腿坐在樹下，隨手揪了一根草叼在嘴裡：「姜楚弦，我有一個好消息和一個壞消息，你想先聽哪一個？」

我不耐煩地歎了口氣：「壞消息。」

嬴萱一臉委屈地說：「我們迷路了，也沒有乾糧食物，只能摘野果子充饑。」

「大姐，你才知道？你行不行啊？」我翻了個白眼，被她氣得一口氣沒順上來，要不是靈琚在身邊，我早就破口大罵了。

「那，好消息是什麼呢？」旁邊的靈琚顯然是被嬴萱吊起了胃口，趴在我的膝蓋上雙手托著下巴，吸了吸鼻子好奇地咧開嘴問道。

「好消息就是……」嬴萱燦爛一笑大手一揮，「這裡有的是野果子！哈哈哈！」

我又是一個白眼翻出去，同時想伸手給嬴萱一巴掌。靈琚倒是著了嬴萱的道兒，很開心地站起來蹦蹦跳跳地拍手叫好：「太好啦，我們不會被餓死啦！」

嬴萱牽著靈琚就去摘野果子，我心裡煩躁得很，裹緊衣服準備睡一覺。可誰知道，那隻一直纏著靈琚的野鳥居然沒有跟著她們走，而是一反常態停在了我頭頂的枝頭上，瞪著黑豆似的眼珠盯著我看。

我瞥了牠一眼，沒作聲。

這鳥一定有問題，通過這些日子的相處，我明顯感覺到牠是有獨立思想意識的動物，甚至能和靈琚做簡單的交流。而牠傷好後沒有離開，反而留在靈琚身邊，讓我也明顯感覺到了牠是懷有某種目的的，而這個目的，並不是爲了單純地接近靈琚。

或許，是為了接近我也說不定。

那隻野鳥站在枝頭四下張望了一下，確認嬴萱和靈琚已經走遠，然後拍打翅膀滑翔墜落，在半空中打了個圈兒，暗灰色的羽翼隨風抖動，準確地落在了我的面前。

我挺直了身子，深吸一口氣，然後緩緩開口問道：「你一路跟著靈琚，究竟有何目的？」

我不太確定這隻野鳥是否能夠聽懂並回答我的話，但是眼下牠擺出來的這副架勢，明明就是要和我促膝長談的模樣。牠瞪著黑眼珠不說話，所以只好由我來打破此時的沉寂了。

那野鳥聽了我的話，竟然沒有任何反應，仍舊是乾巴巴地盯著我。

我有些好笑。眞是傻了，一隻野鳥而已，怎麼可能眞的會說話呢？我有些尷尬地撓了撓臉頰，笑著搖搖頭就別過身子準備小憩一番。

剛剛閉上眼，我就聽到一陣急促的腳步聲，還夾雜著嬴萱撕扯著的大嗓門：「姜楚弦！快跑啊！！」

我機警地一躍而起，條件反射般就去摸腰裡的玄木鞭。我納悶地抬眼望去，只見遠方小路的盡頭，嬴萱正拚了命向我這裡飛奔而來，一手夾著靈琚，一手對我揮舞著，表情豐富而猙獰。然而我只注意到了她隨著奔跑韻律而上下搖擺的大胸，根本沒注意到嬴萱身後的到底是個啥。

那隻野鳥看我呆立在那裡，急得飛起就啄我的腦袋。我一下子從嬴萱搖擺的身體中抽出魂來，定睛看向嬴萱的身後。

乖乖的，竟然是一隻巨大的棕熊！

這種小樹林裡怎麼還會有棕熊出沒？我一時間慌了神。那棕熊體格足有兩三個成年男子那麼高，掛著哈喇子❶的臭嘴張得老大，一口黃牙像是鬼門關的厲鬼，正咆哮著活動粗壯的四肢追趕在嬴萱的後面。

「姑奶奶，你在哪兒惹了這麼個給觀音菩薩看後山的傢伙？」我能感受到地面都在震動，那大塊頭笨重卻又十分敏捷，奔跑的速度比我想像中的要快很多。我只看一眼就確定了我倆根本不是這棕熊的對手，於是提起屁股轉身就跑。

「姜楚弦你給我站住！能不能男人一點兒？！」嬴萱由於抱著靈琚速度不快，氣急敗壞地朝我吼道。

我轉念一想也對，於是放慢了腳步。等嬴萱追上來，我一把接過靈琚，再次一溜煙兒就躥了。

「哎，你大爺的！還真是個吃軟飯的小白臉！」嬴萱在後面跑得上氣不接下氣，卻還是不忘罵上我兩嘴。

身後的棕熊撒開了猛追，還時不時發出震耳欲聾的吼叫來震懾我們。我們迅速穿梭在林子裡，路過的枝杈抽在我身上生疼，可就算這樣我也絲毫不敢鬆懈了腳步。

「師父快跑！大熊要追上來啦。」靈琚倒是心平氣和地躺在我懷裡，不時地替我播報身後的情況。

據我所知，棕熊不像熊瞎子，牠的嗅覺極佳，幾乎是獵犬的七倍，再加上牠視力也很好，在捕魚時甚至能夠看清水中的魚類，所以一旦被棕熊盯上，那幾乎是逃不掉的。棕熊的體力要比我們人類好很多，這樣一直逃下去也不是辦法。

---

❶東北方言，指口水。

繞開一片密林，我的眼前出現了一棵合抱粗的大樹，我像是看到了救命稻草，一把將懷裡的靈琚翻了個個兒，讓她趴在我的背上。棕熊肩背上隆起的肌肉使牠們的前臂十分有力，可後爪的力量卻比較薄弱，因此棕熊並不擅長爬樹。我二話沒說跑到那棵大樹下，擼起了袖子就往上爬。

嬴萱見我上樹，便也急忙停下了步子，拐向旁邊的一棵樹，輕車熟路，三兩下就爬了上去。

棕熊一見嬴萱上了樹，便立刻掉頭朝我這邊瘋狂地追了過來。

「師父快！！」靈琚雙手死死卡住我的脖子，勒得我喘不過氣來。我哪裡顧得上那麼多，一門心思只在這棵大樹上，我手腳並用，可是之前受傷的肩膀還是有些隱隱作痛，再加上我身上還掛著靈琚，這讓我爬樹的過程並不是那麼順利。

「姜楚弦你快！牠到你跟前了！」嬴萱在一旁催促道。她早早就上了樹，站著說話不腰疼。我猛然全身發力，青筋暴起，憋紅了臉才終於順利爬到了樹上。可為時已晚，樹下的棕熊已經一口咬住了我垂下的灰布袍子，我被牠猛然一拽，好不容易爬上來的距離就瞬間功虧一簣，整個人帶著靈琚就一起從樹上跌落了下來。

完了完了，我顧不得身上的疼痛，一把推開靈琚：「你自己上樹！」

靈琚得了命令轉身就往樹上爬。那棕熊嘴裡銜著我的袍子，正瞪著眼珠死死盯著我，已經抬起了半個身子躍躍欲試。我知道，牠這是要發起進攻了。

棕熊的爪子強而有力，我手無寸鐵根本就敵不過。要是被這傢伙拍上一巴掌，不死也得少半個身子。我抬頭看了看靈琚已經爬上了樹，頓時也就鬆了口氣。

「姜楚弦蹲下！！」嬴萱見勢不妙立即拉弓，弓箭準確地射在棕熊的爪子上，棕熊一受痛，猛然改變了揮爪的方向。我立刻按照嬴萱所說猛然下蹲，那粗壯的爪子幾乎是挨著我的頭頂飛了過去。

「師父！！」靈琚嚇得捂上了眼睛，一下子就哭了出來。

要不是嬴萱這及時的一箭，恐怕我整個腦袋就沒了。我一屁股癱坐在地四下觀望，還沒緩過神來，棕熊就又朝我撲了過來。我隨手就抄起手邊的一根尖銳的樹枝，閉上眼，在棕熊再次朝我撲過來的同時用力向牠戳了過去。

我知道，這根本就是以卵擊石，可是我若不做這樣的反抗，那就根本沒有生還的機會。

「唰！」

只聽一聲巨響，之前混亂不安的局面瞬間安靜了下來，沒有了棕熊的怒吼，沒有了嬴萱的尖叫，沒有了靈琚的哭喊，沒有了我胸腔中撲通撲通緊張的心跳。我只感受到自己拿著樹枝的手被震得發麻，而那根樹枝也早已經應聲折斷。

怎麼回事……我不會眞用一根樹枝就幹掉了一隻巨型棕熊吧？這要是眞的，可比什麼武松打虎還應該載入史冊。

我緩緩睜開眼，只見眼前出現了一個陌生的身影，灰白色的長卷髮如同瀑布般傾瀉而下垂在我的眼前，挺拔的背影穿著黑色的緊身衣，隆起的肌肉分外明顯。身披一層並不誇張的金屬鎧甲，一副古時候戰將的打扮。

只見這名男子右手套著一個玄鐵打製的爪套，三根金屬利爪如同鋼叉迎上了棕熊的熊掌，硬生生刺穿了棕熊的前肢，替我擋下了牠致命的攻擊。

而我手中的樹枝，壓根兒就沒有觸碰到棕熊，反而直接戳在了這名男子的後背。由於我是坐在地上，角度比較低，而那男子是站在我的面前，因此樹枝不偏不倚，位置比較尷尬，正好戳在了他的……屁股上？

「嘖。」那名替我擋下棕熊的白髮男子顯然沒想到我會從背後給他來這麼一手，眉頭一皺，抬腿就將我踢向一旁。我正納悶從哪裡突然竄出來這麼一個奇怪打扮的人，就被他突然踢翻，滾落到了一旁。

「小雁？？」樹上的靈琚瞪大了雙眼，驚喜地叫道。

2

小雁？那隻野鳥？！

什麼情況？我趕緊拍了拍身上的落葉和塵土站起來，定睛看向那名陌生的如同戰士一般的男子，看他的樣子，我怎麼也沒辦法和之前那隻總臥在靈琚頭頂的野鳥聯繫在一起。

那男子聽了靈琚的呼喚，抬眼看了看樹上，微微歪嘴一笑，然後猛然抽出右手的鋼爪一躍而起，輕巧地落在了棕熊的身上。那棕熊受了傷，勃然大怒，轉身對著那男子就是一巴掌。白髮男子輕鬆地躍起，一個後滾翻躲過棕熊的爪子，隨即眼中殺機四溢，毫不猶豫地抬起鋼爪朝棕熊的胸前劃去。

棕熊自然沒有那麼靈活，躲閃不及，被那男子的鋼爪給撓了心窩。隨著一聲皮開肉綻的聲響，那棕熊怒吼一聲就倒下了。那名男子的動作迅疾而準確，就像個專業的殺手，沒有絲毫的拖泥帶水，一擊制敵。

這一套動作完成得行雲流水，我目瞪口呆，簡直……還有些小帥呢。

那男子解決了棕熊後，將那右手的鋼爪在棕熊的皮毛上面蹭了蹭，擦乾淨了之後才抬眼看向我。

我這時才看清了他的面容。只見他身軀凜凜，相貌堂堂，竟是個年輕少年的模樣。皮膚白得如同極北之地的雪花，面射寒星，一張蒼白冷漠的臉上，黑曜石般的雙瞳烏黑深邃，鼻若懸梁，唇若塗丹，端正剛強宛如遠古戰場上唯一存活下來的勇士，有著年輕體格本不該有的滄桑。一頭蒼白的卷髮，被他細緻地紮成高馬尾拋在腦後，散開的白色卷髮如同狐狸蓬鬆的尾巴。

我一時間竟然不知道該說什麼好。我本覺得這隻野鳥定不是什麼普通的鳥類，可怎麼也沒想到他居然會幻化成人形。他一臉冷漠地看著我，而我便本能地對他進行探夢，可是一圈看下來並無異樣……難道，他是個妖精？

「小雁！」靈琚見下面沒了危險，便趕緊從樹上跳下來撲向那名男子，親暱地抱住了白髮男子的身子，並且把臉在他身上來回蹭著，一如曾經懷抱著那隻小鳥那般。

那男子低頭看了看靈琚，居然很愛憐地把手放到了靈琚的腦袋上輕撫。

我見勢不妙趕緊上前一把拉過靈琚。正經人家的小姑娘，哪有對著一名陌生男子親啊抱啊的，成何體統。可是我剛拉過靈琚，靈琚就抽回了手，再次撲向那野鳥的懷裡。

「哎我說，我可是你師父。」我急得直朝靈琚吹鬍子瞪眼。

靈琚雙手仍舊懷抱著男子，別過頭來衝我吐了個舌頭：「可他是我的小雁啊。」

眞是女大不中留……我氣得翻白眼，正巧對上了那男子冰冷的眼神，於是我趕緊正色對他行了個禮，算是第一次見面打個招呼吧。可他根本就沒有搭理我，繼續低頭盯著靈琚。

「那個……不好意思啊剛才，」我站直了身子試圖讓自己顯得端莊一些，畢竟我爲人師表，不能再像剛才那樣狼狽，「第一次見面，就不小心侵犯了你的……呃。」我指了指仍舊戳在他臀部的樹枝，不好意思地咳了兩聲。

他臉色大變，趕緊抬手將那樹枝拔下來捏碎，隨即狠狠瞪了我一眼。

「不管怎樣……還是，還是謝謝你剛才救了我。」我忍住笑，伸手就把靈琚拉了過來，可這野鳥不甘示弱，拉起了靈琚的另一隻手，暗暗發力往自己身邊拽。

嘿，這野鳥毛還沒長全就知道和我搶小徒弟了？我姜楚弦是那麼好欺負的人嗎！我心裡暗暗鄙視了他一通，一把將靈琚拽了過來：「你別離人家那麼近，我們還沒有搞清楚，他到底是個什麼東西呢。」

靈琚嘟起了嘴巴：「他就是我的小雁啊。」

那男子得了靈琚的認同，便暗暗一笑，再次往他那裡拉了靈琚一把，暗自和我較勁。我才不是那麼容易服輸的人，我咬緊了後槽牙就默默發力。我和那野鳥像拉鋸一樣，靈琚夾在中間進也不是，退也不是。

「師父……疼！」靈琚不滿地掙脫開我和那男子沉默的爭奪戰，轉身就跑向了剛從樹上下來的嬴萱。

「喲，這位小哥長得挺俊，什麼名號啊？」嬴萱拍了拍靈琚的腦袋，笑嘻嘻地就朝那男子湊了過去。

靈琚不開心地推開嬴萱：「師娘你不要和我搶小雁！」

嬴萱尷尬地乾笑了兩聲：「我哪有。」

靈琚氣鼓鼓地擋在男子面前：「你們不許欺負小雁！」

欺負他？就他那鋼爪隨便一揮就能幹死一頭熊，我哪敢欺負他啊。

「小雁，謝謝你剛才救了我師父！」靈琚好像突然想起了什麼一樣，轉身對男子鞠了個躬。

那名男子一直沉默不語，見靈琚如此，竟微微笑了笑。笑容轉瞬即逝，我都還沒有來得及看清楚。

男子抬起頭，掃視了我和嬴萱一圈，然後雙臂抱肩，那右手的鋼爪竟然瞬間就縮了回去，看樣子是個特製的伸縮型武器。他清了清嗓子，冷冷地開口道：「實不相瞞，我救你，是有一事有求於你。」

我和嬴萱雙雙愣住。這男子說話的聲音和他的樣貌一樣冰冷，明明一句求人的話，聽起來卻像是叫人不得不從的命令。

我姜楚弦好歹也是見過世面的人，什麼妖魔鬼怪沒有見過？我整了整衣襟，和顏悅色地答道：「不知閣下是什麼來路？」

他倒是一點兒都不避諱，直言答道：「我乃神獸朱雀之子，名叫雁南歸。」

詭，沒想到這傢伙居然來頭不小，竟然是神獸朱雀的後代！

朱雀，乃上古四神獸之一，主掌火，和玄武、白虎、青龍並稱爲四神獸，分別率軍駐守在聖地南、北、西、東四極，防止惡勢力侵犯聖地掠奪天晷。四神獸其實本體爲妖法極強的妖獸，因走的是正途而被封爲神獸。而四神獸守衛的天晷，則是一座由白玉雕刻而成的日晷，自行運轉，生生不息，擁有強大的原始能量。天晷維持著時間正序，推動時間運行，以保證晝夜交替、四季輪迴，維護著天下太平。若是天晷不慎落入奸人手中，百姓將陷入水深火熱之中，天下必得大亂。因此，四神獸的職責就是守護著聖地，保護天晷。

「那……你這來頭這麼大，找我，我又能幫你什麼呢？」我一時間有些發怵，沒想到靈琚機緣巧合下救下的野鳥，竟然是一隻雀妖，而且還是神獸之子，這世上還有什麼事情是他辦不到而需要求我的呢？明明是主管火的神獸，怎麼會有個冷得像臘月天窗上的冰碴子的兒子？

「說來話長，不如我們先行離開這樹林，我們邊走邊說。」雁南歸垂下面無表情的臉，自顧自地轉身就走，舉手投足間都透著一股帝王之相。

靈琚像是被勾了魂兒，二話沒說就跟了上去，我和嬴萱對視了一眼，只能跟了上去。

據雁南歸所說，他經歷了一番劫難後失去記憶。他只依稀記得自己的父親是四神獸中的朱雀，和其他三神獸一樣守護聖地，分管南極門，防止異族侵犯聖地掠奪天晷。他自小就跟在父親身邊，可是卻不受身邊其他妖的待見，從小就被人欺負。雖然他的身體裡遺傳了父親的戰魂，妖法強大身手了得，可是即便如此，他身邊也沒有一個朋友。

長大後，他作爲父親朱雀的手下承擔起了守衛南極門的職責。一日，他帶領一眾將士巡邏，卻被突然出現的一股神秘的黑暗勢力所圍攻，掀起了朱雀族一場曠古大戰，大戰持續了七天七夜，朱雀族人全軍覆沒，南極門幾乎失守。朱雀拚死守護最後一道防線，用盡修爲化作一堵流火牆。那股神秘侵略者嘗試數次無法突破，只得鎩羽而歸。而雁南歸卻在那次大戰中身負重傷，變回雀身，掉入人間，落到了仙人渡鎮的那條河水裡，正巧被靈琚看到，拾了條命回來。

可是當他醒來後，卻發現自己竟然失去了記憶。除了小時候被欺負的記憶碎片和那次朱雀族覆滅之戰的可怕場景歷歷在目，關於他母親的事情，甚至連那股勢力究竟是誰，他都忘得一乾二淨了。

他一邊在靈琚身邊養傷，一邊想辦法找回記憶，認清敵人，好爲族人報仇。可是他漸漸發現，我有進入他人夢境的本領，於是便留在了靈琚的身邊，想要偷偷接近我。

「所以……我想，你既然能夠進入別人的夢境，那也就是說，可以進入他人的潛意識，這樣的話，說不定能幫我找回丟失的記憶，幫我想起來自己的母親究竟身在何方，那股屠我族人的勢力又究竟是誰。所以，我想請求你，進入我的夢境。」雁南歸深吸一口氣，終於說出了他的目的。

「不行。」節奏驟變，我根本沒有思考就直接拒絕了。

雁南歸顯然沒有預料到我會這麼決絕地拒絕他，吃了一驚：「爲什麼？」

我擺擺手：「沒得商量，我說不行就是不行。」

靈琚和嬴萱也不知道我到底是怎麼了，不明就裡地看著我。我煩躁地擺擺手就走向了一邊，一個人靠著樹坐下了，一言不發，閉目養神。

3

我拒絕雁南歸的請求，當然是有原因的。

我自知學藝不精，控制食夢貘的能力自然沒法與我的師父相比。可即便如此，我師父也從來都只是進入人類的夢境，像雁南歸這樣的……妖，是從未嘗試過的事情。

夢境是由人心而生，可是妖……根本就沒有心。

人類的夢境，不管多麼光怪陸離千奇百怪，那也都是基於現實生活的一種扭曲變幻，其根源是一顆眞實的人心，再怎樣也無法脫離現實生活的影子。可是妖不同，妖沒有心、沒有感情，妖接觸到的東西往往是我們平常人根本接觸不到的東西，因此夢境中相應的也會出現一些我根本無法預見的事物，甚至是超出我世界觀的東西，這些我根本無法駕馭，輕易入夢，無異於自尋死路。

靈琚見我鐵了心不幹，就開始了一輪又一輪地撒嬌。不過，她顯然是不知道雁南歸要我做什麼，也根本不懂什麼叫進入別人的夢境，因此根本沒有什麼說服力。

「師父……你就幫幫小雁吧，小雁剛才不是還救了師父的命嗎？」

「師父，你就看在我的面子上，就一次，好嗎？」

「師父師父，不然你教靈琚怎麼弄，靈琚去幫小雁，這樣好嗎？」

……

雁南歸此時正冷冷地站在遠處，抬頭望著天際邊南飛的鴻雁，年輕挺拔的身軀卻寫滿了滄桑。

嬴萱顯然是看出我有所顧忌，於是把嘗試許久卻根本沒有說服效果的靈琚支開，坐到了我的身邊。

「你幹嘛，你別勸我。我告訴你，誰勸都沒用。」我瞥了一眼嬴萱，卻見她笑嘻嘻地遞給我一把野果。我正口渴難耐，沒有猶豫就接了過來，在袍子上面蹭了蹭就丟進了嘴裡。

「總得有個理由吧？」嬴萱見我吃了野果，就湊近了輕聲對我說道，「給個理由吧。人家剛才還救了你的性命，你這樣做好像不太合適，你讓靈琚怎麼看你？」

嬴萱說得不無道理，我吃罷了野果，拍了拍身上的灰土，就向雁南歸和靈琚那邊走了過去。靈琚見我過去，以爲是我改變了心意，眼睛發亮滿懷期待。

「這個，實不相瞞，我這個人吧，不喜歡逞英雄，」我客客氣氣地對雁南歸說，「實在是因爲我能力有限。進入夢境的本源是潛入人心，至於妖……所以，不是我不幫，是我實在沒這個本事。」

靈琚聽了我的話，瞬間就耷拉下紮著羊角辮的小腦袋。

雁南歸聽後，表情似乎沒有任何變化，可是他一副欲言又止的樣子，好像在隱瞞什麼事情：「如果眞是這樣，我也不好勉強。」

好了，社交完成。我拉起靈琚轉身就走，前面不遠處，我已經看得見村子了。

「那……如果不是妖呢？」誰知道雁南歸還不死心，在我轉身的一瞬間上前一把拍著我的肩膀，力道之大讓我整個人都晃了幾晃。

我一時間弄不明白雁南歸到底在搞什麼：「不是妖？你不是朱雀之子嗎？」

雁南歸深邃的瞳孔居然恍惚了一下，顯然是在隱瞞什麼！

我瞬間抽出腰間的玄木鞭直指雁南歸的眉心，同時一手將靈琚護在身後：「說！你到底是誰！」

雁南歸對我的舉動沒有做出任何的反應，他應該知道我是傷不到他的。我也知道，自己不可能是他的對手，我這樣只不過是在虛張聲勢罷了。嬴萱見狀也趕緊上前擋在了靈琚的面前，轉眼就要拔出弓箭。

沒想到靈琚居然不管不顧地從我倆身後鑽出來，張開雙臂擋在雁南歸的面前：「不許你們傷害小雁！」

這小丫頭，眞是拎不清輕重！

雁南歸歎了口氣，表情有些細微的變化，清透的肌膚抽動了兩下，隨即立刻將頭微微轉向一旁，半晌，他彷彿是下了很大的決心，再次把頭偏轉過來，臉色已經趨於平緩，深邃的目光中竟然閃現出了一絲怯懦：「其實……我是個半妖。」

「半妖？」我疑惑地收起玄木鞭。

「是的，因爲我的母親……是個人類。」雁南歸說完，如釋重負般閉上了眼。

半妖？也就是人類和妖結合後產下的怪胎？這種人不人，妖不妖的生物註定了其悲慘的命運，既不被人類所接納，也不被妖界所承認，游離在兩個種族之外而因此被唾棄，不是一個完整的個體。再加上雁南歸的父親是強大的千年雀妖，朱雀王族中出現了半妖，因此朱雀族人很可能會因有這樣一個異類後代而感到羞恥。這種可悲的身世註定了他要飽嚐世事蒼涼與冷漠，卻還要堅強地活下去並變得強大。

我這時才明白，雁南歸那過人的身手，並不是因爲遺傳了父輩的戰魂血統，而很可能是從小承受的無數欺辱和痛苦換來的。

這種異類，只有讓自己變得強大起來，才不會受到別人的欺負，才不會被人低看。可想而知，雁南歸的一生經歷了多少苦難，這也解釋了他年輕的身體爲何會有如此看破世間本質的淡然。

雁南歸看我有所猶豫，於是上前走近我。我正準備躲閃，但見他並無殺氣，於是也放鬆了下來。他上前拉起我的右手就放在了自己的胸腔上。

撲通。撲通。

一陣規律的震動傳遞到了我的手掌中。

是心跳！是人類的心跳！我的右手清晰地感受到了那寬曠胸膛下的一腔熱血，強勁有力的心跳證明著他並不是沒有感情的怪物。一顆火熱卻脆弱的人心，就這樣孤零零地存在於他強大的戰魂之軀中，強大的軀體和脆弱的人心，就這樣在雁南歸的身上完成了和諧的統一。

我驚訝地收回了手，久久不能平復自己的心情。

我眼前的這名白髮少年，究竟經歷了什麼？

一顆脆弱的人心，是如何承受得住強大的妖力，又是如何承擔起那些痛苦的回憶？

「你的母親……對你很重要？」我努力讓自己鎮定下來。

雁南歸死死盯著我的眼睛：「是的。可是……我不能忍受自己居然連她的相貌都記不得，也不知道她現在究竟是死是活……」

我不知道雁南歸的母親究竟是什麼樣的人，竟然能讓他冒著如此風險也要找回那些痛苦的記憶，從小受盡欺辱，族人被屠，父親化為流火，母親下落不明……他真的，要把這些記憶一一尋回嗎？

「你確定，要以這顆脆弱的人類之心，承擔那些或許你承擔不起的痛苦記憶？」我握緊了手中的玄木鞭，思考片刻問道。

雁南歸沒有說話，只是堅定地點了點頭。

看到雁南歸的堅定，我倒是希望是我錯了。人心或許並沒有想像中那麼脆弱。人類雖然弱小，可是人心中蘊含著無限的潛能，在某種情感的支撐下，或許會迸發出我根本無法想像的能量。

「走吧，天色不早了，到下一個村子住下吧。」我突然笑了笑，招呼一旁的靈琚和嬴萱。

嬴萱愣了：「這……還不答應幫忙嗎？」

我裹緊灰布長袍，頭也不回地走在前方：「荒郊野嶺的我可沒法化夢，先找個旅店吧。」

我知道，今晚的化夢不再是什麼幫忙，而是我對勇士所表達的敬畏。

4

前面的村子叫石橋鎮，村子南口有條小河，河上有座上了年歲的石拱橋，風吹雨打，滄海桑田，任路人踩踏抛光，鍍上了一層光亮的鎧甲。

這個村子比我想像中要繁華，兩邊的商店掛著顏色各異的招牌彩旗招徠著顧客，推著小車叫賣的更是摩肩接踵，就連挑著兩擔土雞蛋送貨的老婆婆都風風火火。我們沿著主路走著，隨便找了家旅店就住下了。兩間廂房，互爲隔壁，我和雁南歸一間，靈琚和嬴萱一間。

有了鄧老爺給的錢，我們的生活也就富裕了起來，不用再啃乾糧窩窩了。我們在旅店樓下要了碗燴麵，我就著肉餅呼嚕吃了一大碗。吃飽之後還覺得不夠，就又要了一個肉餅揣回屋裡。

我躺在床上嚼著醬肉餅，百無聊賴地看著雁南歸。這雁南歸變成野鳥的時候，只需要吃幾粒穀物就可以填飽肚子，變成人倒是吃得不少，與其這樣，倒不如一直保持野鳥的身子呢，還能幫我省不少錢。只見他一言不發地坐在椅子上，將右手的鋼爪卸下，用布小心地擦拭著。

「你這武器看著挺炫酷，是個什麼東西？」雁南歸安靜得出奇，基本上你只要不說話，就不會聽到他主動發出任何聲音，於是我主動挑起了話題。

「青鋼鬼爪。」

我點點頭：「名字也滿炫酷，哪兒弄來的？」

「成年時家父贈的。」

我覺得和雁南歸聊天實在無趣，還不如趕緊把醬肉餅吃完了好好睡一覺，畢竟我晚上還要熬夜化夢，於是我三兩口便把剩下的半個餅給塞進了嘴裡，灌了兩口水涮了涮，剛要躺下，就聽見有人在敲我們的房門。

「誰啊？」我睏得整個身子都黏在床上根本不想動彈。

「師父，是我。」清脆的聲音從門縫裡傳來。

原來是靈琚啊，我剛要起身，雁南歸就率先站起來迅速把門打開。只見靈琚手裡捧著一盤豆沙糕與高采烈地進來，二話沒說就過來坐在我的身邊。雁南歸關了門，也跟著靈琚的腳步，坐在了床的另一邊。

靈琚坐下後，用肉乎乎的小手捏了一塊豆沙糕遞給我：「給師父一塊豆沙糕！」

「好。」我笑著接過來塞進了嘴裡，同時得意地瞥了雁南歸一眼。呵呵，徒弟不愧是徒弟，豈是隨隨便便一隻野鳥能比得了的？

誰知道，靈琚剛縮回手，就把剛才捏過豆沙糕的指頭塞進了嘴裡，把上面沾著的糖粉給吮吸乾淨，然後又從懷裡的盤子中捏起了兩塊豆沙糕轉臉遞給了雁南歸：「給小雁兩塊！」

我氣得一口老血差點沒噴出來。

雁南歸竟然笑了！不過……他的笑比較含蓄，只是嘴角輕微地上挑。他接過兩塊小小的豆沙糕放在手心，隨即就捏起一塊塞進了靈琚的嘴裡。靈琚開心地張開嘴接過來，傻乎乎地吸了吸鼻子，嘴裡嚼個不停。

我覺得……自己是不是應該淡出這個看似和諧的畫面？

「你哪裡來的豆沙糕？」我不甘心，一撩長袍斜躺在床上，就當沒有雁南歸這個人，自顧自就問起靈琚。

靈琚用手背抹了抹嘴上沾著的糖粉：「師娘從樓下給我買回來的，師娘對靈琚可好啦。」

「別亂喊，那母老虎不是你師娘。」我擺擺手。

靈琚像是壓根兒就沒聽到我的話：「師娘還說啦，豆沙糕不能放，讓我拿過來和小雁分著吃。可是我覺得師父很可憐，所以也分給師父吃啦。」

我突然不想聊天了，翻了個白眼就轉身睡下：「晚上再叫我起來！」

「好——」靈琚拖著長長的嗓音跳下了床，拉著雁南歸就出去了。

我趕緊坐起來：「哎，你倆幹嘛去！！小姑娘家怎麼能跟著陌生男子隨隨便便就走了？」

靈琚一手端著豆沙糕，一手拉著雁南歸的手，扭過頭來對我笑了笑：「師父不是要睡覺嗎？我和小雁去師娘屋子裡。小雁說啦，要給我紮頭髮呢。」

什麼？紮頭髮！！

不是說好了你教我紮辮子的嗎！！怎麼轉臉就不認人！！小小年紀就不信守承諾這樣真的好嗎！！

然而我並沒有說什麼，又不是什麼大事，說得多又顯得我斤斤計較。於是只好無奈地擺了擺手，讓他們趕緊消失。

「師父，你看小雁的馬尾辮紮得多好看！」靈琚臨走還不忘再給我補上一刀，抬手指著雁南歸腦後的銀色長卷髮。

完了，野鳥變成人，還偏偏變成了一個冷峻的少年郎！看樣子，師父地位不保了。我心存怨念，懊惱地鑽進被窩裡。

我倒頭就睡，也不知道到底睡了多久，一覺無夢。不知道是因爲做食夢先生，還是我本身沒什麼精神壓力，我睡覺向來不做夢，總是一沾床就能迅速睡著，睡著之後就像昏死過去一樣，再睜眼，就是大天亮。睡眠品質如此之好，才保證了我夜裡充沛的精力。

恍惚中感覺身邊有人，睡了不知道多久，我感到了威脅便趕緊睜開眼，卻見雁南歸正坐在黑暗中一聲不吭地看著我，銀白色的長馬尾就像是夜光的蠶繭，反射著月光。

我嚇得猛地坐了起來：「你……你幹嘛？」

雁南歸冷靜地站起來走到我的面前：「可以開始了嗎？」

「什……什麼啊！」我還沒睡醒，被雁南歸嚇得夠嗆，我不知道他是從什麼時候就這樣一直盯著我的，天已盡黑，也不知道自己到底睡了多久。

「進入，我的夢境。」雁南歸提醒道。

哦對，化夢啊，嚇我一身冷汗。我坐起來端起身邊的大瓷碗喝了口水，緩了半天，就起身去叫嬴萱了。雖然雁南歸有心，但是我之前根本沒有進入半妖夢境的經驗，所以多一個幫手還是穩妥一些。

嬴萱已經將靈琚哄睡下了，我剛推開門就正好碰見她從房間裡走出來，巧了。我剛邁出房門的步子就收了回來，側身讓嬴萱進屋。

「好了，那你……睡下吧？」我看天色已不早了，就對雁南歸說。

雁南歸很順從地躺在了另一張床上閉上眼睛，我和嬴萱在一旁靜候雁南歸進入睡眠狀態。因為雁南歸並沒有被噩夢纏身，因此我無法使用青玉笛來進行催夢，只能等待他進入深度睡眠才可以開始行動。

我和嬴萱坐著乾瞪眼無事可做，索性就借著昏暗的燈光玩起了房間裡的圍棋，連著殺了好幾盤，就聽見了雁南歸輕微的鼾聲。

5

我喚出葫蘆裡睡覺的阿巴，它雖因雁南歸的身分而有些顧忌，但是自己轉念一想又從未吃過半妖的夢境，不知到底是何滋味，於是更多的好奇和貪吃佔據了上風，終究還是答應了幫我化夢。阿巴流著口水就一口將我和嬴萱吞入了嘴中，化作黃煙鑽入了雁南歸的鼻孔中。

不知道是因爲半妖的體質和人類不太相同，還是我自己的心理作用，我總感覺這次化夢的眩暈中帶著一絲絲寒意，冰冷得就如同雁南歸那深邃的眼神。

眼前白光消散，我和嬴萱穩穩落在了一個廊腰縵回的庭院中，此時正是深夜，玉盤橫空。我們站在一座連接兩條長廊的小木橋上，兩旁是鋪滿睡蓮的小池，幾尾小紅魚穿梭其中濺起漣漪。長廊前後都是望不見首尾的庭院，古典的舊朝中式建築，長橋臥波，盤盤囷囷。

「是個大戶人家啊。」嬴萱四下打量著。

還無法推斷這裡是什麼地方，我和嬴萱不便貿然出現在夢境中人物的眼前，於是，我拉起嬴萱就沿著長廊走向深處，尋了一個角落裡的房間躲藏了進去。

剛剛關上鏤空雕花的木門，就聽身後傳來了一陣急促的腳步聲。我伸出手將窗戶上糊著的薄紙捅開，眼睛貼近小洞向外望去。只見遠方跑來了一個小小的身影，白色長髮，雖然四肢五官都還未長開，可我也一眼就認出了來人是誰。

正是幼年時期的雁南歸。

我不確定他們半妖是如何計算年齡的，因此也無法推斷此時雁南歸的準確年紀，只是這身形和身高，和人類四五歲的孩子差不多大小，是名副其實的「小雁」。

小雁南歸的腳步十分慌亂，好像是身後有什麼在追趕他，他一邊飛奔一邊慌張地向後張望，應該是在躲避什麼。此時的小雁南歸眼神中還沒有那股冰冷的殺氣，而是充滿了不安與恐懼，眼中含淚，看起來十分可憐。

然而更讓我在意的，還是他手中捧著的東西。只見他穿著破舊的小袍子，用寬大的衣袖包裹住了什麼東西，寶貝似的護在胸口。

「好萌的小娃子。」嬴萱也學著我的樣子在一旁捅開了窗戶紙，趴在那裡看了看說道。

剛跑了沒多遠，就見到身後追上來的人。只見是數名五大三粗的漢子，看那打扮，應該是早年間的穿著，樸素簡單，手裡竟然還拎著木棍和其他一些武器，對小雁南歸窮追不捨，同時嘴裡還在不停地叫罵著：「小兔崽子，敢從老子嘴邊搶食！給我站住！」

小雁南歸見來人就要追上來了，瞬間慌了神，一個不小心就被翹起的木板絆倒，狠狠摔在地上。懷裡一直寶貝著的東西也盡數散落在地，我定神看去，居然是幾個剛出爐的大饅頭！

小雁南歸忍住哭痛，急忙撿起饅頭吹了吹，揣起來繼續逃跑。

「至於嗎，幾個饅頭而已就提木棍追打一個小孩子，真是沒有教養！小娃娃太可憐了，還是讓老娘去教教他們該怎麼疼娃娃吧！」嬴萱氣憤地提起弓箭就要推門上前。

我急忙攔下她，心平氣和地解釋道：「說好了要幫雁南歸找回記憶的，你這樣貿然插手改變潛意識裡的劇情走向，我們還怎麼找到真相？況且，看那幾個人的打扮並不富裕，應該是這家大戶人家打雜的下人。再加上雁南歸是個半妖，也就是尋常人眼中的怪物，受到這樣的對待也是正常。」

嬴萱氣得牙癢癢，不甘心地抹了下鼻子：「眞是的，咳。」

只見小雁南歸終於跑到了我和嬴萱剛才落地的那座小木橋上，他竟然聰明地翻身躍過木橋，沿著旁邊的夾道一溜煙就跑沒了影子。那些後面追著的下人眼見一無所獲，只好站在那裡罵了幾聲，便無可奈何地離開了。

「走。」我叫起嬴萱就跟上了小雁南歸的腳步。

我倆也走了夾道，迅速跟在前方不遠處的小身影後面，只見小雁南歸直接跑到了後院，鑽入了一堆柴火的後面。我和嬴萱悄然跟在後面，躲在了另一個方向。

小雁南歸從柴火堆後面敲響了身後的柴房的木門，並用細微卻清脆的童聲喊道：「娘。」身後的柴房上了笨重的鎖頭和鐵鍊，看樣子裡面是關了什麼人。聽到小雁南歸的呼喚，柴房的門裡緩慢探出了一雙枯槁的手，小雁南歸二話沒說，就將剛才偷來的大白饅頭盡數塞給了那雙枯手。

「娘，您趕快吃吧，吃飽了，明天我好救您出來。」小雁南歸抹了一把鼻涕，然後背靠柴房的木門坐下，揉了揉方才因跌倒而紅腫的膝蓋。

「南歸，你也吃點吧。」柴房裡傳來了一個年輕女子的聲音，可是聽起來虛弱不堪，像是行將就木之人。伴隨著聲音，那雙乾枯的手又從柴房木門的縫隙中塞回了一個饅頭。

小雁南歸再次把饅頭推了進去：「娘您吃吧，我剛才已經吃過了。我吃了魚，還吃了烤肉。家主對我可好了，我現在吃得白胖呢。不信您摸！」小雁南歸撩起自己的衣服，然後用力憋氣鼓起了那原本乾癟的肚子。那雙枯手摸索著觸碰到小雁南歸的身子，在那用力撐起來的渾圓肚皮上上下下摸了摸，才滿意地縮回了手。

「那就好……家主要是欺負你，你一定和娘說。」柴房裡傳來了狼吞虎嚥的聲音。

小雁南歸坐在那裡抬頭仰望天上寥寥的星辰，髒兮兮的小臉上露出了欣慰的表情。我這時才注意到小雁南歸的身體，除了枯瘦如柴，身上還有數不清的瘀青和傷口。看樣子，他們口中的家主並不像他說的那般厚道。

「小小年紀就撒謊……眞是的！」嬴萱在一旁竟然紅了眼圈。我雖然早已經猜出來雁南歸的童年會十分淒慘，可是現在親眼所見，這種感受讓我有些呼吸不順暢。

「娘，等明天我救您出去，我就帶您去看荷花池，那裡面有好多好看的小魚。哦，還有，我還要帶您去後山看看咱們親手種下的梧桐樹，小樹已經長得很高了，比我長得都快……娘，您說，等梧桐樹長大了，我爹……就會按照約定回來接我們嗎？」小雁南歸背靠柴房門，雙臂抱膝，一邊說，一邊高高昂起頭，不讓自己眼眶中的淚水跌落在地。

「會的……一定會的……」柴房裡女人的聲音也漸漸弱了下來，「古人言，鳳凰鳴矣，於彼高岡。梧桐生矣，於彼朝陽。栽下梧桐樹，自有鳳凰來。想當年，就是因爲我無心種下了一棵梧桐樹，才會把你爹引來的……」

「原來……我爹眞的是鳳凰……娘親，沒有騙人呢……」小雁南歸伴著娘親的話語漸漸睡去。

看來，柴房裡關著的應該就是雁南歸的娘親了。爲了幫雁南歸找回他母親的相貌，我和嬴萱躡手躡腳地湊過去，從柴房窗戶的空隙中借著月光看過去，只見陰冷簡陋的柴房角落裡鋪了一張草墊，一名瘦弱的女子正躺在那裡。可惜，因爲她是背對著我們的，因此無法看清她的容貌。

我和嬴萱正準備想辦法該如何看清雁南歸母親的樣貌，就聽到遠處一陣嘈雜聲，還伴隨著撲朔的火光，正往我們這個方向過來。我一把拉起嬴萱就躲入了一旁的柴火垛裡。

一群村民打扮的人手持火把成群結隊地迅速上前，團團圍住了這所簡陋的柴房。爲首的人是個低矮的胖子，他手中拿著火把，一步上前，叫嚷著就將火把丟向了柴房的窗戶。火把不偏不倚，正巧卡在窗戶上，瞬間就引燃了窗口的枯草！

小雁南歸被驚醒，看到身後柴房裡的火光，驚訝地大吼：「你們要幹什麼！」

「幹什麼？當然是除掉你們這對妖怪母子，免得再給我們村子帶來不幸！」爲首的矮胖子兇狠地說道。

小雁南歸趕緊爬上窗戶脫下自己的袍子試圖將火苗撲滅，可是他剛揮了兩下手，就被另一旁走過來的兩個彪形大漢攔住。其中一名男子一手就揪住了小雁南歸的白色頭髮，輕輕一甩手，小雁南歸就被扔到了一旁，重重摔倒在地。

「你們……住手！不是說好了，只要我在家主這裡打工，就可以把我娘放了嗎？你們……不講信用！」小雁南歸被摔得不輕，艱難地爬起來怒吼道。

「我們不講信用？都一年了，神雀都沒有出現！明明是他不講信用！」不知是哪個村民回應道。

村民們現在眼中只有火光，哪裡會講道理，二話不說就對著小雁南歸拳打腳踢。我死死按住幾次想要衝上去的嬴萱，避免她破壞夢境的完整。

小雁南歸被打得站不起身，鼻青臉腫的卻還是死死守住身後的柴房。

「你娘是妖精，你也是妖精！本以爲關了你娘，你那個畜生爹會出現來救你們。可誰知道都快一年了，根本就沒有見到過他的影子！」村民拎起火把，憤怒地引燃了草垛。我和嬴萱順勢逃向一旁，躲在側面房子的後面。

村民們紛紛把手中的火把丟進柴房，轉眼間，搖搖欲墜的柴房就化作一片火海，無情吞噬著孤苦伶仃的生命。

「不要啊！娘！！」小雁南歸原本通透的雙瞳中映射出可怕的火光，眼前那所關押他娘親的柴房，轉眼就被烈火吞噬。小雁南歸企圖上前，卻被兩個大漢死死抓住。小雁南歸拚盡了全力掙扎，嘶吼聲穿破雲霄，通體覆蓋鮮紅的光芒，雙臂一振，身側的村民便飛出老遠。

雁南歸體內繼承的戰魂……就這樣被激發了！

「不行，欺人太甚，老娘看不下去了！」嬴萱終究是忍不住了，猛地站了起來。

我急忙拉住她：「這是記憶！這些都是已經發生過的事情，你改變不了的！」

說時遲那時快，就在我和嬴萱爭論的時候，天上突然下起了瓢潑大雨。大雨沖刷著這個村子裡最後僅存的良知，也在洗滌著早已利慾薰心的污垢。

不一會兒，大雨就澆滅了柴房。可是爲時已晚，柴房已經被燒成了一片灰黑色的廢墟。小雁南歸此時已經掙脫了束縛，一把撞開早已經燒得不剩下什麼的木門，撲倒在那一團黑影的身上。

「娘！！」小雁南歸艱難地抱起已經焦硬的娘親，哭喊聲沒過了村民們的指責聲和質疑聲。

嬴萱別過頭去不再看，而我，也咬緊了下嘴唇。

「你們！你們這些沒有良心的凡人！」小雁南歸哭罷，突然轉過身來怒視那些村民，「是你們！是你們殺了我娘！你們沒有良心，你們非但不感激我爹和我娘，還做出這種傷天害理的事情，我——永遠不會原諒你們！！」

「我們……我們本是想來威脅一下……沒，沒想真的鬧出人命。」村民們估計也是被這雁南歸可怕的怒火嚇到，交頭接耳了片刻就轟然四散。小雁南歸抱著娘親的屍首哭個不停，瘦弱的身軀在一片廢墟中顯得無助而悲涼。

就這樣不知道哭了多久，東方已經傳來了雞鳴。小雁南歸擦乾了淚水站起身，在一片混亂中挑揀起了一些能用的乾柴和草繩，坐下來編了一張簡易的草席，然後將娘親的屍首拖到上面，用自己瘦弱的肩膀扛起了連接在上面的草繩，吃力地拉起草席，步履蹣跚地向遠方走去。

親眼看著自己的娘親被烈火燒死……如果雁南歸想起這樣殘忍的現實，他會不會後悔請求我來找回他丟失的記憶？

我和嬴萱跟在小雁南歸的身後，看他深一腳淺一腳地艱難拖動著娘親的屍首，走了許久，來到了後山一棵半大的梧桐樹下。小雁南歸跪在那裡，用自己粗糙的雙手挖開濕潤的土地，一邊挖一邊落淚，挖得自己雙手鮮血直流。挖到最後，已經分不清腳下踩著的潮濕土地到底是被雨水還是淚水所浸濕。

安葬了母親，小雁南歸瑟縮在梧桐樹下，安穩地睡著了。

期間，還有幾個調皮的孩子路過，都不忘上前用石子去砸小雁南歸的腦袋。

「怪物！你別以爲你能一直護著這棵破樹！」

「就是就是，我們早晚有一天要把這棵樹給砍斷！」

「哈哈哈，怪物！！」

……

小孩子們看似無心卻又惡毒的話語讓我感到十分不舒服。小雁南歸仍舊躺在樹下一動不動，即便是被砸破了頭，也寸步不離那棵梧桐樹和娘親的墳墓。

這樣看下去沒有進展，我想，我該去村裡打探打探情況了。雁南歸的母親爲什麼會被家主關進柴房？村民們爲何如此痛恨雁南歸母子？而他們口中說的神雀，又到底是怎麼一回事？

6

我拉起嬴萱回到村裡。

「你怎麼看？」我一邊走一邊低聲問她。

「我看？看什麼看，直接上手打，打到爽爲止。」嬴萱不滿地啐了口唾沫。

我瞪了她一眼：「事情不能這麼幹，在化夢時若出手傷人，他們在現實中也會受到創傷。再說了，你即便揍了他們，對我們的調查也沒有任何意義。」

嬴萱不滿地哼了一聲。

「我覺得事情不會那麼簡單，如果單單是因爲雁南歸是個半妖，不足以讓那些村民們如此痛恨他們母子。」我停下腳步，看了看周圍行色匆匆的路人。

嬴萱也停下來：「說得對。怎麼辦，我去抓一個村民過來？」

「別胡來。看我的。」我對嬴萱擺了擺手。

前方不遠處是個納涼的好地方，我先從路過的貨郎擔的筐子裡抓了一把瓜子，然後就大搖大擺地朝那些聚堆兒嘮嗑的村民們走了過去。

「喲，生面孔。兄弟打哪兒來啊？」一名端著碗吃麵的中年男子看到我，主動向我打招呼。

我微微一笑，學著他們的樣子蹲在了樹下，然後雙手一抱拳說道：「隔壁村子來的，想來咱們這兒家主這裡討口飯吃。」

「你來得眞巧。」一旁坐著縫補的婦女抬頭看了看我說道，「家主後院剛巧著了火，正缺人手蓋新房呢。」

我急忙擺出一副好奇的樣子：「著火？怎麼回事？」

一旁的另一個年紀大些抽著旱菸的老人說：「哎，還不是造孽的。」

我將剛才偷來的一把瓜子分給身邊的人，自然地融入了他們之中，一邊嗑著瓜子，一邊聽他們娓娓道來。遠處的嬴萱見我得逞，不屑地瞥了我一眼。

聽村民們說，這個村子曾經很窮困，只有一家大戶，幾乎就成了這裡的地主，人稱家主。家主手下有個漂亮的丫鬟，名叫塵央。這個丫鬟全村人都認識，並不是因爲她長得有多漂亮，也不是因爲她在家主府裡做工，而是因爲她給村子引來了一隻火鳳凰。

塵央偶然在後山種下了一棵梧桐樹，那棵梧桐樹長得老高。有一天，塵央上後山給梧桐樹澆水，卻發現上面臥著一隻紅色的大鳥，閃著金燦燦的光。村裡人聽說山裡來了火鳳凰，於是紛紛上山朝拜，跪地祈福。

我一聽到鳳凰，就瞬間聯想到了雁南歸的父親——朱雀。

「那，這鳳凰來到咱們村子裡，有什麼好處呢？」我追問道。

老婦人眼睛發亮：「當然有好處！那隻火鳳凰是一隻神雀，你啊，沒有趕上好時候。當時，神雀把它尾巴上面的羽毛摘下來送給那些來祈福的村民，村民們把羽毛拿回家去，那些羽毛就幻化成了金銀財寶、山珍海味，讓我們大開了眼界。」

我聽得奇怪，那照這麼說，這個村子應該是尊敬朱雀才對，怎麼會對朱雀的愛人和兒子做出那般殘忍的事情來？

「神雀的到來，讓我們村子一下子富裕了起來。我們也都不再去做什麼了，每天上山去求一根羽毛回來，一天的吃穿用度就不必發愁。後來，地我們也不種了，生意也懶得做了，每天就靠著這神奇的羽毛來生活，活得都比家主滋潤了許多！」

聽到此，我才明白何爲溫水煮青蛙的道理。也就是因爲這樣長期的不勞而獲，才讓這些村民們逐漸變得懶惰。

這樣的情況一直持續了小半年。後來有一天，當村民們再次上山去祈求羽毛的時候，卻發現梧桐樹上的神雀早已經沒了蹤影，只留下了塵央孤零零一人，還有那日益變大的肚子。

起初，村裡人還每天去盼望著神雀能趕快回來，可是隨著日子一天天過去，山上的樹木生了又發，神雀仍舊不見蹤影，而那棵梧桐樹，也在一次暴風雨的時候被雷劈斷。村民們這時才意識到，神雀不會再回來了。

而此時的村民，早已習慣了每天依靠神雀的羽毛來度日，習慣了嗟來之食，已經無法自行獨立，懶惰不堪，誰也不願意再次拿起骯髒的農具，勤勤懇懇地種地填飽肚子。於是，村民們漸漸心生怨恨，這些怨恨積累在心頭，直到那一天，集體爆發了。

那一天，就是塵央生下孩子的那天。

塵央生下的孩子，落地後不哭也不鬧，一頭灰白色的銀髮，身上還有稀疏的羽毛。村民們這時才意識到塵央是懷了神雀的孩子，而這孩子，也就是現在的雁南歸。

塵央爲孩子取名南歸，也是盼望朱雀能早日從南極門歸來看望他們母子。

村民們這下終於抓住了機會，在家主的慫恿和領導下，村民們囚禁了塵央，將其關入柴房，並且讓雁南歸做了家主的苦力。他們認爲，挾持了神雀的妻兒，神雀自然會再次現身，回到這個貧苦的小村落來。

可令他們沒想到的是，時間流逝，神雀仍舊沒有出現。因爲集體的懶惰，村子變得更加窮困了，他們認爲這是神雀對村子降下的詛咒。在人們的唾棄和鄙夷中，小雁南歸逐漸長大，卻受盡了人間疾苦和冷眼對待。

神雀沒有出現，村民們的希望一天天破滅，積怨許久，終於出現了昨夜集體放火的那一場鬧劇。

我聽後，久久沒有從震驚中脫離出來。這是何等愚昧的村子！竟然將他人給予的恩惠當作理所應當的供奉，在斷絕了恩惠後不僅沒有心懷感恩，還將自己的懶惰怪罪到他人的身上！將無辜的孩童從自己的母親身邊擄走，將無辜的母親關押在暗無天日的柴房，並放出一把煉獄之火灼燒人心……

可悲，可恨！這赤裸裸的道德綁架竟然活活要了一名女子的性命，也剝奪了一個孩童原本應該幸福的童年……貪念早已經蒙蔽了村民們原本清澈的雙眼，不勞而獲的毒藥早已經蠶食了人們那顆原本質樸的心！

我沒心思再繼續聽下去，呆呆地站起了身，跌撞著回到了嬴萱的身邊。

嬴萱見我恍恍惚惚有些不大對勁，便急忙扶住我問東問西。我無力拒絕，於是就像鸚鵡學舌一樣，把那些村民們剛才給我講的都一一重複說給嬴萱聽。嬴萱的暴脾氣，聽後更是勃然大怒，提起弓箭就衝向那些村民。

我站起來一把揪住嬴萱的大粗辮子：「你別亂來！別忘了此時此刻我們還在夢境中！你若是攪亂夢境，我們還怎麼找出眞相？」

嬴萱還是使出第一次在集市見我時的那一招，一彎腰，一轉身，脖子一用力就抽出了我手中握著的辮子：「眞相？你還給我提眞相？哪裡還有什麼眞相！明明是這些村民用自己貪得無厭的心剝奪了一個無辜孩子和一個無辜母親的幸福，你還跟我談什麼眞相！」

「可是，你就沒有懷疑，朱雀到底去哪裡了？爲什麼連塵央死，他都始終沒有出現？」我一語驚醒夢中人，嬴萱瞬間就安靜了下來，快速思考著。

嬴萱腦子轉得飛快，瞬間就好像想明白了其中道理，劈頭蓋臉就是一頓臭罵：「呸！也是個不負責任的臭男人！搞大了人家的肚子自己拍拍屁股就走了，塵央冒了那麼大風險跟了他，可是他怎麼就忍心拋棄妻兒，怎麼就從來不考慮一下女人的感受！」

話這麼說也沒錯，可是，我總覺得朱雀離開肯定另有隱情。現在，我們已經知道了雁南歸的母親到底是誰，爲了繼續追查那次滅族之戰和朱雀離開村子的秘密，我和嬴萱不得不前往那棵梧桐樹下，尋找那個守在母親墳前的小雁南歸。

當我和嬴萱再次來到後山，卻發現這裡早已經變了樣，已經沒有了梧桐樹，也沒有了小雁南歸的身影。

「糟了，夢境轉換了。」我心說不妙，事情還沒有調查完就轉化了夢境，這下可不好辦了。

7

只見頭頂突然烏雲密佈，黑雲四處流竄，豆大的雨滴不由分說便傾盆而來，隨即一道驚雷劈下，白光充盈了我們的瞳孔，我和嬴萱瞬間就被閃電的強光所吞噬。

再次睜開眼，我倆就已經到了另外一個地方。

這裡霧氣瀰漫，四面蒼峰翠嶽，兩旁岡巒聳立，滿山樹木碧綠。突兀石骨，崢嶸險峻；清澗流水，幽徑曲橋；放眼遠眺，宛若仙境。在雲海蒼茫之間，一灣大江直奔山間，江面上白帆遠影，更添詩情畫意。

這裡看起來並不像人間尋常之地。我和嬴萱沿著腳下懸浮的石塊向遠處的拱門走去，腳下是繞山的大江，看起來遼遠而不真切，正前方有一座雄壯挺拔的巨型拱門，青灰色的石磚嚴絲合縫地堆砌著，像是古代某座城池的大城門。

隨著我和嬴萱走近，眼前的霧氣漸漸消散，我這時才看到拱門上方鑲嵌了三個蒼勁的大字——南極門。筆酣墨飽，揮斥方遒，有種讓人望而生畏的警示感。

看來，這裡便是朱雀所守護的南極門了。

民間有傳說，青龍、白虎、朱雀、玄武上古四神獸，分別守護在東、西、南、北極四門，門內是傳說中的聖地，而那座聖府天宮就在聖地之中。相傳，在天宮中有一座白玉雕砌的天晷，推動著人間四季運轉和晝夜交替，也就是時間的順行保證，從而讓人間草木俱興，生生不息。可是，這座推行時間順行的天晷卻遭到了神秘黑暗異族的覬覦，他們數次嘗試攻破城門，掠奪神力。幸好有上古四神獸守護在城門之外，才保證了天曌的安全。

我本以爲這些都是老百姓們隨口編出來的傳說，可沒想到，自己竟然機緣巧合能從一名朱雀後人的夢境中親眼看到這傳說中的南極門。

「朱雀好好守門不就行了，怎麼會出現在塵央的村子裡呢？」嬴萱聽我講述了這個傳說後，眉頭一皺，拉了拉背上的箭筒。

我搖搖頭：「這個……我們恐怕是無從知曉了。因爲這裡是雁南歸的夢境，朱雀和塵央的事情發生在雁南歸出生之前，所以我們在這裡是無法找尋到的。」

隨著我和嬴萱走近，我們看到南極門前整齊地排列了兩隊武士，那些人的打扮和雁南歸黑衣鎧甲的裝扮幾乎一模一樣，並且都是一樣的灰白色長卷髮。不同的是，他們手上均持著威風凜凜的紅纓長槍，並不是雁南歸的青鋼鬼爪。

「咱們不要走得太近，萬一被當成了闖門的敵人，咱們根本不是他們朱雀族的對手。」我拉了嬴萱一把，轉了個方向，踩著懸浮的石塊就向南極門的側邊走去。可不妙的是，不管是南極門的哪個方向，都有一隊一隊的朱雀族人武裝進行巡視，警備森嚴，我和嬴萱根本無法靠近。

無奈，我和嬴萱只好找了一塊較大的石頭躲在後面。嬴萱探出頭四下張望著說：「哎，我怎麼覺得這些朱雀族人都長得一模一樣啊，這裡面到底哪個是雁南歸？」

「噓。」我突然聽到不遠處有腳步聲傳來，便立即示意嬴萱閉嘴。一個挺拔而熟悉的身影從我們的身邊路過，冰冷的眼神、白色的卷髮馬尾、鋥亮的青鋼鬼爪，正是和靈琚看起來年紀相仿的雁南歸！

「長大了也好萌，爲什麼現在偏偏是那麼冷冰冰的。」嬴萱被小正太迷了眼，目不轉睛地盯著少年時期的雁南歸上下打量。

少年雁南歸孤身一人在這裡站定，這裡比較偏僻，並沒有其他人的身影。於是，雁南歸放心地深吸一口氣，突然壓低了身子，抬起手中的青鋼鬼爪就翻身向前，手臂迅速揮爪，緊接著抬起右腿就是一連串的進攻，看樣子，是在練習某種招式。

一連串行雲流水的套路耍得倒是挺流暢，可惜在最後的一個後滾翻上栽了跟頭。少年雁南歸揉了揉摔疼的膝蓋，不服氣地爬起來，重新來了一次，可是這一次仍舊是摔倒在地。

「哈哈哈，偷學朱雀族的招式?真是可笑！」這時，遠處傳來了一陣嘲笑聲，四名和雁南歸穿著打扮相同的年輕朱雀族人一副看好戲的樣子，饒有興趣地向雁南歸這邊走來。雁南歸聽到了他們的聲音，便立刻機警地收起了青鋼鬼爪，爬起來擦了擦臉上的汗漬。

其中一名領頭的朱雀族少年舉起了手中的長槍，「唰」的一聲就抵在了雁南歸的喉間，再往前一寸，就會直接戳穿雁南歸的脖頸。少年眉頭一挑，咄咄逼人地開口道：「怎麼，用不用師兄來教教你呢？」

少年雁南歸面無表情地一言不發，將頭微微別向一邊。

「師兄在和你說話！你這是什麼態度！！」一旁的朱雀族少年上前一腳狠狠踢在了雁南歸的膝蓋上，雁南歸沒有防備，因此一個趔趄就跪在了地上。可是他仍舊高昂著頭顱，一副絕不服輸的表情。

「嘿，你這鬼東西，別以爲你是主帥的私生子就了不起！你可別忘了，你身體裡還流淌著你那卑賤人類母親的血液！你根本就沒有資格拿起朱雀神槍，也沒有資格學習朱雀神族的招式，更沒有資格守護南極門！！」爲首的少年俯下身，一把揪住雁南歸的白髮將他的頭別過來，惡狠狠地說道。

「你傢伙……又是這種表情！」旁邊的一名朱雀少年上前抬手對著雁南歸就是一巴掌。

「聽到了嗎！不許用這種眼神看著我們！你不配！！」為首的朱雀少年提起長槍就擊中了雁南歸的肩膀，雁南歸一下子飛出好遠，受傷躺倒在地，可他仍舊是用力撐著自己的脊梁骨，用那種不服輸的眼神死死盯著那些人。

那四名少年見狀，不可思議地嘲笑道：「這種屬於朱雀神族的驕傲眼神，怎麼能出現在你這種卑賤的人身上？」

「這傢伙看來是腦子有毛病，聽不懂師兄們的話啊。」為首的朱雀少年看了看四下並無他人，便挑起嘴角壞笑起來，「看來，咱們今天是要好好教訓教訓後輩了。給我上！」

一聲令下，四名朱雀族少年便紛紛提起手中的朱雀神槍，對著雁南歸就是一陣拳打腳踢，下手極狠，招招斃命，可是雁南歸咬緊牙關，沒有發出一聲呼喊。那一連串兇猛的攻勢，若不是雁南歸一直死死護住要害，恐怕……

我和嬴萱都緊握雙手，咬牙抑制心中的怒火。不能干擾夢境……不能干擾夢境！我在心裡默唸，好阻止自己因看不下去而上前摻和。

誰知就在我即將控制不住自己怒火的時候，遠處的雁南歸突然爆發出了一股強大的力量，伴隨著雁南歸的一聲嘶吼，強烈的氣流瞬間沖散了四周的少年。只見雁南歸瞳孔變成了血紅色，額角青筋暴起，身上縈繞著翻滾的火苗，瘦小的身體此時看起來卻像是一個真正的戰士。

那幾名朱雀族少年顯然嚇了一跳，連掉落在一旁的神槍都顧不上拾，連滾帶爬地狼狽逃竄：

「怪物！這傢伙就是個怪物！！」

爆發過後的雁南歸似乎是體力不支，一下子昏了過去。我和嬴萱正準備上前，卻見眼前金光一閃，躺在那裡的雁南歸轉眼就不見了。

「怎麼回事？」嬴萱剛邁出腳步，就瞬間失去了目標。

「那裡！」我抬頭仰望給嬴萱指了方向，只見一隻金光大鳥正掠過我們的頭頂向東南方飛去，恐怕，就是它帶走了剛才倒在那裡的雁南歸吧。

我和嬴萱急忙向著大鳥飛去的方向追，只見它將雁南歸帶到了一處偏僻的山林間，然後便將他丟了下去。我和嬴萱的腳步自然是跟不上那大鳥的飛行速度，等到我們趕過去，那隻鳥已經不見了。

唯獨剩下少年雁南歸一人，正站在山間瀑布下方的一塊原石上。傾瀉而下的流水沖洗著雁南歸受傷的身體，冰冷的水汽讓他根本連身子都站不穩，我能清晰地看到他凍得發紫的雙唇。

不管了！我和嬴萱二話沒說就跳入了瀑布中。嬴萱速度比我快，上前就拉起了少年雁南歸的手臂，試圖將他帶離那寒冰地獄般的瀑布水流。

「你們……怎麼在這裡？」少年雁南歸看到我們很驚訝，身子卻無動於衷，並沒有順著嬴萱的力從石頭上下來。

「你先下來再說！你剛才受了傷，再這樣用冷水沖很容易感冒的！」嬴萱顧不上解釋，仍舊用力拉他。

雁南歸一把甩開嬴萱的手臂：「不行，我在面壁。」

我愣了：「面壁？你幹嘛要面壁？你做錯什麼了？」

少年低下了頭，由於湍急的瀑布澆在頭頂，他說話因此斷斷續續的：「剛才……我貿然釋放了戰魂。按照和父帥的約定，我理應……接受懲罰。」

「這裡是夢境，你就不要較眞了。你忘了我們進入你夢境的目的了嗎？」我上前挽起袖子，一邊說，一邊將手遞給他。

少年雁南歸看了看我，又看了看自己年輕的雙手，恍然大悟：「原來……這是夢境？太眞實了……我竟然絲毫沒有覺察。」雁南歸終於肯將手遞給我，我扶著他走下石塊，他甩了甩濕透的白髮，然後和我們一起坐在了樹下。此時的陽光十分溫和，我們三人脫下濕漉漉的外衣，將它們掛在枝頭晾曬。

我站起身抖了抖頭髮，讓自己身上的水汽儘快蒸發：「方才通過你的潛意識，我們已經找到了你母親到底是誰，也看清了你母親的死因……至於那場滅族之戰，你……確定還要繼續嗎？」

少年雁南歸一聲不發，默默坐在那裡愣神。看樣子，關於母親的記憶重回到他的腦海中，讓他一時過於悲傷。他看了看我，又看了看嬴萱，然後悵然若失地回答我：「之前的那些……眞的是我的記憶嗎？」

我閉上眼點點頭：「是的，因爲我們一直守在一旁，並沒有做任何干擾夢境的事情。所以，之前發生的那些，都是你眞眞切切的記憶。」

雁南歸看了看自己身上的傷：「原來這樣……我埋葬了母親之後迷迷糊糊地睡下，再睜開眼，就已經被父親帶到了這個地方。可是……父親作爲朱雀族主帥，卻對我十分冷淡，雖然給了我吃穿，卻因爲我是半妖而沒有授予我朱雀神槍，反而給了我一柄青鋼鬼爪。父帥不讓我參與朱雀神族的訓練，甚至不讓我和其他的朱雀族人過多接觸。我就像是個見不得光的隱形人，偷偷躲在南極門的角落裡……不僅父帥看不起我，南極門所有的朱雀族人，沒有一個人願意正眼看我一眼，這和我之前在村子裡受到的待遇一模一樣……」

嬴萱將手輕輕放在少年的肩頭，我背過身去，儘量不讓自己內心的情感毫無遮攔地表現在臉上。

「父帥說，我的體內繼承了他的戰魂，這是一股我無法以脆弱的人類之心來控制的能量，因此如果輕易使用，則會變得嗜血瘋狂，傷及無辜。父帥叮囑我不許隨意使用戰魂，所以當我不小心釋放戰魂的時候，父帥就會命手下將我帶到這裡，面壁思過……可是，我身無長處，又無法學習朱雀族的招式，那麼我就註定了是枚可憐可悲的棋子。我只有自己變得強大，才能夠證明自己存在的意義。所以……」

「所以，你才偷偷去學習功夫，一個人躲在沒有人注意到的地方練習？」我接過雁南歸的話。

少年雁南歸點了點頭：「之後的記憶我都十分清晰。隨著時光流逝，我慢慢變得強大起來，接連打下了三場對決賽的榜首，因此，父帥對我的態度似乎有所好轉，後期竟然給了我一支軍隊，讓我負責南極門的巡邏任務。這些事情我都能想起來，可唯獨最後那場滅族之戰，除了慘烈的戰況和族人們的屍首，我竟然絲毫想不起來，那支神秘的軍隊，到底是什麼樣的敵人。」

看來，我們要調查的，還不止這些。那場曠古的朱雀族滅族大戰，才是重頭戲。

「不過……我更在意的是……」雁南歸的聲音變得有些顫抖，「父帥當年……到底是爲什麼拋棄了我們母子，難道說，我和母親……真的是朱雀神族的污點和恥辱嗎？」

我和嬴萱不知道該怎麼回答，一時間都愣住了。嬴萱一直以來尖銳的雙目中閃現出了母性的溫柔關懷，她輕拍雁南歸的肩膀以示安慰。我剛想開口說些什麼，就突然感覺到腳下的土地慢慢開始變軟，眼前的景象揮發消散，少年那悲傷的面容竟愈發看不清楚了。

要醒了？夢境持續了這麼久，化夢的阿巴也十分疲憊了。緊接著，我們眼前一黑就失去了知覺。

睜開眼，就看見了床上半臥的雁南歸，此時他已經清醒，窗外也升起了太陽。他看到我和嬴萱回到了現實，便急忙站起身來對我們行了個抱拳禮：「有勞了。」

我擺擺手：「想起來就好。好在夢境裡並無危險，不用太客氣。」

我和嬴萱都有些睏倦，她打著哈欠就要回房。雁南歸起身披上了我脫下來的灰布長袍，轉身對我說道：「你們先歇下吧，我去帶靈琚逛逛集市。今天晚上……恐怕還是要麻煩你……」

我笑著擺擺手：「沒事，幫人幫到底，送佛送到西，滅族大戰的事情，今晚就交給我吧。」

我正覺得自己風度翩翩，可是一聽他要帶靈琚出去就不由得心生怒火，可是自己卻又睏得不行，好在夢裡的雁南歸還是十分正直的，靈琚作為他的救命恩人，想來他也不會對靈琚做出什麼不利的事情。我這麼想著，只好鑽入了被窩不再去過問，閉眼睡下了。

8.

我睡了好久，最後是被一股清香甜膩的味道叫醒的。

我鑽出被子，看到房間裡有一大一小兩個人影，正背對著我圍在桌子前面不知道幹些什麼，只能聞到發甜的香氣。我的饞蟲瞬間被勾引了起來，我裹了衣服坐起身，悄悄湊了過去。

小人兒正是靈琚，她穿著我上次買給她的青綠色碎花布衫，頭上的羊角辮看起來比從前要紮得規整得多，看樣子應該是出自雁南歸之手。她正耷拉著兩條腿坐在凳子上，手裡拿著什麼東西往嘴裡塞。

而一旁的大人兒便是雁南歸，表情淡漠地看著靈琚。我仔細看去，發現他那一頭銀髮上竟然別著一朵黃色的小花，與他冷酷的外表格格不入，想來應該是靈琚的傑作吧。

「在吃什麼呢？」我湊過去，從他們二人中間探出去了腦袋。

靈琚見我醒了，就趕緊拍了拍手從桌子上面的盤子裡捏起了一塊糖糕遞給我：「師父，吃糖糕！小雁買給我的。」

「你哪兒來的錢？」我正覺得肚子餓，接過來二話不說就吃了起來。

「你放在袍子裡的。」雁南歸冷聲答道。

我一口氣沒喘過來：「你拿我的錢給靈琚買東西？！」

雁南歸沒有作聲，根本沒有要回答我的樣子，仍舊是低頭看著靈琚狼吞虎嚥。他頭上那朵小黃花和他戰士的打扮以及清冷的眼神完全不搭，看起來有些好笑。

算了，糖糕我也吃了，也不便再計較什麼。油炸糖糕，甜膩酥軟，入口即化，應是剛出爐的樣子，正是好吃。於是我也就順手又捏起了一塊，放到了靈琚的嘴邊：「張嘴。」

靈琚乖乖地「啊」了一聲，我正準備將糖糕塞入靈琚的嘴巴，一旁的雁南歸就「噌」的一聲遞過來一個凜冽的眼神，帶著殺氣，嚇得我渾身一個激靈。

「行行行，你餵你餵。」我一把將即將進入靈琚嘴中的糖糕丟給雁南歸，拿著自己的糖糕就轉身離開。什麼玩意兒，有這麼明目張膽和我搶徒弟的嗎，好你個雁南歸，我要不是打不過你，我早就翻臉了。

我打水洗了把臉，一塊糖糕顯然填不飽我的肚子，我敲敲贏萱的房門，叫她一起出去吃點東西。誰料死女人正睡得昏天暗地，怎麼叫都叫不醒，無奈，我只好自己出門逛逛找點吃的。

現在已是正午，旅店樓下就是繁華的街市，對面不遠處就是一家炸糖糕的小鋪子，看來雁南歸和靈琚並沒有趁我睡著的時候走遠。我背手走在鬧市中，用鼻子嗅著香氣，晚上還要接著化夢，得找點好吃的犒勞一下自己才行。

我隨意在繁鬧的小街上徜徉著，腳下一片輕盈。絢爛的午後陽光普灑在這遍眼都是的綠瓦紅牆之間，那突兀橫出的飛簷，那隨風舞動的商鋪招牌旗幟，那轆轆而來的車馬，那川流不息的行人，那一張張恬淡愜意的笑臉，無一不反襯出這石橋鎮的繁華。

我尋了一家酒館，要了一盤醬肉、兩屜包子，還有一碗油茶，我坐在那裡吃得滿頭大汗。吃乾抹淨之後，我又讓小二給來了一壺茶，好不容易沒有小丫頭和死女人的糾纏，得以一時清靜，我就邊喝茶邊發起呆來。

閒得無事，我就支棱起耳朵聽起旁邊桌子上二人的談話來。那是兩個典型的農民，要了一壺茶，肩膀上搭著早已經看不出來是什麼顏色的汗巾，正你一言我一語地討論著什麼。

「哎，老張家的雞，昨兒個又讓人給釣了！」

「眞是不得了，我們家的雞到現在還沒著落呢。」

「就是就是，這樣下去，咱們石橋鎭誰還敢養雞啊……」

「總不至於是招惹了黃大仙啊。」

……

我猛然一個激靈，便端了自己的茶碗朝那兩個村民挪了過去，一拱手微笑著說道：「二位方才說的，雞被『釣』了，這是怎麼個回事？」

村民看我打扮像個道士，就給我讓了個座位：「這位高人，實不相瞞，我們鎭子上啊，怕是遭了妖怪惦記。」

我眉毛一挑：「此話怎講？」

「我們鎭子從上個月開始就連續丟雞。在我們這裡，家家戶戶都養雞養狗，養雞吃蛋，養狗看門。雞狗都在院裡散養，也不圈著，隨便跑。後晌該進窩的時候，站在門口吆喝一聲，或者敲敲食盆食罐，那些雞就全顚顚兒跑回家了，絕丟不了。」

「是的，可是後來就開始莫名其妙地丟雞，數量還不少，三隻五隻挨家挨戶地丟。開始我們以爲是鬧黃鼠狼，可是農村人都知道，黃鼠狼抓雞，總會在原地留下點雞毛，可是在我們丟雞的地方從來沒人見過有雞毛，更是從來沒人聽到過雞叫，就像是釣魚一樣，嗖的一下，雞就消失了。」

我的眉頭逐漸緊皺。偷雞賊，本身我是根本沒有什麼興趣的，但是按照村民們的描述，我不得不懷疑起了我師父。我記得小時候，師父有時實在沒錢吃飯的時候，就會用他的絕招去偷雞。而這一招，正是被他自己稱作「釣雞」——不留痕跡，沒有雞叫聲，不留羽毛，神不知鬼不覺，和村民們口中說的妖物一模一樣。

姜潤生先在一顆黃豆中間打個眼兒，用一根細線穿過去，將黃豆拴在線繩的一頭；再找來一個銅筆帽，削去帽尖兒，露出個眼兒，穿在線繩的另一頭。銅筆帽就像串珠一樣可以在線上任意滑動，釣雞的工具就預備好了。

師父會先埋伏在一個角落裡，待那些覓食遛彎的雞一來，就先將黃豆帶著線拋出去，筆帽留在手裡。雞上來吞進黃豆，等黃豆下肚，一拽線把線拉直，就勁兒把銅筆帽往前一推，筆帽穿線上中，順線飛快而下，直奔雞嘴，正好把雞嘴套住。雞掙扎，線越緊，豆子卡在雞嘴裡面，筆帽套在雞嘴外面，兩股勁兒正好把雞嘴拴得牢牢的，一聲也叫不出來，三兩下就把雞拉到跟前抱走了。

這「釣雞」可是我師父的獨門絕活，讓我這般機緣巧合地碰上，自然不會輕易放過。於我給嬴萱他們說了鎮子上丟雞的事情，而這偷雞賊的作案手法又和我師父幾乎一模一樣。於是，我們決定下午前去鎮子裡探查一番，沒準還能找到和我師父相關的線索。

我們一行四人走在鄉間小路上，往村子的深處走去。我和嬴萱走在前面，雁南歸走在後面，靈琚卻坐在了雁南歸的肩膀上，兩人看起來十分親密。

「師父師父，小雁變成小鳥的時候，我馱他；現在，他馱我。哈哈哈。」靈琚顯擺似的朝我揮手，我懶得回頭，衝她擺擺手就當是回應了。靈琚興奮地東張西望，嘴裡還不停地哼唧著：

「好高哦，哈哈，比師父都要高！」

他們二人本來就那麼親密嗎？

我們拐進了一戶人家，因為我看到這戶人家院子裡有幾隻雞在覓食。我示意雁南歸帶靈琚去一旁玩，隨後，我和嬴萱則敲響了木門。

來人是一個婦女，頭上戴著花布頭巾，上下打量了我和嬴萱一番，警惕地問道：「你們……幹嘛的？」

我微微一笑說道：「是這樣，我們途徑石橋鎮，聽說咱們這裡鬧偷雞賊，所以來打聽打聽。」

那婦女看了我的灰布長袍一眼，就趕緊拉開門讓我們進去，一邊走著去屋裡給我們端茶，一邊唸叨著：「什麼偷雞賊，我看絕對是妖怪，不然怎麼連道長都來了……當家的！你出來，有客了！」

一名赤著上身的男子從豬圈裡鑽出來，手裡端著食盆，看到我和嬴萱便趕緊點頭哈腰：「道長是來追查丟雞的事情？」

我急忙擺擺手：「不用驚慌，現在還不確定到底是妖物作祟還是人為，你先帶我看看雞圈，還有上次丟雞的地點。」

那名男子放下食盆，雙手在褲子上面胡亂擦了擦，就引我和嬴萱到了雞圈那裡：「師父請看，這就是雞圈，平時雞都臥在裡面。現在丟雞的人越來越多，都不敢把雞撒出去了。上次丟雞就是在院外，一個不留神就少了……師父你說說，是不是鎮子裡鬧妖怪？」

我擺擺手：「別胡猜，現在還不能確定。我問你，有沒有聽到任何異響，見到什麼可疑的面孔？或者，有沒有見過什麼不尋常的東西？」我追問。

男子想了想，然後猛然拍了下腦瓜：「哦對了，有一次好像是聽到了雞叫，我趕緊拎著棍子跑出來卻沒有見人影，只在地上撿到這麼個東西。」說著，那男子轉身從窗臺上拿起一個小東西遞給我。

我接過來放在手心裡看了看，那竟是一顆渾圓的黃豆！可是這黃豆卻連著一根細線，線已經斷掉，黃豆中間鑽了一個小洞，和我師父早年間釣雞用的黃豆一模一樣！

我默不作聲地收起黃豆，心裡有了數。

「怎麼樣，這位師父，還有什麼需要幫助配合的，你儘管說！」那男子見我不說話，便搓了搓手問道。

我轉過身換了一張笑臉：「沒什麼，放心吧，剩下的交給我就行。」

我帶著嬴萱離開了這戶人家，和在不遠處草叢裡捉螞蚱的靈琚會合，雁南歸此時正在頭頂一棵大樹的樹杈上半躺著，雙眼眯起盯著靈琚，見我們回來了，就輕盈地跳下了樹，準確地落在了靈琚的身邊。

「怎麼，是你師父幹的嗎？」嬴萱見我拿了黃豆卻一直不說話，於是不停地催問我。

我搖搖頭：「手法雖然一樣，但不是我師父。」

嬴萱疑惑：「你怎麼知道？」

我雙指捏起那顆穿著細線的黃豆放在嬴萱的眼前，然後將那根線拎起來說：「就算這偷雞賊不是我師父，那他也一定和我師父有什麼關係。你看這個黃豆中間鑽出來的小洞，粗糙，而且並不是在黃豆的正中間，偏離了不少，所以才會因受力不均導致線斷掉的，這和我師父精細的做工根本不一樣，一看就是偷師學來的。」

嬴萱隨手揪起地上的一根長草就叼在了嘴裡：「那這麼說，這個偷雞賊說不定和你師父有過交情？或許知道你師父失蹤的隱情？」

我點點頭：「有這個可能。所以，我們要把這個偷雞賊給抓住。」

「我們？」靈琚倒是挺主動，聽到要抓賊，兩眼泛光。

「是我們。」我指了指嬴萱和雁南歸。

「又不帶靈琚玩，哼。」靈琚嘟起小嘴就躲在了雁南歸身後，「不喜歡師父了，只喜歡小雁！」

我有些無奈，只好默許了靈琚讓她跟來，但是只能跟緊雁南歸，不能亂跑。

此時此刻，正是抓那個偷雞賊的好時機。下午的時候，雞會有些疲憊，警惕性也差，我師父偷雞也都是選擇在這個時候。如果那個偷雞賊是從我師父那裡學來的方法，那麼一定也會選在這個時候下手。

只是……石橋鎮這麼大，他究竟會選擇在哪裡下手？

「石橋鎮丟雞丟怕了，現在都是圈養，散養的走地雞不多了，我們沿著村子去找找，看看還有哪戶在散養，守在那裡不就好了？」嬴萱倒是提出了觀點，我點頭認同。於是我們四人繞著村子走了一大圈，發現仍舊有三戶在散養雞。

好在這三戶彼此間距離都不算太遠，我們決定一人蹲守一個點，如果發現有偷雞賊就立馬吹響口哨，守在另外兩個點的人就立即趕過來支援。於是，我、嬴萱、雁南歸分別守在了三戶人家附近，躲入草叢或是樹林中，暗暗觀察。

靈琚果不其然選擇了雁南歸，跟在了他的身邊。

也好，我一個人也樂得清靜。我找了棵大樹爬上去，用樹葉遮擋住我的身子，盯著那戶人家院外遊蕩著的一群走地雞，默默蹲守在那裡。

9

時間一分一秒地過去，我在樹上坐得屁股疼，卻又不敢輕易挪動，怕驚動了樹上的飛鳥而暴露了自己的僞裝，於是只好強撐著。眼看太陽就快要落山了，難道今天偷雞賊不準備下手？我正納悶，就突然看到一個影子從旁邊的樹林裡鑽了出來。

好傢伙，哪裡有什麼吃雞的鬼怪，還不是人在作祟。我屛氣凝神，盯著那人的一舉一動。只見那人像是散步一樣，背著手，心不在焉地繞到了那群雞的附近，然後再慢慢蹲下了身子前後張望著，確定四下無人，他便飛快地從手中丟出了個什麼東西到那群雞的中間，一隻雞上前就咬住了，下一秒，只見他動作迅速且嫻熟地拉直手中的線，往前一拋，銅筆帽就順著線飛了過去，剛巧卡住了雞嘴。

這一連串動作……和我師父簡直一模一樣！

我二話沒說就準備跳下樹去捉他，可誰料我腳下踩著的樹枝卻剛巧折斷，我剛剛擺好的造型就瞬間垮塌，一下子失去重心，從樹上掉落了下來。

「哎我去……」我一下子摔在了草叢中，驚擾起一樹的飛鳥。

那偷雞賊顯然也被我嚇了一跳，急忙收起手中的細線，一把抱起雞就跑。我趕緊及時吹響了口哨，然後狼狽地爬起來一瘸一拐地追了上去。

偷雞賊是個男人，可是讓我沒想到的是，他居然穿了一身僧袍，土黃色的袈裟映入我的眼簾，讓我怎麼也無法相信這起偷雞風波是一個出家人一手搞出來的。我顧不上太多，埋頭就追，死死盯著他的背影不放過。

不過，讓人感到奇怪的是……這個和尙居然沒有剃度，留著毛茸茸的寸頭，和身上的僧袍根本不搭，顯得不倫不類。

忽然，「嗖」的一聲，一支短箭擦著我的肩膀就向前飛了過去，不用回頭我就知道是嬴萱趕了過來。短箭直衝著那個和尙就飛了過去，豈料那和尙竟十分敏捷，一個猛轉身就躲過了。

嬴萱衝上來再次拉滿了弓：「你跑不掉的！」

一支利箭再次飛出，這下那和尙可沒有地方躲了。無奈，那和尙連忙舉起懷中的那隻雞擋在自己的身前，短箭不偏不倚正好刺入雞的身體。趁此間隙，那和尙轉身就往林子裡鑽。

完了，鑽進樹林可就不好追了。我正這麼想著，就見一旁的樹上閃過了一道白色的影子，雁南歸敏捷地踩著樹枝從一棵樹躍至另一棵樹，動作輕盈宛如猿猴，瞬間就超過了那和尙。雁南歸抽出青鋼鬼爪就落地，堵在了和尙的面前。

這時候我才發現，雁南歸的肩頭還坐著靈琚。這麼一通追，靈琚連頭髮都沒亂，這敏捷度也有點太高了吧……

我和嬴萱氣喘吁吁地趕過去，那寸頭和尙已經被我們堵在了死角，無處可逃。

我終於追了上來，脖子上的麻布圍巾都跑得散開了，我站在那裡喘了口氣就趕緊問道：「施主你……你先別跑……我就是想問問你，你和姜潤生，到底有什麼關係？」

那寸頭和尙站在那裡一言不發，聽到我師父的名字後並沒有什麼明顯的反應。他上下掃視了我們一圈，發現自己無處可躲，隨即便淡然地站直了身子，整了整身上破舊的土黃色袈裟，突然就虔誠地對著我們雙手合十一鞠躬：「阿彌陀佛……」

「阿你個頭，問你話呢！」嬴萱掐著腰張口就吼，完全沒有因對方有教養的禮節而有任何收斂。由於之前劇烈地奔跑，她此時挺拔的胸腔也在上下起伏著，畫面太美我不敢看。

誰知那和尚也不生氣，就是站在那裡十分友好地笑。我這時才看清了他的容貌，竟讓我有種似曾相識的感覺。他看起來年齡稍長，三十歲上下，眼睛細長卻有種奇怪的吸引力，嘴唇涼薄，顏色也淡得幾乎看不到唇線。雖然手裡抓著雞，但是仍給人感覺像是手無縛雞之力。

他雖然是個偷雞賊，可現在卻依舊風度翩翩地站在那裡看著我們，不卑不亢，儒雅謙恭，一雙笑眼眯成縫坦然地看著我們，給人一種如沐春風的感覺。只見他身披破舊的土黃色袈裟，手持一串黑色油亮的佛珠，一副典型的和尚打扮，可是他頭髮尚存，睫毛長的短髮貼在腦袋上，頭頂更無戒疤，看起來有些不倫不類。

我正準備追問他，可誰知道那和尚卻突然舉起手指向我們身後，我和嬴萱下意識齊刷刷地回頭看去，然而並沒有發現什麼異樣，我心頭一顫，怕是中計了！這麼弱智的分散注意力的方法，居然還一下子騙了我和嬴萱兩個人？！

再回過頭去，就見那和尚突然從懷中丟出了什麼東西，那東西一落地就冒出了一股青煙，味道難聞，煙霧巨大，我們瞬間就迷了眼。

「雁南歸！別讓他跑了！」我用衣袖揮舞驅趕這莫名其妙的煙霧。

話音剛落，我就聽到一聲輕蔑的笑聲從我的耳邊傳來，幾乎是貼著我耳朵發出的聲音，這溫柔陌生的笑聲，一定是那個寸頭和尚！就這一瞬間，他什麼時候已經距離我這麼近了？我急忙朝聲音來源處揮手一抓，沒想到卻撲了個空。

煙霧散去，那和尚早已經沒了蹤影。雁南歸站在一旁冷漠地看著我們，靈琚此時正像個橡皮糖一樣死死黏在了雁南歸的腿上，嚇得連眼睛都不敢睜開。雁南歸被束縛了雙腿，才導致了他剛才無法脫身上前去追那和尚，這腿部掛件簡直太耽誤工夫了！

功虧一簣。看天色不早了，我們四人便啓程回旅店。經過我們這樣一鬧，估計那和尚近期是不會再來石橋鎮偷雞了，雖然人沒抓到，但最起碼保證了石橋鎮近期不會再受到偷雞賊的光顧。

我們坐在旅店樓下吃晚飯，嬴萱要了份燉雞，簡直是奢侈。我先把雞腿拽下來給了靈琚，靈琚傻笑著吸了吸鼻子，接過去反手就準備遞給雁南歸，我瞪了她一眼，她才不情願地縮回手自己咬了一口。另一隻雞腿我剛準備要夾到自己的碗中，卻被嬴萱一筷子給搶了去，不等我追回就塞進了她的嘴中。

也罷，我只好夾起雞翅膀啃了起來。

吃了肉，喝了滿是油水的雞湯，我突然瞥見了在一旁擦桌子的掌櫃。於是我放下了碗筷站起身走上前，跟掌櫃的打了個招呼問道：「掌櫃的，我想打聽一下，這附近有什麼廟嗎？」

老闆停下了手中的動作，思考了一下回答：「這附近是沒有，不過這裡距離少林寺倒是不算太遠，沿著村外的路一直往北，到嵩山五乳峰下，就能看到了。」

少林寺？千年第一古剎？說來也是，這裡最有名的寺廟也就數少林寺了。由於其坐落於嵩山腹地少室山的茂密叢林之中，故名「少林寺」，始建於北魏太和十九年，以名揚內外的少林功夫而馳名天下。

那偷雞的不正經和尚，該不會是從少林寺跑出來的酒肉和尚，來村子裡偷雞吃的吧？

我坐回到飯桌前，心想著反正也是順路，不然明天就啓程往少林寺方向走走看吧，說不定能找到那個偷雞和尚的蛛絲馬跡。

飯罷，我們依次回屋。由於今夜還要進入雁南歸的夢境，尋回那次滅族之戰的記憶，因此我和嬴萱便都早早睡下，先行補覺，囑咐了雁南歸到晚上再叫醒我。

靈琚乖乖地坐在我的床邊看著我，然後抬手指了指我放在一旁裝著阿巴的葫蘆。

我看了一眼就搖搖頭拒絕了。

「葫蘆裡明明有大妖怪，師父卻小氣不讓人看。」靈琚見我如此決絕地拒絕了她的請求，便雙眼一耷拉，轉身撲到了雁南歸的身上。

我猛地坐起：「你別隨隨便便往人家身上撲！」

「小雁又不是人家。」靈琚對我的話無動於衷，吸了吸鼻子雙手環抱著雁南歸一動不動。

雁南歸仍舊是一言不發地看著靈琚，一副不關我事的樣子，白色頭髮上別著的小黃花早已經不知道掉到哪裡去了。

「你長大了會後悔的，小小年紀就和別的男人走這麼近，以後還怎麼找夫君？」我實在想不出什麼能動搖到靈琚的話，只好弱弱地來了這麼一句，隨即便躺下了。

雁南歸這次倒是有些反應，他抬頭看了看我，又看了看靈琚，然後眼神飄忽不定地對我來了一句：「我……不會的。」

「你不會什麼啊！跟你沒關係，你想多了！！」我聽得一肚子氣，氣得直翻白眼。

「靈琚是我的救命恩人，我不會讓她找不到夫君的。」雁南歸突然有些侷促不安地說道，「若是今後靈琚看上了哪家的公子，我就是強擄……所以，師父你就放心吧。」

我一臉汗顏，覺得自己和他倆不在一個世界頻道裡，簡直無法交流。於是我只能蒙起頭來不理會他們。隨他們怎麼想吧，反正靈琚現在還小，雁南歸又是個半妖，他倆之間也不會有什麼結果……哎不對，人類如果和半妖在一起生了孩子，那孩子是半半妖？還是半人？這個應該怎麼算？

不對！我腦子裡在想些什麼！！簡直太污了！人家明明說了，靈琚是他的救命恩人而已啊！！這奇怪的身高差！年齡差！種族差！我到底在想些什麼……

我在胡思亂想中進入了夢鄉。

10

醒來後已經是深夜，靈琚趴在雁南歸的腿上睡著了，羊角辮被雁南歸細心地拆開，她不算長的頭髮溫柔地垂在脖子裡。雁南歸也坐在那裡單手撐著自己的腦袋淺淺地睡著，青鋼鬼爪就放在手邊，以便於在睡夢中迅速拿到武器來進行防禦，看來是作爲戰士的一種修養。

嬴萱恐怕是白天睡多了，早早就醒了坐在我房間裡等我，正百無聊賴地叼著根筷子蹺著二郎腿坐在一旁的凳子上，彷彿嘴裡必須要叼個什麼才安穩。我起身披上灰布長袍，將熟睡的靈琚抱起來放在床上，替她蓋好被子，然後就示意雁南歸躺下。

雁南歸躺下後不一會兒就傳來了平穩的呼吸聲。我伸了個懶腰，脖子僵硬得直響，隨即拿起葫蘆就拔下了封印的蓋子。葫蘆口上畫著一串奇怪的符號，這應該就是封印的咒語。我不知道這個封印是誰做的，是我師父爲了困住阿巴而佈下的封印，還是很早以前就已經有了這個封印。

我從沒聽師父提起過封印的事情，阿巴那個怕麻煩的傢伙好像也並不介意這個封印，懶懶散散的，一直以來都是心甘情願跟著我師父混飯吃。因此我也沒有對這個封印進行過多的過問。

黃色的葫蘆吞吐出一縷黃煙，阿巴膨脹出現，像個十五的月亮，落地後竟然重重打了個哈欠，轉動了一下一條線形的貓眼，看了看我，又看了看雁南歸。

「上次那麼久，結果啥都沒吃著。」阿巴這次沒有急於吞下我們，而是在一旁自顧自地埋怨起來，「耗費了我那麼多精力，卻餓得我渾身難受，姜楚弦，你說這世界上怎麼會有這麼麻煩的人？」

「還真被你說中了，世界上還就是有這麼麻煩的人，而且這人，就在咱們面前。」嬴萱倒是和阿巴統一了戰線，她一手撐在阿巴的身體上，一手撓著自己的臉頰說道。

我乾笑兩聲，沒搭理嬴萱，而是用手指戳了戳阿巴那光滑有彈性的鵝黃色皮膚：「你看你圓的，還吃。」

阿巴不滿地咧開嘴：「不吃哪有精力化夢，還是帶兩個人……而且，我這叫豐滿。」

「行行行，這次的夢境給你吃行了吧？但是要等調查結束，記憶全部找回之後。」我對阿巴叮囑道。

「這還差不多。」阿巴說著，就張開了大嘴將我和嬴萱吞下，化作一縷黃煙鑽入了已經熟睡的雁南歸的鼻孔中。

睜開眼，我和嬴萱便回到了夢境中的南極門，可是此次出現在我們面前的南極門已然是另一番景象。

此時的南極門就像是一座末日中僅存的宏偉水閘，拉開放出的是赤紅色的潮水，無數的朱雀族戰士正手持朱雀紅纓神槍洶湧而來。肩頭鋥亮的勇士鎧甲反射著灼灼的金光，如同巨龍的逆鱗；大地在無數馬蹄的蹂躪下，沉悶地發出不滿的嗚嗚聲。鐵馬冰河，赤旗飛揚，火光吞吐，連天的戰火摻雜著嘶吼聲不由分說地鑽入我的瞳孔和耳朵。

戰爭，開始了。

我拉起嬴萱躲在一側，避免遭受到不必要的傷害。頭頂飛過成群的利箭，好似南歸的鳥群。紅色旌旗的朱雀族戰士和黑色戰袍的神秘勢力交織在一起，廝殺著，怒吼著，抵抗著……我們在動亂的人群中仔細尋找著雁南歸的身影，可是一無所獲。

於是，我轉而觀察起這些敵人來。只見這些黑色戰袍的神秘戰士看起來身高體壯，多數都留著絡腮鬍，像是遠古時期的原始獸人，塊狀的肌肉在鎧甲下面躍躍欲試，粗獷的格鬥和毫不留情的殺戮，讓這支黑色軍隊看起來像是來自地獄的使徒。

一時間，我竟突然迷失了自我，陷入了一種深深的恐懼之中，雙目空洞地癱倒在地：「鬼豹？」我渾身顫抖地盯著那些黑衣戰士，喃喃自語。

「什麼鬼豹？」嬴萱聽到我自言自語，就好奇地戳了戳我問道。

我猛然回過神來。怎麼回事，剛才我爲何突然陷入了某種回憶？而且這種與生俱來的恐懼感又是從何而來？我對這些黑衣戰士有種似曾相識的感覺，又是怎麼一回事？

「怎麼了你，嚇破膽了？」嬴萱伸手在我的面前搖了搖，打斷了我的思考。

「我……好像見過這些黑衣戰士，有種……特別清晰的恐懼感。」我一身冷汗，急忙抬手擦了擦額頭，不停深呼吸來讓自己恢復平靜。

「你剛說什麼，鬼豹？你認識他們？」

我搖搖頭：「我……不知道。只是他們帶給我的那種恐懼感卻十分真實……難不成，我曾經也失憶過？」

戰火齊鳴，驍勇的戰士們手持鋼槍穿梭在濃煙之中，紅黑兩股勢力宛如兩條鋼筋鐵骨的巨蟒爬向那高地的山脊，猶如神獸穿越戰雲。

突然，一道紅光閃過天際，我和嬴萱同時被吸引了目光。定睛看去，來人正是雁南歸，當前已然是成年的模樣，白色捲曲的大馬尾披在腦後隨風飄搖，手持青鋼鬼爪，渾身散發著火焰般的能量，瞳孔血紅，急速掠過戰場，像一隻狩獵的巨鷹俯衝下來，用鬼爪直掏對手的胸口。強大的戰魂得到釋放，雁南歸如同嗜血的亡靈，早已經失去了人性，瘋狂砍殺著鬼豹族戰士，享受著殺戮帶來的快感。

「他……怎麼回事……」嬴萱兩手捂住嘴巴，避免自己因驚訝而發出聲來。

我驚愕地看著此時變身殺人機器的雁南歸，一時間也說不出話來。

「我的身體裡遺傳了父親朱雀的戰魂，這是一股我無法以脆弱的人類之心來控制的能量，如果輕易釋放使用，則會失去控制，傷及無辜……」雁南歸的話迴盪在我的耳邊。可即便是這樣，我也無法相信此時這個嗜血的怪物，居然是耐心給靈琚紮辮子的雁南歸。

「他釋放了戰魂……人類之心是無法控制這力量的。他……已經失控了……」我急忙拉起嬴萱躲起來，避免被此時享受酣暢殺戮的雁南歸發現。可就是我的一不小心，我後退的時候一腳踩在了一支扎入土地的弓箭上。

「喀嚓」一聲，我和嬴萱瞬間就停下了動作，屏住呼吸。

就是這細微的動靜，不遠處正在揮爪的雁南歸就注意到了我和嬴萱，猛然停下了手中的動作，青鋼鬼爪撕碎了一名鬼豹族人，只微微一偏身子就看向了我們。

完了。此時的雁南歸正是釋放戰魂而失去了控制，若是他不由分說上來就給我倆一人一爪，我倆就再也別想見到明天的太陽。

我能感受到雁南歸眼中的殺氣。我拉著嬴萱的手，明顯感覺到嬴萱在顫抖，我連大氣都不敢出，輕輕吞了口唾液。

雁南歸鬆開了他的手，那已經碎裂的鬼豹人屍塊應聲落地。下一瞬間，我就感受到眼前傳來一股勁風，雁南歸壓低了身子就直衝我們奔來！

他的速度太快了！我根本沒機會反應！

我本能地閉上了眼，擋在了嬴萱的面前。

唰——

我似乎聞到了血腥味撲面而來，可是身上卻沒有任何疼痛感。我緩緩睜開眼，只見沾著血的青鋼鬼爪就在我的鼻尖處停頓了下來，雁南歸血紅的雙眼就在我的面前，他喘息時吐出來的熱氣，正打在我的睫毛上。

雁南歸在即將取我性命的一瞬間停下了動作，眼神中出現了細微的波動。時間就像是定格在了這一瞬間，雁南歸的青鋼鬼爪只要再往前一寸就可以讓我腦漿迸裂，可是他沒有，反而停在了我的面前。

我身後的嬴萱一屁股坐在了地上，愣愣地盯著我們。

下一秒，雁南歸猛然一個後翻遠離了我，接著一轉身就撕扯掉了衝上來的一名鬼豹族人的頭顱，顱骨滾落在我的腳邊，讓我猛然回過神來。

他……不是要殺我，而是在保護我！

雁南歸他並沒有完全喪失理智！我鬆了口氣，眼眶有些濕潤，大口喘著氣以平復自己緊張的心情，然後轉身扶起嬴萱，找了個安全的地方再度躲了起來。

「你……沒事吧？」嬴萱也終於回過神來，趕緊來查看我的傷勢。

剛才驚心動魄的一瞬間讓我和嬴萱都提高了警惕，這裡畢竟是殺人不眨眼的戰場，而且是朱雀神族和鬼豹族的廝殺。我和嬴萱躲好，就繼續觀望下去。

按照現在的情況來看，雁南歸失去了這段戰爭的記憶，應該就是因為釋放了戰魂而迷失了心智，淪爲了嗜血的怪物，因此才根本不記得自己的對手是誰。

隨著時間的推移，鬼豹族顯然按照雁南歸所說佔據了有利之勢，漸漸逼近南極門。就在南極門即將被突破之際，天邊閃現出一道紅光，一隻巨型的紅色神鳥從南極門內飛出，劃出了一條金色的聖光。

南極門幾乎被映射成了金紅色，朱雀……出現了！

遮天蔽日的羽翼揮動著，火光如同燎原烈火瞬間吞噬了無數的鬼豹戰士。巨鳥棲息在南極門上，吞吐著火光擊退靠近的敵軍，一瞬間，大批量的鬼豹族人都化作了灰燼。

可就在我們以爲戰爭要勝利的時候，南方的天際湧來了一團黑色的雲海，像是夜幕來襲般鋪天蓋地，那團黑雲翻滾沸騰著就直衝朱雀而來，黑雲所過之地，任何生命無一倖免，不管是朱雀族人還是鬼豹族人，瞬間就被化作了一具具枯槁的乾屍，還保持著被吞噬那一瞬間的動作。戰場瞬間就被封存，將它最殘忍血腥的一面展現給了我們。

「那……那是什麼？」嬴萱不可思議地看著我。

我說不上來那是什麼，一團吸食人精氣的黑雲？我無法描述，陷入了深深的恐懼之中。

一瞬間，戰場便安靜了下來。黑雲過境後，遠處再次出現了一撥鬼豹族士兵奔騰而來，可是此時朱雀族早已經所剩無幾。雁南歸也已經筋疲力盡身負重傷，可是他就像感受不到疼痛一樣，抬起青鋼鬼爪就迎上去。

就在這一瞬間，朱雀猛然掠起，一把抓住雁南歸的身體就飛向遠處，隨後從嘴裡吐出金光包裹住了昏迷的雁南歸。金光像是一層結界，把雁南歸完好無損地保護在裡面。

「朱雀他要幹什麼？」嬴萱預感到了悲劇。

就在鬼豹大軍即將逼近南極門的瞬間，朱雀突然擺動雙翅一飛衝天，扶搖直上，巨型雙翼帶來的旋風將我和嬴萱都吹落到了遠處。抬頭望去，只見天空一陣金紅色的刺眼光芒，如同爆裂了的太陽。穿越厚厚的雲層，朱雀再次俯身衝下，華美的尾翎拖出一條金燦燦的軌跡，隨即穩穩地落在了南極門上。

可是這次從天上衝下來的朱雀，頭頂竟站了一個微小的人影！我凝神看去，只見那人身披灰布長袍，胸前的麻布圍巾被風高高揚起而露出了半邊的臉頰，袍子如同旌旗般正被腳下的颶風吹得獵獵作響，那人雙手背在身後，正冷眼掃視著黑壓壓的鬼豹族人，渾身散發著一股強大的氣場，讓人望而生畏。

那張臉……竟和我十分相像！

我瞬間站起了身，那人……分明就是我的師父！姜潤生！

11

為什麼我師父會出現在雁南歸的夢境中！為什麼我師父會參與到這場朱雀族的大戰中？

我被震驚得久久說不出話來，就連一旁的嬴萱也看傻了眼。

原來……我師父失蹤了四年，並不是走向了死亡，而是來到了聖地，出現在南極門，與朱雀族人並肩作戰。

只見我師父突然雙手畫符，默唸咒語，單手直指天穹。隨即，一道金光從遙遠的天際穿透雲層而來，瞬間就包裹住了朱雀和我的師父。

這一瞬間，我師父再也不是我眼裡曾經那個吊兒郎當貪財嗜酒的庸俗之人，而像是一名正義的使徒，帶著命運的枷鎖降臨這個苦難的人間。

隨著一聲巨大的轟鳴，朱雀的身體開始出現了變化，由原本的雀形漸漸融化消散為一團火焰，宛如翻滾的岩漿。流動的烈火緩緩堵在了南極門前，高溫炙烤著上前的鬼豹族人，熊熊火光讓半邊天際都紅了臉。從這裡看去，整個戰場都在火光後面微微顫動。

朱雀……在我師父的幫助下，化作了一堵流火牆，抵擋了鬼豹族的進攻。

可是，我師父又到哪裡去了？我急忙四下搜索著，卻根本無從知曉師父的下落，彷彿師父隨著那堵高溫的流火牆一起，吞噬了這場殘酷的滅族之戰。

一切，都如此迅速地結束了。

一旁的雁南歸被金光包裹著，從地面裂開的縫隙中滾落了下去，應該是掉落凡塵，落入了仙人渡鎮的那條小河裡吧。

阿巴適時地從一縷黃煙變作獸形，看我沒有阻止，就張開嘴開始吞噬整個夢境。隨著夢境的坍塌，我在強烈的白光中看到了雁南歸潛意識裡最後殘存的一點點記憶。

那是朱雀化作流火牆之前，對雁南歸說的最後一段話，被封存在雁南歸記憶的最深處。

吾兒南歸：

這些年，吾一直對你冷漠嚴厲，是因吾對你們母子有所虧欠，不知該如何面對。你母親的死，讓吾無法直視你的眼睛……因你和她一樣，有一雙如此純澈的眼眸。

那年，吾因守衛南極門受傷而墜入人間，恰巧遇到了你的母親。養傷期間，吾爲報答你母親而給那個村子帶來了財富，卻不料因此要了你母親的性命。吾因身負重任，傷好後，須歸南天，你母親擔心朱雀神族會因偏見而對你造成傷害，因此沒有隨吾一同歸南。恰逢敵軍來犯，吾輩誓以守護南極門爲己任，因此久年未回人間。

隨後得知了你母親的不幸，吾便擅作主張將你接回聖地。你身爲朱雀神族，本應培養爲一名戰士，以守護南極門爲重任。可你身上畢竟有人類的血液，吾不想將你置於生死邊緣的危險境地，故不允許你使用戰魂，不允許你學習朱雀族招式，豈料你偏偏背道而馳，執意要成爲一名朱雀戰士……

眼下南極門有難，吾當傾盡畢生之力守護天晷，今後恐無法再對你進行庇護。你已成長爲一名真正的朱雀戰士，吾自作主張，抹去了你痛苦的記憶，吾希望你今後能忘卻仇恨，在人間安然生活下去，不再受守門使命的桎梏，擁有一個可以選擇的未來。

若將來機緣巧合，你喚起了這些記憶，聽到了爲父的這段話，吾不求你原諒，只願吾兒一切安好，不要再回到南極門，在人間三兩好友，攜手此生，放下冤仇，平凡終老……

在白光的漸漸消散下，我和嬴萱回到了現實。房間裡的雁南歸已經醒來，低頭沉默不語。我和嬴萱只好退出了房間，留他一人消化那些被父帥親手抹去的記憶。

我一時間也陷入了深深的苦惱之中。若是我不幫助雁南歸化夢，那麼雁南歸就不會想起那些殘酷的現實，包括他母親的死，包括他父帥的犧牲……那麼這樣，他就眞的會像朱雀所說的走上平凡的遠離殺戮的人生嗎？他若不是恰巧遇到我，是否仍舊會選擇尋找那些丟失的記憶，不甘心按照他父親所希冀的成爲一名普通人……

世上的一切皆有因果，我相信雁南歸是不會甘心淪爲一個平凡人的。他體內高傲的戰魂無時無刻不彰顯著他身爲朱雀神族的使命感，即便他沒有遇到我，他也會通過別的方式來尋找自己丟失的記憶，揭開仇人的面孔，踏上一條戰士應該走的復仇之路。

而我，也正是因爲幫助雁南歸，才獲取了我師父的資訊，知道了我師父與鬼豹族的爭鬥。所以，到底是我在幫雁南歸，還是雁南歸在幫我，又有誰能說得清楚？

窗外已是清晨，我和嬴萱稍作洗漱後就一起下樓吃早點。新鮮出爐的燒餅糖糕也食而無味，一碗稀飯下肚，我倆仍舊是相視無言，各懷心事。

「姜楚弦，你怎麼了？」嬴萱看我精神不好，主動跟我搭話。

我從懷中掏出那個天眼捏在手上看了看：「沒事……我只是在想，師父到底去哪裡了。」

「放心吧，剛才在夢境中你也看到了，你師父並沒有死，而是去了南極門。」嬴萱試圖安慰我。

我搖搖頭，用手指摩挲著天眼說：「可是這場滅族之戰後，我師父又到哪裡去了？他爲什麼要躲著我？還有，常年掩面就是爲了掩飾他相貌與我相似的事實，況且，他的年齡與相貌根本對不上號，如果在四十年前他和寶璐相遇的時候已經是青壯年，那麼現在怎麼說也是個老頭子了，可爲何絲毫不顯老態？」

嬴萱被我問住了：「這個……你師父天賦異稟，延年益壽？」

我無奈地歎了口氣。

「還有，鬼豹族到底和我有什麼關係，我爲什麼會對鬼豹族產生熟悉的恐懼感。鬼豹族去攻打南極門企圖掠奪天晷，又是爲什麼呢？」我趴在飯桌上，吃剩的半個燒餅招攬了路過的蒼蠅，我抬手揮了揮，隨即又有氣無力地趴在那裡，默默思索著。

「這恐怕要問問你師父了。」一聲冰冷的回答傳來，我和嬴萱同時轉身，只見雁南歸已經帶著靈琚走下了樓梯。靈琚的羊角辮已經被細緻地紮好，紅撲撲的小臉還掛著濕氣，應該是剛剛洗漱過。

「你……起來了？」我有些尷尬，急忙站起身。

「我沒事。」雁南歸拉開一把椅子讓靈琚坐下，隨即自己坐在了另一旁，自顧自地拿起了桌子上的半個燒餅吃了起來。

看來，這位朱雀戰士比我想像中的要堅強得多。

「你知道鬼豹族？」我又問掌櫃的要了兩碗稀飯和鹹菜，就轉頭問雁南歸。

雁南歸冷冷掃視了我一眼說：「沒錯，我想起來了。鬼豹族，是傳說中元始天尊的徒弟申公豹在千百年前一手創立的種族，是人類與豹精的後代，身居蠻荒，力大無窮，過著原始人一般的粗礪生活。」

我一驚：「申公豹？」我掐指默算，這都是近三千年前商末周初時候的人物了。

雁南歸不留痕跡地看了我一眼，繼續說道：「申公豹和姜子牙一樣，本是元始天尊的徒弟，卻因違反了玉虛宮門規被玉虛宮除名。他本是一隻有著千年修爲的黑豹，被除名後對自己的師兄姜子牙心生嫉妒，邪念叢生，於是步入邪道，創造了鬼豹族。」

「等等……你，在給我講神話故事？」我急忙打斷雁南歸的話，以免他越說越離譜。

雁南歸放下手中的燒餅，沉默片刻，抬眼盯著我的眼睛冷冰冰地問：「你有沒有想過，你的師父，爲何姓姜？」

雁南歸這一問倒是把我問住了，我一時間不知道該如何作答。我從來沒有想過這個問題。我師父爲何姓姜，我爲什麼又跟了師父也姓姜，這些本來理所當然的事情現在被雁南歸這麼一問，我倒是開始懷疑了起來。

我實在不願承認，可我只能這樣聯想，於是試探地問道：「你是說……我的師父，和姜子牙……？」

雁南歸搖搖頭：「這個我不清楚，我也從未聽父帥提起過，只知道有位高人願意幫忙守護南極門，保護天暠不被鬼豹族奪走。而那個人，沒想到居然是你的師父。」

我一時間愣住了，搞不明白這其中的道理。

嬴萱也是聽得雲裡霧裡：「姜子牙和申公豹有什麼矛盾，這和咱們也沒關係啊，這都是幾千年前的事情了——」

雁南歸打斷了嬴萱的話：「可是你們不覺得奇怪嗎，申公豹被押去北海之眼後，鬼豹族常年隱居在蠻荒之地，爲何近期突然崛起並力量大增，甚至來攻打南極門企圖搶奪天晷？」

我和嬴萱不知如何回答，一時間陷入了僵局。

姜子牙和申公豹的故事幾乎人人知曉。商周時期，姜子牙作爲元始天尊的徒弟，奉師命輔佐周王討伐暴君商紂王，並下山封神。而他的同門師弟申公豹卻因貪念紅塵，嫉妒師兄接下封神大權，因此心生邪念，逆天改命，無視紂王的暴虐，在商王朝擔任國師一職，經常遊說三山五嶽的同門和能人異士助商伐周，全力維護商王朝統治。

商周之戰，即是申公豹與姜子牙之戰。

申公豹處處與姜子牙作對，對元始天尊的偏袒心生不平，強烈的嫉妒心促使著申公豹對姜子牙的報復，以致動了殺心。通過商周之間的對抗，最終正義戰勝了邪惡，周在姜子牙的帶領下大舉攻商，與商軍決戰於牧野。周軍大獲全勝，趁機進攻商都朝歌，商朝滅亡，武王伐紂大獲全勝，申公豹的肉身被元始天尊塡了北海之眼。姜子牙執掌打神鞭進行封神，將申公豹封爲東海分水將軍。

而封神完畢後，姜子牙命中無福成正果，元始天尊知其赤誠正直，精通六韜三略，所以派姜子牙下界順天道，享位極人臣之福。

其間，元始天尊賜姜子牙打神鞭，封神完畢之後奉還此鞭。可元始天尊念其封神有功，故而不收，並特許他可雲遊眾神部。每去一處，該部正神暫時讓位，就是所謂的「太公在此，諸神退位」。

至此，姜子牙和申公豹的恩怨也就結束了。

我凝視著師父給我留下來的玄木鞭，一時間陷入了思考。這柄玄木鞭和傳說中的打神鞭究竟有何聯繫？我師父究竟和姜子牙又是什麼樣的關係？而申公豹手下的鬼豹族，又是爲何突然崛起，試圖搶奪天晷？

「所以，爲了探明鬼豹族的陰謀，我需要找到你的師父。」雁南歸站起身下了結論。

靈琚對我們之前的談話完全沒有興趣，直到雁南歸說出這句話，她才吸了吸鼻子興奮地拍著手說：「嘩——太好了，小雁以後都要跟在我們身邊啦。」

雁南歸低頭看了看靈琚，又補充道：「況且，靈琚是我的救命恩人，所以我會一直守護在她身邊，護她周全。」

我沒有反對也沒有贊同，而是陷入了姜子牙和申公豹的糾葛之中。

我從未想過自己居然會和傳說中的人物扯上關係，而且，是如此密切的關係。

不管是姜子牙還是申公豹，他們二人的恩恩怨怨早已在封神榜的神壇上結束。不管我師父和姜子牙到底是什麼關係，我到底是誰，又是爲何與師父的相貌如此相像，只有找到我失蹤的師父，才能弄清楚這一切的眞相。

雁南歸既然要替族人報仇，那麼如何尋找鬼豹族，目前來講也只有參與過那次南極鬥大戰的姜潤生才有可能知道。我倆不自覺便統一了戰線，而我們的目標很明確，就是我的家鄉——衛輝。

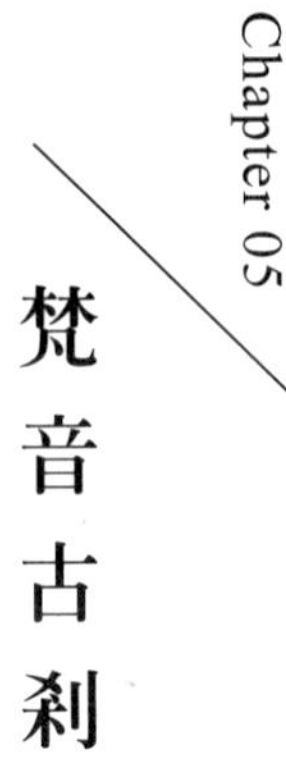

Chapter 05 梵音古刹

1

我們一行四人作別石橋鎮，一路向北。按照路程計算，不出一天的時間，我們便可以到達嵩山腳下，屆時在嵩山借宿一晚，第二天再啓程，往東北方向走上五日，渡過黃河，就能抵達衛輝了。

仍舊是我和嬴萱走在前面探路，靈琚坐在雁南歸的肩膀上跟在後面。雁南歸體力出奇地好，肩頭馱著靈琚腳步仍舊輕快，因此我們的速度很快，只用了半天的時間，便抵達了嵩山腳下。

大樹參天入雲，鬱鬱蔥蔥，連綿起伏，如同一件綠色的袈裟披在嵩山的身上。山間的黃昏來得那樣迅速，那樣了無聲息。恍惚行走間，漫山雨霧緊隨身後，一路追攏上來，不知不覺，松也肅穆，石也黯淡，影也婆娑。雨霧氤氳，挾裹了遠山近嶺，風輕輕拂過樹林，如隱隱的濤聲。腳下秋蟲呢喃，不知名的鳥雀，也偶爾在林間高聲訴說著什麼。

隨著我們的腳步，我們漸漸聽到了遠處傳來的唱經聲，一時間，我們也變得莊嚴肅穆了起來，就好像踩在佛陀清修之路的腳印裡，正實現著一種虔誠的朝拜。

梵音古刹，嵩山少林刹，就這樣出現在了我們的眼前。

我們決定今晚就在少林寺借宿，同時可以調查一下上次那偷雞和尚的事情。只要是與我師父相關的線索，任何一個都不能輕易放過。畢竟這附近和尚廟不多，在這樣的千年古寺中，想必消息應該靈通，一個那麼特別的和尚，即便不是少林寺的人，也應該能被僧友們注意到。

我們四人站在高高的臺階下，仰望這座傳說中的廟宇。

「師父師父，這裡好冷哦。」靈琚突然打了個寒顫。

我裹緊了身上的灰布長袍笑了笑：「這不叫冷，這叫無上清涼。」

嬴萱和靈琚對我這句話馬上就產生了相同的回應：「啥？」

這是師父曾經唸叨過的一句話，雖然我也不太懂，但是單憑字面意思，用在這裡應該不為過吧。既然是在這樣一座無上功德的廟宇前，那麼說一些這樣似懂非懂的話，也是十分應景的。師父唸經畫符樣樣精通，佛家道家均有涉足，因此準確來講，我並不知道自己到底應該歸屬於哪一派類，到底是和尚還是道士還是法師，雖然，我被很泛泛地稱作「先生」。

「因上努力，果上隨緣，無上清涼。看來，這位施主應是同道中人。」突然，一聲充滿禪意的招呼聲從我們的身後傳來。我們四人齊刷刷地轉身，便看到了一名穿著灰色僧袍的瘦小年輕和尚，頭頂戒疤，眼神中坦然自得，手中拎著掃把和簸箕，看樣子是剛灑掃完回來。

我一看是碰到真和尚了，於是自己瞬間就沒了底氣：「不敢不敢，在下是班門弄斧了，還請師父指教。」

那瘦和尚被寬大的僧衣包裹，微微一笑探出手，合十對著我們行了個禮：「佛法本無界限，也沒有專業門檻之談，何來班門弄斧之說？」

我笑了笑沒有回話。雁南歸畢竟是半妖，因此對這和尚多少還有些忌憚，一直都是一副事不關己的模樣遠遠站著。而嬴萱本就是粗人一個，狗嘴裡吐不出象牙，她也知道自己幾斤幾兩，生怕說錯話鬧了笑話，因此也是不說話，在一旁默默看著我。

那瘦和尚再次對我們行了個禮：「無上清涼是佛的境界，當我們修心到最高境界，便會身心俱忘，置身清涼之境，自由之境，心無一物，了無塵埃。施主站在這裡就感受到了清涼之境，悟性極高，似有佛緣。」

我連忙賠笑：「見笑了。」我就是突然想起了師父的話隨口一胡扯而已，哪能體味到這麼多道理。不過對方既然這麼說了，不就是給我臺階下嘛，我順著走就成了。

「在下法號慧芳，看幾位的樣子是過路之人吧？夜色已深，齋飯也該備上了，若不嫌棄，就來夜宿一晚吧。」那瘦和尚對我們做了個「請」的手勢，隨後依然是淡然一笑。

正好，也免得我主動開口。我謝過這名瘦小的慧芳和尚，我們一行四人就在他的帶領下，步入了少林古寺。

整個寺院古磚古瓦古樹，古香古色，一景一物都飽經歷史風霜。每一座建築物都顯得蒼老高深，蘊含深廣。飛梁畫棟層層疊疊，這些木質建築不用一枚鐵釘，全靠各梁柱齒交溝合，互爲抵禦，穩穩妥妥地將一座座建築支撐了數百年。

大雄寶殿是寺院的中心場所，香火繚繞的大殿裡，木鼓聲聲，佛號悠揚。閉目合十的僧人們都在專心誦唸著普度眾生的經文。大雄寶殿上端坐的金身佛祖，以千古不變的寧靜與端莊，慈眉慧眼，於紅塵滾滾之中注視著來往的人群，解疑惑，度萬人。殿堂正中懸掛著「寶樹芳蓮」四個大字，雄偉壯觀，氣宇軒昂。

而外面的操場上，數以百計的少林弟子喊聲陣陣，正操練著正宗的少林武功。

此時天色漸晚，前來朝拜的遊人早已經散去，少林寺也步入了眞正的寧謐。晚課後，就是用齋的時間，我們四人在慧芳和尚的指引下，來到了用齋的地點。

飯菜清淡可口，素食佳品，我們四人都以虔誠感恩之心吃下了這些沐浴著佛光的食物。飯罷，我們在慧芳和尚的帶領下，來到了借宿的房間。

「我們僧人平日裡喜歡就地而眠，因此沒有床，只有這樣的褥子鋪在地上。若是幾位施主覺得晚上寒意逼人，我可以去幫你們燒個火盆放在屋裡。」瘦弱的慧芳和尚抱著半人高的被褥走進屋內放下，幫我們安頓好了一切，隨即行了個佛禮，「有什麼需要的話，可以去那邊廂房找我。天色不早了，各位儘早休息吧。」說著，他便退出了房間。

我坐在角落裡思索著。靈琚從院子角落裡拾來了幾個落地的松塔，正坐在床鋪上把玩著；雁南歸站在窗前，望著窗外漸漸升起的月亮，一言不發，像是有什麼心事；嬴萱則躺在褥子上，四腳朝天，正百無聊賴，看我在發呆，她就衝我打了個響指：「喂，想什麼呢？」

我回過神來，看到她因躺著而春光大洩的領口，一下子就面紅耳赤。阿彌陀佛，怎麼能在這種地方動這樣的心思！罪過罪過……我急忙別過頭去：「沒什麼……就是覺得有些奇怪而已。」

嬴萱一聽，便趕緊坐起湊過來：「什麼奇怪？說來聽聽。」

我撓了撓頭：「也說不上……你們有沒有覺得，這個寺廟裡的僧人，年齡都比較大？」

嬴萱失望地擺擺手：「咳，這有什麼的。」

「不是。」我連忙解釋，「在一般的寺廟裡，都會有一些年輕的小和尚出沒，你沒發現我們剛才接觸到的那些和尚，都是上了年紀的中年人嗎？除了那個瘦小的慧芳和尚還算年輕，基本就沒有二十歲以下的和尚，這難道不奇怪嗎？」

嬴萱歪頭想了想：「你這麼一說也是……不過，今日天色已晚，不如我們明早起來再看看，說不定就是你想多了。」

我點點頭：「說的也是。」

此時，一直站在窗口的雁南歸卻轉過了身，冰冷的眼神掃視著我：「這個寺廟，的確不太對勁。」

我和嬴萱同時一驚，看向了雁南歸。

「你們……沒有聽到什麼聲音嗎？」雁南歸雙臂抱肩，銀白的捲曲長髮垂在身後，身上的黑衣鎧甲冰冷得反射著窗外的月光，他清透的皮膚在月光下看起來近乎透明。他這麼簡單的一句話，瞬間讓氣氛冷到極致，我便也不由得覺得這裡陰森可怖，就連所謂的無上清涼，也變成了逼人的寒氣。

我和嬴萱都不說話了，就連一旁的靈琚都抬起頭看向了雁南歸。

雁南歸示意我們噤聲，然後抬手指了指窗外。

我們屏氣凝神，努力用耳朵捕捉著任何可能錯過的聲音。蟲鳴聲、偶爾傳來的木魚聲、走廊上的腳步聲、木質地板發出的吱呀聲……我努力地朝著雁南歸指的方向側耳傾聽，在這樣一個靜謐的佛門之地，我實在不知道能聽到什麼詭異的聲音。

「阿嚏！」靈琚猛然一個大噴嚏，擊碎了我們三人長久的安靜。這突如其來的巨響，嚇得我和嬴萱猛然渾身一抖。

「嚇死我了，幹嘛呢。」嬴萱不滿地長舒一口氣。

靈琚不知道我們在幹嘛，就傻傻地衝我們嘿嘿一笑，繼續低頭擺弄那幾個松塔。

「噓。」突然之間，雁南歸猛然彎下腰吹滅了我們屋內的油燈，房間裡頓時陷入了一片黑暗，雁南歸敏捷地躍至靈琚的身邊，一把捂住了靈琚的嘴巴。

「嗚——嗚嗚——嗚——」

一片漆黑之中，人的聽覺變得更加靈敏。一陣似有似無的哭聲竟從遠處幽然傳來，摻雜著隱約的唱經聲，鑽入了我的耳蝸。

2

淒厲的哭聲似有似無，嗚咽呢喃，分不清男女，時而像是款款深情傾訴，時而像是痛苦嘶吼尖叫，如此的哭聲在這梵音古廟中顯得格格不入。

我頓時毛骨悚然。

「有人來了，別作聲。」雁南歸鬆開靈琚對我們悄聲說道，然後一個側身就迅速而輕聲地移動到了窗子下方，壓低了身子緊貼牆根，悄然摸出了青鋼鬼爪伺機而動。月光灑在他的白色馬尾卷髮上，顯得十分瘮人。

雁南歸已經做好了防禦的準備。

果不其然，隨著那陣陣淒厲的哭聲，一個黑色的身影從遠處飄到了我們的窗前。窗子上糊著紙，透過月光只能看到一個模糊的人形黑影。我也摸出了玄木鞭，準備應對接下來發生的一切。嬴萱在一旁緊緊摟著靈琚，一手捂住了靈琚的嘴巴，屏氣凝神。

那影子就站在我們窗前一動不動。忽然，陰風大作，呼嘯的風聲四起，瞬間就掩蓋住了那隱隱約約的哭聲，而那黑影仍舊站在我們的窗前。木質的門窗都發出了強烈的撞擊聲，屋外是不知何物的人影與哭聲，屋內是我們四人緊張地呼吸。風越來越大，彷彿下一秒，就會有黑暗的鬼靈破窗而入。

我緊張得手心冒汗，我萬萬沒想到在這樣的神聖之地還會有邪祟作怪，若是連金光佛陀都不懼怕，那該是何等的厲鬼在作祟。我死死盯著窗外那黑影，就在這詭異的夜風即將吹開門窗的那一瞬間，突然，就安靜了。

風，停了。

我剛要鬆一口氣，窗外那黑色人影就飄向一旁，不見了蹤影。

雁南歸示意我不要動，就這樣保持靜默了片刻，雁南歸站起身將窗戶推開一條縫隙，他那凜冽的目光朝窗外迅速掃視了一眼，就又坐回了原來的位置。

「怎麼回事？」我急忙問他。

雁南歸搖搖頭：「是慧芳和尙。」

我長吁一口氣：「咳……眞是，嚇我一跳。」我覺得自己有些好笑，連忙抬手將身邊的油燈點明。我站起身乾笑兩聲，以此來化解我此時的尷尬。旁邊的嬴萱也是鬆了口氣，鬆開了一直捂在靈琚嘴上的手，這時我們才注意到，嬴萱懷中的靈琚居然早已經睡著了，剛才那般緊張的氛圍居然也能視而不見……眞是個沒心沒肺的傻丫頭。

「不過……」雁南歸眉頭微蹙，顯然話裡有話。

「不過什麼？」

雁南歸指了指自己的耳朵：「半妖的感官要比人類更加靈敏，方才我貼著窗戶，聽到慧芳和尙站在我們門前低聲唸了一串佛經，那遠處的哭聲和風聲才停了下來。」

我一驚，難不成這寺廟裡竟眞的有不乾淨的東西在作怪？慧芳和尙剛才的行爲，不就是在驅散那些東西，防止它們來侵擾我們麼？

我有些不安地對嬴萱和雁南歸說：「明日一早，我們問清楚那個偷雞和尙的事情後，就儘早離開這裡，往衛輝去吧。」

嬴萱點點頭表示贊同。可雁南歸仍舊站在窗前，機警地向窗外張望。半妖由於繼承了妖的一些特徵，因此比我們人類要機敏得多，反應也更迅速，再加上雁南歸曾經是個戰士，這種對於危險的預見性是我遠遠所不及的。因此雁南歸加入尋找師父的隊伍，其實也算是件好事。

我看他好像仍舊放心不下，便起身也走到窗前，看看他究竟在看些什麼。

「那個，」雁南歸抬手指了指遠方的一片塔林說道，「哭聲，是從那裡傳來的。」

這野鳥的耳朵果然很靈，連這種細微的聲音都能判斷出準確的方位。我抬眼看了看那遠方的一片塔林，不由得打了個冷顫。

夜色已深，我們還是先行休息，有什麼事也只能明天再作商議。我們鋪好了褥子，我和雁南歸睡一頭，嬴萱帶著靈琚睡在另一頭。窗外十分安靜，那些奇怪的聲音一夜都沒有再傳來，彷彿慧芳和尚之前在我們窗前唸的那一串佛經，給我們降下了庇佑的結界。

第二天一早，我們就在一陣一陣的鐘聲和誦經聲中醒了過來。廟裡的和尚一般都起得比較早，往往是清晨就開始做早課，木魚有規律的節奏聲闖入房間，我翻個身就坐了起來。

少林寺外院已經是人頭攢動，我知道，這應該是附近村民們來爭相進獻今日的第一炷香火。大雄寶殿已經擠滿了人，旺盛的香火背後，卻仍舊是和尚們看破一切的淡然眼神。

慧芳和尚已經把早飯擺在了我們屋前，應該是我們還未起床的時候，他們就已經用罷了早餐。我們洗漱後簡單吃了一些填飽肚子，就想著去打聽一下偷雞和尚的事情。

誰知我們繞了一圈都沒有見到慧芳和尚那瘦弱的身影，於是只好沿著少林寺山門的甬道往回走。

白天的少林寺和晚上森幽的感覺大不相同，我們從山門走進來，道路兩旁是蒼松翠柏掩映下的碑林，二十多通歷代石碑豎立在兩旁，莊嚴肅穆。經甬道穿過碑林，便是天王殿，紅牆綠瓦，斗拱彩繪，外面隔屏前各立一尊金剛塑像，內裡則是四大天王。穿過天王殿，就是主殿大雄寶殿，是寺廟舉行佛事活動的主要場所，是整個少林寺內最雄偉的建築了。

大雄寶殿之後又有藏經閣，這裡是寺僧藏經說法的場所。殿前的甬道有一尊明萬曆年間鑄造的大鐵鐘，看來之前我們聽到的鐘聲，應該就是從這裡傳出的。接下來依次是方丈室、達摩亭、千佛殿，千佛殿東側有一張二十米的少林拳譜，沿著這裡再往西面不遠處，就是昨夜發出哭聲的塔林了。

我們四人止步於塔林。說實話，我們走了一圈，都不見寺廟裡有一個年輕的和尚，就連今早幫我們準備早飯的慧芳和尚，也不見了蹤影。難道說，真的是住持將所有的小和尚都聚集到了其他地方？

「幾位是昨日來投宿的客人？」這時，身後一個提著水桶的中年和尚走近我們，主動和我們打招呼。

「是……我們本來是想找慧芳師父告別，順便打聽一些事情的。」我上前微微一拱手。那個中年和尚似乎是視力不太好，湊近了看我，然後笑笑回答說：「哦，慧芳師弟今早值日去了，估計再過一刻鐘就能回來，幾位在這裡等就可以了。」

「值日？」

「是的，今早輪到慧芳師弟掃塔了。這裡是塔林回來的必經之路，如果不出什麼意外，應該過一會兒就能等到了。」

這個和尚的話有些奇怪，讓我不由得警覺：「不出什麼意外？」

和尚意識到自己失言，於是趕忙揮揮手：「哦，不，是我多嘴了。」

聯想到昨夜從塔林傳來的哭聲，我有種不祥的預感：「慧芳師父是去這塔林裡掃塔了？」

這個和尚點點頭，隨即再也不說什麼，慌慌張張地提起水桶轉身就走了。

有點奇怪。

塔林這邊的人要比大殿少很多，這裡幾乎沒什麼人影。雁南歸仍舊是警戒地盯著前方的塔林，嬴萱拉著靈琚在一旁站著，憂心忡忡地看著我。

「算了。我們還是去前面找找吧。」我招呼道。可我剛準備走，就聽身後的雁南歸發出了「唰」的一聲響動。

我急忙轉身，卻見雁南歸已經如同離弦的箭一般往塔林方向衝了過去。我還沒弄明白怎麼回事，一旁的嬴萱就瞪大了眼睛指向塔林中的一座高塔，驚愕得說不出話來。

我抬頭看去，只見一座較高的塔中閃現出了血紅色的光芒，隨著光亮還傳來了一聲慘痛的叫聲，而那聲音，分明就是慧芳和尚！

「嬴萱，你照顧靈琚不要走開！」我急忙撒開腿向那座高塔跑去。雁南歸動作迅速已經進塔，我跟在後面沿著臺階大步流星地往上爬。剛才看到的紅光，應該是從高塔的頂層散發出來的光亮，難道說掃塔的慧芳和尚……我沒敢細想，邁開腿大步上前。

等我氣喘吁吁地爬到塔頂，雁南歸早就已經到了，只見他扶著昏迷不醒的慧芳和尚正準備往下面走。我看慧芳和尚並無外傷，於是鬆了口氣。

「什麼東西？」我擦了擦脖子上的汗。

雁南歸搖搖頭：「我來時對手已經不見了。」

還是晚了一步。我懊惱地拾起慧芳和尚掉在地上的掃把，跟在雁南歸的身後準備下塔……咦，掃把上沾了什麼東西？我停下腳步提起掃把仔細端詳，發現它的末端沾著一些黃色的泥巴。我環顧四周，塔內都是石磚結構，根本沒發現任何的黃土，這些泥巴又是從何而來？

我心生疑惑，多了個心眼，從掃把上摳下了一些黃土泥巴放進口袋裡，就急忙跟著走下塔去。

我們將慧芳和尚送回到臥房，寺裡的老方丈親自來看望他。方丈是個白鬍子老人，猜不出年紀，身披袈裟一副仙風道骨的模樣。他在幾名弟子的陪同下走進了慧芳和尚的房間，看一眼，就轉身對守在門口的一名和尚說：「叫文溪和尚來看看。」

「是。」和尚領了命就轉身出去了。

3

老方丈查看完慧芳和尚後就轉身看向了我們，隨即就對我們合十行了個禮：「感謝諸位出手相救……若不是幾位及時搭救，慧芳恐怕就……」

我也趕緊回了個禮：「哪裡的話，是慧芳師父對我們有恩在先，讓我們借宿在此添了不少麻煩，我們哪有見死不救的道理。」

「敢問施主如何稱呼？」

「在下姜楚弦，這位是嬴萱，這是小徒靈琚，這位……名叫雁南歸。」我一一作了介紹。嬴萱和靈琚都大方地與方丈問好，唯獨雁南歸，他似乎有些顧忌，遠遠地站在角落裡，恐怕是擔心被僧人們發現自己的身分。

方丈倒是沒有多問，點點頭說道：「在下慧心。佛法講究上報四重恩，下濟三途苦，眾生之恩無以回報，如果幾位有什麼需要，請儘管告訴老衲。」

我笑了笑，「四重恩」這個詞我倒是聽師父提起過，指的是父母恩、眾生恩、國家恩和三寶恩，至於「三途苦」是什麼我就不得而知了。其實我本想就此告別，揮揮袖拍拍屁股走人，管那塔裡到底發生了什麼。可是我又突然想起了偷雞和尚的事情，為了尋找師父，我猶豫再三，還是下定決心問個清楚：「慧心方丈，借宿在此已經是給您添了麻煩，不存在無以回報之說。只是有件事……我還眞是想請教一下方丈。」

「哦？姜施主有話儘管問就是。」老方丈引我們坐到了一側的椅子上。

我不客氣地坐下：「是這樣，前些日子，我們在離這裡不遠的石橋鎮抓了一名偷雞賊。可那人身披土黃色的袈裟，手上還掛了佛珠，看起來像是個和尚，可是他並沒有剃度，行爲也不像個出家之人。那人似乎和我師父有些瓜葛，可惜讓他給跑了，所以我想打聽一下這個人，看看能不能問出一些關於我師父的事情。」

老方丈捋了捋自己的鬍子，露出了意味深長的微笑：「尚未剃度，鬢髮寸短，手持無患子珠，眼中帶笑，溫恭謙良，風度翩翩？」

我驚訝地點了點頭：「方丈知道那人是誰？身在何處？」

老方丈哈哈一笑：「我想，老衲應是知道那人是誰了。」

話音剛落，就聽身後的門響，之前派去叫人的和尚推門而入，對著方丈行了個禮道：「文溪和尚到了。」

我們紛紛抬眼望去。

不，是，吧。

土黃色的舊袈裟，細碎的寸頭，還有那一張永恆的笑臉！

「偷雞賊？！」嬴萱最先反應過來，猛地站起，扠起腰就準備上前。我急忙拉住嬴萱對她使了個眼色，方才聽方丈的語氣，應該是與這偷雞和尚相識，並且是比較尊重他的樣子，如果我們貿然動粗，就顯得我們理虧。我還要問他關於我師父的事情，如果這時候鬧個不愉快，那後續的事情就不好辦了。

嬴萱顯然是沒理解我的意思，對著我吹鬍子瞪眼。我使勁掐了她的胳膊，她才終於安靜了下來。

那偷雞賊見了我們也不躲，仍舊是一臉微笑雲淡風輕地站在那裡。

老方丈笑著站起了身，先是讓那偷雞賊去檢查慧芳和尚的傷勢，然後擺手讓我稍等。只見那偷雞賊仍舊是那天的打扮，土黃色的舊袈裟鬆鬆垮垮地披在身上，笑著坐在了慧芳和尚躺著的床邊，伸出手把上了對方的脈。

這動作一看就是個老手，難不成，這偷雞賊竟是個醫生？

把脈結束，他又翻看了慧芳和尚的眼皮，然後趴在慧芳和尚的胸口聽了聽，隨即站起身拍拍手，一旁的小和尚就走上前遞上紙筆，偷雞賊接過，揮毫寫下幾味中藥，小和尚拿了藥方就轉身出去了。

「慧芳他……」方丈上前詢問。

那偷雞賊擺擺手：「無礙，受了驚嚇而已，開了些安神的藥材，等他醒了就熬了喝下。」

這時，我才終於忍不住上前，對著那個偷雞賊強擠出一絲笑容：「這位……文溪和尚對吧？我們之前見過面了。」

「哦？見過嗎？」文溪和尚一挑眉，上下打量著我們，似笑非笑地看著我。

我強忍住粗口，深吸一口氣說道：「在石橋鎮的時候，你釣雞的方法很獨特，與我師父的方式極為相像，所以我想向你打聽一下關於我師父的事情。」

「不好意思，無可奉告。」文溪和尚仍舊是笑臉迎人，和聲細語地回答我，卻在語言上決絕地拒絕了我。這讓我覺得很沒面子，但在方丈的面前我又不好發作，只好也跟著文溪和尚乾笑。

「那這裡沒我什麼事的話，就先告辭了。」文溪和尚對著我和方丈一行禮，還沒等我開口挽留就大步走出了慧芳和尚的房間。

沒辦法，禮數周全，所謂伸手不打笑臉人，文溪和尚這樣的態度，我也不好說什麼。

文溪和尚走後，留下我們一群人面面相覷。老方丈抱歉地笑了笑，叫人給我們都上了一盞熱茶，隨即才開口向我們介紹起這個神秘的文溪和尚來。

「他是上一任住持從山裡撿來的孩子，從小就養在廟裡，尊崇他的意願，他並沒有剃度出家，但畢竟是跟著和尚時間久了，所以就學會了吃齋唸經，身披僧袍。後來，他跟一個老和尚學了醫，剛學得一知半解，老和尚就圓寂了，文溪和尚自己本身又是坐不住的性格，於是就經常跑下山去偷學醫術。他本不是出家人，因此他私自下山方丈也沒進行過多的干涉，可沒想到，後來他竟也眞的學了一手好本領，於是就擔當起了少林寺的大夫。

「他這個人看起來風度翩翩溫恭儒雅，整天一副笑面，似乎是生活得無憂無慮。可是他這個人卻又十分神秘，經常神出鬼沒，沒人知道他到底在忙叨點什麼。卻是經常能從別人那裡聽來關於他的事情，比如他下山治好了誰家公子的疑難雜症了；比如他幫哪家的窮苦人家報官申冤了；比如他發明了自動打水的水車了；比如他在官道上挖了個陷阱，把某個暴官給摔斷了腿……關於他的傳聞非常多，於是漸漸的，他也就成了少林寺的一個傳奇人物，甚至還有一些和尚謠傳，他是上一任住持的私生子，反正都是一些靠譜不靠譜的飯後閒話，大家聽了也都是一樂，至於他到底是什麼身分，恐怕除了他自己，沒人能知道。」

聽了方丈的話，我頓時對這位假和尚產生了興趣。靈琚卻是聽得無聊，就拉著雁南歸去院子裡捉螞蚱了。

老方丈喝了口茶，歎了口氣繼續說道：「其實，他本來還有一個妹妹，是當年被老住持一起從山裡撿來的，名字叫子溪。可是……哎，阿彌陀佛。」

我被方丈的話勾起了好奇心，於是在我的追問下，方丈才終於說出了實情。

「其實最近寺裡面總是出現一些怪事，就是出在今日慧芳出事的那片塔林裡。」

果然，昨夜雁南歸聽到的哭泣聲，真的是從那片塔林裡傳來的。看來，就連佛門聖地，都有不怕死的鬼邪來搗亂。

「那片塔林裡大大小小、高高低低共計有兩百多座塔，那些塔，是少林寺歷代高僧的墳墓，裡面安放著在佛教界有名望有地位的和尚的骨灰與舍利，他們的屍骨存入地宮，上面造塔，以示功德。因此，那是靈魂的居所，每一座塔下都有一個名字，一個故事。僧人的生前身後名，在這裡與青磚歲月一起風化著，本來一直相安無事，可誰知道，從上個月開始，就出現了塔吃人的事故。」

「塔吃人？」我和嬴萱異口同聲地問道。

方丈歎了口氣：「是的。塔林中有一座最高最大的佛塔，可入內拾級而上，因此每天都安排小和尚去打掃，也就是今日你們救下慧芳和尚的那座。但不知道從什麼時候起，去掃塔的小和尚都一去不回，派人過去找，也什麼都沒有發現，人幾乎是憑空消失，只見進塔不見出塔。到了深夜，還能聽到從塔裡傳來的一陣一陣的哭聲。後來爲了避免這樣的事故再次發生，就商定了夜晚將塔林封鎖，可就算是這樣，也還是會時常發生掃塔人失蹤的事件。」

我想起今日在那座佛塔頂部看到的那一閃紅光，心想該不會是有邪祟作怪吧。

「失蹤的都是小和尚？」我想起了之前注意到的細節。

方丈點點頭：「是的。掃塔的任務是按照順序排的，可是失蹤的偏偏都是一些年紀小的和尚，最小的只有十歲左右，最大的不過十八歲。年紀大的和尚去掃塔，都沒有出現過塔吃人的事故。」

看來……這塔裡面的玩意兒還專門挑年輕的小和尚？

「最讓人意想不到的是，有一次，文溪和尚的妹妹子溪偷跑到塔林裡玩，誤入佛塔內，結果就……」方丈繼續說道。

「他的妹妹也失蹤了？」嬴萱追問道。

方丈點了點頭，就不再說話了。

我心裡此時已經有了對策，我摩挲著懷裡的那支青玉短笛，計畫已經浮出腦海。

我站起身對著老方丈行了個禮道：「方丈，今夜我們還想再借宿一晚，不知是否方便？」

嬴萱愣了：「不是……不是要儘早趕路的嗎？」我對她眨了眨眼，她就立刻不說話了。

老方丈自然是沒有拒絕，叫了其他的和尚來帶我們去用中餐。飯罷回了屋，嬴萱就一臉不解地望著我說：「哎不是，不是說了儘早離開的，怎麼又要住一晚？」

雁南歸倒是沒有什麼意見，仍舊是往牆角一靠，一副事不關己的模樣，雙臂抱肩閉目養神，白色長髮如狐尾貂皮般垂在肩上。靈琚更是無所謂，一進屋就趴在了地板的被褥上蹺著腿，雙手托著下巴笑嘻嘻地看著我。

我轉身關上木門，靠近窗子看了看外面，確認附近已經沒有其他人，這才轉過身來安然地坐下，摸出了口袋中之前從慧芳和尚的掃把上摳下來的黃土放在桌案上，笑了笑說道：「你沒發現，那個文溪和尚顯然知道關於我師父的事情，只是故意不說罷了。」

「那又怎樣？」嬴萱坐過來，甩了一把腦後的辮子蹺起二郎腿，端起桌案上的杯子潤了潤嗓子，瞥眼看到了我放在桌子上的黃土，好奇地問道，「這又是啥？」

我也端起桌案上的杯子倒了杯茶，抿了一口繼續說道：「這是我在慧芳和尚掃塔出事的地方發現的，它沾附在掃帚上，但那塔裡均是石砌而並無泥土結構，我想，要找出到底是什麼東西在塔裡作祟，這些黃土就是最好的線索。」

「你這是……要調查塔吃人事件？」嬴萱大跌眼鏡坐直了身子，紅衣敞開的領口正對著我。

我側目微微點頭：「是的。你忘了，方丈說文溪和尚有個妹妹，也是在塔裡失蹤了……」

「哦！我明白了，」嬴萱恍然大悟地打了個響指，「你是要幫文溪和尚找到他失蹤的妹妹，那麼他自然就會把你當成恩人，也就會對你知無不言言無不盡了唄。」

「是的。這個文溪和尚看起來爲人古怪，你若是強逼他說，定是沒有結果，倒不如這樣做……」我放下手中的茶杯，然後用手指敲了敲桌案。

「那你準備怎麼查？」嬴萱撩起獸皮短裙再次蹺起二郎腿，挑眉問我。

我將手縮回到灰布長袍裡，用下巴指了指桌子上的黃土：「慧芳和尚。」

嬴萱沒明白我的意思，用疑惑的眼神盯著我。

我靠在椅子上說道：「慧芳和尚今日掃塔的時候，紅光閃現，而後昏迷不醒，說明一定是他衝撞到了那個搗亂的邪祟。但幸運的是，雁南歸及時趕到，慧芳和尚僥倖沒有失蹤。這樣一來，慧芳和尚的意識裡就一定會留下關於那個東西的記憶碎片，即便是他自己不記得了，可是只要我……」

「只要你化夢進入慧芳和尚的夢境，就能通過他的記憶看到到底是什麼東西在塔裡吃人了？！姜楚弦，行啊你，想不到還挺聰明。」嬴萱用肩膀撞了撞我，莫名地興奮了起來。

「切，這有什麼的……」我頭一回被嬴萱誇，竟然有些不適應，不好意思地別過頭去。

「那然後呢？」嬴萱追問。

「然後？知道了那東西是什麼，那麼根據這個黃土，就可以去尋找那東西的老巢了。到時候直搗老窩，救出那些失蹤的小和尚還有文溪和尚的妹妹唄。」我輕描淡寫地說道。

嬴萱聽後想了想表示贊同。

「怎麼樣？」我抬頭朝著角落裡的雁南歸說道。

他點點頭，身子仍舊是保持那個站立斜倚著牆根的動作，冷冷地開口：「不過，我們還不清楚塔裡那東西究竟是什麼，保險起見，今夜我就跟你們一起吧。」

我沒想到雁南歸會如此爽快地答應幫助我。倒是一旁的靈琚不樂意了，坐起身嘟著小嘴說：「就連小雁晚上也不乖乖睡覺了，就剩靈琚一個人，哼。」

經過這麼多次化夢，再加上上次靈琚偶然撞見阿巴，看來這小丫頭已經是大概瞭解了我的職業到底都做些什麼。不過話說回來，如果這次我們三人全部化夢，留靈琚一個人在這裡我也不放心，萬一塔裡的東西再像昨天晚上那樣陰風陣陣、鬼哭狼嚎地出來搗亂，靈琚一個人定會被嚇到……對了，文溪和尚！我一拍腦門，怎麼把他給忘了。

我笑著站起身：「靈琚聽話，這種事情太危險了，不過爲師有另一個重要的任務要交給你。」

靈琚一聽有任務，趕緊站起身撫平身上皺巴巴的碎花布衫，興高采烈地盯著我：「師父請吩咐！」

我憋住笑：「那個文溪和尚狡猾得很，今晚，你就待在他的身邊，幫師父監視他，怎麼樣？」少林寺上上下下，也就文溪和尚看起來比較靠譜，再加上他之前也有一個妹妹，那麼把靈琚託付給他應該是個正確的選擇。

靈琚自然是沒發現我的心思，翹著羊角辮脆生生地衝著我說道：「遵命！」

嬴萱噗哧一聲笑了出來。

4

現在距離晚上還有一段時間，我和嬴萱決定先拿這些黃土去跟老方丈打聽一下，看看這附近有沒有類似這樣的黃土結構的建築，留雁南歸在屋裡陪著靈琚。

下午來寺廟燒香的人明顯要少很多，後院裡，一群和尚在練武，手持長棍舞得聲聲作響。我和嬴萱穿過甬道來到了方丈室，只見老方丈正一人端坐在蒲團上，手持佛珠，閉目養神。

我說明了來意並攤開手掌，將那些黃土遞給方丈看，方丈低頭凝思了片刻答道：「奇怪……嵩山地處黃淮，這裡的土壤多爲棕黃色，像這樣的淺色黃土，老衲之前還當眞沒有見到過。不過二位放心，既然是要調查塔林事件，老衲定當配合。」

方丈說著，就吩咐了一直守在門口的和尚。不多時，就有十幾個年紀稍長一些的和尚來到了方丈室。

方丈站起身：「我少林廣招天下英才，這十幾名弟子都是來自各地，家鄉遠近不一，姜施主可將黃土讓他們依次過目，看看能否有什麼線索？」

原來如此。我按照方丈所說，將這黃土讓這些弟子們一一過目。他們來自五湖四海，若是這黃土來自於其他地方，他們自然能夠幫我認出。可是每一個弟子看過這黃土後，都搖頭說從未見到過。

這下不好辦了，本以爲能根據這個找出什麼線索，可誰料竟是這樣的結果。

「施主不妨去跟文溪和尚打聽一下，他見多識廣，說不定能有所突破。」正當我一籌莫展之際，其中一名微胖的和尚突然提醒了我。對了，怎麼把文溪和尚給忘記了？正好可以把靈琚給託付過去。我和嬴萱二話沒說，回房領了靈琚，在那個和尚的帶領下來到文溪和尚的房間。

文溪和尚正在打盹兒，聽見有人敲門，睡眼惺忪地坐了起來，見來人是我們，仍舊是不疼不癢地笑了笑，隨即重新躺下。

我也不生氣，讓那個和尚先行離開。嬴萱和雁南歸領著靈琚站在門口，我直接過去坐在了文溪和尚的身邊，然後掏出了懷裡的青玉短笛，敲了敲一旁的桌案。

文溪和尚聽到動靜，轉身看了看我，然後還是那一成不變的微笑：「抱歉，我沒聽過姜潤生這個名字。」

我沒有接他的話，而是舉起了手中的青玉笛晃了晃說道：「那你知道這個是什麼嗎？」

文溪和尚瞥了一眼，隨即眼中閃過一絲不易覺察的驚訝，然後立即換了副面孔，伸手接過了我的青玉笛拿在眼前細細端詳，片刻後，他才緩緩抬起頭看了看我：「你……能進入別人的夢境？」

我適時地一把奪回了青玉笛重新揣在懷裡，挑眉一笑：「當然。」我就知道他一定和我師父有什麼關係，不然，又怎麼會認得青玉笛呢？

文溪和尚又端起了那張笑臉：「那，能否請施主幫……」

「幫你進入慧芳和尚的夢境，看看到底是什麼擄走了你的妹妹？」我因早有預謀，所以搶過了他的話就接著說了下去，「沒問題。不過，如果我幫你找回了妹妹，那你就要如實告訴我關於我師父的事情，怎麼樣？」

文溪和尚猶豫了片刻，細長的雙眸閃爍不定，溫和清秀的容顏一時間有些慌亂，似乎是有什麼難言之隱，不過最終他還是妥協，用他那單薄的雙唇回應了我的提議：「一言爲定。」

我笑了，隨後從口袋中掏出了那些黃土放在他面前的桌子上：「我還有個問題，這樣的黃土，不知道你之前有沒有見到過？」

文溪和尚十分配合地低頭看了看那些黃土，又拿在手裡搓撚了一番，他皺起眉頭抬眼問我：「這……從哪裡找來的？」

我笑而不語。

文溪和尚雙腿盤在身前，手裡掛了串無患子珠習慣性地盤了起來：「這土……應該是從一個古墓裡挖出來的。」

文溪和尚語出驚人，我和嬴萱都吃了一驚，就連一直站在門口默不作聲的雁南歸也都側目。

「古墓？」我以爲是自己聽錯了，於是再次向文溪和尚確認了一遍。

文溪和尚肯定地點了點頭，說：「是的。如果我沒記錯，那應該是一座西周時期的古墓。」

西周……太遙遠了，西周是由周武王滅商後所建立的朝代……等一下！我的神經突然被挑撥……又是商周時期，難道說這次的塔吃人事件，也和姜子牙、申公豹有什麼關係？

「能詳細說說嗎？」我扯了扯自己脖子上的麻布圍巾，表情凝重地急忙追問。

文溪和尚仍舊是一副笑臉，點了點頭，不緊不慢地侃侃而談：「那是很多年以前，那時候我和妹妹都還在流浪，我當時差不多只有七八歲的模樣吧。那時，我倆流浪到了一個小城，幾天沒吃飯，餓得幾乎要發昏，卻又偏逢一場暴雨，我倆只好在東郊荒地一座廢棄的大石橋下面躲雨。

「雨下了整整一天，到傍晚時分停住了。結果碰巧，我們身後不遠處的溝壑裡，被雨水給沖刷出了一座古時候的石門，看起來好像是連接了一座地宮。

「當時，那個小城一直以來都有一個傳說，說是在小城地下有一座西周時期的古墓，墓裡還經常傳出嬰兒的啼哭聲。可從來沒有人知道那座古墓的確切位置，誰知道被一場大雨給找到了。當時我因爲實在太餓，就想著進古墓裡面摸點明器換錢買饅頭吃，於是就壯了膽撬開了石門進入那座古墓。

「這種黃土在這附近並不常見，可是那墓道裡面卻淨是這樣的黃土，所以我記得比較清楚。可是地下機關太多，過於凶險，我只下了沒幾步就被毒氣逼得退了回來。

「正在絕望之際，我看到一個人影從遠處走來，身披和你一樣的灰布長袍，麻布掩面，撐著一支竹棍，身上套著草編蓑衣。那人瞥了我和妹妹一眼，就徑直走入了古墓中，大概過了有大半個時辰，那人就完好無損地從古墓裡走了出來，但是懷裡卻多了個活生生的嬰兒。

「那人看我和妹妹仍舊在雨後的寒風裡瑟瑟發抖，於是就將那嬰兒暫時交給我，讓我在這裡等候片刻。不多時，那人就從村子裡拎了兩隻雞回來，我們一起在石橋下面把雞給烤了吃。填飽了肚子之後，那人叮囑我不要對旁人講起今天的事情，隨後就抱著嬰兒離開了。臨走時，給我留下了一個釣雞用的工具。我就是這樣學會這種方法的……」

我愣住了，根據文溪和尙的描述，一樣的灰布長袍，一樣的掩面習慣……那人分明就是我的師父姜潤生。

「那個……冒昧問一下，你今年年歲？」我雖然不敢十分確定，但是又十分緊張地問道。

文溪和尙沒有避諱，乾脆地回答道：「由於我從小流浪，準確的歲數已經記不得了，不過粗略算下來現在應該已過而立之年。」

三十多歲……我默默在心裡琢磨著。那麼他七八歲在古墓那裡遇到我師父的時候，應該就是二十多年前，而我今年又剛滿二十四歲，這麼算下來，那個時候我師父從古墓裡抱出來的那個嬰兒，難道就是我不成？

站在一旁的嬴萱顯然也推算到了，隨即就一臉驚訝地瞪著我：「姜楚弦，你是何方妖孽？該不會眞的是從古墓裡蹦出來的吧？」

我沒有回答，因爲我也是第一次聽到這件事，無法做出準確的判斷，反而陷入了沉思。

文溪和尚見我不作聲，便接過嬴萱的話繼續說道：「後來，我就靠著銅筆帽和黃豆釣雞來養活自己和妹妹，之後流浪到少林寺被老住持收養。長大後，我遊歷走訪了很多地方進行調查，才發現當初救下我和妹妹的人，被大家稱作食夢先生，擁有進入他人夢境的本領。」

文溪和尚說得不錯，食夢先生的名號的確在鄉野間十分響亮，但是又從來沒有人見過師父的眞正面目，就連文溪和尚都不曾記得我師父的面容。這麼久以來，也就只有我能感受到我師父的不尋常，不僅僅是他和我極其相似的面容，還有他那似乎是放慢了腳步的年歲。

文溪和尚接著說道：「其實，我第一次在石橋鎭看到你的時候就嚇了一跳，因爲你給我的感覺和當時那個幫我們釣雞的人一模一樣，可是算下來年歲卻對不上，我就估摸著，你該不會就是當時那人從古墓裡帶出來的孩子吧。」

師父身上的謎題太多，我根本無從知曉。既然文溪和尚已經如實告知我師父的事情，那麼我也該履行諾言，幫他調查他妹妹失蹤的事情了。

「對了，你說的那個西周古墓，具體位置在什麼地方？」我先放下關於我師父的事情，轉而問道。眼下還是先知道塔裡搞鬼的東西究竟來自何方，才能更好地選擇對策。

文溪和尚抬手指了指北方：「往北走，新鄉衛輝。」

「衛輝？那不就是你傳說中的家鄉嗎？看樣子你眞的是從古墓裡蹦出來的了。」嬴萱一聽便大呼小叫的。

看來，所有的問題都指向了一個地方——衛輝的那座西周古墓。

「不對啊，衛輝離這裡還有一段距離呢，那裡的黃土怎麼會出現在嵩山少林的塔裡？」嬴萱皺著眉頭脫口而出。

文溪和尙這時候才發覺不對，揉了揉他那一頭短髮疑惑問道：「怎麼，難道那塔吃人事件也和那座西周古墓有關係？」

我點點頭：「實不相瞞，這些黃土就是今早慧芳和尙出事的時候在塔裡找到的。」

文溪和尙「唰」地站起身，披上袈裟就要出門：「那還等什麼，我這就出發去衛輝找子溪。」

還沒等我開口，站在門口的雁南歸就攔下了文溪和尙，眼神冰冷，一把抓住了文溪和尙的肩膀。我見狀急忙上前解釋：「我們現在還不清楚那東西究竟是什麼，這樣貿然前去怕是不妥。既然我們已經知道了那東西的老巢，那不如今晚我先化夢，進入慧芳和尙的記憶裡看看那東西究竟是個什麼，做好了萬全的準備，再去衛輝也不遲。」

文溪和尙聽後，認爲我說得有道理，便點點頭重新坐下，雙手盤起了手中的無患子珠，讓自己鎮定下來。

嬴萱站起身，湊上來對著文溪和尙笑了笑，然後用肩膀撞了撞他問道：「那……我還有一個問題。你在少林有吃有喝，卻跑到石橋鎭釣那麼多雞，是幹嘛用的？」

文溪和尙尷尬地笑了：「說來慚愧，那時候我在石橋鎭釣雞，其實就是爲了做實驗。我連夜把偷來的雞放入佛塔中，足上拴繩，就是想看看塔會不會將雞也吞噬掉，可是實驗一直失敗，一夜過去，要麼是雞仍舊在塔裡，要麼就是繩子斷裂，雞不知所蹤。我做了大量的實驗統計了資料，卻根本沒有發現任何的規律。」

原來如此。這文溪和尚爲了找回自己的妹妹做了不少事情，甚至去石橋鎮偷雞。看來，這個妹妹對他而言一定十分重要。

天色漸晚，我將靈琚託付給了文溪和尚，就帶著嬴萱和雁南歸前往慧芳和尚的房間，準備第一次三人一起化夢。臨走時，我還對著靈琚眨了眨眼睛，靈琚十分自信地朝我點了點頭。這小丫頭……若不是我說要她來監視文溪和尚，恐怕她是不會這麼輕易答應留下的。

5

推開房門，慧芳和尚體力仍舊虛弱，已經早早睡下。

這是我第一次帶這麼多人一起進入夢境，雖然沒什麼把握，但是眼下只有這樣才最安全。我的五行符咒學得七七八八，不得要領，能不能用還要看天時地利，所以關鍵時刻還是需要雁南歸和嬴萱來坐鎮。我從懷裡摸出青玉笛，放在嘴邊熟練地吹響。

仍舊是只有我才能聽到的曲調，一曲終了，慧芳和尚的呼吸愈漸平穩，我把了把脈象，就掏出了腰間的葫蘆。

我拔出葫蘆蓋子，阿巴就從一縷黃煙幻化出了原本的模樣，舒展了一下筋骨，重重地打了一個哈欠。

「天天都在睡，怎麼永遠睡不夠？」我不滿地嘟囔了一句。

「閉嘴。」阿巴瞪了我一眼，就轉身看向了雁南歸，貓瞳在燈光暗淡的屋子裡散發著幽蘭的光，「哎，你的夢境味道不錯，比一般的人類的夢境要好吃得多。」

雁南歸顯然沒想到阿巴會和他搭話，面對這樣的誇獎，雁南歸一時間愣住，不知道該說什麼。

我用手裡的青玉短笛敲了敲阿巴的腦袋：「話多，趕緊幹活。」

「這次這麼多人，真是夠麻煩的。」阿巴輕蔑地瞥了我一眼，就猛然張開了大嘴，一下子將我們三人一併吞下。人數多了，化夢的時候明顯感覺到沒有之前那般輕盈。

一陣頭暈目眩之後，我們便來到了慧芳和尙的夢境之中。

雁南歸不愧是一名經驗豐富的戰士，第一次化夢並沒有任何不適，很快便適應了身體的異變，穩穩落地之後第一時間掃視四周，觀察周圍的情況。

我們三人正身處少林塔林之中，身後便是塔林中最高的那一座，也就是今天早上慧芳和尙出事的那一座。

這座塔較之其他而言要高出許多，因此十分顯眼。它形如春筍，瘦削挺拔，塔頂如蓋，塔剎如瓶，別具一格。塔的全身雕刻著上萬個精緻的石像，各個佛像姿態不同，但都栩栩如生。塔頂由綠色琉璃瓦鑲邊，塔身由米黃色的磚和灰白色的大理石砌成，猶如擎天一柱，直插雲霄。

慧芳和尙夢境中的少林寺和我們平日裡所見的並不太相同，由於慧芳和尙內心的恐懼，因此這些平常的景致現在在夢境中看起來有些扭曲畸變，黑暗的氛圍充斥著四周，遠處的山林像是張牙舞爪的黑影，時不時還有遠處的烏鴉叫囂著成群飛過。

悠長的小路遠方出現了一個瘦弱的身影，來人正是拎著掃把的慧芳和尙，看樣子是要來掃塔。我急忙招呼嬴萱和雁南歸躲起來，然後悄悄跟在慧芳和尙的身後。

只見慧芳和尙面色蒼白，應該是受了噩夢的影響，頭頂冒汗。並且，他的口中還一直在默唸著佛經，拎著掃把的雙手也有些顫抖，瘦弱的身影在巍峨的高塔下顯得十分可憐。慧芳和尙來到塔林，先是站在那裡拜了拜，然後才忐忑不安地走進了這座佛塔。

我招呼嬴萱和雁南歸跟上，悄聲走在了慧芳和尙的身後。

爲了查清到底是什麼東西在佛門之地作祟，我們不得不躲藏起來，不干擾夢境，好讓慧芳和尙那恐懼的記憶再次上演。塔內是旋轉的青石臺階，只見慧芳和尙腳踩芒鞋，一步步邁上了塔內的臺階，而我們跟在後面，和他保持了一定的距離。

夢境中的塔已經和白天時候不太一樣了，裡面結滿了蜘蛛網，灰塵遍地，污穢攀附沾染在塔壁，不知是血漬還是黴腐，顯得骯髒破敗，還有一股難聞的腐臭氣味。一不留神，還會時不時和塔內低飛的蝙蝠撞個滿懷。

「佛門清修之地，怎麼還會出現這樣的情況？」嬴萱顯然是被眼前的景象嚇到了，一邊用弓箭挑開擋在面前的蜘蛛網，一邊不滿地嘟囔道。

雁南歸倒是十分機警，一言不發，冷眼專注地盯著前方，手裡的青鋼鬼爪隨時準備出擊，彷彿眼前這一切都不復存在，眼中只有目標而已。這種戰士的素養讓我欽佩不已。

只見慧芳和尚來到塔頂，放下掃帚深吸一口氣，便動作緩慢地開始了打掃。因爲夢境裡的塔實在過於骯髒，這讓他的打掃任務也艱巨了起來。

這一切都十分正常地進行著，直到我們聽到腳下傳來了窸窸窣窣的聲響。雁南歸最先反應過來，伏地貼耳，還未等我反應過來，他就重新站起了身子，凜冽的眼神中透露著危機的信號，蒼白的薄唇輕聲說道：「地下有東西。」

地下？這裡是在塔頂，如果說地下有東西，那麼它只能是通過塔壁鑽進來，並且容身於這並不算特別厚的石塔結構層中。這麼想來，這東西的體積應該不大。我剛鬆了口氣，就忽然感受到整座塔開始幅度小、頻率高地震動起來！

嬴萱一個沒站穩，差點從臺階上跌落下去。我一手扳住塔壁內凸起的石塊，另一隻手反手一把抓住了嬴萱腦後的大辮子，給了她一個借力，才讓她不致失去平衡而倒下。雁南歸已經壓低了重心，做出了攻擊前的準備姿態。

劇烈的震動讓慧芳和尙一下子就坐在了地上，他緊張地向後挪動著身體，手裡仍舊抓著那把掃帚。

突然，一股紅光從地面湧出，就像是地熱的溫泉被發掘，火山爆發般從地下湧出了千千萬萬的紅色物體。那些東西體積不大，只有指甲蓋般大小，但勝在數量極多，瞬間就包裹了塔壁，將慧芳和尙圍在了正中間。

之前我們看到的紅光，就是這些東西身上散發出來的。

雁南歸抬手一揮，爪尖上就帶上了幾隻紅色物體，拿近了看才發現，那竟是一隻隻血紅色的大螞蟻！頭大尾粗，腰肢節狀，體壁光滑，上顎發達，觸角膝狀，柄節很長，只是通體泛著紅光，才看起來和尋常的螞蟻有所不同。

「螞蟻？難道這塔裡已經被螞蟻鑽了當成老巢了？」嬴萱本想放箭，可眼下是一群細小的目標，就算弓箭朝密集處射出去，螞蟻憑藉敏捷的爬行速度四散而去，根本無法傷及牠們。這讓嬴萱一時間無從下手，端著拉滿的弓箭不知所措。

被蟻群圍在中間的慧芳和尙揮舞起了手中的掃帚，將圍上去的蟻群打散。可畢竟力量微弱，再加之如此數量的蟻群還在源源不斷地從地上的洞中冒出來，不一會兒，慧芳和尙的身影就消失在了蟻群之中，螞蟻拖著慧芳和尙的身體就朝那洞口鑽去。

塔內已經變成了紅色的海洋，卷卷紅色浪花翻騰咆哮著，我一時間也無法想出相應的對策，只得連連後退。細小的攻擊目標讓雁南歸也無法發揮出青鋼鬼爪的威力，我們根本無法佔據上風。

「火！」雁南歸一躍而起，攀附在塔壁上側對我喊道。

對，螞蟻怕火！我突然被雁南歸點醒，可我這次化夢來得匆忙，隨身根本沒有帶什麼火種。

一旁被蟻群逼退到角落裡的嬴萱一甩手衝我喊道：「姜楚弦，你那個火符！」

對……一群螞蟻而已，我怎麼就嚇得斷線了呢。我急忙從腰間摸出玄木鞭，抬手就撕下了玄木鞭上的一道原始天符，雙指夾緊，默唸咒語。瞬間符篆閃現金光，我揮手向上丟去。

「陰陽破陣，萬符通天！」我將玄木鞭橫在眼前凝聚丹田之氣唸出咒語，揮鞭發動五行符咒，「火鈴符！破！」

一條烈焰火龍瞬間從符咒中鑽出，直衝蟻群而去，瞬間，一股焦糊的味道充斥在塔內。火龍所過之地，都留下了一條黑糊的印記。蟻群驅熱而散開，塔內頓時像炸開了油鍋，蟻群毫無章法地四下逃竄，黑紅色的浪潮開始了沒有規律的湧動。火鈴符喚出的火龍將我們三人圍在一起並形成一道火牆，這讓那些紅色螞蟻一時間無法靠近。

「好樣的。」嬴萱打了個響指。

雁南歸趁勢躍至前方護住慧芳和尙，將他從蟻群中解救出來，揹起退至我的身後。

可就在這個時候，我們面前的火焰便開始了倏忽不定的閃爍。完了，一定是我催動五行的力量還不夠強大，無法長時間操控火種。我緊張地握著玄木鞭，企圖拯救微弱的火苗，可是不管我怎麼努力，這些火苗也都如同燒盡了的油燈，「噗」地一下，熄滅了。

最後的那一縷不甘心的青煙，也如同在嘲笑我一般，在半空中畫了個圈兒就消失了。

「姜楚弦你行不行啊？」嬴萱見那些蟻群再次圍攻過來，氣急敗壞地朝我怒吼。

「我怎麼不行？女人不能隨隨便便說一個男人不行你知道嗎！」我臉上也有些掛不住，轉身就給嬴萱頂了回去。

「等一下，你們看！」一旁的雁南歸倒是絲毫沒有緊張，平靜地指了指前方。

我和嬴萱停止了爭吵，一同看向雁南歸所指的方向。只見那些紅色蟻群已經迅速鑽回到了之前出來的那個洞中，最後剩下的那一些紅色螞蟻搬起了掉落四周的黃土和石塊，迅速將地上的窟窿給堵了起來，沒有留下一絲痕跡。

迅速的退潮讓我們都愣住了，那裡只剩下了慧芳和尚的掃把，而那上面沾染的黃土，就是剛才慧芳和尚揮打蟻群時候從螞蟻身上沾到的。

看來，那所謂的塔吃人，不過是這麼一群螞蟻通過暗道對掃塔的小和尚進行了搬運，只要通過這個石板下面的暗道，應該就能抵達這些螞蟻的老巢。

夢境如此迅猛結束，塔內恢復了之前的平靜，我盯著腳下那塊鬆動的石板，默默記下了它的位置，而後喚起阿巴。阿巴二話沒說張開大嘴就吞下了整個夢境，白光閃現，將我們三人再次帶回到現實世界。

房間內，慧芳和尚仍在熟睡，我們三人迅速安靜地撤離。此時我們的目標很明確，現在要做的，就是回到現實的塔林中，找到那塊鬆動的石板，鑽入那詭異的蟻穴，看看那裡到底通向何方。

我從沒想過，塔吃人的幕後者，竟然只是一群沒有智商的螞蟻，憑藉一個簡簡單單的隱藏地洞，就實現了大變活人的戲法。至於之前夜裡從塔林那邊傳來的哭聲，應該就是因爲石塔內部被螞蟻蛀空，從而使石塔變成了笛子的結構造型，風吹過塔林，空氣振動發聲，加之空氣柱共鳴，才會發出那樣時而淒厲、時而嗚咽的哭聲。

我早就說過，作祟的從來都不是什麼鬼怪，而是人心。

6

我們三人連夜來到塔林，按照夢境中的位置找到了那塊高塔中鬆動的石塊。雁南歸蹲下用青鋼鬼爪撬開了地上的石塊，一個深不見底的地洞便出現在了我們的眼前。

嬴萱探頭下去看了看，轉身擔憂地對我說：「我們這樣貿然下去，會不會中途遇到什麼危險？這麼緊湊狹窄的地道，我們根本沒辦法作戰。」

她說得不錯，這種狹窄的地道僅供一人勉強通過，若是我們在下面遇到了蟻群，那麼吃虧的肯定是我們。可是不往下走，我們又沒辦法知曉這裡究竟通往哪裡。按照文溪和尚之前所說，總不至於這裡能一直通往衛輝的古墓裡吧？

不過，這大量的螞蟻卻又讓我有些在意，牠們為什麼千里迢迢挖洞來到塔內拐走掃塔的小和尚？據我所知，螞蟻是種十分有意思的昆蟲，牠們的世界裡有著各自不同的分工。蟻后負責產卵；雄蟻負責與蟻后交配；工蟻負責建築、照顧蟻后以及搜尋食物。如果按照這個模式，那些拐走小和尚們的螞蟻就一定是工蟻了，難道說，牠們是在為蟻后尋找食物？

吃人的螞蟻我倒是沒有聽說過，不過現在沒人能保證那些被擄走的小和尚還有文溪和尚的妹妹是否安全，因此我們得迅速決定接下來的對策。

雁南歸站起身，雲淡風輕地說了一句：「我來。」

「你來什麼？你要下去？這可不是鬧著玩的……」我剛要制止，就見雁南歸抬手將自己修長白皙的手指放入了口中，隨即一聲悠長的口哨響起，那聲音幾乎穿透了我的耳膜，傳向遠方。

不多時，就見遠方飛來了鳥群，從石塔的窗口依次鑽入，紛紛停落在我們的面前。

「我帶著牠們下去查看，你們封鎖塔林，回去等消息。」雁南歸說罷就一個轉身，金光閃過，白色的長髮已然幻化成了雪白的雀尾，他又變回了雁雀的模樣。身體縮小後，在那樣的地洞中穿梭簡直易如反掌，還未等我回應，他就帶領著那一群鳥飛入了地洞之中，消失得無影無蹤。

「這野鳥……真是的，要什麼帥。」我愣在原地，不知如何是好。

「放心吧，他可比你靠譜多了。走，就按南歸說的，咱們封鎖了這裡就回去等消息吧。」嬴萱倒是一點兒都不擔心，推了我一把就轉身走下了石塔，看來她還是比較相信雁南歸的。我看了看那個深不見底的地洞，忐忑地轉身離開。

回去打算補覺，可躺在床上卻輾轉難眠。雖說雁南歸身手不凡，而且體內還有朱雀遺傳的戰魂，可是想起曾經在他夢境中看到他因使用戰魂而失控，變成一個嗜血狂魔的時候，我心裡還是有些擔憂的，畢竟他體內只是一顆普通的人類之心，被妖力極強的戰魂控制，也是沒辦法的事情。

我忐忑入睡，再次醒來，就已經是第二天中午。文溪和尚領了靈琚來到我的房間，靈琚還沒有注意到雁南歸不見了，只是十分興奮地揹著個小竹簍，一下子撲進我的懷裡，眼冒金光，脆甜的嗓音如同百靈鳥一般婉轉：「師父師父，和尚師父答應教我醫術了！」

文溪和尚站在靈琚身後，滿臉寵溺地微笑。

什麼情況，一晚上而已，就轉變立場了？你可是我姜楚弦的徒弟啊，雖說我從沒正經教過你什麼，但今天雁南歸明天文溪和尚的，到底還把不把我這個真正的師父放在眼裡？不過我轉念一想，靈琚學醫，也總好過跟我學化夢，這種危險的事情不適合她，所以她跟著文溪和尚，未嘗不是一件好事。

靈琚從背後的小竹簍裡捏起了一株綠色的植物，根上帶土，應該是早上剛剛挖的。她捏起來拎在我的面前，小嘴毫不停歇地嘮叨了起來：「這個叫鳳尾草，蕨類植物，以全草入藥，性涼，味微苦，具有清熱利濕、涼血止血、消腫解毒等功效，用於治療痢疾、腸炎、黃疸型肝炎、吐血、便血等病症。這個叫三七……」

看來，靈琚總算是找到了自己喜歡的東西。

「這個小竹簍是和尚師父送給我的，我還在上面別了一枝小花花。」靈琚炫耀一般將草藥又放回到背簍裡，然後用力舉起了背簍給我顯擺，「咦，上面的小花花呢？怎麼不見了呢？」

靈琚丟下背簍，在地上尋找起小花花來。還好有個事情牽制住了她的心思，不然她若是問起雁南歸，我可沒法回答。

文溪和尚仍舊是十分禮貌地衝我行了個禮，然後坐在了我的身邊：「不知昨夜調查得如何？」

我將昨夜在夢境中見到螞蟻的事情告訴了他，他聽後沉思片刻，眉頭微蹙，一直以來的笑臉也倏忽不見。文溪和尚歎了口氣，他平日裡那笑成彎月的雙眼也恢復了正常的弧度：「只希望還來得及。」

我急忙安慰他：「放心吧，雁南歸很快就會回信了。」

趴在地上找花花的靈琚聽到我的話，才突然反應過來，抬起頭眨巴著眼睛問我：「哎，師父，小雁呢？」

我把雙手縮進灰布長袍裡，不知該如何作答，正在我一籌莫展的時候，房門就突然被人推開。來人正是嬴萓，只見她衣著凌亂，應是剛起的樣子，頭髮還沒來得及紮，鬆散地垂在腦後。她神色慌張，剛要開口對我說什麼，卻瞥見了角落裡蹲著的靈琚，於是她閉上了嘴直接走到我的身邊，壓低身子在我耳邊輕聲說了一句，我一驚，披上灰布長袍就帶著文溪和尚一起出了門。

「靈琚，你在這裡等著，師父出去一下。」臨走，我還不忘叮囑一聲。

「好——」靈琚頭也沒抬，在那個小背簍裡翻找著各式的草藥。

我們三人行色匆匆地趕往方丈室，文溪和尚也拐回自己的屋裡，提起一個木製的藥箱就快步跟了上來。我一把推開方丈室的木門，就見雁南歸一身傷痕地躺在床榻上不省人事，身上的鐵甲已有不少處剝落，那蒼白的肌膚上有數不清密密麻麻的咬痕，血液凝結，觸目驚心。

我腦袋「轟」地一下就懵了。

「怎麼回事？」我轉頭問嬴萓。還沒等嬴萓回答，文溪和尚就已經提著藥箱把上了雁南歸的脈搏。

嬴萓一臉無辜：「我早上起來尋思著沒什麼事，就去打水洗了個頭。剛洗完還沒擦乾，就聽見塔林那邊傳來的鳥叫聲，我披了衣服去塔裡查看，就看到南歸一身傷躺在之前的那個蟻穴旁，而那個蟻穴已經被一群雁雀給堵上了……」

文溪和尚鬆開手，疑惑地看了看我們：「這位的脈象……」

我趕緊轉身回應：「哦，情況緊急，實不相瞞，他……其實是個半妖。」

文溪和尚驚訝地看了看我，隨即立刻反應過來點點頭：「怪不得。那沒關係，都是一些皮肉傷，只是失血過多而昏迷，你們稍等，我去弄一些藥材來清理傷口。」說著，文溪和尚就站起了身。

怎麼會弄成這樣？那樣強大的雁南歸，怎麼會如此狼狽？蟻穴究竟通往哪裡，那裡又有什麼樣的敵人？我面對重傷昏迷的雁南歸，心頭湧出了一股強烈的悔恨，我就知道……我不該讓野鳥一個人去的，我怎麼能在他徘徊於生死的關鍵時刻，還在屋子裡蒙頭睡大覺？

我背過身去，一拳打在了身後的牆壁上。

雖說找到我師父是我們共同的目標，可是這歸根結底畢竟是我的私事，因爲我而讓雁南歸走上如此凶險的道路，我該怎麼向靈琚交代……

文溪和尚起身出門取藥，剛一拉開方丈室的木門，就猛地刹住了腳步。

只見靈琚揹著小背簍站在方丈室的門口，臉上掛著淚，手裡捏著一株鳳尾草，鼻子凍得通紅。我急忙轉身擋在了她的面前，不想讓她看到此時渾身是傷的雁南歸。我怕她怪我將雁南歸置於如此危險的境地，更怕她因此和我產生隔閡。

誰知，她吸著鼻子邊哭邊伸手遞給了文溪和尚一株鳳尾草，聲音顫抖地說著：「和尚師父……這、這個，止血消毒……能、能用這個救救小雁嗎？如果不夠的話，靈琚再去多採一些……」

我閉上眼避免自己失態而流下眼淚，迅速接過靈琚手裡的鳳尾草遞給文溪和尚，隨即彎腰抱起靈琚就離開了方丈室，留嬴萱在這裡照顧雁南歸。

靈琚在我的懷裡吸了吸鼻子，然後自己擦乾了眼淚，又用她那冰涼的小手輕輕抹了抹我的眼角：「師父……」

我抱著她往客房快步走去，邊走邊說：「對不起……」

「師父爲什麼要說對不起？應該說對不起的，明明是那個傷害小雁的壞人……」靈琚紅著眼眶，認真地盯著我說道。

是的，眞正該說對不起的，應該是蟻穴那邊作祟的東西才對。

「小雁答應了我，要幫我梳辮子的……」靈琚把下巴放在我的肩膀上，盯著越來越遠的方丈室喃喃地說道。

「放心。」我用手摸了摸靈琚的後腦勺，「小雁用了靈琚採的藥，很快就會好起來的。」

靈琚用力點了點頭。

我想，我現在要做的事情並不是自責，而是儘快查出蟻群的去向，讓那傷害小和尚還有文溪妹妹以及雁南歸的惡人，付出相應的代價。

我姜楚弦，誓與他不共戴天！

7

在文溪和尚的悉心照料下，加之雁南歸本身就體質過人，他很快便清醒了過來。

他清醒後，只對我輕描淡寫地說了一句話，卻讓我震驚了一整天。

「蟻穴那頭，的確是一座古墓。」

這裡距離衛輝，少說也有個五日的路程，那些螞蟻挖掘了一條這麼長的地道，而只是爲了從這裡擄走掃塔的小和尚？雁南歸率領一群雁雀高速飛行，光從這裡一來一回就用了整整一晚加一上午的時間，那麼這些螞蟻又是花了多久才從衛輝挖到了少林寺的？

雁南歸試圖坐起來，我急忙上前扶起他：「你身上的傷……是怎麼回事？」

雁南歸低頭看了看身上那些已經被細緻包紮好的傷口，歎了口氣搖搖頭：「古墓裡……有蠱。」

蠱？我愣住了。

一旁的文溪和尚突然停下了手上的動作，上前接上了話：「蠱……是一種古老的巫術，多是苗疆之人所用。一般是指於五月五日聚百種蟲，大者至蛇，小者至蝨，取諸毒蟲密閉於容器中，令其自相啖，餘一種存者留之，蛇則曰蛇蠱，蝨則曰蝨蠱，行以殺人。因食入人腹內，食其五臟，殘忍至極。」

的確如此，我也曾從一些鄉野傳言中聽到過關於苗人製蠱的傳說。相傳在湘西，曾有個存在了八百年的土司王朝，實行的是非常殘酷的封建農奴制。老百姓遭受重重壓迫，婦女比男人的命運更苦，毫無人身權利可言。湘西的苗族婦女爲了最起碼的生存權，被迫採取措施，保護自己。

她們從山上捉捕來幾十種有毒的較小動物，將牠們一起放在桶子裡用蓋子蓋住，不給牠們餵食，逼著那些饑餓已極的小動物互相殘殺，饑餓已極的小動物以大吃小，餘下最後一個最大的動物。餘下的這個最大的動物全身聚集著幾十種有毒小動物的毒性，成爲劇毒動物，被人晾乾研成粉末，儲存於瓶內，即爲「蠱毒」。

湘西婦女若遭人侵犯，即悄悄將藏於指甲縫內的蠱毒倒入仇人的茶杯、酒杯，或飯菜、水缸裡，即爲「放蠱」。只有放蠱的人才有獨門解藥，以此來維護自己的基本人權。

可是到了後來，巫蠱術漸漸發展扭曲，成爲一種極其殘忍的巫術。下蠱者不僅利用巫蠱來害人，更有甚者還能用它來控制他人行爲，將中蠱者變爲自己的手下。

「古墓中有大大小小十幾個酒罈子一樣的東西，我剛一進入古墓就驚動了那些罈子，裡面爬出了各種毒蟲，應該都是一些蟲蠱，數量太多。我受傷後在雁群的掩護下才勉強逃了回來。」雁南歸說著，繼續歎了口氣，「那古墓裡盡是之前的那種黃土，應該就是和尚說的那座古墓。」

現在，所有的矛頭竟都指向了衛輝的那座西周古墓，看來，此次衛輝之行是必須要提上日程了。

「不過萬幸的是，由於你體質特殊，還好沒有中蠱毒，都只是一些皮肉傷。」文溪和尚說著，就抖了抖破袈裟的袖子端起了草藥筐，看樣子是要給雁南歸換藥。我側身退下，站在了一旁。

我低頭沉思道：「不過，眼下還是先把傷養好——」

「不能等了。」誰知道，雁南歸竟決絕地打斷了我的話。

這時我才注意到，文溪和尚的手其實一直都在發抖，只不過他仍舊是端著一副笑臉，並沒有表現出來任何的慌張。我不禁想到，若換作是我……自己的妹妹現在被擄到了一個盡是毒蟲的古墓裡，怎能還在這裡心平氣和地幫別人上藥？

看來雁南歸是在照顧文溪和尚的情緒。我站在那裡有些尷尬，只好撓了撓頭先行離開了。出門的時候，正巧碰到上山採藥回來的靈琚，揹著小竹簍，竹簍裡面盡是一些我叫不上名字的草藥。

「和尚師父，你要的解毒草藥都在這裡了……咦，師父也在啊？」靈琚差點撞上我的腿，趕緊剎住腳步抬起頭看著我傻笑。羊角辮已經被重新梳理過了，應該是出自嬴萱之手吧。

文溪和尚接過靈琚的竹簍，一邊耐心地挑出沒有用的植物，一邊對靈琚講解著：「這個叫傘房花耳草，外形和白花蛇舌草十分相似，但是藥性完全不同，這點今後一定要注意……」

我搖搖頭，轉身出去了。

文溪和尚明明十分擔心自己的妹妹，可是他卻隻字不提，生怕給雁南歸造成壓力；而雁南歸也為了照顧文溪和尚焦急的情緒，在努力恢復自己的常態。這兩個人看似相差十萬八千里，文溪和尚的十里春風，雁南歸的萬年寒冰，可是冥冥中卻都在有意無意地為對方考慮著，這一點倒是十分相似。

剛走出方丈室沒多遠，就見嬴萱端了一些清淡的飯食往這邊走來。她的辮子已經梳好，安生地垂在身後，紅衣包裹全身，身體線條在獸皮裙的映襯下顯得玲瓏有致，身後揹著的箭筒跟隨著她的步伐有節奏地晃動著。她見我出來，匆匆跟我打了個照面就端著飯菜進屋了，應該是給雁南歸送飯吧。

我站在塔林附近默默觀望，將懷中脖子上掛著的天眼掏了出來捏在手中摩挲著，它通體棕亮光滑，早已經包了漿，估計從前我師父也會經常這樣將它拿在手中把玩吧。

師父，你究竟身在何處，爲何躲我不見，留我一人面對這世態炎涼的不古人心？

師父，我究竟是誰，爲何你會從一座西周古墓中將我抱出，那麼我到底是人是鬼？

師父，你我到底有何關係，爲何我們的相貌如此相像，而你年歲成謎？

師父，你爲何姓姜，爲何會出現在鬼豹族與朱雀族的大戰之中？你又與所謂的姜子牙申公豹有什麼樣的瓜葛？你所謂的時機未到，究竟有怎樣的含義？

我從來沒有像現在這般想念師父，太多的問題縈繞在我的腦海。我突然十分懷念幼時跟在師父身邊的日子，就如同現今紮著羊角小辮的靈琚般無憂無慮，全身心地相信著師父，根本不用擔心任何的問題。可是現在，所有的問題核心都凝聚在了我的身上，不管發生了什麼，身邊的這些人，都會第一時間來徵求我的意見，我已經在無形中變成了這個小團隊的領袖，這是我從未有過的壓力。

所以，雁南歸受傷，讓我心裡很不好受，我甚至認爲這是我決策失誤造成的。因此，往後我的任何決策，都應該更加謹慎才行。不管是靈琚、嬴萱，還是雁南歸甚至文溪和尙，他們都無條件地相信我、支援我、幫助我去尋找我的師父，那麼我的每一個決定，也都一定要對得起他們那信任的眼神。

我肩頭的重任，或許在不知不覺間，已經變得和師父當年一樣沉重了。

8

在雁南歸的堅持下，我們最終還是選擇在明天一早出發。雁南歸畢竟是半妖，身上的傷口恢復得很快，傍晚時候已經能自行下地走路。嬴萱帶了靈琚和文溪和尚一起去後山採藥，說是要備上足夠的藥物，避免在衛輝出現什麼意外。於是，現在只留了我一個人守在雁南歸身邊。

雁南歸坐著在床上閉目休息，我閒來無事，就趁此間隙坐在房間裡研究起師父曾經教給我的五行符咒。朱砂黃紙，原始天符，桌上的油燈恍惚閃爍，將我側臉的陰影打在牆壁上。外面已經聽不到遠處的唱經聲了，我重重地打了個哈欠，複雜的符號和筆跡讓我頭昏腦脹，沒多久，我就趴在桌案上唉聲歎氣了。

「很困難？」一直坐在床頭的雁南歸冷不丁來了一句。

雁南歸平日裡話很少，這次竟主動和我講話，我便急忙直起身子笑了笑回答道：「還好……就是以前不用心，很多東西那時候沒有聽師父講到，結果現在就捉襟見肘了。」

雁南歸曲起一條腿，用胳膊撐在膝蓋上微微轉頭看向我：「感覺到困難，才說明在走上坡路。」

我點點頭表示贊同他的說法，就繼續低頭研究了起來。是的，我首先必須要熟練掌握五行符咒，現在我連最基礎的火鈴符都無法隨意驅動使用，那後面的捉神符、五獄符、鎖龍符和撼山符，可想而知該有多困難了。可是眼下也只有這樣才能使自己變得強大，在往後遇到更多危險的時候，我才能及時挺身而出，而不是僅僅指望嬴萱和雁南歸。

「你是怎麼做到的？」我突然感覺到雁南歸剛才的話中似乎包含了一段不平凡的經歷，於是我放下了手中的黃紙，饒有興致地看著他。

雁南歸抬頭看了我一眼，眼神中有種說不出的滄桑，這種感覺和我的師父十分相像，都是一樣年輕的軀體，卻有一種歷經人世滄桑的靈魂。

「想知道？」雁南歸依舊是面無表情地看著我，身上的鎧甲和繃帶讓他渾身都散發著一種戰士的光輝。

我沒有猶豫，點了點頭。

雁南歸二話沒說就站起了身，他背過身子，默默地解開了胸口的盤扣，脫下了那身盡是傷痕的鎧甲。黑色緊身衣褪去，雁南歸露出了他那堅實的後背和雙肩，那令人生畏的身體線條輪廓和難以置信的高密度肌肉，無一不代表著一種獨有的神威和氣勢。

精瘦的身體上沒有一絲不該有的東西來佔用他有限的體格，彷彿他身上的每一寸肌膚、每一個部位都是百分百為戰鬥準備的。不僅僅是肌肉品質讓人震驚，他身上那密密麻麻的傷疤更是讓人觸目驚心。新傷舊痕沒有規律地疊加在一起，每一條疤痕都是這名戰士光榮的勳章。

這些傷痕有深有淺，有短有長，刀傷劍傷根本數不清。正是因為這些傷痕逼迫著雁南歸的腳步，才驅使他不停地蛻變，由一名任人欺辱的幼童，轉變為今日讓人聞風喪膽的朱雀勇士。

「其實作為半妖，還有一點是與人類不同的……」雁南歸轉過身來，身前也一樣是長長短短的傷痕，他伸出手對我說道，「半妖的感官要比人類敏感，因此所感受到的疼痛，是比人類要多一倍的。」

我震驚了……那也就是說，雁南歸身上的每一道傷痕，都是忍受了常人兩倍的痛感？就連昨日他被無數的蠱蟲所啃咬，那種密集的疼痛是常人根本無法想像的，可是他……我頓時對我面前的這名戰士產生了敬仰之情。

「疼痛於我而言，是種清醒。它讓我明晰地感受到這個世界，讓我不被巨大的矛盾沖昏頭腦，更讓我知道，自己是真真正正地存活在這個不堪的世界上。」雁南歸突然嘴角上挑，露出了難得一見的微笑，這種表情，更像是王者睥睨天下征服世間時的自信。

我剛準備接話，就被推門聲打斷。我聞聲急忙轉身，雁南歸也迅速穿上了衣物。

「你倆？？我的天啊……」只見嬴萱端著熬好的湯藥站在門口，下巴幾乎是掉在了地上，誇張的表情和聲音震徹天際。

我急忙乾咳兩聲來化解此時的尷尬：「你想什麼呢。」

「我想什麼？是應該問你倆要幹什麼吧？我的天哪，衣服都脫了，我要是再晚進來兩分鐘，豈不是……太可怕了……」嬴萱進屋將湯藥往桌案上一摔，濺出的藥汁灑在了我的袖子上。

雁南歸似乎也意識到了不妥，急忙扣好鎧甲解釋道：「不是，萱姐，我只是在——」

嬴萱抬手打斷雁南歸，然後怨念地看了我一眼，最後搖了搖頭說道：「不用解釋！這種事情……可以理解，可以理解……」

眼看嬴萱轉身就要出去，我氣急敗壞地上前用力扯住嬴萱的大辮子攔住她：「你腦子裡盡是些男歡女愛，要不要臉？！我倆剛才只是在聊天而已，你都想些什麼啊！！」我怒吼道。

嬴萱一猛個轉身彎腰，還是那個招數，脖子一用力就抽出了自己的辮子：「你少解釋，哪有脫了衣服聊天的？姜楚弦，你算是有把柄落在我手裡了，你小子以後對老娘客氣點，不然……嘿嘿。」嬴萱詭異地笑了笑。

「你……」我氣急敗壞，「你少來這一套！你憑什麼管我？我姜楚弦喜歡幹嘛就幹嘛，和你有什麼關係？你眞以爲就憑你那套一廂情願的說辭，我這輩子就必須是你的夫君嗎？你想得美！」

此話一出我就後悔了，我這人說話總是口無遮攔，但我知道，這種絕情的氣話才最是傷人。嬴萱眼圈明顯泛紅，可還是若無其事地轉身離去，一言不發，走時還不忘將門給帶上。

雁南歸愣在原地，根本不知到底發生了什麼。我懊惱地轉頭看了一眼雁南歸，狠心一跺腳，追了上去。

嬴萱的腳步特別快，幾乎是飛奔而去。我追著那紅色的身影跑了一路，才終於在一座亭子裡看到了嬴萱孤零零的背影。

我本想上前，可又不知該說些什麼，只好原地躊躇。

嬴萱……本沒必要跟在我身後冒險的。

她本可以在遼闊的草原上肆意馳騁，過著無憂無慮的自由生活，可她卻不顧千辛萬苦，跨越千里隻身來到中原，如同無頭蒼蠅般尋著我的蹤跡。或許對於嬴萱來說，我，恐怕是她在這個世界上最後且唯一的依靠了吧。

可我……竟還那樣說她。

嬴萱站在亭子中央，玲瓏的身段在月光下顯得美豔動人，她就像是草原上經歷大風大雨的格桑花，美得狂妄自在，卻又樸素自然。明豔的紅衣黑髮，在月色的映襯下更是讓我看得發癡。

我……這是怎麼了。

我承認自己是怕嬴萱的，或許是因爲童年陰影，我總活在她「擰斷我脖子」的威脅之下，因此即便是現在長大了，我也仍舊是怕她三分。可我對嬴萱，卻又有種說不上來的感覺。

她是剛烈的，是美豔的，是粗獷的，是豪放的。可此時此刻我眼中的她，卻是溫柔的。

我總是在嫌棄她，也幾乎從不把她當女人看，在我看來，平日裡她可比我爺兒們多了。因此，看到嬴萱現在這個模樣，我不由得有些發怵。只見她的肩膀在微微顫動，不知是在發抖還是在哭泣。我有些懊惱，突然感覺嬴萱的身影是那麼落寞。我歎了口氣，最終還是決定上前低頭認個錯，甚至產生了想要輕輕抱住她的衝動。可誰知我剛一上前，嬴萱便警覺地迅速轉身揮拳，一拳打在了我的鼻梁骨上。

「你大爺的！」我痛得破口大罵。

嬴萱的眼眶泛紅，臉上確有晶瑩的淚痕，見來人是我，便朝我狠狠啐了口唾沫，絲毫沒有歉意，一甩辮子轉身離去。

我捂著血流不止的鼻子，瞪了一眼她遠去的背影。

我狼狽回屋，靈琚和嬴萱都不在，應該是去方丈室陪雁南歸了。我黑著臉擦乾淨鼻血，裹了衣服和被子，臉都懶得洗就睡下了。今夜不用化夢，我終於可以睡個囫圇覺，伴著窗外的風聲，沒多久我就進入了夢鄉。

第二日清晨，我們一行五人整裝待發。靈琚的辮子已經被雁南歸細心紮好，背上揹著小藥簍，大踏步走在最前面；嬴萱今日將辮子梳成了許多條細長的小辮披在腦後，背上箭筒裡的弓箭數量也多了不少，應該是昨日又做了補給；文溪和尚披著破舊的土黃色僧袍，腳踏芒鞋，身揹藥箱，不緊不慢地跟在後面；雁南歸則是遠遠走在一旁，身上的繃帶和白色的捲曲長髮交相輝映，冷漠的眼神凝視著前方。

我裹緊了灰布長袍，拉了拉脖子上的麻布圍巾，將臉埋在裡面，一深一淺地走著。

嬴萱就像是昨夜什麼都沒發生過一樣，恢復了往常的模樣。

我卻仍舊心有餘悸，偷偷看了她兩眼，便不再同她講話。

就這樣，我們伴著雞鳴和朝陽出發，踩著長長的少林階梯，在一陣又一陣的松濤聲中，踏上了前往衛輝的道路。

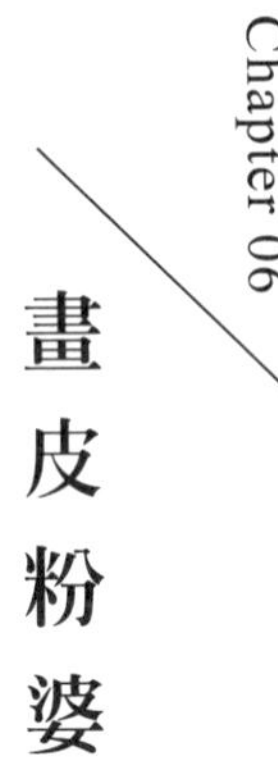

Chapter 06 畫皮粉婆

1

從嵩山到衛輝，就算我們馬不停蹄地走也需要五天時間，因事出緊急，再加上雁南歸身上有傷，於是我們徒步到嵩縣後就雇了輛馬車，車夫揚鞭加速，我們跑了整整一天，才走了不到一半的路程，抵達了商城。

商城乃中原第一大城，是抵達黃河的必經之路。這裡車水馬龍，人來人往，商業極爲發達。我們趕了一天路，決定就在此歇息。

穿過一條長街，兩側商鋪林立，靈琚和嬴萱畢竟還是女人，頓時被這些花裡胡哨的東西給吸引了，糖葫蘆、麵人兒、年畫、布老虎……嬴萱牽了靈琚挨個逛，恨不得把每一樣東西都拿起來捧在手上細細把玩一番。

雁南歸到了換藥的時間，文溪和尙帶著他先行找了一家客棧住下。我放心不下靈琚，只好跟在了嬴萱的後面。

「師娘，我要這個！」靈琚就像是隻撒歡的小貓，歡笑著撲向麵人兒攤子，小手指著一隻栩栩如生的小鳥形狀的麵人兒，興奮地說道。

一位年輕的阿婆坐在攤位後面，面前擺滿了各式各樣五顏六色的麵人兒，個個精巧喜人。一團普通的白色麵團，在阿婆那雙靈巧雙手的擺弄下，不一會兒就變成了一個身披馬褂的武生。可靈琚不爲所動，仍舊是盯著那隻五彩的鳥雀麵人兒。

嬴萱聳肩偷笑，隨即上前拿起靈琚看中的麵人兒遞給她，剛要從懷裡摸碎錢出來，卻被我搶先一步付了錢。

「那個……你要不？不如你也挑一個？」我故意背過身去對嬴萱說。

我還是對她有些抱歉的，於是主動服了軟，試圖用麵人兒來討好她。可誰知道她居然不領情，不屑地朝我「哼」了一聲，拉起靈琚轉身就離開。我一個人被甩在原地，尷尬地歎了口氣。

賣麵人兒的阿婆看著我窘迫的樣子，哈哈大笑了起來：「呵呵，年輕人，惹了女孩子不開心，可不是這樣就能討好的！」

我翻了個白眼：「喊，就她那樣的母老虎，任誰也哄不好！」

阿婆笑笑拍了拍手，站起身指了指前方的拐角：「女人嘛，買個上好的胭脂水粉送她，不管什麼樣的氣啊，都能消！」

我順著阿婆手指的方向看去，不遠處果然有個胭脂鋪。可是我看嬴萱和靈琚都已經往客棧的方向走去，於是我便擺擺手謝絕了阿婆的好意，跟著她們的腳步也準備回去。

胭脂水粉？嬴萱？簡直是開玩笑。

就在我準備拐向客棧的時候，幾名濫香豔玉的年輕女子說笑著從我的身邊路過，隨之一股奇異的香氣撲面而來。我敏感地捕捉到了這種香氣裡摻雜的腐肉氣息，於是疑惑地站定了腳步轉頭看向她們。

「哎呀，粉婆親手做的香粉可真是絕，你們看，我這才塗了一天，皮膚就變得如此嬌嫩了！」

「是呀，不光如此，這香粉的味道怡人，走在街上，總有公子側目呢……」

「嘿嘿，這不，你看那白面小生，正盯著咱們看呢！」

我意識到她們口中的「白面小生」說的正是我，於是臉一紅猛然回過神來別過頭去。說實話，這幾名少女的確面容姣好，膚如凝脂，皮膚通透紅亮，身上散發的香氣也十分吸引人，若我是個平常人也就罷了，可我作爲食夢先生，首先還是意識到了事情的蹊蹺。

香氣中的腐肉味並不是我的錯覺，我警覺地躲在街角默唸心法，對那幾名少女進行探夢。果不其然，在我的眼中，那些少女本來粉嫩白皙的臉頰上竟炸裂了許多口子，大塊的皮膚正在往下脫落，原本美麗的容顏卻像是要融化崩壞一般，醜陋萬分，看起來讓人作嘔。那濃烈的腐肉氣味，正是從她們的臉頰上散發出來的。

我一驚，急忙背過身去。這些如花似玉的少女，怎會被噩夢纏身，變得如此醜惡不堪？

她們方才口中所說……粉婆？我眼珠一轉，想起方才的胭脂鋪子，便裹緊了灰布長袍，拉起脖子上的圍巾掩面，低頭朝著胭脂鋪的方向走去。

2

剛一來到胭脂鋪門口，就見這裡簇擁著好幾名年輕的少女，爭搶著要買下什麼。我默不作聲繞到一旁，暗自進行觀察。

「這是我先拿到的，你憑什麼跟我搶？！」一名臉上生了雀斑的女子雙手扠腰，氣勢洶洶地朝對面的人吼道。

對面是名柔弱的小姐，杏臉桃腮，柳弱花嬌的，和那生了雀斑的醜陋女子相比，簡直就是天女下凡。只見她慌張急促卻又無力地辯駁著：「可是……我昨日便同粉婆預訂了這香粉，姑娘你這樣強搶了去，和土匪有什麼兩樣？」

那雀斑女根本不聽人勸阻，毫不留情地大手一揮，拿過貨架上那個精緻的匣子轉身就要走。

「哎……等等！」

突然，胭脂鋪裡傳來了一聲呼喚，只見一名和藹可親的老婆婆從鋪子裡走了出來，一頭銀髮悉數盤在腦後，臉上縱橫的紋路無一不在記錄著老人的年歲。她一雙彎成月牙的笑眼，慈祥地對著那名美貌的小姐點了點頭。

「粉婆。」那小姐也朝老人笑了笑。

哦？這就是方才那些少女討論的粉婆？

只見粉婆拄著拐杖慢悠悠走到那名雀斑女子的面前，十分有禮貌地對她行了個禮：「這位顧客，你手上拿著的香粉，的確是這位鍾姑娘昨日預訂的。」

雀斑女不屑地「哼」了一聲：「素聞你粉婆親手調製的香粉神奇，我今兒個不遠萬里趕到商城，爲的就是要一盒這傳說中能美容養顏的香粉，現在就剩下這一盒，不如……我給你雙倍的價錢！」

此話一出，那名被稱作鍾姑娘的小姐擔憂地看了看自己手中的荷包，不甘心地搖搖頭。

誰知那粉婆卻根本不爲錢財所動，仍舊是和藹地笑著拉住了雀斑女的手：「姑娘有所不知，你手中的這盒香粉，功效單一，並不適合姑娘你的皮膚。不如你將這盒香粉還給鍾姑娘，我現在親手給你調製一種針對姑娘你臉上污斑的香粉，可好？」

雀斑女一聽，瞬間大喜，抬手就將那盒香粉塞進了鍾姑娘的懷中，在粉婆的帶領下走進了胭脂鋪。不多時，再從裡面出來，手中便捧了個新的木匣子。

兩位姑娘謝過了粉婆，便一東一西地轉身離去。

我急忙抄小路追上那雀斑女，邁開步子佯裝不小心撞到她，匡噹一下，那雀斑女雙手猛一哆嗦，那匣子中的香粉便撒出些許。雀斑女勃然大怒，毫不客氣地用力推了我一把：「幹什麼呢！走路不長眼睛啊！！」

我急忙道歉。所謂相由心生，長相這般醜陋也就罷了，性子倒也是這麼差。

等雀斑女離去，我用手指沾著地上撒落的香粉放在鼻子上聞了聞，卻只有普通的香氣，並無任何腐肉的氣息。我心說不妙，便迅速轉身朝著鍾姑娘的方向追去。

還好我腳步快，再加上鍾姑娘途中還買了些其他的東西停歇了片刻，我才終於氣喘吁吁地鬆了口氣。追上後便立即效仿剛才的把式，用力撞了鍾姑娘的肩膀。

「嘩啦」一聲，四散的白色粉末揚起，在微風的陪襯下瞬間散落。沒想到這鍾姑娘倒也是弱不禁風，同樣的碰撞，她竟雙手一軟木匣落地，香粉幾乎撒了一半。我倒抽一口涼氣，沒想闖這麼大禍，急忙一邊道歉，一邊幫她將剩餘的半盒香粉拾起來遞給她。正準備接受她的破口大罵，卻沒想到，那鍾姑娘卻先是扶起了我，關切地問道：「你沒事吧？」

我一愣，抬頭看她。

眞是溫柔如水，眉清目秀，一雙含水的雙眼正關心地上下打量著我，絲毫沒有顧及自己剛剛買到的香粉。我連忙將手中的半盒香粉遞到鍾姑娘的手中：「抱歉，是在下唐突，衝撞了姑娘，害得你剛買來的香粉便撒了一半。」

鍾姑娘笑了笑接過木匣：「無礙，人沒事就好，先生不必自責……」我正準備轉身離去，卻見鍾姑娘的笑容轉瞬即逝：「先生怎麼知道這是我剛買來的香粉？」

我一聽，眼看自己就要露餡兒，便齜牙咧嘴倉皇一笑，鞋底抹油朝著客棧的方向逃去。

回到客棧，我才將剛才從鍾姑娘手中偷來的一抹香粉放在鼻尖細細聞去，果不其然，這盒香粉裡，摻雜了濃烈的腐肉氣息。

粉婆爲何將有腐肉噩夢的香粉賣給面容姣好的鍾姑娘，而將普通的香粉賣給醜陋的雀斑女？種下這樣面頰腐爛的噩夢，難道還要挑人不成？我正疑惑著，卻見嬴萱正好從樓梯上走下來。

她剛一見我就要轉身回去，我上前一把拉住她的手腕：「等一下！」

嬴萱不耐煩地看著我：「幹嘛，我又不是你的什麼人，你拉我幹什麼？」嬴萱的語氣明顯有些酸溜溜的，看來她從心底還是沒有原諒那晚我說的氣話。

我換了張笑臉：「那個……我想請你幫我一個忙。」

嬴萱一把甩開我的手，單手撐著樓梯扶手輕盈翻過了欄杆，繞過我轉身回屋。

「哎你等等！」我死皮賴臉地追上去。

3

「說吧，你想要我幹什麼？」嬴萱回屋後蹺起二郎腿坐在椅子上，端了茶斜眼看著我。

我一聽有戲，立即討好地給她的茶杯裡添上熱水：「我就知道，你大人有大量，怎麼會和我一般見識呢。」

嬴萱撇了撇嘴：「你少來，油嘴滑舌的，說正事！」

我將事情的經過一股腦兒說給嬴萱聽，正想著求她去胭脂鋪問粉婆買一盒香粉回來研究，誰知她一撇嘴，昂起頭把弄著自己的髮尾，酸溜溜地說：「喲，我還以爲什麼事呢，姜楚弦，你英雄救美，關我什麼事？」

我一愣：「不是……我哪裡英雄救美了？我這不是覺得那粉婆奇怪，想著能賺點路費嗎？」

嬴萱斜眼看著我：「那你直接去找你的鍾姑娘不行麼？她手裡不是有現成的半盒香粉麼？用得著來求我麼？」

我摸透了嬴萱的路子，便換了副嘴臉嘿嘿一笑：「什麼鍾姑娘，哪有你嬴大美人漂亮？你想啊，如果那粉婆是專挑漂亮女子下手，只要你出馬，還怕那粉婆不中招嗎？」

嬴萱表情扭曲了一下，用一種看傻子的眼神上下打量著我：「姜楚弦，你吃錯藥了？」

我趕緊正色道：「幫，還是不幫？」

嬴萱盯著我看了許久，才終於鬆口：「好吧，拿錢來。」

我急忙從懷裡摸出些碎銀子遞給嬴萱，她拿在手裡掂量了片刻就一個翻身下了地，哼著小曲兒理了理額前的碎髮，逕自轉身出了客棧。

「記住！」我朝著嬴萱的背影喊道，「千萬別把那香粉往臉上塗！」

嬴萱走後，我去隔壁屋裡看望了剛換好藥的雁南歸。文溪和尚正手把手教靈琚用綳帶，我看雁南歸氣色恢復得不錯，才放心地坐下歇息。

讓我感到意外的是，嬴萱居然很快便回來了，而且是空手而歸。按道理，嬴萱五官雖算不上特別出眾，但身材總歸是一流的，粉婆不至於就這樣把她打發回來啊？嬴萱的臉色比我還要難看，回來後二話沒說拎起桌上的水壺就著壺嘴猛灌，咕咚幾口茶水，才抬起袖子一抿嘴坐下，朝我啐了口唾沫：「我呸，姜楚弦，你眞是把我往火坑裡推！」

我一愣：「此話怎講？」

嬴萱從懷中摸出了幾盒普通的胭脂水粉，卻沒有粉婆特製的香粉。靈琚好奇地雙手扒著桌沿兒觀望著這些女子所用之物，還伸出手蘸了胭脂往自己的額頭上抹。

「那胭脂鋪裡根本沒有你所說的年紀大的老太太，只有一個年輕貌美的姑娘，我說我要買粉婆特製的香粉，那姑娘就開始給我推銷其他的玩意兒，就是不給我香粉。我正納悶兒呢，卻突然聞到一股腐臭味，抬眼一看，那賣東西的姑娘臉上竟然裂了個口子！」嬴萱一拍大腿，繪聲繪色，「我就尋思著，該不是碰上什麼妖物了吧？誰知道一眨眼的工夫，那姑娘的臉卻又完好如初。我正奇怪呢，那姑娘卻說是我眼花……姜楚弦你說說，我一個弓箭射手，能眼花嗎！！」

我額頭冒出冷汗：「是是是，你怎麼會眼花呢。後來呢？」

嬴萱用下巴指了指桌上的一堆胭脂水粉：「後來？喏，忽悠著我買了一堆東西，愣是不賣香粉。」

「就這樣？」我追問。

嬴萱底氣不足地回應：「就……就這樣啊。」

不對。我敏感地湊近嬴萱，一股淡淡的腐肉氣息鑽入我的鼻孔，我伸出手在嬴萱的臉頰上一抹，果然，那白色的香粉便沾染在了我的指尖。

「不是說了千萬不要把香粉往臉上抹的嗎！你怎麼不聽！！」我氣急敗壞地朝嬴萱吼道。

嬴萱卻毫不畏懼地頂撞道：「她不賣給我，店鋪裡只有試用的樣品，我能怎麼辦。你不是想要拿回來研究的麼？我才只好出此下策，給，你研究啊，研究啊！」嬴萱抻著臉朝我湊過來。

我推開她：「你能不能別這麼天眞？！這東西裡面有腐肉，你一旦往臉上塗了，噩夢就會纏上你！」

嬴萱卻不以爲意地擺擺手：「怕什麼，就算有噩夢，我不是還有你麼。」

這一句話徹底把我給堵死，我低眉轉身，只好一臉愁容地歎了口氣。

「再說了……」嬴萱的聲調也突然降低，「我就是想看看，這香粉，到底有多神奇……哎，你們看看我的臉，是不是變白皙了不少？」

女人啊女人……我扶額搖頭。

先不說這香粉，嬴萱此行更讓我在意的是，明明我去的時候，胭脂鋪裡只有粉婆一人，嬴萱口中的年輕女子，又是從哪裡冒出來的？

靈琚玩得開心，就這麼一會兒的工夫就用胭脂把自己塗成了一個大花臉，我無奈地笑笑。看來，事情沒我想的那麼簡單。如今嬴萱也中了招，看來只有晚上進入她的夢境中一探究竟。

4

在一曲安魂的陪伴下，嬴萱進入了深度睡眠。文溪和尙帶著靈琚去雁南歸房裡睡，我守在嬴萱身邊，決定孤身一人化夢。

畢竟那粉婆再怎麼說也只是個弱不禁風的小老太太，而且慈眉善目的，應是不會有什麼危險。

在阿巴的幻化下，我孤身進入了嬴萱的夢境。剛一落地，熏天的腐爛臭氣便撲面而來。我急忙捂住口鼻，緩了半天才回過神。

沒想到，嬴萱的夢境中竟然是那胭脂鋪，我拉了拉灰布袍的衣領，便主動邁入了鋪子的大門。

剛一進屋，就聽見一側傳來了一名女子的聲音：「姑娘一定是經常風吹日曬吧，看看，這皮膚都有些曬斑和細紋了。女人啊，要懂得好好愛惜自己。那些男人們只知道欣賞光鮮的美人，卻不知道疼愛自己身邊的髮妻，他們根本不知道你爲他付出了多少，才使自己容顏憔悴不堪……不過，姑娘你看，你只要用了我們這特製的香粉，你這粗糙的皮膚就會變得瑩亮光滑，更加美貌動人呢……」

一連串的說辭倒是挺有吸引力，我正納悶是怎麼回事，誰知我轉頭就看見端坐在銅鏡前一臉期待的嬴萱，還有嬴萱身邊捧著香粉匣子的年輕女子。

原來是下午我託嬴萱來買香粉時的場景。

「眞的嗎，我從來沒料理過皮膚，塗了這香粉，眞的能變美嗎？」嬴萱沉浸在那女子的言辭之中，絲毫沒注意到我。

年輕女子笑盈盈地回答：「是啊。姑娘，我猜你是心有所屬了吧？只要你塗了這個香粉，不管是什麼樣的男人啊，都能被你迷倒！」

嬴萱突然有些嬌羞地低下了頭：「好……那我便試試吧。」

那年輕女子突然嘴角挑起了一絲邪笑，抬手就用粉撲蘸了那香粉，正要往嬴萱的臉上塗抹！

「快躲開！！」我一驚，同時大喝一聲抽出了玄木鞭快步上前。

可誰知道，嬴萱卻像鬼迷了心竅一般，非但沒有任何閃躲，反而很期待地閉上雙眼，主動往粉撲上湊。

女人愛美的天性我是知道的，可怎麼也不至於這般連命都不要吧？眼看嬴萱就要中招，無奈，我只好操起玄木鞭朝那女子手上擲了過去。玄木鞭飛過眼前驚擾了女子的動作，她猛然後退，不慎跌倒在地。

「香粉……我的香粉……」嬴萱顯然陷入了幻覺，意識早已被掏空，癡傻般去搶那掉落在桌案的香粉匣子。

「你瘋了？我不是警告過你，這香粉萬萬不能往臉上塗！」我氣急敗壞地拉住嬴萱的手臂。

那被玄木鞭驚擾而跌倒在地的女子已經重新爬了起來，獰笑著繼續對嬴萱說道：「姑娘，你要相信我，你看看我這細膩的皮膚，都是這香粉的功勞。」

嬴萱像是丟了魂兒，鬼使神差地就伸手去接那年輕女子遞過來的香粉。嬴萱力氣極大，我雙手死死抱住她的腰卻也沒辦法阻止她前進，無奈，我只得兩眼一閉大聲怒吼：「夠了！嬴萱！你已經很美了，根本不需要那玩意兒！」

嬴萱明顯怔了一下，猶豫地停下了手中的動作。

「姑娘，你看看銅鏡中的自己，若你眞的如他所說那般貌美，那他爲何對你這樣冷漠，爲何不娶姑娘爲妻？」年輕女子不甘示弱，繼續蠱惑道。

那桌案上的銅鏡在年輕女子的操控下開始扭曲，鏡中嬴萱的五官被拉伸撕扯，顯得醜惡無比。

「不……不要！」嬴萱神色悲傷，顯然被女子的話戳到了死穴。她轉身一把推開我，抬手奪過香粉，瘋狂地往臉上塗抹。

可惡……這年輕女子定是用了什麼幻術，利用女人的愛美之心來蠱惑誘騙，我若再不阻止嬴萱，她將在這噩夢中越陷越深。我立即站起身大步上前，一把拉住嬴萱的手臂將她拽入自己的懷中緊緊抱住：「你這個死女人……我姜楚弦什麼時候騙過你？你美不美，我還不知道嗎？即便你眞的變成了那鏡中的醜八怪，我姜楚弦也必然不離不棄！」

嬴萱驚愕地看著我，神態逐漸恢復了正常。

「你……你在說什麼……」嬴萱回過神，迷茫地看著我。我終於鬆了口氣，一把將嬴萱護在身後，準備去對付那名迷惑人心的年輕姑娘。

我轉頭看去，可這一看，卻讓我倒抽一口涼氣。一旁的嬴萱見了，便趕忙捂住自己的雙眼驚聲尖叫起來。

那名女子的臉……竟裂了一半！！

年輕女子的臉只剩下了一半，另一半則是枯皺的粗糙肌膚，二者的接口處還在不停脫落皮屑，碎裂的臉頰散發出濃烈的腐臭味，那副半人半鬼的可怕模樣，讓我不禁打了個寒顫。

玄木鞭方才被丟出去還落在那女子身後，我赤手空拳，不敢輕易上前。

那只剩下半張臉的女子若無其事地看著我們，抬手摸了摸自己爛掉的半張臉，隨即突然發出一聲冷笑：「呵，殘次品果然撐不了多久。」

這聲音嘶啞老態，聽起來卻又有幾分熟悉……我迅速在記憶中搜索著這聲音的主人，卻還未來得及想明白，就被眼前這名女子接下來的動作驚到。

只見她抬起雙手，沿著耳後的縫隙一用力，那雙手便嵌入了自己的皮膚之中，緊接著，她雙手一扯，整張面皮便被輕鬆撕下，殘破的半張面皮被她狠心丟在地上，並抬腳踩了上去。

而這張年輕女子面皮下的容貌，卻是我下午見到的粉婆！

「粉婆……你……」我不敢再看那碎裂的面皮，驚愕得說不出話來。身後的嬴萱更是驚魂未定，彎腰朝一旁乾嘔。

「呵呵，年輕人不要大驚小怪……這張面爛掉了，我再換一張便可！」粉婆慈眉善目的臉上浮現出一絲詭異的微笑，隨即她一抬手，胭脂鋪後方的牆面上便升起了一排立櫃，櫃子上成列擺放了上百張各異的面皮，但都是清一色的年輕貌美的女子。

「怎麼樣，我這藏品壯觀吧？」粉婆仍舊是笑容可掬的模樣，顫巍巍走到立櫃前，隨手取下了一張新的面皮，低頭一用力，便戴在了自己的臉上。

那張溝壑縱橫的老臉瞬間不見，換上的，則正是那鍾姑娘的面皮！

「這位先生，你看……我美嗎？」粉婆的聲音也變得柔軟細膩，和鍾姑娘簡直別無二致。

我一屁股坐在了地上，完全不知該如何應對眼前這名樣貌多變的粉婆。

「很驚訝嗎？」戴著鍾姑娘面皮的粉婆緩步靠近我，「這有什麼驚訝的，女人愛美是天性，活著的時候，我的美有時限；可是現在，你看看，我能一直美下去……哈哈哈！」

嬴萱雙眼紅腫，上前扶起我，同時轉頭對著粉婆吼道：「你這個騙子！」

「騙子？我說的哪裡不對了？」粉婆饒有興致地蹲下貼近我，「你難道不覺得，我這張鍾姑娘的臉，甚是完美嗎？」

我緊張得說不出話來，吞吐著躲閃她的目光。

粉婆又轉向嬴萱，繼續蠱惑道：「不管你是誰，容顏是不可能永駐的。倒不如塗上我這香粉，只需連塗三日，你的整張面皮便會脫落下來，我只要在你的噩夢之中將這些面皮進行回收，就能為自己所用。這樣，不光是你的容顏能夠被我永遠保存下來，我也能這樣一直美下去——」

「住口！！」我突然抬頭怒吼，打斷了粉婆的話語。

「即便你將別人的面皮貼在自己的臉上，可終歸……那也不是你！」我一字一句狠狠地說道。

粉婆勃然大怒，抬手一揮，一股強大的力道便帶著我飛了出去，隨即重重跌落在地。

「我！我年輕的時候……比她們任何人，都要美！！」粉婆低聲怒吼，臉上鍾姑娘的面皮瞬間被震裂撕碎，露出了她原本佈滿皺紋的臉龐。

「姜楚弦，接著！」嬴萱不知什麼時候已經悄然挪到了粉婆的身後，拾起我掉落在那裡的玄木鞭朝我丟了過來。

我急忙翻身躍起接住玄木鞭，看樣子粉婆應該只是執著於美貌而枉生未入輪迴的孤魂，並沒有什麼強大的力量。幸而我不是女人，不會受她那一套說辭的蠱惑，只要將她擊倒，便可成功。

我雙手持玄木鞭朝粉婆的方向揮去，果然，她除了會蠱惑女人心智外並無任何能力，被我這麼一擊正中腹部，連連後退，身子也開始顫抖起來。

速戰速決，說不定還能多救下一些買了香粉的女孩，我沒有猶豫，操起玄木鞭默唸心法，瞄準了粉婆的胸膛便毫不猶豫地刺了過去。

「姑娘！塗上香粉，他就會正眼看你，才會真的愛上你啊！」粉婆死不悔改，仍轉頭朝著嬴萱喊道。

然而嬴萱無動於衷，站在那裡眼看著我將玄木鞭刺入粉婆的胸腔。

「阿巴！」我轉身拔出玄木鞭，喚起阿巴。阿巴一口將粉婆吞下，讓她忘卻對美貌的執念，重新步入輪迴。

眼前立櫃上無數的面皮瞬間四散而去，重新回到了它們本來的主人身上。

腳下的夢境逐漸坍塌，眼前白光閃現，粉婆殘存的記憶出現在我的眼前。

5

粉婆年輕的時候，是商城最美的女子。

她傾世的容顏迷倒了無數男子，只要她略施粉黛往長街上一走，一路上看得發癡的男子數也數不盡，甚至看得入迷撞了樹，也挪不開那釘在粉婆身上的目光。可誰知道，粉婆十分享受這種眾星捧月的感覺，因此她從未對任何一名男子動心。

「終年不嫁，便能得到無數男子的寵愛；若我嫁了人，豈不是只能得到一人的專寵？」

粉婆這麼想著，因此從不接受任何一名男子的求愛，也從不明確拒絕他們，享受著遊走在無數男子之間的情愛遊戲。

可最後，她終究是玩弄辜負了無數人的眞心，以致到最後，竟沒有一人願意與粉婆成親，而她，也因此孤獨終老。

老去的粉婆不再美麗，再也沒人願意爲她付出一切。絕望的粉婆開始研究各式各樣的胭脂水粉，企圖通過它們返老還童，讓自己的容貌恢復到年輕時候的樣子。粉婆也因此走火入魔，各種有毒性的草藥原料都去嘗試，最終，被毒死在自己親手調製的香粉上。

粉婆不甘心帶著如此老態醜陋的面容死去，因此含著一口氣不肯入輪迴，食用大量防腐的草藥防止自己的屍首潰爛，同時將自己生前研製的各種胭脂水粉拿到市面上去售賣。因粉婆懂得女人愛美的天性，因此在她的蠱惑下，她的胭脂水粉竟然很暢銷。

漸漸地，粉婆通過不斷的研究，才調製出了現在的香粉，並在長街盡頭開了一家胭脂鋪。如若有年輕貌美的女子光臨店鋪，她便會將香粉推銷給她們，吹噓這香粉的神奇功效。粉婆在香粉中摻雜了高腐蝕性配料和自己的怨氣，只要女子塗上幾日，她們的面皮便會在夢境中鬆散脫落，而粉婆便可進入她們的夢境將面皮收爲己用。

面皮在噩夢中脫落的女子，在現實裡，容顏便也會迅速衰老。這種香粉和極端的毒藥一般，剛開始幾天能讓她們容光煥發，可只要過了三日，肌膚狀態達到鼎盛，便會開始迅速衰敗，無論怎樣補救都無濟於事，除非在夢境中將粉婆偷去的面皮重新拿回，肌膚才會重歸於好。

好在嬴萱只試塗了一次，我鬆了口氣，由一縷黃煙重新回到了嬴萱的床前。

嬴萱仍舊在睡夢之中，身上的噩夢已經除去。不光是嬴萱，包括鍾姑娘，還有之前被粉婆蠱惑過的所有無辜愛美的女子，從今都再度恢復了原本的容顏。

我低頭看著熟睡的嬴萱，那張天然去雕飾的臉頰，在月色下是那樣動人。我雖不理解女人這般極端的愛美之心，但我尊重她們的選擇，只要這個選擇不會傷害到其他人。

我不禁伸手去觸碰嬴萱那張自然之美的臉頰，卻在即將碰到她的時候猛然收手。

並不是我主動收手，而是有人猛然握住了我的手腕，阻擋了我的動作。

那手的主人不是別人，正是嬴萱。只見她猛然睜開眼，一把甩開我的手翻身坐起，伸了個懶腰笑嘻嘻地看著我。

「你笑什麼？」我有些尷尬，不禁往後退了幾步。

嬴萱搖搖頭，抬手鬆開了一頭複雜的小辮子，重新綁成一股粗黑的麻花辮，並隨手將她之前買回來的那些胭脂水粉盡數丟出了窗外。

「今天是個好天氣。」嬴萱站在窗前自言自語，而遠處的東方天際，已經開始泛白。

Chapter 07 鎮河鐵犀

1

出了商城，行上一日我們便抵達了花園口，要到衛輝古墓，我們必須要從這裡跨越九曲黃河萬里沙。眼前的黃河正以她洶湧磅礴的氣勢在黃土大地上川流不息。波濤猶如千萬條張牙舞爪的黃鱗巨龍，一路挾雷裹電，咆哮而來。渾濁的土黃色，正是蹉跎歲月賦予她的本眞顏色。長河落日，寒風裹挾著黃土吹打在我的臉龐上，讓我睜不開眼來。付了錢，車夫就掉頭離去，留我們在驛站歇腳。接下來，我們需要坐船才能到黃河對岸去。

起風了，再加上天色漸晚，估計今晚渡不了河。我拉了拉麻布圍巾，在驛站裡尋了一位牽馬的男子上前詢問：「兄弟，你可知碼頭在何處？」

那名男子剛將馬拴好，抬頭抹了一把臉上的黃土，操著一口濃重的鄉音說道：「今日風太大，去了碼頭也渡不了河，明日請早吧！」

我道謝後舉目望去，黃河水翻滾不休，四下沒有一條擺渡船，無奈，今夜我們只能在花園口投宿一晚。

走了一日，靈琚和嬴萱也都有些疲憊，我們只好先行尋了一處客棧住下。我們之前在鄧老爺那裡賺來的錢並不經花，現在已經所剩無幾，眼下除了要想辦法趕快到衛輝，還要找機會再賺上一筆路費才行。

我們爲了省錢，仍舊只要了兩間房，嬴萱和靈琚一間，我們三個大男人擠一間。雁南歸傷勢漸好，自行找來了鋪蓋，決定將床鋪讓給我和文溪和尚，自己打地鋪。我顧慮到雁南歸畢竟有傷在身，於是主動讓出了床榻，自己睡了地鋪。

花園口的常住人口並不多，由於這裡本身就是個渡口，所以都是一些來往的過客商旅，因此客棧雖然條件不太好卻也都十分緊俏。相傳，這裡最早並不叫花園口，後來到了明朝時期，天官許某在這裡修建了一座花園，方圓五百四十餘畝，種植四季花木，終年盛開不謝。因此，遠近男女爭往遊覽觀賞。後來黃河南滾改道，滔滔洪水，一夜間將這座美麗的花園吞沒。從此，這裡就成了黃河南岸一個渡口，人們便稱之爲花園口。

定下住宿後，我們決定一起去鎮上吃個晚飯。之前中飯就是在路上湊合，因此現在我們個個都餓腸轆轆，恨不得立馬端起一碗燴麵吃個精光。

鎮子上到了夜裡竟然還很熱鬧，一打聽，才知原來今日碰巧有燈會，是爲了紀念明朝河南巡撫于謙鎮降黃河洪水災害而設立的節日。人人頭戴七星花結伴出行，放花燈，祭河神，遠處的碼頭燈火通明，向黃河深處伸展，像一條火龍在長河上翻滾，十分壯觀。各類商賈小販也都蜂擁而至，小吃麵人，讓人看得眼花繚亂。

遠處河岸邊還有人放起了煙火，火樹銀花不夜天，天邊炸開的絢爛花朵映襯在這個小鎮每個人的笑臉上，燭火花燈，人聲鼎沸，熱鬧非凡。靈琚自然是沒有見過這般場面，加之她正值青春年華，星眸微嗔，雙瞳剪水，興奮地跟在我身邊，不停地問這問那。嬴萱也被這熱鬧的氣氛所感染，隨手就從攤位上找來七星花戴在頭上，自覺地加入了這場狂歡的民俗盛會。

「師娘，靈琚也要小花花！」靈琚見了也嚷嚷著要。嬴萱索性抓來了一大把七星花，給我們每個人頭上都別了一朵，當然，也包括一直冷面不語的雁南歸。

「嘩——大家都有小花花啦！」靈琚開心得直拍手，笑聲瞬間就被遠處的煙火聲所掩蓋。面對這樣的氛圍，我和文溪和尙一直緊皺的眉頭也逐漸撫平，文溪和尙那如沐春風的笑容再次浮現在他的臉頰上。

雁南歸不知被人群擠到哪裡去了，我拉緊了靈琚，生怕她走失在人群中。

「今兒是個好日子，不如我們去大吃一頓吧。」我看大家都十分有興致，於是主動提議，也是爲了安撫文溪和尙一直以來擔憂的情緒。嬴萱和靈琚自是雙手贊成，文溪和尙沒有拒絕，半推半就點了頭。我正四下尋找著雁南歸，就見他背著手從河岸那邊走了過來。

「這邊！」我踮起腳衝他揮手。

「想吃什麼，隨便選。」我看到雁南歸後就放心地轉過了身，用胳膊肘頂了頂嬴萱，然後拍了拍我腰間的錢袋。

嬴萱朝我打了個響指：「姜楚弦，這可是你說的！別後悔。」說罷，她就轉身融入了人群去尋找合適的酒家。我和文溪和尙笑著搖搖頭，便也跟了上去。

靈琚還站在那裡等雁南歸。他見人群擁擠不好走過來，於是一翻身單手攀附在了街道兩旁的屋瓦上，猛地一躍就上了房頂，踩著屋脊就迅速來到了我們的身邊，輕盈落地，正巧落在了靈琚的面前。

「嘩——小雁好厲害！和尙師父的醫術果然高明呢。」靈琚開心地咧嘴一笑，齒如瓠犀，紅撲撲的笑臉上綻放出喜人的光彩。

雁南歸站在靈琚的面前，既不回應，也沒有跟上來的意思。我正覺得奇怪，於是就停下了腳步看看雁南歸到底想幹什麼。

只見雁南歸猶豫著伸出了自己一直背在身後的手，彎下腰遞給了靈琚一根已經引燃的手持煙花，絢爛的金黃色煙火像魔幻的仙女棒一樣閃爍在雁南歸和靈琚二人之間。

「那個……給你的。」雁南歸仍舊是面無表情，冷冰冰地對靈琚說道，頭還別向一旁佯裝看向遠方。不過雁南歸冷淡的態度根本影響不到靈琚現在的心情，她興奮又驚喜地捂住自己的嘴巴，緊接著便笑嘻嘻地一把接過煙花，興奮地舉起小手朝我揮舞著。

「師父！快看，小雁給我了會發光的花花！！」

雁！南！歸！這個不懷好意的野鳥！這種低俗惡俗的撩妹技巧是從哪裡學到的？！

我氣得翻白眼，正準備衝上去把靈琚給搶回來，誰知道，一旁的文溪和尚卻順勢拉起我朝嬴萱的方向走去：「走了，嬴萱叫我們呢。」文溪和尚力氣大得根本不容我掙扎，幾乎是拖著我離開的。我眼睜睜看著靈琚一臉崇拜地凝視雁南歸，這讓我不得不懷疑文溪和尚是不是雁南歸派來的臥底。

只見遠處的雁南歸一把馱起靈琚，讓靈琚坐在了自己的脖子上。靈琚開心地舉起燃燒的仙女棒，手舞足蹈地嚷嚷著。而身下的雁南歸，依然是面若冰霜，絲毫不爲靈琚此時的笑聲所動容，彷彿剛才送她煙花的根本就不是他雁南歸一樣。

這時我才注意到，遠處河岸邊有一群孩童正在放煙花，四五個小孩子人手一根，唯獨一名小男孩手上什麼都沒有，站在那裡無辜地看著我們這邊的方向嚎啕大哭。這讓我不禁懷疑，這煙花不會是雁南歸直接從小孩子手上搶來的吧？

被文溪和尚連拖帶拽地拉到一家酒館，嬴萱已經點了一桌子的菜，還有一罈老酒。見我們進來，她敲了敲手上的竹筷，對我們揮了揮手。

「你還眞是敞開了吃啊？！」我看到這局面差點吐血。

嬴萱一手剝開了蒜瓣，一手握起筷子猛地扎在一隻叫花雞身上：「不是你說的，隨便吃嗎？」

我捏了捏已經癟了的錢袋，幾乎是咬碎了牙吞進肚裡，含著淚坐下。

雁南歸和靈琚也來到了酒館，靈琚開心得合不攏嘴，手裡的煙花已經燃盡，剛一坐下就用手捏起了一粒花生米塞進了嘴裡。

我拿起筷子敲了敲她的手，皺起眉頭責怪道：「怎麼教你的？不是說過不能用手直接抓著吃東西嗎？」

靈琚急忙縮回手，嘟起了嘴。

雁南歸一言不發地拿起筷子，夾起一塊牛肉就放進了靈琚面前的小碗裡。

吃著我買的飯菜，還當著我的面拐我的徒弟……天理何在？！

五個人吃得酣暢淋漓，一罈老酒跟著下肚，冰冷的身子也暖了起來。酒館裡人來人往，我閒來無事，趁著酒勁就將這裡的人依次探夢觀察了一遍，希望能找到久違的生意，不然吃完這一頓，就真的沒有下一頓了。

大部分旅客都是正常的，唯獨遠處角落裡的一桌。那桌只坐了兩人，穿著普通，卻吃著好酒好肉。而那兩人都面相苦楚，愁眉不展，印堂發黑，不用探夢就知道心中肯定有鬼。

果不其然，我默唸心咒，再睜開眼，就見他們二人肩上各壓了一尊鐵牛。沉重的雕像壓得他二人根本喘不上氣來，脊背彎曲，分明是年輕力壯的青年，此時卻像佝僂的老人。

鐵牛？我疑惑地站起身來想要看個仔細，可是那二人看到我在凝視他們，就神色匆忙地結了賬，交頭接耳一陣，你推我搡地走出了酒家。

事有蹊蹺，我重新坐下。嬴萱見我看向遠方，就伸出手在我面前打了個響指：「喂，看什麼呢？」

我回過神來笑著擺擺手，端起最後一碗酒，一飲而盡。

2

酒足飯飽，我們沿著黃河堤往客棧方向走去。夜風撩起河面的皺紋，黃河披上了黑夜的風衣。

我還是比較在意方才在酒家撞見的那兩人，分明是心裡有鬼，噩夢纏身。想到我們身上的路費所剩無幾，我便想再拐回去同那兩人聊聊。

嬴萱看到我好像有心事，上前甩了甩長辮子走在我的身邊：「怎麼了你？」

我低頭思忖片刻答道：「待會兒你陪我去個地方吧。」

「什麼地方？」嬴萱不知道我在想什麼，對我突然提出的要求表示疑惑。

「剛才看到了個生意，尋思著可以賺上一筆。一會兒把靈琚他們送回客棧後，就跟我走一趟吧。」我說著，指了指腰間乾癟的錢袋。

嬴萱表示贊同，哼著曲兒就繼續往前走去。

文溪和尚站在河堤旁極目遠方，破舊的僧袍被大風鼓起，他在有意無意地盤著手中的無患子珠，心裡不知道在想些什麼。他不喜歡表達，可是他的不喜歡表達和雁南歸的又不太相同。雁南歸是屬於話少的那一類，而文溪和尚平時話挺多，也時常臉上掛笑，可是他從來不會表達自己內心真正的想法，像是時時刻刻都戴著一張微笑的面具，因此給人一種神秘莫測的感覺。

靈琚在前面歡樂地奔跑著，雁南歸則默默跟在後面，簡直和靈琚的保鏢沒什麼兩樣。夜色已濃，前面的路幾乎看不清腳下，只見一些村民正在三三兩兩地放著河燈。蓮花形的紙燈中央滴上蠟油，微弱的燭火在寒風中不堪一擊。可就算是這樣，河面上也零星漂浮著一些光點，搭載著村民的祝福和希冀漂向遠方，沉入渾濁的黃河水中。

突然，我們被前方的一群人影吸引。我背著手走向前，拉起脖子上的麻布圍巾遮擋住自己的面龐，湊近了看，只見幾個村民正在給河邊的一尊雕像披上毛褂，應該是供奉著什麼鎮河的神靈吧。

借著村民手中的燈火，我才看清了這到底是個什麼東西的雕像。

不過在我看清的那一瞬間，我便暗自吃了一驚。

這是一尊鐵鑄的犀牛，高約兩米，圍長將近三米，坐南向北，面河而臥。只見它渾身烏黑，獨角朝天，雙目炯炯，造型雄健。背上還鑄了一首詩，詩云：「百煉玄金，熔爲金液。變幻靈犀，雄威赫奕。填禦堤防，波濤永息。安若泰山，固若磐石……」

我震驚，是因爲這尊鎮河鐵犀和我剛才在酒館那兩人肩上看到的幾乎一模一樣。唯獨有一點不同，就是剛才那兩人肩上背負的鐵犀只有一隻耳朵，而面前這尊雕像卻有兩隻。

「哇，大牛！」靈琚停下了腳步，甜膩的嗓音驚動了那些村民，只見她踮起腳尖試圖看清楚這尊雕像，可是試了幾次終是徒勞。雁南歸二話沒說，彎下腰就將靈琚托起坐在自己的肩頭，把靈琚送到了雕像的面前。

靈琚好奇地伸出手摸了摸這尊雕像，隨即轉身問我：「師父師父，伯伯們爲什麼要給大鐵牛穿毛褂子啊？」

我走上前衝那些村民點點頭打了聲招呼，然後輕聲對靈琚說道：「天氣冷了，鐵牛是這裡供奉的神靈，當然要披上過冬的衣物了。」

「喔——這樣啊。」靈琚似懂非懂地點點頭。

我對著那群村民中其中的一名笑了笑說道：「不知在下猜測的是否準確，這尊鐵犀，應是村子上供奉的神靈吧？」

那村民裹著厚厚的夾襖，頭上戴了頂氈帽，聽罷笑著點了點頭道：「是的，這鎮河鐵犀，是爲紀念明朝河南巡撫于謙鎮降黃河洪水災害而建的。」

「哦？那今日的燈會，也是……」

「不錯，」那村民將鐵犀身上的毛褂繫好，拍了拍手回答道，「燈會也是爲了紀念治水的于謙大人而設立的。黃河自金初南流之後，這裡就成了瀕河之城，屢遭洪水肆虐之苦。明洪武二十年夏，河水襲入，全城屋舍多沒水中，環城二百餘丈，七千餘頃良田頓成澤國……那時候慘烈的洪災是我們這裡所有人的心頭之苦。」

「是的。」旁邊另一名較爲年輕的村民接過話繼續說道，「不過到後來于謙大人履任後，體察民情，重視河防，在修葺黃河大堤與護城堤的同時，又請高人鑄此鐵犀以鎮洪水。所以這鐵牛是我們這兒最尊崇的神靈，就是它代替于謙大人繼續守護在花園口，保佑我們這裡不再受洪水侵襲。」

村民們說罷，就齊刷刷地跪在了鎮河鐵犀的面前，虔誠地磕了三個響頭。

我見狀，也急忙跟著他們朝著鐵犀拜了三拜。數千年以來，華夏大地上有許許多多傳說中的神靈，大到玉帝，小到土地公，數不清的神仙廟宇在歷史上存在了數千年。在人們的心中，各路神仙各司其職保佑著人們的平安。特別是在一些小村落，更是少不了像這尊鎮河鐵犀一樣的小神靈，不僅宣洩了村民要求根除河患的強烈願望，也是古代中州大地頻遭水患的歷史見證，更是寄託著村民們美好的希冀和願景，守護著一方水土的平安。

可是……若按村民所說，鎮河鐵犀是花園口供奉的神靈，那又為什麼會化作噩夢，出現在那兩名壯年的肩頭，壓得二人喘不上氣來？

村民們替鎮河鐵犀披上了毛褂後就準備轉身離開，我急忙上前攔下那名年紀稍長的村民問道：「對了，還有一事我想請教一下，這鐵犀的耳朵……一直都是兩隻嗎？」

戴氈帽的村民愣了一下，神色緊張地上下打量著我，隨即急忙拉了我的胳膊到一旁的角落裡悄聲說道：「這位高人，你何出此言？」

果然有問題。

我微微一笑，也壓低了嗓音答道：「實不相瞞，我方才在鎮上轉了轉，發現鎮裡在鬧不乾淨的東西。」

村民大驚失色，雙手明顯哆嗦了一下，就連旁邊年輕的村民也都面露驚訝之色。戴氈帽的老村民搓了搓滿是老繭的雙手，深吸一口氣答道：「其實……這鎮河鐵犀原本是只有一隻耳朵的。」

「哦？說來聽聽。」我招呼雁南歸帶靈琚先回客棧，留嬴萱和文溪和尚在這裡。

老村民仰起頭看了看那尊雕像，搖了搖頭說道：「其實俺們這裡一直都有這麼個傳言，說真正的鎮河神牛早就離開了這裡，現在取而代之的，其實是一隻牛妖。但是知道這件事的也都是一些年紀大的人，這種事情不好聲張，無人過問，也就沒人提起，供奉依舊。鐵犀也的確一直守護著黃河，並沒有洪災再次發生，所以到底是神牛還是牛妖，也就沒人過問了。」

「牛妖？何出此言？」我追問道。

村民從懷裡掏出了旱菸袋，引燃後深吸一口，吐了煙圈繼續說道：「那是很早之前的一天早上，一個拾糞老頭到村外拾糞，路過自己麥地的時候，發現麥地的麥苗被什麼東西啃得一片一片的。第二天村裡其他人家的麥苗也是被啃得亂七八糟的。到第三天，全村各家的麥苗都有被啃的印記。當時，全村人都非常奇怪，村裡人決定夜晚輪流看護，看看到底是什麼在搞鬼。

「到了夜裡，各家麥地裡都有一個人在暗處觀察。不知道是第幾天夜裡，突然有一家的麥地裡有個黑乎乎的東西在啃麥苗。他慢慢地走近去看一看，好像是一頭大黑牛，長相和這裡的鎮河鐵犀相差無幾。第二天，他把看到的情況告訴了村裡人，起初大家還不太相信，後來商量了一下，決定晚上多出幾個人看看。

「到了晚上，那大黑牛又出來啃麥苗。大家仔細一看果然是大黑牛在搞鬼。那時候村裡人比較愚昧，看自家麥苗被啃，這氣就不打一處來，他們拿著木棒、鐵鍬、扁擔照著大黑牛打去，結果，竟然把黑牛的一隻耳朵給鏟了下來。那晚過後，大黑牛就再也不出來啃麥苗了。但是人們發現，那河邊供奉的鎮河鐵犀……居然也莫名其妙少了一隻耳朵！這時候村民才意識到，他們竟然打跑了鎮河神牛！」

村民說得玄乎其玄，我聽得雲裡霧裡。我指著他們背後的那尊雕像說道：「可是，現在這雕像不是兩隻耳朵都在嗎？」

村民一拍大腿回答道：「就是這樣才奇怪啊！本來自那件事後，鐵犀一直都是一隻耳朵，可是後來不知道怎麼的，有一天就突然又變回了兩隻耳朵。所以村民們才猜想，會不會是鎮河鐵犀因爲被村民們打掉了耳朵所以離開了花園口，這又來了一隻假的牛妖佔了鎮河神的位置，接受起村民的供奉來。」

我疑惑地問道：「爲什麼你們會懷疑它是牛妖，而不是又來了一隻神牛呢？」

村民苦笑道：「因爲自從鐵牛長出了耳朵之後，黃河水……就變得不太安分起來，渡河經常會發生意外，已經丟了好幾條人命了……所以啊，這牛妖顯然不如神牛那般靈驗！」

我聽後沉思了起來。一隻耳朵的，是當初被村民誤打趕走的神牛；兩隻耳朵的，是後來佔了神位的牛妖……不對啊，壓在那兩名男子肩頭的分明是一隻耳朵的鐵犀，怎麼可能是鎮河的神靈在作祟呢？

3

告別了那些村民，我和贏萱還有文溪和尚就往鎮子上走去。在路上，我將之前在酒館看到一隻耳鐵牛的事情告訴了他倆，他們也和我一樣陷入了沉思。

「如果按照村民所說，現在佔了神位的牛妖是兩隻耳朵，那姜楚弦你在酒館看到的，不就是之前供奉在這裡的神靈麼？」贏萱不解地撓了撓頭。

「按理說，神明有貢品供養，是不會無端入侵人類夢境的……這裡面一定有什麼蹊蹺才對。」我想，只有去和那兩名男子交談一番，或許才能找到事情的答案。

我們來到了之前的酒館，此時酒館裡已經打烊，只有小二在懶散地擦著桌子。我向掌櫃的說明來意後，掌櫃卻表示今夜客人太多，已經不記得那兩個人了。無奈，我們只好在那二人坐過的桌子附近查看了一番，希望能找到什麼線索。

我坐在那兩名男子坐過的凳子上，四下觀察。由於今天燈會，酒館客人較多，小二忙不過來，因此這張桌子上的碗筷和殘羹冷炙都還未撤去。

「姜楚弦，你看這個！」文溪和尚似乎是發現了什麼，從桌子上拿起了一雙筷子遞給我看。

我接過筷子，這應該是那二人用過的，竹筷並無什麼特殊之處，只不過青黃色的筷子中部卻染上了奇怪的灰黑色，看起來有些詭異。

「這是什麼？」贏萱湊過來看了看。

我端詳片刻瞬間恍然大悟，知道了接下來該去什麼地方尋找那兩個人了。

謝過掌櫃，我們三人走出酒館。我雙手背後大步向前，一副了然於胸的模樣。一旁的文溪和尚也似乎是知曉了什麼，依舊是面帶微笑，盤著佛珠一言不發地走在我的身旁。

只有嬴萱不得要領，她只好好奇地跟上來攔住我們：「哎，你倆咋不說話了？這是要去哪兒？」

我停下腳步，和文溪和尚對視了一眼，異口同聲地答道：「鐵匠鋪。」

嬴萱看看我，又看看文溪和尚，莫名其妙地撓撓頭：「鐵匠鋪？為什麼？你倆怎麼會想到一塊兒去了？」

我笑了笑，示意文溪和尚作答。文溪和尚盤著手中的無患子珠，緩緩開口道：「那兩人用過的筷子上沾染了灰色的東西，正巧是手握筷子的部分，那就說明這二人的手上都經常沾有這種灰黑色的粉末。而那東西不是別的，正是鐵鏽。」

「不錯。」我接過話來繼續說道，「手上常年沾染如此重的鐵鏽，說明一定是以此為生計。再加上我今日見他們的模樣，都是身強體壯，上肢肌肉明顯要發達，大概是掄錘所致，再加之現在分明是深秋時節，而他們脖子上卻掛著擦汗的手巾，所以我推測，他們二人一定是在高溫環境中打鐵的鐵匠。」

鎮子不大，鐵匠鋪總共只有三家。我們逐一排查，果然在一家偏僻的鐵匠鋪裡發現了那兩名男子。他們正坐在屋裡收拾打鐵器具，見我們出現在鐵匠鋪門口，便急忙拉起了捲簾：「已經打烊了，明日請早吧。」他手心裡果然沾滿了灰黑色的鐵鏽，正如我們推斷的那樣。

我上前攔下那人的手臂，微微一笑，伏在他的耳邊輕聲說了一句。那人就驚慌失措地鬆開了正在拉簾的手，慌慌張張地進屋，去和裡面那個人商量對策去了。

「幾個意思？」嬴萱探頭朝裡面看了看。

我搖搖頭：「不知道，我只不過問了一句，『被牛妖纏身多久了』而已，就嚇成那樣，虧還是這般身強體壯的。」

文溪和尚上前道：「阿彌陀佛，邪祟無形，再怎麼身強體壯，面對這樣的噩夢也是一樣束手無策的。」

不多時，那二人就拉開捲簾讓我們進去。我剛一坐下，那兩名男子就撲通一聲朝我跪了下來：「大師，你就救救俺們哥倆吧，這日子……實在是沒法過了！」

我急忙扶起二人：「起來說話。」

其中一名個子高一些的男子站起身來說道：「俺叫劉大，他是俺兄弟劉二，上無老下無小的，就靠這麼個鐵匠鋪過日子。可是不知道從什麼時候起，俺們兄弟倆就整夜地做噩夢啊，白天精神恍惚，生意都無心做了。這位師父，若是有什麼方法能救救俺們哥倆，俺們一定不會虧待你們的！」

我一聽有利可圖，便瞬間端起了架子：「驅趕噩夢倒是容易，不過，我得先知道，你們是怎麼和這鎮河鐵犀糾纏上的？」

劉二聽了我的話，立刻吞吐起來。劉大也極力地想要掩飾自己的緊張，不自覺地就往旁邊靠了一靠，似乎是在擋身後的什麼東西。

「這……俺們兄弟倆也不知道是怎麼回事……」劉大顯然沒有說實話，眼神飄忽不定，像是在隱瞞著什麼。

我不露聲色地朝劉大的身後看去，卻只見一塊髒兮兮的帆布搭在後面，看不清裡面究竟隱藏了什麼。

這兩個人明顯心裡有鬼。所以我說過，探解催化食五大步驟，解夢往往是最難的一步。因爲這些被噩夢纏身的人多是做了什麼虧心事才會被邪祟鑽了空子，因此總是對我有所隱瞞。這給我的調查無形中增加了不少難度，只能貿然化夢，到夢境中一探虛實。

爲了再次確認，我又默默地進行了探夢，他們二人身上馱著的，的確是一隻耳朵的鎭河鐵犀。既然他們二人不願意說出實情，那麼我也只好抬高了價錢：「如果二位不方便說那也沒關係，不過這樣一來，難度可就增大的……」

「沒關係！師父需要多少錢，儘管給俺們講就是！」劉二明顯不如劉大那般沉穩，想都沒想便脫口而出。

劉大掐了劉二一下，隨即笑臉相迎：「這位師父，你看……該怎麼個價錢呢？」

我沒有作聲，默默伸出了五個指頭。

「這麼多？！」劉二顯然是驚了。

劉大笑呵呵地湊過來：「師父你也看見了，俺們就是一窮鐵匠，哪來這麼多錢呢？」

我心想，剛才劉二分明是一副財大氣粗的模樣，再加上之前他們在酒館裡大魚大肉的模樣，顯然是發了橫財，如果不狠狠敲詐一筆，他們又怎會輕易說出實情呢？

他們見我一副不容商量的表情，交頭接耳了一番，劉大才終於狠狠心發了話：「行！就按師父說的算！」

這回倒是換我驚訝了。我沒想到他們居然會答應，我本以爲，出如此高價能從他們嘴裡逼出一些實情，可是他們竟寧願多出這麼多錢，也要保守他們那一絲不爲人知的秘密。若是他們知道我能進入他們的夢境一探虛實，會不會氣得一鐵錘掄在我臉上？

不過既然他們答應了這樣的價錢，我也不好再說什麼，於是安排他們儘早入睡。我還讓文溪和尚盤腿坐在那裡替他們唸經，然後自己在那裡拿著玄木鞭和之前畫好的符咒唸唸有詞。人家花了那麼大的價錢，總不至於就讓他們隨隨便便睡一覺吧，怎麼也得裝裝樣子。

文溪和尚其實不怎麼會唸經，我走近了才聽見他其實也是在唸叨著什麼「阿彌陀佛」之類的，畢竟是個假和尚，狗嘴裡吐不出象牙。不過好歹穿著袈裟，手裡還有佛珠，充充數還是沒問題的。

劉大和劉二見我們已經鋪開了陣勢，於是便半信半疑地躺上了床鋪。

「師父，就……就這樣睡覺？」劉二顯然還是覺得不太靠譜，反覆和我確認。

我點頭笑而不語，在文溪和尚的陣陣胡亂唸叨聲中，劉大和劉二終於忐忑地進入了夢鄉。

我摸出青玉笛拿在手上摩挲著，隨即放在唇邊輕輕吹響。婉轉卻並不動聽的曲調響起，一曲安魂，將劉大和劉二帶入了深度的睡眠。

嬴萱也睏得要命，正在一旁犯迷糊。我收起青玉笛走向她，拍了拍她的肩膀，隨即指了指她身後的破帆布。

嬴萱反應過來，站起身就輕聲掀開了那塊擋在身後的帆布。剛一掀開，我們三人都同時愣住了——

這後面放著的，竟然是半個鎮河鐵犀！！

這尊鎮河鐵犀和我們在黃河邊看到的一模一樣，只不過就剩下了上半個身子。下半個身子不知道爲什麼不見蹤影，像是被什麼東西砸碎熔掉了一般。

而且關鍵在於，這尊鎮河鐵犀，分明只有一隻耳朵！

4

「這……怎麼回事？」嬴萱顯然沒想到這破帆布後面竟有這樣的蹊蹺，一時間驚得不知道該如何是好。

我倒是先前就猜想到了這種可能。從這兩人的行為來看，顯然是發了一筆橫財，而且劉大劉二剛才那種掩飾的慌亂，很明顯，這是一筆不義之財。

文溪和尚上前，上下端詳著這半尊鎮河鐵犀，而後又用手摸了摸這下半部分的斷裂處，起身搖了搖頭道：「眞是財迷了心竅……這種事情都做得出來。」

「怎麼，你發現了什麼？」我看文溪和尚應該是看出了門道，於是問道。

文溪和尚繞過半尊鎮河鐵犀，指了指鐵犀背後的銘文道：「百煉玄金，熔為金液。變幻靈犀，雄威赫奕。古人稱玄鐵為玄金，是因為他們在這玄鐵裡面熔了足金加進去，所以說，這尊鎮河鐵犀，實際上應該是黃金和玄鐵的混合物。」

我聽了文溪和尚的話，就更加驗證了自己的猜想：「劉大和劉二窮急眼了，就打起了鎮河神牛的主意。先是偽造了一尊純生鐵的鎮河鐵犀，隨即在某天夜裡拉板車過去悄悄替換了眞正的鎮河鐵犀，然後把眞的鐵犀運回來熔了提煉出裡面的黃金換錢……眞是膽大包天！」

「可惜……」文溪和尚搖搖頭歎了口氣，「他們並不那麼細心，忘記了將假鐵犀也鑵去一隻耳朵，因此被村民發現，還以為是眞的神牛離開了花園口，取而代之的是一頭牛妖。」

看來，壓在他們二人肩頭的，的確就是眞正的一隻耳鎮河神牛了。根本就沒有什麼兩隻耳的牛妖來取代神位，只不過是兩個愚昧且利慾薰心的鐵匠搞的鬼。

世界上有兩樣東西無法直視，一是太陽，二是難測的人心。膽大到做出如此褻瀆神靈的事情，簡直是道德敗壞到無藥可救，若是被村民們知道了，定不會饒過劉大和劉二，怪不得他們寧可花大價錢，也不願意對我說出實情。

我一時間猶豫了起來。鎮河神牛壓在鐵匠身上，顯然是在對他們進行懲罰，那麼我到底該不該隨意插手這件事情？

「若讓我說……」文溪和尚見我猶豫，於是上前拍了拍我的肩膀，「神牛化作噩夢侵擾鐵匠，報復他們這種褻瀆神靈的行為雖然沒錯，可是這般損耗他們二人陽壽的行為並不可取，倒不如化夢好言將神牛勸走，再將這兩名鐵匠交給官府處置，這樣不會有失偏頗，應是個萬全之策。」

文溪和尚不愧年長一些，說得頗有道理，我點了點頭就拔掉了腰間葫蘆的蓋子。阿巴幻化出來上下打量著鐵匠鋪子，然後又注意到了一旁的文溪和尚。

「喲，生面孔。」阿巴自來熟一樣就對著文溪和尚打了個招呼。

「阿彌陀佛。初次見面，在下法號文溪。」文溪和尚合十行了個禮。

阿巴瞥了瞥貓眼，不屑地嘀咕了一聲：「假和尚，又沒剃度，也不會唸經，裝什麼裝，不嫌麻煩嗎。」

阿巴說的雖然句句是實話，可是這麼直白地說出來反而弄得我十分尷尬。而文溪和尚絲毫不介意，依然是一副笑臉，不慍不火地看著阿巴，把阿巴看得渾身發毛。

阿巴一看文溪是個不好對付的角色，趕忙張開了大嘴，將我們三人吞了下去。

由於劉大和劉二的噩夢都是由鎮河神牛一手造成的，因此夢境相連。我們被阿巴幻化為黃煙鑽入了他們二人的鼻孔中，眩暈過後就順利來到了他們二人的夢境中。

夢境漆黑一片，我們三人落地後竟一時間根本看不清腳下的路，因此無從判斷到底身處怎樣的環境之中。這次化夢沒有帶雁南歸，因爲我覺得畢竟是鎮河神牛，又不是一般的邪祟，所以並不會有什麼危險的打鬥。

我們三人像是掉入了黑暗的泥潭，不分南北，不辨東西。

突然，我聽到耳畔有巨響正朝我們這個方向飛速前進，嬴萱倒是十分警覺，大喊一聲「趴下」，我們三人就同時撲倒在地。同一時間，就聽頭頂一聲呼嘯，什麼東西蹭著我們的頭頂迅速劃過。

噠噠——噠噠——

一陣沉重卻不失輕巧的腳步聲再次傳來，由於我們看不清身邊的情形，於是只能靠感覺來躲避。黑暗之中，人感官的敏捷度得到了大幅度的提升，我清晰地感受到一個龐然巨物正卯足了勁向我們這邊衝撞過來，還未等我做出躲避方向的選擇，那東西就已經迅速來到我們的身邊。

我和嬴萱還有文溪和尙一下子被衝散，我摸索著前行，卻突然聽不到那龐然巨物的聲音了。

「嬴萱，文溪，你們在哪兒？」這突然的安靜讓我感到緊張，我無從判斷那傢伙現在會在哪裡伺機而動，只好原地站定，試圖找到走散的同伴。

「姜楚弦，你在哪兒？」左前方不遠處傳來了嬴萱的回應聲，看樣子我倆並沒有失散太遠的距離。我正準備循聲上前，前方就突然劃出一絲微弱的火光。只見嬴萱手中持著火摺子，橙黃色的火苗自不量力地閃耀在她的面前，照亮了她圓潤的臉龐。

這一絲微弱的光亮，在如此的黑暗之中顯得格外耀眼。可就在這時，遠處傳來了文溪和尙的一聲大喊：「快把亮光熄滅！！」

我也瞬間反應了過來。方才那東西連續對我們進行衝撞卻沒有得手，說明對手在黑暗中也無法準確定位，此時嬴萱點亮了手中的火摺子，正是給對手暴露了自己的行蹤！我急忙轉身向嬴萱那邊衝過去，企圖讓她熄滅火摺子的同時轉移位置。

可我剛跑了兩步就感到了不對勁，嬴萱的身後……好像有什麼東西！

我定睛看去，只見嬴萱正在迷茫地張望著，身後頭頂有一個尖利的犄角，還有兩個冒著熱氣的黑洞。嬴萱背後站著的不是別的，正是我們要尋找的鎮河神牛！

「趴下！！」我看那神牛已經低下了頭顱，似乎是要用額前的犄角對嬴萱進行攻擊。那兩個冒著熱氣的黑洞，正是那神牛的鼻孔。

嬴萱應聲趴下，同時將手中的火摺子丟向了遠處。我一個側滾就撿起了丟在一旁的火摺子，揮舞著大吼道：「這邊！」

話音剛落，就聽一陣迅猛的「噠噠」聲，伴隨著地面劇烈的震動，我透過微弱的火苗看到那頭巨型的一隻耳大黑牛，放開了嬴萱就瘋狂地朝我這邊撲了過來。

我猛然一躍躲過了它的攻擊，隨即就抽出玄木鞭反手向它的後背擊去。玄木鞭上打天神，下降妖魔，只要是出現在夢境中的東西，管他是神靈還是邪祟，統統都要怕它三分。玄木鞭剛一觸到那大黑牛的身體，就聽一聲慘烈的嘶吼，黑色身影就伴隨著「噠噠」的腳步聲遠去了。

鎮河神牛……居然這麼弱？

我撕下原始天符默唸咒語，火鈴符噴射出強烈的火光將四下照亮，這時我才發現我們身處一個空曠巨大的古代鬥獸場中。火鈴符的烈火引燃了場地四周的火把，連串的火焰一舉將這裡照亮，橙紅色的光芒映襯著我的臉頰，這才看清了遠處的文溪和尙和嬴萱。

「怎麼回事？這是什麼地方？」嬴萱站起身拍了拍剛才摔倒時獸皮裙上沾染的塵土，環顧四周問道。

文溪和尙手持無患子珠，謙恭的眼神從細軟的黑髮下透露出警惕的神色：「鬥獸場……這裡怎麼會有這種地方？」

整個鬥獸場呈橢圓形，單純、明確，渾然一體，無始無終。外觀極其宏偉雄壯，高高的立面分爲四層，自下而上分別採用不同大小的柱子連接，中心是空曠的戰場，四周是聯排的石階座椅，雖然看起來有些破敗，可仍舊是氣勢恢宏。

據我所知，鬥獸場是專供統治者貴族觀看鬥獸或奴隸角鬥的地方。角鬥士一般都是奴隸和俘虜，他們以性命相搏，甚至與巨獸相拚，除非有一方倒下，不然決鬥永不停息。不管是角鬥士還是猛獸，他們用血淋淋的軀體來博得貴族們一笑。互相殘殺的血腥不但沒有喚起那些上流社會人們的良知，還使他們看得不亦樂乎。

不過，這種喪心病狂的娛樂項目應該都是很久之前的事情了，怎麼到了現在，居然會出現在兩名鐵匠的夢境中？

「比起這個……我們現在還是先躲起來比較重要吧！」嬴萱指了指前方的入口處，只見一個鐵籠裡閃爍著一雙青光的眼眸，不知關的是何等凶獸。

「那裡！」我抬手指了指遠處的石階，我們三人便急忙跑向那裡，沿著隱蔽的石階走上了觀眾席。

剛鬆了口氣，就聽這空曠的鬥獸場裡響起了一陣悠長的號角聲。只見劉大和劉二空手顫抖著走進了戰場，再看向剛才入口處的鐵籠，已然被打開了柵欄。

一聲怒吼，急促而熟悉的「噠噠」聲再次傳來，那頭巨型的一隻耳黑牛沒有猶豫就衝出了柵欄，直奔劉大和劉二而去。

5

該不會……這鎮河神牛給劉大和劉二的懲罰，就是在這鬥獸場裡進行決戰吧？

我剛這麼想著，就見那鎮河神牛卯足了勁兒朝著劉大直衝過去。前後的鐵門已經關閉，空曠的戰場更沒有藏身之地，此時的劉大和劉二除了迎戰之外別無選擇。

劉大身手顯然不怎麼樣，雖有一身蠻勁，但在這巨大的黑牛面前也是根本無力施展。黑牛猛地將犄角頂向劉大，劉大躲閃不及，猛然撞擊在胸前，整個人就飛了出去，之後重重摔在地上，看樣子是傷得不輕。

「大哥！」劉二急忙上前，卻被再次衝撞過來的黑牛阻斷了前進的道路。劉二似乎更加敏捷一些，左閃右避，竟也躲過了黑牛的衝撞。可是就在他飛奔至劉大身前的時候，黑牛猛地轉身，劉二的後背就這麼毫無顧忌地暴露在了敵人面前。

果不其然，劉二被黑牛狠狠地撞擊趴倒在地，毫無還手之力。

就這樣，劉大和劉二每天夜裡都會被關在這裡被迫和神牛做困獸之鬥，無處可躲，無處可逃，一直被折磨至死。如此持續下去，循環往復，這樣的噩夢定會讓人精神崩潰，怪不得劉大和劉二都一臉苦相。

「實力太過懸殊了，這不是擺明了在虐鐵匠兄弟嗎。」嬴萱倒是看得津津有味，一邊評頭論足，一邊還和我交流著觀點。

「這個夢境就是由神牛營造出來的，目的就是懲罰鐵匠兄弟。雖然出發點沒錯……可是這手段也有些太血腥殘忍了。」我說著就站起身，握緊了手中的玄木鞭。

文溪和尚也跟著我站了起來：「你要幹嘛？」

「阻止神牛，好言相勸，這不是你出的主意嗎？」我轉過身反問。

文溪和尚沒有說話，點點頭讓出了通道的位置。這頭神牛其實並不怎麼厲害，從最開始的交手就已經看出來它有限的神力，我一個人足以應付。

眼見劉大和劉二被神牛揍得傷痕累累、無法動彈，我便一躍而起翻身落入了戰場中央。剛一落地，我還未擺好陣勢，就聽身後嬴萱大聲嚷嚷著：「買定離手了啊，押姜楚弦勝！賠率翻倍咯！」一邊喊著還一邊揮舞著手臂，自己興奮得不行，還眞把自己當觀眾了。一旁的文溪和尚一臉無奈地笑著。

我翻了個白眼，手持玄木鞭就迎了上去。

鎮河神牛見我突然出現在夢境中，先是猶豫了片刻，隨即就面露凶相，仰天長嘯一聲對著我猛撲了過來。我靈活躲閃，身影在火光的映襯下散射出渾身的暖光。我抬手就揮鞭向神牛的後背，它上次吃了虧，這次明顯是有所提防，一個猛轉身就躲過了我的攻擊。

「神牛，我不是來找你打架的，你先停下聽我說！」我再度上前，一翻身就落在了神牛的身上。缺了一隻耳朵的神牛根本就不理會我的請求，發狂一般快速抖動著自己的身子，企圖將我抖落。我死死抓住神牛的皮毛，避免自己被它摔在地上。

看樣子這神牛已經近乎瘋狂了，並且以每晚折磨劉大劉二兄弟爲樂。看透了這一點，我也不再有所顧忌，直接鬆手一個後翻站在了神牛的背脊上，抽出玄木鞭就朝它的身上擊去。神牛吃痛，猛然一顛，我也因此而摔落在地。

我倆都吃了虧，嬴萱卻根本沒有要下來幫忙的意思，仍舊是壞笑著觀戰。文溪和尚沒什麼攻擊力，想來也是沒法幫忙。我只好站起身啐了口唾沫。風鼓起了我的灰布長袍，我頓時靈機一動，右手持玄木鞭，左手水平抬起手臂。我的灰布長袍本身就十分寬大，這樣一來，我左手部分寬大的衣袖就形成了一個類似旗幟的東西，再加上風一吹來，就和西洋人鬥牛時候用的斗篷一模一樣。

發瘋的神牛轉身看到我如此悠閒，頓時鼻孔出氣，後腿一蹬就低頭用鋒利的犄角向我衝來。我不慌不忙地單手提著寬大的衣袖做出了一個優美靈活的躲閃動作，神牛的利角擦著我的衣袖而過，這生死之際的優美一閃，讓我頓時感受到了西洋人鬥牛時候的樂趣。

「帥爆了姜楚弦！」嬴萱雙手放在嘴邊朝我吶喊，就連一旁的文溪和尚也鼓起了掌。

神牛對於我的捉弄變得更加暴躁了，一個轉身就朝我再次撲來。我仍舊是提起衣袖揮手一躲，再次精準地避開了神牛的攻擊。

鎮河鐵犀畢竟是守護黃河的神靈，我不便出手重傷它。我需要做的，就是這樣慢慢耗乾它的體能，讓它身心俱疲，靜下來聽我說話。

這樣幾個來回之後，神牛終於開始直喘粗氣了，不僅如此，它的行動也隨之緩慢了起來。我見時機成熟，在它下一次衝撞過來的瞬間，我右手一抬，將手中的玄木鞭揮向它的腦袋，猛地逼停了火暴的神牛。它停下後氣喘吁吁地盯著我，還不甘心地看了一眼遠處躺在那裡不省人事的劉大和劉二。

「神牛你先聽我說……」我看它又要反抗，便急忙說道。

神牛怒目而視，卻又礙於玄木鞭的威力，只好先暫停了瘋狂的暴走，原地站立在了那裡。

這時，嬴萱和文溪和尚也走了下來。我們紛紛向它行了個禮，它見我們其實並無惡意，便終究是放心地臥在了地上恢復體力。

「神牛，在下姜楚弦，是受那兩名鐵匠委託來幫助他們驅逐噩夢的……」我還沒說完，就見神牛又怒火上沖。

文溪和尚連忙上前：「我們知道是那兩名鐵匠兄弟有錯在先，可是神牛你畢竟是守衛黃河的神靈，做出這樣殘忍的懲罰畢竟有失偏頗。不如你先從噩夢中離開，我們承諾，定會將這兩名鐵匠抓去送官，還你一個公道。」

神牛聽罷，竟擺出了一副悲傷的面孔，先是看了看文溪和尚，然後又看了看我，思考片刻，眼看就要答應我們，誰知道卻突然一聲嘶吼，猛地衝撞開我和嬴萱，直愣愣地朝劉大和劉二過去，那眼神中的怒火幾乎要灼燒掉鬥獸場中的一切。我見大事不妙，這神牛太過悲憤，已然是要取那兩名鐵匠的性命，若是不出手阻攔，必將釀成大禍。

我急忙撕下玄木鞭上的原始天符，高聲唸咒：「陰陽破陣，萬符通天！火鈴符，破！」一條火龍從我指尖飛出，燃燒著朝神牛翻滾而去。可是神牛似乎誓要和我們拚個你死我活，拚命飛奔，根本不顧及自己被灼燒的後背。

「快攔下它！不然要出人命！」我已無計可施，只好轉身對嬴萱喊道。

我話音未落，嬴萱就已經拉滿了弓箭。只見她一腳踩在鬥獸場圍欄的石塊上，雙手拉弓，「嗖」的一聲三支利箭同時離弦而出，幾乎是挨著我的耳畔呼嘯而過，直奔神牛而去。

三支弓箭準確地射入神牛的後背，它痛得一下子跌倒在地，仍不甘心地朝著劉大和劉二怒吼。

也是，被人砍去了半個眞身，任誰都會如此憤怒的吧。

「阿巴！」我喚出阿巴，讓它趕緊趁神牛無法動彈而將噩夢吞下。就在阿巴張嘴吸入我們腳下鬥獸場的瞬間，我們聽到倒在地上的神牛發出了不甘心的怒吼：

「怎能輕易饒過這兩個亡命之徒！張奶奶的仇，不能就這樣了結！」

我們三人同時愣住。

難道……偷盜玄金鐵犀一事，還另有隱情不成？

「阿巴等一下！！」我急忙制止阿巴，可是爲時已晚，大半個夢境已經被吸入了阿巴的嘴中。我們三人腳下一軟，白光渙散，整個噩夢瞬間坍塌。受傷的神牛也跟隨著我們一起，走入了鐵匠兄弟更深處的記憶。

原來，鐵匠兄弟不僅僅偷盜了一尊玄金鐵犀，還害死了一條無辜的人命。

那夜，兩兄弟鑄好了純鐵的假雕像，趁著月黑風高的夜晚，用板車將其拉到黃河河堤上，剛剛把眞正的玄金鐵犀換下來，就驚擾了一名住在河岸邊的老人。那老人見有人打鐵犀雕像的主意，便二話沒說拄著拐杖追上來，一邊大喊捉賊，一邊試圖抓住劉大的胳膊，避免他們二人逃跑。

劉大見事情要敗露，又怕這位老婆婆的叫喊聲引來其他的村民，於是，抬起手中砸鐵的大錘就向老人的頭部砸去……

劉二見出了人命，嚇得不知所措。在劉大的指揮下，他們二人將老人拋入了黃河之中，翻騰的渾水瞬間就吞噬了這條無辜的人命。這位不知名的老人，就這樣被他們痛下殺手，沉入了這條洗不清任何冤屈的長河之中，甚至沒有濺起一絲水花。

鐵匠兄弟做完這一切，拉著眞正的玄金鐵犀大搖大擺地回到了自己的鐵匠鋪子裡。

可是，根本沒有人注意到，那板車上缺了一隻耳朵的鎮河鐵犀雕像，竟然流下了滾燙的淚水……

愚昧的他們根本不懂……生命才是這世間最寶貴的東西。人生若寄，取之無價，豈能因區區幾兩錢財而動了害人之心？人心難測，有時候最令人生懼的根本不是什麼鬼怪神明，而是一顆千瘡百孔的病態人心。我恨鐵匠的心狠，歎他們的無知。人類本身就是脆弱的生物，無知的人要取他人的性命，根本不需要任何理由，在他們眼中，人命終究是抵不過一頓搶來的大吃大喝，抵不過片刻的榮華。

簡直荒唐！一尊玄金鐵犀，竟抵不過一條活生生的人命。

6

白光消散，我們三人站定在了鐵匠鋪中。劉大和劉二已經醒來，見到我們就慌亂地掄起了砸鐵的大錘向我們揮來，企圖逃脫。

我二話沒說抽出玄木鞭就擊中了劉大的額頭，他一吃痛就鬆開了握著鐵錘的手。趁此間隙，嬴萱拉開了弓箭就朝鐵匠兄弟射去。短箭呼嘯著直衝他們二人飛去，一支箭鑽入了劉大的肩膀，一支射在了劉二的後股，兄弟二人痛得站不起身來。我和文溪和尚急忙上前，從鐵匠鋪裡尋了一捆麻繩，將他們兄弟二人五花大綁。

「你、你們要幹什麼！」劉大見事情敗露無處可逃，於是氣急敗壞地衝我們怒吼。

我氣不打一處來，轉身一腳踢在他的身上怒目道：「幹什麼？當然是送你去官府，讓你們嘗嘗自己應有的懲罰！」

劉二一聽要送官，囂張的氣焰頓時熄滅，不停地求饒：「幾位高人行行好……就、就放俺們兄弟一馬吧。錢……對，俺們有金子，幾位高人要多少就儘管拿多少！」

嬴萱一口唾沫就啐在了劉二的臉上：「呸，你們良心是被狗吃了吧？那金子上沾了無辜的鮮血，怎麼能花得如此心安理得？」

「沒有……俺們沒有殺人！」劉大還在狡辯。

我手持玄木鞭逼近他們二人，將玄木鞭橫在了劉大的脖頸處，死死抵住他的咽喉，心中燃燒的怒火讓我渾身發力，幾乎勒得他說不出話來：「別以為你們趁著黑夜做了虧心事，就真的不會有人發現。你記住，舉頭三尺有神明，你們作惡的時候，總會有一雙眼睛在注視著你們，宛如烈日般灼燒你們醜陋的人心！」

嬴萱見我情緒激動，便急忙上前拉住我。我冷靜下來鬆開了劉大，拍了拍手，轉身一把掀開了蓋在鎮河鐵犀上面的破帆布，揚起的灰塵蕩漾在空氣中，迷了眾人的眼。只剩下半個身子的鎮河鐵犀斜倚在牆根，缺了的那隻耳朵顯得格外刺眼。鐵匠兄弟看到了那尊鎮河鐵犀，也羞愧地低下了頭，不再做任何的反駁和掙扎。

只見那鎮河鐵犀忽然流下了淚水，冰冷的玄金雕刻的眼眸中，湧出了一滴滴清透的熱淚，順著光滑的塑像滾落在地，在土地上砸出了印記。

我見鐵犀顯靈，便伸出手上前輕撫雕塑的額角，光滑而冰冷的觸感讓我心中陣陣發寒：「張奶奶的仇，我們一定報，相信官府會給出一個令你滿意的結果的，所以，你就不要再執念於此了……」

只見鎮河鐵犀一瞬間彷彿有了生命，冰冷堅硬的身軀突然有了呼吸的起伏，深邃的雙瞳看著我，默默地對我低下了頭。

它……這是在對我道謝。

我還未對它的道謝進行回應，它便率先開了口，渾厚的嗓音像是從遠古飄來，夾雜著悠長的回聲，聽起來那麼的不真實：「其實……我並不是什麼鎮河神牛。」

我愣了，放在它額頂的手也瞬間哆嗦了一下，卻沒有拿開。

「百年以前，我曾經是許家花園鬥獸場中一頭普通的黑牛，從生下來開始，我就是爲了表演鬥獸而存在。那個時候，達官顯貴癡迷於鬥獸表演，因此許家花園便建立了鬥獸場，飼養了許多像我一樣的猛獸用作比賽。這種殘忍的娛樂方式持續了許多年，終於上天憐憫，黃河水暴漲，一舉淹沒了許家花園，將這裡變成了花園渡口。」

我聽了鎮河鐵犀的話後更加震驚了，原來夢境中的鬥獸場眞的在這片土地上存在過，而許家花園被淹變作花園口，竟是給了這些用作表演鬥獸的生靈們一個逃生的機會。

鎮河鐵犀繼續緩緩說道：「後來，我就留在了花園口，靠偷吃農家田林維生，在日復一日的時光中漸漸增長修爲，終於修成了一隻牛妖。可惜我本身修爲不高，肉體年限已到，無法再繼續支撐，那時恰逢于謙大人來此地治水，並鑄建了這麼一尊玄金鐵犀作爲鎮河之用，於是我便捨棄了自己的本體，棲身在了這尊鐵犀之上。」

「那……鎮河之說？」我疑惑道。

鐵犀搖了搖頭苦笑道：「其實我根本就沒有鎮河的本領，自身修爲只是勉強能夠存活罷了。這麼多年來黃河水一直未犯，還是多虧了于謙大人治水有方，體恤百姓，制定了完善的措施，根本和我沒有一絲關係……而我，也就這樣平白無故地接受著花園口村民們的供奉，借機繼續自己的修行。」

我點點頭。其實很多時候，供奉的神明也不過只是一種精神的寄託，或許村民們透過鐵犀，看到的仍舊是恩澤於此的于謙大人吧。

「到後來不管怎樣改朝換代，這裡的村民都依舊對我十分尊敬。我常年吃嗟來之食，心有不安，於是就用自己有限的修爲來幫助花園口的村民們做一些力所能及的事情，比如渡河時遭遇翻船，我便會潛下水去救上來一些不習水性的百姓；又或者是在夜裡趕跑一些啃食麥苗的野豬——」

「等一下！」我聽到此急忙打斷了鐵犀的話，「你在夜裡去村民的田地，是為了趕跑來偷食的野豬？」

鐵犀迷茫地點了點頭。

「原來如此……那些村民們是把你當成了偷食麥苗的畜生，所以才對你大打出手，鏟去了你的一隻耳朵！」這一切都說得通了，我急忙將自己的推斷說給了鐵犀聽。

誰知鐵犀聽後竟沒有一絲驚訝，反而淡然地回答道：「一隻耳朵而已，我的整個身子都是靠村民們的接濟才得以保全的，甚至還佔了他們的鎮河神物，我怎麼會有所怨言呢。」

我愣住了……眼前這鐵犀即便只是一隻修為寥寥的牛妖，卻也有一顆如此寬宏大量仁慈的心，相比於那些殺人不眨眼的惡人，簡直是讓身為人類的我羞愧難當。

「那……你如此懲罰劉大和劉二，並不是因為他們偷走了你的身子鍛造提金，而是……」想到此，我更加驚訝，於是急忙徵求道。

「是為了張奶奶。」鐵犀毫不猶豫地回答道。

果然如此，鐵犀那般瘋狂地折磨劉大和劉二，根本就不是出於一己私欲，而是為那無辜的張奶奶打抱不平……我內心久久不能平復。我們經常會認為妖邪無情，可是相比於善良的鐵犀，那作惡的奸人又和妖邪有什麼區別？

「張奶奶……是唯一一個知道我並不是鎮河神靈的人。可即便如此，她卻仍舊對我關愛有加，甚至還救過我的性命。」鐵犀提起張奶奶，悲傷的情緒再度湧上心頭。

「我第一次遇到張奶奶，是在一次渡河的過程中，因風浪太大翻了船。我跳入黃河中拉上來了三個村民，最後體力不支，幾乎要溺死在水中。可是根本沒有人注意到我，沒有人看得見我，唯獨張奶奶給我扔下了一根麻繩，讓我得以從黃河中爬上來。

「我不知道爲什麼全村的人只有張奶奶能看得見我。我被救上來之後，張奶奶就一直陪在我的身邊，幫我將缺了耳朵的傷口細心包紮好。平日裡，普通的人類根本看不到我，我總是獨來獨往，習慣了一成不變的孤獨。可是自從遇到了張奶奶，我的生活就發生了很大的改變。

「張奶奶也是孤身一人，在黃河堤岸附近搭建了一座小窩棚，平日就住在那裡。我經常將村民們供奉給我的食物送去給張奶奶吃，可是她從來都不肯接受，還幫我擦藥療傷。那時候，我經常在村子裡做一些見義勇爲的小事，可是那些當事人根本看不到我，即便是我爲他們受了傷，他們也無動於衷。只有張奶奶，總會默默地幫我縫合傷口，並且給我講述她從前的故事。我們就像一對老鄰居，我臥河岸，她住河堤。本以爲這種好日子會一直持續下去，可誰知道……」

說到此，鐵犀怒目劉大和劉二。可是他們二人根本聽不見鐵犀的聲音，看不見鐵犀的神態，就連一旁的嬴萱和文溪和尚，也都根本沒有注意到我在和鐵犀交談。看樣子，普通人是的確看不到邪祟的，除了陽壽將盡的張奶奶和學過探夢的我。

「那夜，我眼睜睜看著張奶奶被這兩個惡人殺害，卻什麼都做不了。我的修爲和本領都太弱，甚至根本無法觸碰到這兩名鐵匠。他們將我拉到鐵匠鋪，熔了我的身子，令我苦不堪言。殺害張奶奶的兇手就這樣大搖大擺地在我面前，我卻無能爲力。終於在一日我用盡了所有的修爲，才營造出了噩夢去侵擾他們，作爲對他們的懲罰……幸好遇到了你，不然，這兩名兇手會一直逍遙法外……」

我揮了揮衣袖，笑著對鐵犀點點頭：「放心吧，我定不會放過這兩個惡人。」

鐵犀再度流下了淚水：「我的修爲耗盡，玄金鐵犀已毀，我怕是無法再守護花園口了。謝謝你，幫我了卻了最後的一樁心願……」

隨著鐵犀的聲音漸遠，我看到半尊玄金鐵犀被鍍上了一層瑩瑩的光亮，隨即，這片光明漸漸脫離了鐵犀雕像，盤旋在我的身邊，似乎在對我道謝。我握緊拳頭，默默閉上雙眼。

光亮升天飄散，普灑在整個花園口。我想，即便是鐵犀死去，那善良的光芒也會永遠籠罩著整個花園口，永久守護在這片生機勃勃的大地。

我們將劉大和劉二交給了官府，並且將剩下的半尊鎮河鐵犀也一併上繳。我們講述了劉大和劉二殺害張奶奶並偷盜鐵犀雕像的事實，劉大和劉二供認不諱，並且承諾用自己的手藝，將那殘破的半尊鎮河鐵犀重新熔鑄，歸還原位。

我想，那缺了一隻耳朵的牛妖，才是守護花園口的真正英雄。

我們辦完這些已經是第二天上午了。讓我們沒想到的是，官府竟然獎勵了我們一筆錢財，雖然不多，可也足夠用作路費。我們告別了官府，便回到客棧和雁南歸還有靈琚會合。

今日黃河風平浪靜，是個渡河的好日子。朝陽的光芒肆意揮灑在我們的身上，微風輕撫，撩起我的灰布長袍。我站在船尾，極目遠眺，恍惚中，似乎能在晶瑩的河面上看到鎮河牛妖的身影，我笑著搖搖頭，看著花園口離我們越來越遠。

到底是神是妖，其實，根本沒那麼重要。

靈琚顯然是第一次坐船，吸著鼻子興奮地站在船頭觀望，身上翠綠的花布罩衫在陽光的映襯下顯得青蔥可人。雁南歸見我們三人一夜未歸，卻也沒有進行過問，仍舊是面無表情地跟在靈琚的身邊。風吹過他蒼白的卷髮，像是迎風招展的旗幟。

文溪和尚和嬴萱昨夜跟著我化夢一夜未眠，因此上了船就睡著了。我也有些睏頓，可是根本閉不上眼，倚在船尾隨著船隻的搖擺昏昏欲睡。

渡過黃河再走不遠，就能到達衛輝了。

衛輝，那座神秘的西周古墓，究竟隱藏了什麼樣的秘密。

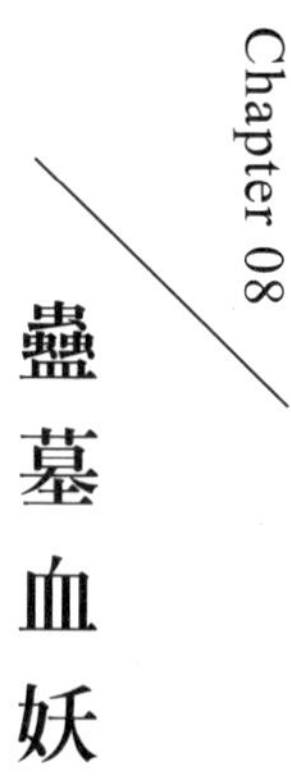

Chapter 08 蠱墓血妖

1

不多久，渡船就到達了河對岸的碼頭。這裡已經屬於新鄉地界，往北走不遠，便可抵達衛輝。我們下了船準備先找一家鋪子吃碗飯，休息片刻再出發。

我們來到了一家名叫「黃袍鄭」的麵魚鋪子，店面不大，兩間瓦房而已，可裡面卻擠滿了人，甚至還有在排隊等候的。店裡的小二都忙得連軸轉，桌子翻了一臺又一臺。

「喲，這家店看起來滿火爆，怎麼，不如嚐嚐？」嬴萱先是被吸引了，順著後廚飄散出來的香氣，她用力地吞了口口水。

「這麼多人，味道肯定不差。不如就這家吧，吃碗熱麵魚暖和暖和。」文溪和尚也被香味吸引，說著就鑽進了鋪子，自己拉了一張木桌出來，就著店面門口的空地擺放在那裡。嬴萱和雁南歸也沒閒著，去屋裡找來幾個小馬紮，分分鐘就安置好了座位。

在吃的面前，我們五個人其實還是滿統一的。

我們剛一坐下，旁邊排隊等候的食客見狀，也都紛紛搬出了馬紮，靠著牆根一坐，端了碗麵魚就大口吃了起來。

眞有那麼好吃？我有些疑惑。

剛坐下屁股還沒暖熱，小二就端來了剛出鍋的麵魚。紅湯白麵，一隻隻滑溜的麵魚像是活的一樣，嚼勁十足，澆上香蔥和辣子，掰一頭糖蒜就著吃，酸香辣爽一齊進肚，眞是暢快淋漓！

「好吃！」我一抿嘴，放下了空碗，「小二，再來一碗！」

贏萱和文溪和尚也是呼嚕嚕吃得飛起，倒是雁南歸和靈琚吃得斯文，一口一口慢條斯理的，和中原人豪放粗礪的生活態度大相逕庭。

我們一邊吃一邊感歎，旁邊坐著的一名漢子就接了腔：「兄弟，這麵魚可是咱們這兒的特產，好吃的鋪子多了去了。」

我吞下一口麵魚回道：「是嗎，可是怎麼唯獨這一家如此火爆？」

那漢子也是吃得七八分飽了，擦了擦嘴說道：「還不是因爲『黃袍鄭』的名號。」

「黃袍鄭，這裡有什麼講究？」我放下空碗喝了口茶。

那漢子也喝了口涼茶，隨即便滔滔不絕地講了起來：「相傳宋朝年間，宋太祖趙匡胤曾途經新鄉，恰逢一場大雨，車隊無處可躲，皇上就索性披了一件普通的夾襖，躲到了鄭老頭的家中。鄭老頭是個農夫，孤身一人，見有人來躲雨自是不會拒絕。因皇上穿著普通的衣服，鄭老頭並不知道來人就是當今聖上。皇上避雨閒來無事，就問鄭老頭有無吃食。鄭老頭就著手熬了碗麵魚，誰知道皇上一吃拍案叫絕。麵魚又鮮又嫩，皇上頭一遭吃，自然覺得稀奇。皇上一高興，順手就脫下了外面的夾襖，露出了裡面象徵皇權的黃袍。

「鄭老頭傻了眼，兩腿一軟雙膝一鬆就跪了下來，連連叩頭。皇上高興地將黃袍脫下賜給了鄭老頭，風雨停歇，皇上披了夾襖就離開了鄭老頭的家。鄭老頭哪想天降洪福，興奮得不得了，隨即就將那黃袍鋪在桌子上，又做了碗麵魚，邊吃邊感歎。

「村裡人聽了這消息，都紛紛到鄭老頭家裡來觀賞皇上的黃袍，一來二去，從此人們便都叫他黃袍鄭了。關於他的傳聞也是傳得沸沸揚揚，誰知道後來，知府大人得知了此事，便以褻瀆聖上的重罪，要抓鄭老頭坐牢。

「這下就把黃袍鄭嚇跑了，村裡人都不知道他的去向。幾百年過去，黃袍鄭的傳言一直不散。後來有個姓鄭的小夥子人挺精明，就打起了黃袍鄭的旗號，開了家麵魚店，自稱他是黃袍鄭的後人。做買賣靠旗號，誰不想品品皇上的口味？這小夥子的麵魚店從此就火了。眞的黃袍鄭亡命天涯，假的黃袍鄭日進斗金，你們說說，這可笑不可笑？」

沒想到，一個小小的麵魚店竟然還有這樣的傳奇。我聽得好奇，不禁問道：「哎，那這個姓鄭的小夥子，現在人在何處？」

「哈，人家現在已經是新鄉最大的商賈了，早已經不在這小店裡了。」

我聽完也是一笑，便不再想這件事情了。

吃飽喝足，我們便打算啓程。這裡距離衛輝並不算遠，我們沿著鄉道往北一直走。路上盡是一些荒林，中原的樹種基本都是這些，一路上看得都膩了。靈琚倒是一直都保持著好奇心，揹著小藥簍一路上採了各種植物追著文溪和尙問這問那，文溪和尙倒也不煩，一直都十分耐心地給靈琚講解。

我的目光一路碾過桑林、麥田、菜園、籬笆和曬場，路邊高高的草垛、矮矮的土坯房，濃厚的鄉土氣息撲面而來，讓我猝不及防，這種熟悉的感覺突襲我的神經，讓我不得不懷疑，這裡到底是否眞的是我傳說中的故鄉。

衛輝並不大，走了一路我們也有些累，於是就靠在樹下歇息。由於年代久遠，文溪和尙已經記不太清那座殘破石橋的具體位置，這樣一來，我們也不好找到那座西周古墓的確切位置。趁著休息的間隙，雁南歸爬上了參天的大樹，試圖尋找那座石橋。

「如果我沒記錯的話，那石橋應該在當時東郊的荒地裡，古墓入口就在石橋的下面。可是二十多年過去了，荒地或許早已經變成了良田。」文溪和尚坐在那裡低聲說道。

我拍了拍他的肩膀：「沒關係，咱們一會兒找人打聽打聽。」

就在我們休息的間隙，突然聽到身後不遠處傳來了一陣雜亂的馬蹄聲，還伴隨著一些聽不清楚的喊叫聲。

「怎麼回事？」我準備起身張望。

雁南歸「唰」地一下就從樹上落在了我的身邊，站穩了身子冷冷地說道：「有人打劫。」

我看了看嬴萱，又看了看文溪和尚，有雁南歸在，對付幾個打劫的毛賊還是綽綽有餘，只不過，我們並不清楚被打劫的人到底是個什麼身分，所以不知這個忙該不該幫？靈琚倒是疑惑地扯了扯我的衣角，抬起頭睜著水汪汪的大眼問道：「師父，爲什麼不去抓壞人？」

靈琚話音剛落，雁南歸就邁開了步子向那邊走去。無奈，我也只能跟在了後面。嬴萱也跟了上來，留文溪和尚一人在這裡陪著靈琚。

繞過幾棵大樹，就能看到那邊的情形。只見三五個毛賊圍住了一輛裝飾考究豪華的馬車，正舉著大砍刀脅迫車裡的人下來。

「幹什麼呢！」我大喝一聲，企圖震懾住那些毛賊。可他們畢竟也是混跡於綠林的土匪，自然不會那麼容易被嚇到。他們聞聲紛紛轉身，看到我們這邊只有三個人，其中一名還是個女的，於是就笑嘻嘻地扛著砍刀上前，暫時放下了馬車。

「喲，還眞有不怕死的呢？」其中爲首的一名土匪吹了聲口哨，剩餘的幾名就掄著武器上前。

他們的目標竟然很一致，都朝著嬴萱奔去。

事實證明，他們的選擇，是個錯誤。

嬴萱輕蔑地笑了笑，隨手抽出弓箭拉滿了放箭出去。箭箭正中目標，都不是什麼要害的部位，四名土匪雙腿中箭立即倒地，瞬間就失去了戰鬥能力。我甚至都還沒抽出玄木鞭，這場戰鬥便草草收場了。

為首的大佬嚇得連連後退，話都說不全，哆嗦著轉身就跑，甚至連自己的金背大砍刀都不要了。

嬴萱收起弓箭不屑地拍了拍身上的獸皮裙，對著我打了個響指，得意地笑了笑。

這時，從馬車裡走下了一名中年男子，一身黃衫，大腹便便，穿著打扮看起來，倒像是個油頭的商人。

2

那男子探出頭先是張望了一番，見並無危險，便小心翼翼地走下了馬車。他的臉龐微圓，頭髮梳得鋥光瓦亮，像是抹了鍋底的油。身材粗矮，卻著一襲繡花黃袍，掩蓋了他渾圓的肚皮。他扶著馬車驚魂未定地看了看我們，隨即摸了一把額角的冷汗。

「多謝，多謝……」他連連對我們拱手作揖，我也急忙禮貌地回禮。

「舉手之勞，不必言謝。」我上下打量著這名男子，猜測他的身分。

深秋時節，氣溫不高，那男子卻在不停地冒汗，應是身子比較虛。他看我在打量自己，於是咧開了厚嘴唇笑了笑道：「在下鄭商陸，方才多虧幾位出手相救，不如跟在下去前方不遠處的麵魚鋪子，我請幾位吃個便飯如何？」

我們剛剛吃罷了麵魚，於是婉拒了這位鄭先生的提議。我們正準備告別，嬴萱卻突然停住了腳步，疑惑地轉身問道：「鄭商陸……你該不會是賣麵魚的黃袍鄭吧？」

嬴萱這麼一提醒我也頓時反應過來，於是向他投去了詢問的目光。只見那矮胖的男子不好意思地笑了笑，一邊擦著脖子上的汗水，一邊回答道：「正是在下，正是在下……」

「謔，遇到活的了！」嬴萱大大咧咧地上前拍了拍鄭商陸的肩膀，笑嘻嘻地說道，「你們家的麵魚眞不錯，我們剛從那邊過來。」

「哪裡，哪裡……」鄭商陸倒是十分謙虛，連連拱手。他說話總是喜歡重複，不知是怎麼養成的習慣。

我見他出汗特別嚴重，心裡便泛起一絲疑惑。於是，我不動聲色地進行探夢，看看這位黃袍鄭到底是怎麼回事。

默唸心法，我再度睜開眼，眼前的景象卻讓我大吃一驚。只見那黃袍鄭肥碩的身軀上居然爬滿了紅色的螞蟻，厚密的一層螞蟻緊緊包裹住他的身子，而那些螞蟻和上次在少林寺塔林中試圖擄走慧芳和尚的螞蟻幾乎一模一樣！

我驚訝地倒吸一口涼氣。

嬴萱不明就裡地看著我：「怎麼了？」

「沒事……我腳抽筋了。」我急忙打圓場，隨即朝嬴萱使了個眼色，她便立刻閉上了嘴不再說話。

看來，這衛輝定是那些紅色螞蟻的老巢了。

「對了……鄭先生，我還有一事相求。」我轉移了話題和視線，笑著問道，「不知你是否知曉，二十多年前，在衛輝東郊荒地處有一座殘破的石橋，不知現在那石橋在什麼位置？」

我話音剛落，更讓人疑惑的事情發生了。只見黃袍鄭聽了我的話後，忽然臉色大變，雙眼一沉，轉身就上了馬車催促車夫離開，連一句告別的話都沒有。我和嬴萱看著遠去的車轍面面相覷，不知道自己剛才到底哪裡說錯了話。

「他心裡有鬼。」這時，遠遠站在後面的雁南歸走上前冷言道。

是的，黃袍鄭顯然心裡有鬼。他一定是知道石橋下面有古墓的，再加之他身上出現了古墓中的紅色螞蟻，就更加印證了他對古墓的事情有所隱瞞。可是眼下我們沒有交通工具，根本無從追趕黃袍鄭的馬車，只好先到靈琚他們那裡，隨即再商量對策。

我們四人交流了意見，我提議還是先往東走，一邊走一邊打聽，或許能有所發現。文溪和尚雖然有些焦急，可是眼下並無更好的方法，只好默認了我的看法。

倒是嬴萱提出了不同的意見：「姜楚弦，你剛剛不是說，你看到那黃袍鄭身上爬滿了紅色螞蟻麼？那我們為何不從他身上下手，說不定能查到關於古墓的事情，這樣也好過貿然進入古墓，帶來不必要的危險。」

嬴萱說得不無道理，可是眼下已經耽誤了這麼久的時間，若再去轉過頭來調查黃袍鄭，我怕文溪和尚更加擔心自己的妹妹。

文溪和尚似乎看出了我的心思，仍舊面帶春風地對我笑了笑：「嬴萱說得對，我們對古墓下面的結構並不瞭解，貿然闖入也是死路一條。不如先從黃袍鄭下手，看看古墓到底有什麼玄妙。」

既然文溪和尚都不說什麼，那我們也就沒什麼可商量的了，於是改變了方向往城裡走去。要打聽到黃袍鄭在哪裡，其實並不是什麼難事。作為衛輝最大的商賈之一，黃袍鄭的麵魚鋪子遍佈了整個衛輝，而村民對於黃袍鄭幾乎是無人不知，無人不曉。我們去了城裡，隨便找了幾個擺攤的村民，就輕鬆問出了黃袍鄭的住址。

我們按照那些村民們所說，找到了黃袍鄭的宅子。

那是一座古香古色的老宅，看起來十分有底蘊。院門處有一股淡淡的檀木香充斥在身旁，鏤空的雕花窗柏中射入斑斑點點細碎的陽光，院外粉牆環護，綠柳周垂，三間垂花門樓，四面抄手遊廊。

我們沒有貿然去敲門，而是繞到了院子的後面。我踩在文溪和尚的肩上，扒著院牆朝裡面觀望。只見院中一片旖旎之景，甬路相銜，山石點綴，整個院落富麗堂皇，花團錦簇，一帶水池，曲折遊廊盤旋而下。果然是大商賈的家宅，就這般草草看上一眼，就知道黃袍鄭家底有多麼深厚了。

文溪和尚放我下來，我拍了拍身上的灰土，搖了搖頭：「宅子裡沒有人，要麼是出去收賬了還沒回來，要麼就是故意躲咱們。」

文溪和尚點點頭：「說得有道理……那我們現在該怎麼辦？」

怎麼辦？我環顧四周，正巧看到了黃袍鄭家宅對面的三角小樓，於是挑了挑眉指給他們看。

那是一家客棧，本來我們今夜也應該在衛輝投宿，倒不如就選擇這家客棧來得方便，既能觀察到黃袍鄭的一舉一動，又能隨時下樓對他進行圍追堵截。走了一天也是有些疲憊，我們五人二話沒說就鑽入了客棧，要了兩間廂房，輪流值守。雁南歸和靈琚昨夜都睡得飽，便主動提出了承擔監視黃袍鄭宅子的任務。我和嬴萱還有文溪和尚如釋重負，躺下沾床就睡下了。

迷迷糊糊不知道睡了有多久，恍惚中似乎聽到了有人在講話，可我實在太累不想睜眼，於是翻了個身繼續睡，一邊睡還一邊側耳細聽。

講話的人正是靈琚。

那甜甜糯糯的嗓音很好辨認，只聽她語氣十分溫柔地在對雁南歸說著什麼，我努力支起耳朵，收聽任何可能錯過的聲音。

「小雁，你放心，我會好好保護你的。」

什麼鬼……這小丫頭腦袋被門擠了吧？保護雁南歸？那種冷血戰士豈是你一個小丫頭片子能保護得了的？我有些好奇，不知道他們二人在幹什麼，於是悄然翻了個身，偷偷睜開了一隻眼，還不忘用被子掩蓋住作爲掩護。

只見靈琚將小藥簍放在身邊，桌案上是一堆新鮮的草藥。雁南歸坐在窗戶旁的椅子上側臉望著對面黃袍鄭的家宅，臉上居然帶有一絲少見的羞澀，他的上半身幾乎僵硬，根本不敢轉頭看向身旁的靈琚。

喲，野鳥還有這般窘迫的時候？

我好奇地看向靈琚，只見她跪在旁邊的椅子上，雙手接過雁南歸的右手細心往上面塗藥，而後又找出繃帶，用她粉嫩的小手一圈一圈地幫雁南歸進行包紮，最後還不忘打了一個漂亮的蝴蝶結。做完這一切，靈琚鬆開了雁南歸的右手，滿意地上下打量著包紮好的傷口，開心地長舒一口氣：「好啦。」

雁南歸聞聲急忙收回了右手，雙目緊盯對面的宅子，並沒有對靈琚做出任何回應。神情雖然依舊冷漠，可我看得出來，他內心肯定早已經翻江倒海了。

「小雁，靈琚以前什麼都不會，你們要是受了傷，靈琚什麼都做不了……但是從今往後，靈琚一定會好好學習醫術，一定努力保護好小雁！」靈琚的翠綠布衫晃了我的眼，讓我有種說不出的感動，雖然這小丫頭隻字沒提我，但是這種成熟的擔當卻讓我感到很欣慰。

雁南歸抬起自己被細心包紮好的右手在眼前看了看，臉頰飄過一絲緋紅。他沒有言語，只是突然壓低了身體彎腰向靈琚湊了過去。靈琚傻站在那裡吸著鼻子不說話，笑嘻嘻地看著雁南歸。

雁南歸距離靈琚越來越近，高挺的鼻梁幾乎要觸碰到靈琚，涼薄蒼白的雙唇已然要貼上靈琚的額頭。

我心頭一驚。這野鳥……想要幹什麼？！

不行！怎麼能讓這該死的野鳥佔我靈琚的便宜！我管不了那麼多，猛然從床上一躍而起，同時大喝一聲：「你幹嘛呢！！」

靈琚嚇了一跳，小身子猛然一抖。雁南歸卻沒有反應，身子一歪，彎腰就撿起了靈琚掉在地上的草藥。

原來這傢伙是要彎腰撿草藥？！

我果然想多了……靈琚還那麼小……完了，好尷尬。我坐在床上一時間不知如何是好，突然靈機一動，又大聲叫道：「呔，妖孽，還不束手就擒！」說完雙手張牙舞爪揮舞了一番，隨即立刻再度躺下，佯裝熟睡。

「吶，師父夢遊呢。」靈琚吸了吸鼻子，笑著轉頭對著雁南歸說。

雁南歸沒有說話，尷尬地將臉別向一旁，再也不說話了。

3

經剛才這麼一鬧騰，我再也睡不著了，硬挺著身子躺了許久，直到聽著雁南歸和靈琚都不再說話，我才緩緩坐起身子伸了個懶腰。

「吶，師父醒啦？剛才師父說夢話了呢。」靈琚從椅子上蹦下來跑到床邊，雙手扒著床沿笑嘻嘻地看著我。

「是嗎？」我尷尬地笑了笑，抬眼看了看雁南歸。雁南歸仍舊是盯著窗外，根本對我無動於衷。

「靈琚不小心打碎了茶杯，小雁幫我收拾的時候割破了手掌。」靈琚及時向我彙報，「不過靈琚已經幫小雁包紮好了呢！師父你看。」靈琚轉身跑到了雁南歸身邊，拉起他的手就向我展示著自己的傑作。

我站起身披上長袍，睡在對角的文溪和尚還沒有起床，我打了個連天的哈欠走到窗戶邊望了望對面黃袍鄭的宅子，又低頭瞧了瞧靈琚包紮的傑作，隨即不經意地問道：「有什麼情況？」

雁南歸沒有說話，只是搖搖頭。

我也閒來無事，就倚著窗子百無聊賴地觀察著來往的人群。說也奇怪，此時明明已是深秋，寒風蕭瑟，可這衛輝城裡來往的村民卻都衣著單薄，即便如此，還有不少人在不停地擦汗。我突然意識到這個問題，不由得緊張了起來。

「探夢。」雁南歸一直在這裡觀察，應該早就發現了他們的不對勁，於是轉過頭來看著我輕聲說道。

我點點頭，默唸心法，再次向窗外望去。

眼前的景象令我大吃一驚。街頭來往的村民，不管是老人還是少年，竟然全身都爬滿了血紅的螞蟻，密密麻麻的紅色斑點佈滿全身。放眼望去，街頭竟無一人完好，整個衛輝都已經被紅色的螞蟻攻陷，所有人都被如此的噩夢纏身，怪不得人人都無精打采，大汗淋漓。

這……我驚出一身冷汗。我從未見過如此大規模的噩夢，而且是數量龐大卻完全相同的噩夢。這些血紅的螞蟻如同蠶食人生命的惡魔，正侵佔著整座衛輝城人的身體，通連了所有人的夢境，營造了一個有史以來我見過的最大的噩夢，將原本平靜的小城變成了一座可怕的煉獄。

「怎麼樣？」雁南歸看我表情驚愕，便急忙打斷了我的思索。

「全、全城的人，身上……身上都爬滿了那紅色的螞蟻……」我吞吐著回答，還未從震驚中平復。

「看來沒必要等黃袍鄭了。」這時，文溪和尚也坐起了身子，聽到我和雁南歸的對話後表情凝重地說道。

怎麼可能……全城的人都被同樣的噩夢纏身？我跟在師父身邊二十多年都從未見過如此的情形，這該是何等的邪物在作怪？一般的邪祟營造出一場噩夢侵入體弱心虛的人已經實屬不易，像鎮河鐵犀那樣同時讓劉大和劉二陷入同一個夢魘的情況本就少見，可這樣大規模不分老弱年少的入侵夢境，定是有什麼修爲極高的邪祟在背後搞鬼，竟然連一些身強體壯陽氣十足的男子的夢境都可以輕鬆入侵，一定是個十分棘手的角色。

正當我們不知所措的時候，黃袍鄭熟悉的馬車適時地出現在了道路的盡頭。

「說曹操，曹操到。怎麼，還要不要從他下手？」文溪和尚急忙關上窗子，避免我們被黃袍鄭看到。

我猶豫了。如果我們之前推斷得不錯，這些來自古墓的紅色螞蟻應該是某種毒蠱。雁南歸已經吃過一次它們的虧了，就算我們四人全部化夢進入黃袍鄭的夢境，也不一定是那些蟲蠱的對手。而且遭受噩夢侵襲的人數量太多，我不可能一個個去進入他們的夢境，幫他們驅趕蟲蠱噩夢。

雁南歸見我猶豫不決，似乎猜到了我的想法，於是他走上前將綁著繃帶的手放在我的肩膀上說道：「我的傷勢已經無礙了。」

我還是有些不放心，轉而看了看文溪和尚。畢竟文溪和尚年紀最大，爲人沉穩，聽聽他的意見應該不會有錯。只見文溪和尚手中盤著無患子珠，深思熟慮片刻才說道：「現在就進入古墓太冒險，定是不可取的，我們還是應按照之前商量的，前去夢境中查看一番。」

我點點頭：「這樣，雁南歸和嬴萱今晚跟我去黃袍鄭的夢境中打探一番，先不急於解決那些噩夢，保存實力，打探清楚事情的因由就立刻從夢境中回來，再商討下一步的對策。怎麼樣？」

雁南歸沒有表示異議。

文溪和尚追問道：「姜楚弦，你能自由掌控何時從夢境中脫身嗎？」

我點點頭：「往常從夢境中脫身，一般分爲兩種情況：一是食夢貘先吞下噩夢中的邪祟，然後吃掉整個夢境導致夢境坍塌；二是夢境宿主自行醒來。不過，除此之外還有一種方法，就是直接讓阿巴吃掉夢境，不去理會作祟的妖物。這樣一來，雖然妖物沒有除去，並且它還會再次營造新的噩夢，食夢行動理論上來講也並沒有完成，但我們卻已經從上一個噩夢中脫身。」

文溪和尙聽後點點頭：「那就應該沒問題了。你們進入黃袍鄭的夢境中，查清楚事情緣由後便立刻讓阿巴吞下夢境脫身，不要進行沒有意義的戰鬥。」

商討完畢，我們叫醒了隔壁屋子的嬴萱，將計畫再次詳細說明。之後一起吃了頓晚飯，就等待著夜晚的降臨。

文溪和尙畢竟戰鬥力有限，並且需要有人來照看靈琚，因此他仍舊是留在客棧。入夜之後，我和雁南歸、嬴萱三人便離開了客棧，從黃袍鄭家宅的後院翻了進去。此時已經是夜半時分，遠處傳來的打更聲伴著草叢中的蟲鳴，夜色正濃，我們三人悄然沿著院牆快步走向黃袍鄭的房間。

雖說我們的計畫是儘量不要與噩夢中的邪物進行正面交鋒，只是爲了查看事情緣由，可是我心中仍舊在糾結。身爲食夢先生，既然都已經進入了別人的夢境，又怎能空手而歸？我怕到時候自己做不到放任不管，整個衛輝城所有人的安危現在都寄託在了我們的身上，如果情況允許，我定會清理掉噩夢中作怪的邪物，還村民們一個安穩的夜晚。

剔除夢境中的邪祟，本就是我的職責。

黃袍鄭已經睡下，可是屋子裡的油燈還亮著，有錢人家的作風就是不一樣。燈光下，鄭商陸的房間顯得富麗堂皇。房間一側放著一張花梨大理石大案，案上摞著各種名人法帖，並數十方寶硯，各色筆筒，筆海內插的筆如樹林一般。中堂牆上掛著一幅墨龍，右邊洋漆架上懸著一個白玉比目磬，旁邊掛著小錘。房間盡頭是一張精雕細琢的鑲玉牙床，錦被繡衾，簾鉤上還掛著小小的香囊，紗幔低垂，一副富庶商人的講究。

嬴萱在一旁的架子上觀望著各種值錢的瓷器，還不時發出陣陣讚歎。我拉起她後腦勺的辮子就來到了鄭商陸的床邊：「別亂動，小心外面遊廊上有夜巡的下人。」

嬴萱不滿地哼了一聲，撓撓頭就靠在西側的牆角不作聲了。

我站定到鄭商陸的床邊，掏出青玉短笛放在唇邊，輕緩吐氣，吹響了那首〈安魂曲〉。雁南歸站在雕花木門旁，隨時注意著外面的情況。

吹奏完畢，鄭商陸緊皺的眉頭才稍有舒緩，可是他的額頭仍舊在不停地冒汗，看來這些蟲蠱的實力並不容小覷。我若有所思地掏出了腰間的葫蘆，拔下了上面封印的蓋子。

阿巴幻化出獸形，我將今日化夢的計畫囑咐給它，它顯然覺得麻煩，可是想到終究還是能吃到一口夢境，也就不情不願地答應了下來。

「聽我的吩咐，我若讓你吞下夢境，你就立即行動不容耽擱，明白了嗎？」我反覆叮囑。萬一我們在夢境中遇到危險，阿巴又沒有掌握好合適的時機，那麼我們三人很容易出現危險。

阿巴不耐煩地扭動著圓潤的黃色身子：「知道了。姜楚弦，你眞是婆婆媽媽的。」

我苦笑兩聲搖了搖頭。

阿巴猛然張開大嘴，像是撕裂了另一個空間的入口，一舉將我們三人吞入口中，化爲一縷黃煙鑽入了鄭商陸的鼻孔中，踏入了黃袍鄭的夢境之中。

強烈的眩暈感預示著我們此次進入的並不是一個普通的夢境，這是糾纏在整個衛輝城所有人心頭的夢魘，也是我從未經歷過的挑戰。

我們三人根本無法保持平衡，隨著黃煙就跌入了萬丈深淵。

此時，全城的人夢境都相互通連，被一個未知的敵人利用蟲蠱操控。我們三人通過黃袍鄭爲入口，企圖查探這件事情的前因後果。一場曠古盛大的噩夢，即將呈現在我們的眼前。

4

不同於以往的輕微眩暈，這次我們進入夢境，卻如同是掉入了萬丈深淵一般重重地摔在了地上。我渾身幾乎散架，忍著劇痛爬起來，發現身邊的雁南歸已經站起，只有一旁的嬴萱陷入了昏迷。我吃力地挪過去晃了晃嬴萱的身子，企圖將她喚醒。

「什麼……怎麼回事？」嬴萱揉著腦袋坐起來，看樣子也是摔得不輕，迷茫地張望著四周問道。

我扶嬴萱起來，彎腰幫她撿起掉落在一旁的弓箭：「還不清楚，這種多人聯連的大規模噩夢，我之前也沒有來過，有一些不同尋常的反應也屬正常。」

環顧四周，這裡居然仍舊是在衛輝，只不過寬闊的街道上空無一人，兩側的商鋪也冷冷清清，整座城看起來死氣沉沉，耳邊不時傳來鴉雀嘶啞的叫聲，頭頂黑雲壓境，翻滾的墨雲裹挾著一道道閃電睥睨全城，冷風踏平村落。蕭瑟破敗的街道和我們擠在一起吃麵魚時候的熱鬧情景截然不同，之前熙熙攘攘的衛輝城，現在儼然成了一座空蕩蕩的鬼城。

「來了。」

突然，站立在我們前方的雁南歸像是嗅到了危險，立即握起了青鋼鬼爪。他話音剛落，遠處就傳來了一陣沉重且迅速的腳步聲。本著儘量不起正面衝突的原則，我急忙拉起嬴萱躲到了旁邊空無一人的雜貨鋪子裡。可是落在後面的雁南歸剛要跟來，卻又突然停下了腳步。

「南歸，你幹嘛呢！」嬴萱探出頭輕聲催促他。

雁南歸沒有理會嬴萱，反而是舉起了手中的青鋼鬼爪，眼神中憤怒的火焰幾乎要點燃他額前的白色碎髮。只見他單腿彎曲，右手緊貼鬢角，胸腔中低沉的怒吼像頭發狂的野獸，一副要迎戰的模樣。

來人究竟是誰，爲何雁南歸會出現如此憤怒的表情？

「不是說好了不要盲目應戰的麼！你在幹什麼！」雁南歸畢竟還是半妖，即使有一顆人心，但骨子裡卻存有野蠻好鬥的獸性，來人定不是善茬兒，他這架勢顯然是要展開一場惡戰。我見大事不妙，便立刻起身試圖去拉他進屋。

可是我剛一站起身，身後的嬴萱就驚慌地一把扯住了我的袍子輕聲喊道：「姜楚弦！你看！」

我一隻腳剛邁出雜貨鋪，轉臉就看到了對面腳步聲的主人，隨即便驚愕得說不出話來。健碩的身軀，高大威猛的體格，原始野蠻的形象，絡腮鬍鬚，黝黑的皮膚……那人手裡握著一把巨型鐵錘正向雁南歸走來，身披黑色的獸皮，赤裸的腳掌上沾滿了厚厚的一層泥土，和斑駁的老繭混在一起分不清五指。

這……鬼豹族人？！

鬼豹族人爲什麼會莫名出現在衛輝村民的夢境之中？難道說，這座西周古墓，居然也和中公豹有什麼關係？那些紅色的螞蟻，難不成也是鬼豹族在搞鬼？

我還未想明白，就被一股強大的衝擊力撞擊而跌倒在地。原來是雁南歸已經迎上了鬼豹族人的鐵錘，青鋼鬼爪和鐵錘相擊，刹那間迸發出強烈的氣流，兩側的草房瞬間被掀翻了屋頂，碎裂的屋脊和木板毫無章法地向我和嬴萱飛來，我急忙轉身推了嬴萱一把，將她推到了雜貨鋪櫃檯的後面。可自己卻躲閃不及，被半截木樁擊中。

這野鳥……專注戰鬥起來簡直對周邊不管不顧！這和脫韁的野馬有什麼不同？！

鬼豹族人和雁南歸的力量都極大，二者武器相撞，金花四濺，火光爆裂，巨大沉悶的聲響震耳欲聾，鬼爪和鐵錘都出現了高頻率的震動。一記重擊過後，兩人迅速分離，我甚至看到鬼豹族人腳踩的土地已然出現了凹陷，可想而知雁南歸是用了多大的力氣。

鬼豹族人張開大嘴號叫著示威，滿口尖銳的黃牙沾滿了齒垢，骯髒不堪。

滅族之仇，已經阻礙了雁南歸理智地判斷。他顯然是被對手激起了怒氣，瘋狂地舉起青鋼鬼爪，宛如一道疾風閃電迅速移動到鬼豹族人的身下，精瘦的身軀和高大的鬼豹族人形成了強烈的反差。只見雁南歸抬手一揮，對手烏黑的血液便濺落在側邊的磚牆上，散發出一股濃烈的腥臭。我和嬴萱根本無從插手，只好暫時先躲入雜貨鋪。

鬼豹族人體型碩大，因此較爲笨重。他腰部受傷，三條血淋淋的爪印赫然出現在他粗糙的皮膚上。可是他就像根本感受不到疼痛，抬手抹了一把不斷湧出的膿血，鼻腔中發出沉悶的吼叫聲，就邁開了腳步全力朝雁南歸攻了過去。

鬼豹族人手中的鐵錘看起來猶如千斤之鼎，即便是三個我也根本拎不起來。可鬼豹族人用他那粗壯的手臂輕鬆舉起鐵錘，瞄準了雁南歸的頭部就狠狠砸了過去。鬼豹族人的身軀異常龐大，宛如猛獸，這種力度的攻擊一般人根本接不住，若是拍在我的身上，我肯定早已成爲一灘肉泥。

好在雁南歸身手敏捷，和穿梭密林之中的雁雀一樣迅捷，白光一閃，他一個轉身躍起便輕盈地落在了已經砸空落地的鐵錘之上，再一蹬腿飛躍，他如同高空俯衝捕獵的雄鷹，捲曲的白色長髮如飄長的尾翼，青鋼鬼爪直擊鬼豹族人的面部。只聽「刺啦」一聲，鬼豹族人的雙眼就已血肉模糊，痛苦地鬆開握錘的手捂住自己碎裂的雙眼，高聲號叫起來。

這鬼豹族人……根本無法稱得上是「人」。

他簡直就是一頭狂躁的凶獸，若不是長了副獸人模樣，我根本無法將他界定爲「人」。他發出的怒吼聲如同林中獵豹，震得我雙腳發麻。一旁的嬴萱也是看傻了眼，驚得說不出話來。

雁南歸乘勝追擊，迅速轉身，燕步迴旋，抬手就向鬼豹族人的身後攻去。青鋼鬼爪準確地刺入鬼豹族人的後背，一擊掏心，雁南歸的半隻手臂都鑽入了對手的身體，青鋼鬼爪從鬼豹族人的前胸穿透而出，噴湧的污血濺落在雁南歸的白髮上，看得人心驚肉跳。

「南歸……」嬴萱嚇得說不出話來，愣愣地看著雁南歸猛然抽出右臂，鬼豹族人壯碩的身軀轟然倒地，一場實力懸殊的戰鬥迅速結束。

雁南歸仍舊面若冰霜，低頭看了看倒下的鬼豹族人，滿意地將沾滿黑血的青鋼鬼爪在對方的獸皮衣上擦乾抹淨，才一揮手收起了鋼爪，朝我倆這邊走來。

嬴萱看雁南歸往我們這邊過來，嚇得猛然往後一退，撞到了身後的木櫃。

我站在原地，雖然內心充滿了恐懼，卻仍舊堅定地一動不動，雙眼死死盯住雁南歸。

雁南歸走到我的面前站定，掃視了我和嬴萱一眼，就冷冷地開口：「沒事了。」

我猛然就抬起手給了雁南歸一拳，拳頭正中雁南歸的左臉頰，我用力不小，幾乎是用了自己全身的力量，可是雁南歸根本沒有受到任何影響，只是微微歪了下頭。他冰冷的嘴唇被我打出了一絲鮮血，他卻若無其事，依然一言不發地冷眼看著我。

「你有沒有想過！如果剛才靈琚也在，你還會那樣做嗎！！」我強壓住內心的恐懼和怒火，劈頭蓋臉地朝雁南歸吼道。

雁南歸聽到靈琚的名字明顯有所動容。我還是無法接受……那個將靈琚馱在肩膀頭戴小花的雁南歸，那個用滿是傷痕的雙手替靈琚紮辮子的雁南歸，那個彎下腰送給靈琚煙火的雁南歸……和剛才殘忍掏心殺害對手的，根本不是同一個人！！

「她並不在。」雁南歸眼神閃爍，淡漠地盯著我，並一口將被我打出的鮮血吐在我的臉上。

我氣不打一處來，再次上前給了雁南歸一拳：「即使不在，若是她知道她的小雁這般殘暴，她會怎麼想？！制伏對手的方式明明有很多，你爲什麼偏偏選擇最殘忍的那一種！！」

雁南歸也不躲，我的拳頭打在他冰冷的臉頰上，幾乎不留一絲傷痕。我知道，我這種程度的攻擊對他根本造不成任何傷害……我如此不過是在發洩自己心中的怨恨而已。

「夠了！不要再打了！！」嬴萱眼眶泛紅，上前攔在我和雁南歸之間，「別打了……我們、我……」

雁南歸看了看我，一言不發地轉身離開了。

我一拳打在身旁的牆壁上，疼痛奇襲我全身的神經。嬴萱抬手抹了把淚，拉起我就跟上了雁南歸的腳步。

「我們來這裡還有更重要的事情，剩下的……等以後再說吧。」嬴萱還算識大體，一邊好言相勸，一邊催促我跟上雁南歸的步伐。

是的……我們還有更重要的目的。眼下已經出現了鬼豹族，那麼說明這座西周古墓定是和申公豹、姜子牙脫不了干係。我握緊了拳頭，踩著一路血跡跟了上去。

城內仍舊是空無一人，只不過東方的天際出現了紅黑色的光芒，和那日在少林寺塔林看到的光芒十分相像，應該是那些血紅螞蟻在行動。我們三人二話沒說就朝著那個方向飛奔而去。

5

隨著我們的腳步，那束紅黑色的光芒離我們越來越近，走在最前方的雁南歸突然放慢了腳步，躲入了側手邊上的草垛後面。我和嬴萱見狀，也立刻跟著躲藏了起來。

「南歸，怎麼回事？」嬴萱企圖探頭出去看看前方的情況，卻被雁南歸一把攔下。

「噓。」雁南歸伸出修長的手指抵在唇間，示意我們不要作聲。接著，他伸出青鋼鬼爪將我們面前的草垛戳了個窟窿，我們三人就擠在一起透過這並不大的窟窿觀察前方的情形。

只見前方地面裂開了一條口子，閃爍的紅黑色光芒就是從那裡散發出來的，映透天際，地縫中還有無數的血色螞蟻正在不停地往外湧出，密密麻麻地給地面鋪設了一層紅棉絨的地毯。

「看那裡！」嬴萱顯然是發現了什麼，拍了拍我的肩膀就指給我看。

遠處那條地縫的旁邊，儼然有半截斷裂的石橋，幾乎被埋進了土裡，若不是特意去看，根本沒有人會注意到它的存在。如果這座斷裂的石橋就是當時文溪和尚遇到我師父的地方，那麼這下面的地縫，應該是連著那座西周古墓沒錯了。

大量的紅色螞蟻還在源源不斷地往外湧出，那些螞蟻像是有明確的目標，都朝著城裡的一個方向列隊爬去。沒多久工夫，我們就看見一大坨人形的螞蟻堆迅速往回走了，那情形很像當時慧芳和尚被螞蟻們包裹拖入洞穴，於是我不得不懷疑，這些紅色螞蟻是否從城裡又擄來了什麼人，正包裹著他往地縫中的古墓走去。

我的懷疑不多久就得到了印證，那些螞蟻在改變方向的時候，一部分蟻群密集起來，另一部分便跟著稀疏。而在那稀疏的部分，正巧露出了一個人的頭部，面部五官看得十分清晰，正是黃袍鄭那肥頭大耳的面容！

嬴萱剛要驚訝地叫出聲來，就被我猛地捂住了嘴巴。

黃袍鄭被蟻群拖入了古墓中，大量的螞蟻再度湧出，朝著城裡爬去。看樣子，這些螞蟻應是聽從了某人的號令，企圖將整座衛輝城給搬空。

「這些螞蟻……把村民都給抓進古墓裡幹嘛？」嬴萱不解地撓了撓頭，隨即疑惑地看著我。

我搖搖頭說：「不，這只是在夢境裡，這些村民只不過是在做被螞蟻擄走的噩夢而已。而少林寺塔林被擄走的那些小和尚，才是眞正的被抓進了古墓。」

嬴萱追問道：「那……村民爲什麼都會做這樣的噩夢？」

我咬緊了下嘴唇，思考片刻答道：「對手一定是個高人，他在利用夢境服務於現實，營造出如此大規模的噩夢，然後收集村民們在噩夢中產生的恐懼，進而來達到他的目的。」

「恐懼？」嬴萱杏眼微瞪，驚訝地看著我。

「沒錯。」我點點頭，「我曾經說過，夢境是意識的產物，而人的意識又是一種無形卻強大的力量。可是意識中不僅僅有好的情緒和正面的能量，就如同有光的地方一定有陰暗面，恐懼、厭惡、逃避、怨恨……這些意識中產生的負面情緒，會產生強大的邪惡力量。而這個在背後操控蟻群的人，一定是想要利用這股黑暗力量來達成他的目的。」

嬴萱和雁南歸聽後都陷入了沉思。

我歎了口氣，話鋒一轉道：「至於那些塔裡失蹤的小和尚，他們被敵人利用的則是實際的身體，所以現在情況最危險的，其實應該是他們，而不是這些陷入噩夢的村民。」

「你是說……文溪和尙的妹妹她……」嬴萱顯然聽出了我的擔憂。

「還不能妄下定論，我們先去查看一番古墓中究竟有什麼。」我這麼說不僅僅是爲了安慰嬴萱，更是爲了安撫我自己，努力讓自己平息冷靜下來，好想出萬全之策。

這些螞蟻身爲毒蠱，身上帶有劇毒。上次在慧芳和尙夢境中與牠們交手，我們並未佔上風，因此硬闖古墓顯然是行不通的。我正發愁，卻突然無意間瞥到不遠處的一畝韭菜地，我靈機一動，計上心頭。

螞蟻辨別方向和食物靠的並不是視覺系統，牠們的某些腺體在不同的情況下，能釋放出不同的化學物質瀰散在空氣中，產生不同的氣味。而螞蟻的觸角上長著靈敏的嗅覺器官，通過觸角的不停擺動，使螞蟻感受到充分的氣味資訊。因此，我們只要隱藏好自己的氣味，就可以逃過螞蟻的圍追堵截，進而順利進入古墓！

而韭菜，不僅有螞蟻討厭的刺激性氣味，而且還有消毒殺菌的功效，此時用韭菜來對付這些毒螞蟻是再好不過的了。我將計策說給嬴萱和雁南歸聽，雖然他們一副嫌棄的模樣，可是眼下別無他法，也只好照辦。

我偷溜到韭菜地裡，薅了幾把鮮嫩翠綠的韭菜回到草垛後面，然後用石頭將韭菜碾碎後均勻地塗在身上，不僅僅是露在外面的皮膚，就連灰布長袍上面也塗滿了韭菜汁。做完這一切後，我此時此刻就像一個剛出鍋的韭菜餡餃子，再來一盤老醋我就可以囫圇下肚了。嬴萱捏著鼻子不情不願地效仿我的做法，不一會兒，我們三人便成了綠油油的韭菜精，刺鼻的氣味讓人喘不過氣來。

我們先是嘗試著往地縫那邊挪動，發現凡是我們所到之處，蟻群便主動迅速地讓出了一條道路。身上濃重的韭菜味已經成功掩蓋了我們自身的氣味，於是，我們三人便大搖大擺地走到了地縫處，接連跳了進去。

裡面果然連接著一座石砌的洞穴口，看樣子應該是古墓的入口。伴隨著難聞的氣味，我們三人小心翼翼地走入這座關鍵的西周古墓，一探虛實。

這座神秘的千年墳塚此時此刻正一覽無餘地展現在我的面前，不管我是否從這裡誕生，它都給了我一種孕育的敬畏感。墓道中鋪設了堅硬的石板路，這裡明顯有人之前進來過，一些雜亂無章的腳印，還有兩側那熟悉的黃土，角落裡甚至有一些斑駁的污漬，無數的蟻群還正在我們的腳邊來來回回地穿梭，如同這座古墓忙碌的守陵人。

這裡畢竟是夢境，和真正的古墓一定還存在不少偏差。我這麼想著，沿著墓道一直往裡走，腳步聲空曠的回音撞擊著墓室四壁，越往深處走，光線就越弱，好在那些螞蟻的身上閃爍著血紅色的光芒，讓我們得以看清下面的路。

墓道的盡頭連接著一堵厚實的石門，石門兩側有雕花的把手，看上去風化嚴重，幾乎就要脫落一般。可是除了這兩個把手之外，石門並無其他的著力點。石門留了一條縫隙，僅夠蟻群來往穿梭。無奈，我和雁南歸分別拉緊了石雕把手，慢慢發力，將石門緩慢拉開。

石門並不像它所展現的那般沉重，它發出沉悶的巨響，我們待揚起的塵土散去，便彎腰走進了石門。沒想到這裡的構造十分簡單，石門後面連接的就是主墓室，空曠的主墓室連接了兩間耳室，僅此而已。墓室中央有一張桌案，上面竟然還擺著一盞油燈。我上前將油燈點亮，微弱的火光閃爍不定，卻足以將整個墓室照亮。

墓室中央有一口小型的石雕棺槨，上面貼滿了黃紙朱砂的符咒。我端起油燈上前觀察，卻根本看不懂這些符咒的內容，不過看這陣勢，這口石棺裡應該是被封印了某種危險的東西。安全起見，我沒有觸碰任何一張符咒，避免自己一不小心破了這封印的陣法。

「奇怪……」我上下打量著貼滿符咒的石棺，有種莫名的熟悉感襲上心頭，難不成我曾經來過這裡？就連我手中端著的油燈也顯得有些似曾相識。

「怎麼了。」嬴萱湊近打量了一下石棺，轉頭問我。

「這口石棺……不太對勁。」我急忙收回自己飄遠的思緒，回過神來正色道。

雁南歸被我的話所吸引，走上前只草草看了一眼便回答道：「尺寸不對。」

是的，雁南歸所說不錯。石棺的尺寸與平常標準大小的棺槨相差甚遠，足足小了一倍的體積，長寬比例也與普通的棺槨不同，形似等腰的梯形，這種大小的石棺，是根本不足以躺下一個成年人的，即便是幼童也有些勉強。

那也就是說……這口石棺裡，葬的是一隻小型動物……或者，是一名嬰兒？

我俯身貼在石棺上側耳傾聽，隨即用手指輕輕叩響石棺側壁。石棺內傳出的清脆回聲分明清晰地告訴我，這口石棺裡根本沒有東西！

「這……是口空棺！」我眉頭緊蹙，連連後退。

我本以為，只要弄明白這座西周古墓中究竟葬的是什麼人，就可以知曉這些不尋常事情的因由。可是眼下，這座西周古墓竟是一座虛塚，只有一口尺寸詭異且被符咒封印了的空棺而已，這樣一來，我們根本無從知曉這座古墓的主人到底是誰。

6

我本寄希望於這座古墓，可是現在，古墓中除了一口尺寸詭異的空棺之外竟別無他物。無奈，我剛歎了口氣，就聽雁南歸站在其中的一側耳室前招呼我們。

我和嬴萱快步上前，發現大量的紅色螞蟻都聚集在這裡，而耳室的角落堆放著許多大大小小的酒罈子，大的有半人高，小的只有碗口大小，全部都用紅泥封口，錯落有致地堆放著。而在那些罈子旁邊的地面上，正有一個深不見底的黑洞。

嬴萱正準備上前查看那些酒罈子，卻一把被雁南歸攔下：「萱姐！別碰那些毒蟲！」

嬴萱瞬間停下了腳步。

「這個黑洞就是連接少林寺塔林的地道。上次我從洞中出來，就是在這裡遇到了毒蟲的攻擊。」雁南歸指了指那個地洞對我們說道。

這麼說……我們面前這大大小小的酒罈子裡面，裝的就是那傳說中的毒蟲了？

爲了避免驚擾到那些毒蟲，我們不得不放輕了腳步。這間耳室不大，只有十幾個酒罈子而已，於是我們轉而向另一間耳室尋覓。可讓人失望的是，另一間耳室幾乎和剛才的那間一模一樣，除了大量的紅色螞蟻之外，就是一堆酒罈子而已。

這座掌握著所有關鍵線索的古墓，除了石棺和酒罈子之外，再也沒有其他的東西了。

我很失望，我甚至還幻想過進入古墓後展開一場生死之戰，可是眼下古墓就這麼大，根本沒有任何可以調查的東西。唯獨讓人比較在意的，就是貼在石棺上的那些符咒。可是現在我們身在夢境之中，帶不走任何東西，因此只能等回到現實之後再潛入古墓，將這些符咒臨摹下來帶走研究。

這裡不是久留之地，韭菜的氣味已然消散了不少，身邊的那些螞蟻們已經開始蠢蠢欲動，我們三人商議一番，決定先行離開。

我們剛要沿著來時的石門離開，出口處就迅猛刮進來了一陣烈風，風中摻雜著濃厚的血腥味，力度之大竟將我們三人一併吹倒在地。

「哈哈哈哈——」

一陣淒厲的笑聲從古墓的出口處傳來，隨著陣陣陰風，古墓的石門居然自動闔合，阻斷了我們離開的道路。而剛才將我們吹倒在地的那陣黑風，此時竟然幻化成了人形懸浮在我們三人的頭頂，那些血紅色的螞蟻就像是見到了食物般趨之若鶩，迅速圍繞在那人的腳下，數量越聚越多，竟然形成了一個由蟻群組成的階梯。

那人站定後優雅轉身，腳踩蟻群組成的階梯便向我們三人走來，一股撲面而來的血腥味直擊我們的鼻腔，我揮動衣袖企圖將這難聞的味道驅散，可根本無濟於事。

那黑影走下蟻群階梯後便站在我們三人面前開了口，聽聲音……居然是個女人！

「喲。別來無恙啊。」

我抬頭看去，來人居然是個一襲黑裙的女人，紅髮齊腰，眉如春山淺淡，眼若秋波宛轉，只是眼神中夾雜著一絲邪魅和殺氣，上挑的嘴角更是勾魂攝魄。隆胸纖腰，盛臀修腿，慵懶地披著墨色的長袍。但是她最惹眼的並不是那幾乎袒露的胸脯，而是她左臉頰上那道一指長的血紅色疤痕。

我不知道她究竟是在對誰講話，聽她的語氣，她一定是認識我們三人中的某一個。像我這樣的正直之人，是根本不會和這種絕色妖女有任何瓜葛的；嬴萱又生長在大草原，成天和野物打交道，應該也不會結識這類人物……那麼，就剩下半妖的雁南歸最爲可疑。

可是，雁南歸面對那妖女的招呼根本無動於衷，仍舊板著一張臉，一副事不關己的模樣。

我心裡正疑惑著，那黑衣紅髮妖女就突然站在了我的面前，微微一躬腰，她胸前那雄偉的溝壑便直逼我的眼睛。

什麼情況……我？

我驚訝地癱坐在地不知如何是好，卻見面前的妖女邪魅一笑，伸出自己的食指輕輕放在了我的下巴上，不容拒絕地用力一挑就將我的頭給抬了起來，隨即湊近了她宛如刀削的鼻尖，在我的臉上輕輕撩動：「還是粉嫩得很呢。」

我被她如此親暱的舉動給驚嚇到，她身上散發出的血腥味此時此刻就沸騰在我的面前，我渾身僵硬著不知該動哪隻手，倉皇的目光不得不遠離了她那惹眼的溝壑，而轉移到她臉上那道血紅色的疤痕上。

那妖女注意到我在看她臉上的傷疤，於是繡唇輕啓，冷笑道：「怎麼，拜你所賜，看起來是不是很有成就感呢？」

我？這妖女怕是認錯人了吧？

「哪來的騷娘兒們，吃我一箭！」一旁的嬴萱最先反應過來，站起身破口大罵，隨即拉開弓箭就射向這紅髮妖女。可這妖女根本就紋絲未動，只不過挑了挑眉毛，那呼嘯而來的三支利箭就像是瞬間抽離了所有力氣，在即將觸及妖女身上的瞬間，蔫兒了般掉落在地。

嬴萱和我都目瞪口呆。

「那、那個，你好像認錯人了吧……」我忍著臭氣熏天的血腥味，一邊往後挪動自己的屁股，一邊吞吐地回答道。

那妖女看我後退也不再逼近，而是站直了身子單手拖著自己的下巴，黑色的指甲蓋輕輕放在那飽滿的紅唇上，歪頭輕笑道：「呵呵，姜潤生，你就算是化成灰，奴家也都認得。」

我就知道！又是我那該死的師父惹下的情債……不過鬧明白了這些，我也就有了底氣，急忙扶著牆站起身，拍了拍灰布袍對著妖女嘿嘿笑道：「不好意思，你眞是認錯了。我不是姜潤生，我叫姜楚弦，是姜潤生的徒弟。」

可是那妖女聽後竟然也並不驚訝，而是細細品味著我的話，挑眉魅惑一笑，走上前一手搭在了我的肩膀上，順勢就要往我的懷裡鑽：「哦？又換了名字？潤生也好，楚弦也罷，對奴家而言都一個樣。」

雖然她身材和長相均屬上乘，可是我實在受不了她身上的血臭味，於是一把將她推開沒好氣地說：「哎你這人怎麼聽不懂啊，我說了我不是姜潤生，我師父早就失蹤了，跟我沒半毛錢關係。」

那妖女被我猛然推開，後退了幾步竟也不惱怒，反而笑得花枝亂顫：「哈哈哈，還說不是，不管你再換幾副身子，也都還是老樣子。」

我算是徹底講不明白了，不管怎樣，還是走爲上策。我衝著嬴萱和雁南歸使了個眼色，整了整剛才拉扯中亂掉的袍子，繞過那妖女就往石門方向走去。

「還是一樣。」那妖女竟忽然有些失落，站在那裡並沒有回頭，只是冷冷地低聲呢喃著。

我就當沒聽見，伸手就去拉那石門。

「還是一樣目中無人，還是一樣視我於不見，還是一樣冷漠無情，卻還是一樣那麼討我喜歡！啊哈哈哈哈！」那妖女突然發狂，厲聲奸笑，然後猛然抬手朝著我們這邊一揮，一束強烈的紅光就飛向我們。我只覺胸前悶疼，整個人一下子飛出了好遠，身子撞擊在石門上，「嘩啦」一聲，石門便整個被震碎。

我們三人遭了暗算，整個人跌坐在碎石之中。嬴萱因爲距離那女妖最近而傷得最重，轉臉就啐出一口鮮血，捂住胸口吃力地站起身。我也好不到哪兒去，根本沒有任何防備就吃了重重一擊，抽出了玄木鞭支撐在地上，努力調整著自己的呼吸。

只有雁南歸事先有所防備，早已護住了自己的要害，因此並無大礙。剛剛站定，雁南歸就反手抽出青鋼鬼爪，迅猛地朝那妖女反攻過去，動作行雲流水，沒浪費一秒的時機。

妖女沒料到雁南歸反應如此迅速，在煙霧中只見青光一閃，尖利的鬼爪劃著妖女的肩膀就掠向了後方。雁南歸一擊失手，後腳踩對面的石壁借力一蹬，再度向妖女攻了過去。

妖女連連後退，她顯然沒料到雁南歸是如此棘手的對手。只見她張開十指化作魔爪，用她那黑色尖利的指甲直接迎上了雁南歸的青鋼鬼爪，一聲鋼鐵撞擊的清脆響聲，二人迅速分開，還未等我看清戰況，他們就又相互撲了上去。

雁南歸根本不佔上風，妖女徒手就接住了雁南歸的招式；我和嬴萱遭她暗算而受傷，我們顯然不是她的對手。我已然準備好隨時喚出阿巴，好趁雁南歸有所空隙的時候讓阿巴吞下夢境醒來。

可是那妖女動作極爲迅猛，根本不給雁南歸任何喘息的機會。

我扶起嬴萱往古墓外退去，妖女在迎戰雁南歸的同時抬手一揮，那些血紅色的螞蟻就如同得了命令一般瘋狂湧向我們，瞬間包圍了我們二人。我們身上的韭菜味道顯然已經不起任何作用了，這些血色螞蟻，竟然都是這個妖女的手下。

妖女突然放聲大笑，雙手猛畫十字交叉，血紅色的十字斬正中對手的胸口，硬生生逼停了動作敏捷的雁南歸。妖女輕蔑地懸浮在空中，雙手一揮，無數的紅色螞蟻就撲向了我們，轉眼就將我們三人包裹了。

無數的螞蟻爬在我的身上臉上，強烈的酥麻感奇襲全身，讓我瞬間就起了一身的雞皮疙瘩。癢卻不能抓，痛卻不能揉，螞蟻鑽入衣服中，渾身所有的私密部位都被入侵者佔領，更多的恐懼衝擊著我的神經，讓我陷入絕望之中。

我們不停地揮舞雙手試圖將螞蟻從身上打落，可是數量極多的螞蟻讓我毫無招架之力，就連自己的鼻孔和耳朵裡都已經鑽入了螞蟻，身上又癢又痛，皮膚如同火炙，每一個毛孔似乎都填滿了螞蟻長著絨毛的觸角，絕望的恐懼感讓我渾身發抖卻又不能張口喊叫。

此時此刻，我只想找一把匕首自我了結，好結束這般痛苦的折磨。

7

絕望之際，突然一陣強烈的白光閃現，那懸在半空的妖女被晃得睜不開眼，也就是這麼一瞬間的工夫，我感到身下有股強大的力量將我一把托起，同時，白光籠罩在我的全身，而那群螞蟻像是見了剋星，「唰啦」就全部四散逃開了。

我還未從蟻群的恐懼中清醒過來，便感覺到耳畔有呼嘯而來的勁風。睜開眼，我才發現自己居然被一層透明的光環包裹著懸浮在半空中迅速飛離古墓。而且不單單是我，就連嬴萱和雁南歸也都同我一樣，正一臉疑惑地裹挾在光環中低空飛翔。

「咦，小哥哥，你醒啦？」

一聲銅鈴般清脆的問候傳遞到我的耳邊，我定睛抬頭看去，發現頭頂有一名渾身透著熒熒光亮的孩童，約莫只有六七歲的樣子，齊眉的劉海下面有一雙水盈盈的大眼。小孩子性別本來就不容易區分，再加上他身形近乎透明，讓我根本無從判斷他到底是男娃還是女娃，相比孩子而言，我更願意稱呼他為……精靈？

我試圖用手去觸碰他垂下來的手臂，卻抓了個空，這時我才發現對方根本就是一個立體的幻影，沒有實際的身形。

「是你……救了我們？」我疑惑地站起身，發現自己竟然能夠站立在這光環之中。嬴萱傷勢不輕，我急忙攙起她的手臂架在自己的肩膀上。雁南歸則十分警惕地觀望著那透明的小孩，一言不發地站在那裡。

那精靈般的孩童嬉笑著轉了個身，如同飛鳥般從我們的頭頂劃過，而後輕巧地落在了我們的身後，對著我們微微屈身：「我叫契小乖，是夢境的契約守靈。」

嬴萱和雁南歸都疑惑地看向我。雖說我常年遊走在夢境之中，可也從來沒聽說過這麼一號人物。不過這個契小乖雖然人小，但卻能輕鬆帶著我們逃離那妖女的魔爪，想來應是個厲害的角色。

「契約守靈？那是什麼？」我疑惑地問道。

「小哥哥，你不記得我了嗎？夢境由人心而生，經意識組成。每一個夢境都會派生出許多潛意識，那些意識不被人們所記起，被丟棄在記憶的長河深處，久而久之積累得越來越多，從而就生出了脫離本體的獨立意識，也就是我。我與夢境主人簽訂契約，負責守護夢境的平衡。」契小乖雙腿一蹬划到了我的面前，繞著我的身子轉了個圈，最後停留在我的眼前，咧開嘴笑嘻嘻地看著我。

我聽得雲裡霧裡：「夢境的平衡？」

契小乖點點頭：「是啊，你以爲夢境是虛擬的意識產物麼，其實不是的。每一個夢境都是一個眞實存在的世界，只不過平行於你所在的現實，所以你在夢境中才會感覺到痛，感受到眞切的體會。而夢境中有善也有惡，只有善惡均等，夢境才能保持平衡。如果惡佔據了上風，夢境就會失去平衡變成噩夢，這時就需要小哥哥你來幫忙啦。」

我一直認爲，夢境是不存在的虛無。可契小乖所說也不無道理，這讓我一直以來的世界觀遭到了挑戰。這麼說，我每次進入的不同夢境，都是一個平行於現實的眞實世界？那夢境中呈現出的一切，竟然都是眞眞正正的東西？

雖然接受這個觀點還有些困難，可我還是儘量讓自己平復下來，這才想起來向這位契約守靈道謝：「多謝方才救命之恩……那個，你認得我？」

契小乖顯然有些生氣，小嘴嘟起雙臂環抱，賭氣般把頭別向一旁：「小哥哥最壞了，竟然連小乖都不記得。」

奇怪，怎麼這次的夢境這麼多人認識我？我想到之前那女妖錯把我當成師父，於是連忙恍然大悟地回答道：「哦……我知道了，你是不是也把我當成姜潤生了？」

契小乖疑惑地轉過頭來，猛地飄向我，然後再猛然後退，頭一歪說道：「小哥哥你在說什麼呀？難道你又換名字了？」

「不是不是，你聽我說……我是我，姜潤生是姜潤生，他是我師父，我們不是同一個人，更不是換了名字。」我努力解釋，可是自己也越說越亂。

契小乖看著我窘迫的樣子掩面一笑不再計較：「算啦，你說什麼就是什麼吧，姜潤生姜楚弦，其實都一樣啦。」只見他揮了揮手，我們幾人便平穩地落地。這時我才注意到，我們已經飛了好遠，早已經逃離了那妖女的控制。

這裡應該是衛輝西郊的樹林，人跡罕至，各種野生的雜草叢生。落地後，我將嬴萱安置在一棵樹下休息，契小乖就坐在我們頭頂的樹枝上盪著雙腿，饒有興致地看著我們。

「小哥哥，阿巴呢？」契小乖一個倒掛金鉤就擋在了我的面前。

這小精靈居然知道阿巴？看來他的確應該和我師父有過交集。我本想一安全就喚出阿巴將夢境吞噬掉離開這裡，可是這古墓詭異的事情太多，那妖女是何人，製造如此通連的噩夢又是爲了什麼，失蹤的小和尚都到哪裡去了，這些對我而言都還是未知，而這個契小乖看起來又不像是對我們有惡意，我思忖片刻，興許我能從他的口中得出什麼線索。

「小哥哥，你是不是有好多問題想要問小乖？」我剛要開口，那小精靈卻好像是看透了我的心思般，狡黠一笑，翻了個身就落在了我們的面前。

既然被他看破，我也就不再隱瞞自己：「實不相瞞……我對現在發生的事情根本一概不知，如果可以的話……」

「當然可以啊，這可是契約守靈的職責呢。」契小乖小腦瓜一晃，就懸浮在了我的面前。

這傢伙絕對有看透他人心思的本領！

「看來小哥哥是新任的食夢先生吧？竟然什麼都不懂就敢來挑戰血莧。」契小乖語氣中略帶一絲嘲諷，讓我感到十分不悅。

「血莧？」

契小乖點點頭：「那妖女名叫血莧，是鬼豹族四大長老之一，也是鬼豹族中最魅惑、最妖嬈、最傾城的女人。可惜被你……哦不對，是被上一任食夢先生……嗯……姜潤生是吧？被他給劃破了臉頰，因此對食夢先生心生怨恨，所以才對你痛下殺手。」

「你是說，我師父曾經和她交過手？」我盤腿坐在樹下問道。

契小乖沒有回答我的問題，而是繼續說了下去：「本來血莧已經在上次的大戰中失去了妖法，可是幾十年過去，最近不知道她又找到了什麼新的方法，居然這麼快就恢復了修爲。我暗中調查，發現她居然佔了你的古墓在裡面養靈蠱，用的不是普通的毒蟲，而是最有靈性的男童！」

他短短幾句話的資訊含量實在太大，我聽得雲裡霧裡，不得要領，於是我急忙打斷他：「等一下……一個一個來。首先，血莧和誰大戰失去了妖法？」

契小乖抬手指了指我：「小哥哥你啊。」

「胡說，我從來沒見過她。」我急忙擺擺手。

契小乖不耐煩地回答：「行行行，怎麼非要較這個眞……那就叫姜潤生行了吧？是五十年前在和姜潤生的大戰中受了重傷，妖法盡失，容顏被毀，逃竄到了衛輝後山的懸崖下面，之後就再也沒有音信，直到最近才重新出現，妖法反而比曾經更加厲害了。」

我聽後點了點頭：「好，那第二個問題，什麼叫佔了我的古墓？這座西周古墓到底是什麼來頭？」

契小乖無辜地說道：「本來就是小哥哥你的古墓啊……我又沒有說錯。」

我愣住了：「你的意思是，這古墓裡葬的是我？」

契小乖點了點頭。

「去你的，別開玩笑。」我正色道。

「沒有開玩笑啊，這古墓就是小哥哥你的家，也是你的誕生地，更是你傳承命脈的關鍵。」

契小乖的這句話像是一句咒語，聽到「傳承」二字之後，我便像是開啓了深層封存的記憶，一股熟悉的感覺由心底而生，可又講不明白到底是什麼。根據文溪和尚之前所說，我師父將我從古墓中抱出，難道說，我眞的是在這古墓中誕生的？

契小乖見我不說話，就在我眼前揮了揮手。

我猛然回過神來：「我眞的……是從那古墓中生出來的？」

契小乖仍舊是無辜地點點頭。

聯想到古墓中尺寸奇異的石棺，我不禁倒抽一口涼氣：「難道那口空棺……是我曾經躺過的地方？」

契小乖不厭其煩地繼續點頭：「石棺不是空的，每隔一百年，裡面就會孕育出一個新生的嬰兒，那嬰兒就是小哥哥你啊。」

胡說……人怎麼可能憑空出現在密封的石棺之中？沒有男性精種，沒有母性孕育，怎麼可能無端生出嬰兒來？還是在這種詭異的古墓裡的石棺中？

契小乖看我不相信，於是擺弄著自己的指頭說道：「小哥哥要是不信的話，等一百年再來看看不就知道了。」

「我怎麼可能活得了那麼久……」我聽罷輕笑，脫口而出卻又戛然而止……爲什麼不可能？我師父的年歲本就是個謎，四十年前在仙人渡鎮邂逅寶璐姑娘，五十年前又與妖女血莧大戰……難道說，我和我師父一樣，都擁有長生不老的壽命？？

「不是長生不老哦，是不多不少，剛好活一百年。」契小乖顯然是看透了我的心思，立即補充道。

這下，不僅僅是我，就連一旁休養的嬴萱和雁南歸，也都瞪大了眼睛震驚地看向我。

8

一百年？！

在這個年代，人類的平均壽命不過六七十歲而已，可我又為何擁有不多不少剛好一百年的壽命？

「每一任食夢先生的壽命都是不多不少剛好一百年，因此在你成年之後，身體的成長代謝便會放慢，俗話說也就是老得慢、活得久，這可是你曾經親口告訴我的呀。」契小乖不問自答，輕笑而言。

不用問我就知道，契小乖所謂的我親口告訴他，一定就是我師父曾經告訴他的。

那這麼說，我和我的師父一樣，樣貌相似壽命相等，那麼……難道我師父同我一樣，也是從這石棺裡蹦出來的？

契小乖看我在思考，便及時回答了我心中的疑問：「具體情況我也不便多說，小哥哥你只需記住，你是從古墓石棺中生出的，且擁有百年的壽命，至於其他的事情……你會慢慢明白的。」

看來我師父還是有所保留，並沒有將自己所有的秘密都告訴眼前這個鬼靈精怪的小娃娃。不過這也讓我更加迷茫了，為何我會從古墓中誕生？為何我與師父的體質如此特殊？我和師父究竟是什麼樣的關係？師父失蹤又和這些事情到底有怎樣的關聯……我現在根本無法推理出這些事情之間的關係，因此焦頭爛額，心情煩躁。

契小乖看出了我的心思，忽然笑了笑貼近我說道：「小哥哥不要灰心哦，說不定……知道這其中內情的，還另有其人呢。」

對啊！我瞬間醍醐灌頂——那個五十年前和我師父大戰一場的鬼豹族妖女血莧！我怎麼把她給忘了！她和我師父關係密切，說不定她會知道一些我想要得到的內情。

可是那妖女脾氣乖戾且妖法極強，要想讓她主動告訴我內情是不可能的，除非我能夠順利制伏她。我想起之前契小乖的話，便急忙尋找一切可以打敗血莧的方法：「你說那妖女血莧，是依靠養靈蠱來恢復修爲的？」

契小乖點點頭：「是的，血莧是擁有操控昆蟲能力的鬼豹族人。五十年前大戰之後，她逃入山崖，利用那裡的螞蟻幫她覓食恢復體力，並用自己的血供養了一批紅色的血蟻。她帶著這些血蟻佔了那座西周古墓，靠著那風水寶地聚集能量，並且讓血蟻挖了地道，抓來了許多童子，將童子封入酒缸中，以血供養，待七七四十九日後，酒缸中的童子就變成了一灘血水，也就是強大的靈蠱。血莧喝下這靈蠱，妖力便突飛猛進。」

我們三人聽後極爲震驚。難道說……那些失蹤的小和尚們，都已經被血莧給煉成了靈蠱？！

該死！還是來晚了一步！

「那……血莧製造這麼大一個通連的噩夢，收集人們的恐懼，又是要做什麼？」一直沉默的雁南歸倒是十分關心這點，想起剛來到夢境中出現的鬼豹族人，想來這一定是鬼豹族一手策劃的陰謀。

契小乖搖搖頭：「這個我不清楚……但是血莧這樣的所作所爲，已經讓夢境嚴重失衡，再這樣下去後果不堪設想，說不定會威脅到夢境主人的安危，到時候，整個衛輝城的村民恐怕都會有生命危險。所以我才會出手相救，希望你們能幫助我除掉血莧，維持夢境的平衡。」

我握緊了拳頭青筋暴起，努力掩蓋自己內心的怒火。這該死又殘暴的妖女！居然用十幾名小和尚的性命來提升自己的妖法……不對！我突然意識到，如果靈蠱必須用男童來製作，那麼文溪和尚的妹妹一定是被血蟻當成男孩子而錯抓的，所以，現在唯一還有可能活著的，就是文溪和尚的妹妹了！

想到這一點，我便重新燃起了鬥志。現在目標很明確，打敗血莧，挽救衛輝村民的性命，救出文溪和尚的妹妹，問清楚關於我師父的事情。

可是……我們根本就不是血莧的對手。若不是方才契小乖出手相救，我們三人恐怕早就被那些血蟻蛀空咬淨了。想到此我便心有不甘，懊惱地皺緊了眉頭。

契小乖看我萎靡不振，於是拉起了我的手臂：「小哥哥你別著急，你在五十年前已經打敗過血莧一次了，小乖相信，這次你一定也行！」

「當年打敗血莧的人不是我，而是我師父……我師父精通五行符咒，武功極強，可我學藝不精，到現在也都是個半吊子，那點三腳貓功夫對付普通夢境中的邪祟就已經很吃力了，怎麼能和血莧抗衡？」我雖不想承認，可是事實如此。師父的那一套東西我根本就沒有熟練掌握，要不是嬴萱和雁南歸的幫助，我早就不知道死了多少回。

「我倒是想到了一個方法……或許你去找一個人，能夠對你五行符咒的提升有很大的幫助。」契小乖說著就攤開了我的手掌，用自己煥發著亮光的手指在我手心寫下了四個大字。隨即微微一笑，雙手一揮，我們三人腳下一軟，便跌入了深淵。

睜開眼，我們已然回到了黃袍鄭的宅子中。金絲床榻上的鄭商陸仍舊陷入沉睡，滾圓的肚子上下起伏。此時東方已經魚肚白，遠處也傳來了隱約的雞鳴聲，恐怕再等片刻就要日出了。我們三人急忙悄聲撤離，回到了對面的客棧小樓裡。

靈琚和文溪和尚都還在睡夢中，聽到我叩門，文溪和尚急忙披了衣裳起身。文溪和尚見我們三人有傷在身，便立刻叫醒了靈琚，騰開了床鋪後讓重傷的嬴萱平躺，一邊轉頭吩咐著靈琚拿藥箱，一邊就把上了嬴萱的脈搏。

靈琚很懂事地披上罩衫熟練地取來藥箱，同時手速極快地擺好了搗藥的工具，看了看雁南歸手臂上的血跡和傷口，二話沒說抓起一把止血的藥草便開始研磨，儼然一副小神醫的樣子。二人配合默契，若是外人看來，他倆才像是真正的師徒，我才是個礙眼的局外人。

「內傷不輕，你感覺如何？」文溪和尚鬆開把脈的手又趴在嬴萱的胸腔上默然靜聽了片刻，拍了拍嬴萱的臉頰將昏睡的她叫醒。

嬴萱整個人昏昏沉沉，吃力地睜開眼看了文溪和尚一眼，微微歎了口氣。

我雖然也有傷在身，可還是撐起身子挪了過去，將手放在嬴萱的額頭上，感受她的體溫。

「嬴萱，你別睡，你睜開眼！」我厲聲道。

嬴萱聽話地睜眼看了看我，無力地翻了個白眼：「老娘睏得不行，就……就讓我睡一會兒吧……啊！」

嬴萱突然一聲尖叫，我低頭看去，原來是文溪和尚在按動嬴萱的側腰。

「你個沒輕沒重的臭和尚……你要整死老娘啊！」嬴萱雖然有氣無力，卻還是不忘罵上兩嘴。

文溪和尚舒了口氣：「還好，只是肋骨斷了三根，沒有傷及內臟。」

靈琚聽到文溪和尚這麼說，轉臉就去抓藥煎熬。我看得驚訝，小丫頭這麼快就學會抓藥了？

「湯藥裡白朮減三錢，待會兒天亮了再去藥鋪抓點和尙頭一起煎服。」文溪和尙轉頭看了看靈琚吩咐道。

靈琚停下了手裡的動作，腦袋一歪不解地說道：「哎？和尙頭？」說著，她抬起小手指了指文溪和尙的腦袋。

文溪和尙笑了笑搖搖頭：「我說的是續斷，和尙頭是土叫法。」

「好的。」靈琚吸了吸鼻子轉身拿起狼毫小筆記在了草紙上。雁南歸站在靈琚身邊，默默看著她的動作，想出手幫忙，卻又不知如何下手，只好傻站著。

文溪和尙轉而又把上了我的脈，我手一抽縮了回來：「怎麼，嬴萱她沒事？」

文溪和尙笑笑態度強硬地拉回我的手按在了我的脈搏上：「她無礙，只是斷了肋骨。肋骨無法接移，只需固定休養便可自行癒合，已經讓靈琚熬了壯骨的藥湯，只需注意努力排痰，避免併發症就好。至於你……」文溪和尙鬆開了手，又翻開我的眼皮看了看說道：「本來就有內傷，加之血脈上湧，更應該好好休養才是。怎麼，夢裡面是有美豔妖女麼？搞得你這麼精血上腦。」

我臉瞬間通紅，想起血莧那般親密的挑逗，我便急忙乾咳兩聲，瞥了一眼文溪和尙轉身就出門了。

「咦，師父怎麼了？要去哪裡？」靈琚停下手中的動作，扯住了我的衣袖。

「你師父得去瀉瀉火，不然就算是神醫在世也救不了他。」文溪和尙一臉正色壞笑著戲謔道。

靈琚也不知道聽懂了沒有，鬆開了我的衣袖就繼續研磨草藥，一邊弄一邊嘟囔著：「黃連、夏枯草、梔子，都是瀉火除煩，清熱利濕，涼血解毒的藥材……」

我聽後臉一黑，瞪了文溪和尚一眼，就急忙轉身離開了屋子。

我站定在客棧的走廊上，清風徐來，清涼的感覺傳遞到我的肌膚上，我深吸一口氣默然攤開手掌，只見四個閃著螢光的大字赫然印在我的手心：

夢演道人。

Chapter 09

夢演道人

1

我們一行人有傷在身，因此決定在客棧中先行休息。

休養過程中，我將夢中所見所聞都告知了文溪和尙，他聽後雖然憂心忡忡，但畢竟還存有一絲希望。而此時此刻所有的希望，都寄託在了我的身上。我的傷勢雖重，但好在有天眼護身，很快便恢復好了。但嬴萱畢竟是個女人，斷了肋骨必須要臥床休養，因此我便趁嬴萱恢復的這段日子，踏上了另一條征程。

要打敗血莧，並不是那麼容易的事情。

我首先要做的，就是按照契小乖所說找到這位神秘的夢演道人，設法將五行符咒熟練掌握。幸運的是，文溪和尙居然聽聞過夢演道人的事蹟。他說，少林寺老住持和夢演道人曾經有過交往。據說，夢演道人是個不拘一格特立獨行的遊子，修仙問道，在世問存活了百年。他常年雲遊在各地，精通各種符咒道術。衛輝北面有座山，名叫蓋帽山，說它是山其實也是勉勉強強，不過是個隆起的小土坡罷了。在蓋帽山山頂有座殘破的道觀，那便是夢演道人傳說中的居所。

雖不知現在夢演道人是否在道觀中，但最起碼也得去碰碰運氣。於是，我懷一腔孤勇，隻身踏上了前往蓋帽山的路程。

那裡距離衛輝並不算遠，我雇了輛牛車，走了小半天就到了山腳下。道教從道家「天人合一」「身國同治」的思維模式出發，認爲瞭解天象有助於求道證道，得道成仙。所以稱爲「觀」，取觀星望月之意，常建於山頂。

牛車無法上山，我將牛拴在山腳下就開始了徒步攀登。蓋帽山不高，但是山路卻很陡，沒有規整的階梯可以借助，只能走一些坑坑窪窪的土路。我的腳板被土坑和石子磨得生疼，圓口布鞋的底子已經只剩下宣紙那麼薄薄一層。

爬到山頂天色已經漸黑，蓋帽山山頂長著一些張牙舞爪的枯樹，灰黑色的影子映襯在深藍的天幕上，像是一齣荒誕詭譎的皮影戲。

我氣喘吁吁地坐在一塊山石上休息，抹了把臭汗，將水囊裡的水盡數喝光，站起身跺跺腳，就準備走完這最後的一小截路程。

繞過幾棵楊樹，前方建築的飛簷就出現在了我的眼前。可與此同時我也不自覺地停下了腳步，一股莫名的熟悉感油然而生，這座道觀……難道我曾經來過？或者說，是在某個夢境中見到過？

這是一種很正常的現象，被稱之為既視感，指的就是未曾經歷過的事情或場景彷彿在某時某地經歷過的似曾相識之感。很多人都會有這樣的經歷，有時候會被人們稱之為前世的記憶。

其實這些都是潛意識在作怪。這些事情或場景其實都是你曾經經歷過的，但是當時並不被你注意，所以大腦就將它們存放在了記憶的深處，成為隱藏極深的潛意識，只有你再度到訪或者經歷這件事的時候，你的潛意識才會被喚醒，進而產生這種似曾相識的感覺。

而如果你長久地沒有再度經歷喚起這些潛意識，它們就會流亡在記憶長河深處，最後融合成長生出自己獨立的意識，也就是契小乖所謂的契約守靈了。

看來我冥冥中和夢演道人應該有過交集，可能是我小時候跟隨師父來過這裡，也可能是在某個人的噩夢中見到過這裡也說不定。

沒工夫細想，我整了整衣領和麻布圍巾，就沿著石子鋪成的小道，往道觀方向走去。

遠遠看那道觀倒還算體面，走近了才發現這道觀早已經破爛不堪，半邊的院牆早已經坍塌，碎落在地的石磚胡亂丟棄在野草叢中。道觀的大門早已經不知去向，就連腳下那一條石子鋪的羊腸小路，也斷裂成好幾段，稀稀拉拉地摔在草叢裡，和枯黃的乾草爲伍。

搖搖欲墜的窗子在夜風的撩撥下發出瘆人猙獰的吱呀聲，被扯斷的蛛網狼狽地掛在角落，彷彿我再往前走一步，腳步的輕微震動就能把那脫了漆的窗子框給震落下來。我站在破敗的道觀前，一時間猶豫了起來。

這道觀……分明是廢棄許久了。

裡面還會有人麼？恐怕道觀裡的小童道士早已經各回各家了。那麼一直雲遊在外的夢演道人，還會以此爲居所麼？

不管了，反正來都來了，都到跟前了總不能不進去吧？我乾咳了兩聲，道觀裡迴盪著空明的回聲，讓殘破的道觀更顯清冷。不知爲何，我突然自發打了個冷顫，渾身的汗毛都縮緊了口子，我裹緊了灰布袍，硬著頭皮就走進了道觀。

四周靜得嚇人，據我所知，修道要求「清靜無爲」「離境坐忘」，聽風聲鳥鳴，看日升日落，參拜神仙，觀摩法術，心病盡除，因此道觀往往都建立在深山老林中，尋求清靜。可是這裡靜得都有些不眞實了，我鼻腔裡發出的呼吸聲，此時都像是呼嘯著的勁風，黑暗與寧靜將四周所有的風吹草動都無限放大，樹枝的一個搖擺、腳下的一個腳印，都能成爲點燃這恐懼氛圍的火種。

就在我渾身發毛地走在道觀靜謐小路上的時候，我突然聽到了前方正殿裡傳來了一陣嬉笑。

聽到聲音後我先是定了心，想來這道觀裡還是有人煙的。不過隨即而來的卻是一陣更強烈的恐懼。

四下張望，這道觀裡沒有一個窗子是亮著燈的！

道觀本身就殘敗不堪，沒一個完好的窗子，打眼望去都是黑燈瞎火的。現在剛剛入夜，正是晚飯時間，如果這道觀裡有人，那爲何聚眾臥談而不點油燈？

難道說，那道觀裡談笑風生的……並不是正常的人類？

想到此我便警醒地抽出玄木鞭握在手上，默唸了兩句阿彌陀佛，就朝著談笑聲的源頭走了過去。

我沒有徑直過去，而是兜了個圈子繞到了前殿的側面，貓著腰來到了牆根下面。我背靠已經傾斜得幾乎搖搖欲墜的牆體，將耳朵湊了過去。

「東風！」

「碰！哈哈。」

「哎哎，等一下，這最後一圈兒了啊。」

「一卷三眞沒勁，打完趕緊弄吃的。」

……

我愣住了。這……分明是幾人圍坐在道觀裡打麻將啊。不過我驚異過後又是一陣惶恐，正常人家，誰會打麻將不點燈？

這道觀裡分明有蹊蹺，別的不說，他們肯定都不是正常人，不管是妖物還是邪祟，我一個人定不是他們的對手。我剛要轉身離開，腳下卻不小心踩到了一截枯樹枝，「咯嚓」一聲，我的心瞬間就提到了嗓子眼兒，而那屋子裡嬉笑的聲音也戛然而止。

「誰？」一個男子的聲音從我的頭頂傳來。我二話沒說轉臉撒腿就跑，躍過倒塌的廊柱，踩在乾枯的雜草叢中，朝著道觀破損的外牆跑去。

我跑得飛快，別的不說，論逃跑我還是算經驗豐富的。我沒有沿著原路跑，而是脫下自己的一隻圓口布鞋朝著反方向丟去，然後一瘸一拐地朝著另一個方向跑，轉了個彎就躲在一口缺了口的水缸後面。

我聽到有人追出來，一聲清脆的女聲傳來：「哎，鞋都跑掉了，往這邊追！」

我暗笑，這種小伎倆真是屢試不爽。

正當我暗自得意的時候，一個中年男子渾厚的嗓音從遠處傳來：「慢著！這麼一會兒工夫，不可能跑得那麼遠。在附近搜搜！」

完了，這真是怕什麼來什麼！水缸後面沒有別的出路，我現在只能一聲不發地躲在這裡，趁他們不注意再逃跑。

我暗自觀察，看著幾個黑影散落在道觀四周搜索，自己慢慢移動了腳步，隨時準備撤離。可誰知道我剛要移動，灰布袍子就好像被什麼東西給掛住，猛然逼停了我的腳步。我沒有回頭，不耐煩地伸手扯了扯衣服，可是袍子居然紋絲不動。

我一陣冷汗襲上腦門。

「嘻嘻，我找到你了！」

清麗的女聲從我身後的水缸裡傳出，我驚恐地回頭看去，只見那水缸裡居然伸出了一隻骷髏手掌，白骨在夜色中明晃晃的，正死死地抓著我身後的灰布長袍。

2

我被這突如其來的近距離問候嚇了一跳，兩腿一軟就坐在了地上。雖然神經緊繃，可是身體卻條件反射般握起玄木鞭就朝那骷髏手掌劈去，可是對方竟然更加靈敏，鬆開我的衣角縮回了水缸內，同時又從缺口處伸出了另一隻白骨手掌，猛然抓住了我沒穿鞋的那一隻腳踝。

這白骨力氣大得驚人，不管怎麼掙脫都紋絲不動。我只好抬手瞄準了它，就將玄木鞭直接戳了下去。

可我剛要下手，手腕卻也被什麼東西給抓住，玄木鞭停滯在半空中，對方稍一用力，我手腕一陣痠麻，玄木鞭便從手中掉落在地。我回頭看去，竟是道觀院牆旁邊的那棵枯樹，枝椏柔軟如同藤蔓，緊緊纏繞在我的手臂上。

合著這道觀裡是一院子的妖精啊?!

我不甘心束手就擒，決定孤注一擲。我猛然抽出另一條沒有被束縛的腿腳，輕輕用腳尖一挑，地上的玄木鞭便旋轉著飛起，我將身子用力往前一靠，一個勉強的側身試圖用另一隻手去搆飛起的玄木鞭。可是距離畢竟太遠，一側是骷髏，一側是樹妖，我的手幾乎是蹭著玄木鞭抬起的，可是距離握住它，還是有一定的距離。

完了。

我靈機一動，沒有去握玄木鞭，而是伸出雙指夾住了一張原始天符，觸及符篆的瞬間，玄木鞭也應聲落地。我急忙默唸心法，將勉強得來的符咒收至胸前：「陰陽破陣，萬符通天！火鈴符，破！」

一道微弱的火光從符咒中一晃而過，剛要朝著對手噴發出熊熊烈火，可那火勢卻如同燃盡了柴火般，噗哧一下，晃動幾下就不爭氣地熄滅了。

眞是關鍵時刻掉鏈子！我絕望地看著火鈴符化作一團灰燼，落入了面前的草叢中。

我腳下忽然一軟，身後的枯樹便伸出藤蔓般的枷鎖將我緊緊捆綁，骷髏手掌及時鬆手，我便被那樹妖顚倒了個兒，整個人被倒吊了起來。腦袋衝下，血脈上湧，不一會兒臉就憋得通紅。

一個白色的影子從水缸中鑽了出來，那竟是一具十分完整的骷髏骨架，能夠靈活自行移動。不過看起來結構鬆鬆垮垮，好像隨時都要散架，空蕩的兩個眼窩裡閃著異樣的光彩，走路還發出喀嚓喀嚓的摩擦聲。

它走上前站定，然後抬手猛地拔下了自己的骷髏腦袋，白骨手掌拖著它的腦袋就遞到了我的臉前，我甚至能看到它骷髏頭裡鑽進鑽出的蠕蟲，雪白的骨殼在月色下竟十分透亮。

我由於被倒吊，頭衝下位置比較低，這骷髏估計是沒法蹲下來，所以才採取了這樣的方式和我面對面。

它張開了整齊的牙齒，雖然骨架無法通過皮肉來表達情感，可是我能聽得出它開心的語氣，聽聲音，竟是個年輕的女孩子：「喲，本事還不小嘛，怎麼，想縱火啊？」

我腦袋充血十分不舒服，懶得理會她捧在手上的頭顱。

這時，一旁飄來了一朵幽藍色的火種，看上去和老墳地裡的鬼火一個樣。它像是有思維一樣分裂成多個小火種，照亮了周圍的光景。

那骷髏頭抬手撓了撓腦袋，但因爲腦袋是被自己捧在手中的，因此看起來詭異得十分好笑。

她張開一口整齊的牙口說道：「長得倒是不錯嘛，可惜是個男的。要是個美女該多好，扒了她的皮，我就有新衣裳穿了。」

我聽得後背發毛，徒勞地掙扎了一下，身子卻被那藤蔓拴得更緊了。

「哈哈，小賊，這鞋子是你的吧？」這時，一個成熟的女聲傳來。我抬頭看去，卻見一隻黑貓叼著我的圓口布鞋從遠處邁著優雅的步伐走來，到我面前後將布鞋往地上一丟，自己坐在那裡搖了搖尾巴，舔起了自己的爪子。

貓妖？這道觀難道是各類牛鬼蛇神的聚集地麼？

我雖然知道已無退路，可還是翻了個白眼對那黑貓說道：「不是我的，我路過而已，憑什麼抓我。」

剛說完這話我就後悔了。身後的樹妖再次將我翻了個兒，拉起我的一條腿就舉了起來，我那赤著的腳板上沾滿了灰土。那骷髏哈哈一笑，抬手將自己的腦袋給重新按上，拿起布鞋就穿在了我的腳上。

「喲，還眞是水晶鞋呢。方才在我們窗下偷聽的，就是你這個小毛賊吧！」黑貓抬眼看了看大小剛好的布鞋，轉動了泛著綠光的眼球說道。

我無力辯駁，只好選擇閉嘴。

「怎麼回事？」

這時，剛才在麻將桌上聽到過的中年男子的聲音再度傳來，我和那骷髏貓妖還有鬼火一同朝著聲音來源望去，就見一襲深紫色道袍的長髮男子正一手持拂塵，一手背後向我們邁步而來。

他的袍子是用上好的手工刺繡絲綢緞面製成，幾種深淺不一的紫色交相輝映，領間的暗紋像是某種符咒，玄之又玄。腰間別著一枚羊脂白玉的美佩，奇長的流蘇幾乎垂到了腳踝。他年紀看起來並不大，估摸著四十來歲的樣子，但也可能是修道之人延年益壽的緣故，再往上加個十歲也實屬正常。他的舉手投足都有一股仙風道骨在裡面，氣質如同詩書酒茶的文人雅士，正步履悠閒地向我們走來。

「大大，剛才的小毛賊就是他。」骷髏架子邁著磕絆的步子脆生生地朝那道長告狀。

紫衣道長站定後微微一抬手，那一直抓著我四肢的樹妖就瞬間鬆了綁，我一下子失去重心跌倒在地，狼狽不堪地站起身拍了拍身上的雜草，彎腰拾起了掉在地上的玄木鞭，沒好氣地瞪了一眼那道貌岸然的紫衣道長。

那道長看清了我之後，微微一笑，本就不大的雙眼立即變成了一條細縫，可那細縫中卻透著凜然的光芒。他將背著的手抬起，輕掃拂塵，衝我點頭笑道：「友人，許久未見，你又年輕了不少。」

我心一驚，隨即就意識到了什麼，急忙揮打衣袖上的塵土行了個禮答道：「您可是……夢演道人？」

那紫衣道長疑惑地停頓了片刻，隨即掐指默算，然後一副了然大悟的模樣：「正是在下。掐指一算原來已過百年……眞是白駒過隙，忽然而已啊。友人，沒想到五十年前一別，再見面，你竟已換了副面孔。」

「不不不，」我聽後連忙搖頭，我就知道他肯定也是把我給當成師父了，「在下名叫姜楚弦，您所謂的友人，應該指的是我的師父，姜潤生吧？」

夢演道人只是意味深長地笑了笑，側身一讓，對我做了個「請」的手勢。

我身邊的那群妖魔鬼怪們也都十分順從，枯樹恢復了尋常，一聲不發地站立在那裡；白骨骷髏架子拎著自己快散架的身子，喀嚓喀嚓地往道觀正殿走去；黑貓一躍而起，臥在了夢演道人的肩頭；至於那團鬼火，轉身就飛入了正殿的屋裡，點亮了幾盞油燈。

我跟隨夢演道人的腳步，走入了這殘破道觀的正殿之中。

殿內正是擺了一張木桌，上面攤著打了一半的麻將，那幾個奇怪的玩意兒竟當我不存在般，重新坐回到了麻將桌前。骷髏架子坐正南，上手是黑貓，下手飄著一團鬼火，而對面的位置卻空著，想來應該是夢演道人的位子吧。可是夢演道人沒有坐下，而是轉身去裡屋張羅著什麼。我站在那裡一時間不知所措，東看看西望望，觀察著破敗的大殿。

「喂，愣著幹什麼啊？」那黑貓發出了一聲女人的嬌嗔。

「叫我？」我回過神來指了指自己。

「不然呢。三缺一你沒看到啊，眞沒眼力見兒。」那年輕的骷髏丫頭竟和贏萱有些相像，一副大小姐脾氣，刁蠻地朝著我嘟囔著。

我傻眼了，身體卻不由自主地走到了麻將桌前，鬼使神差地坐下了。

黑貓一擺尾，麻將自動開始呼呼啦啦一陣洗牌。我啓完自己的牌後頓時傻眼，這什麼鬼運氣，牌也太臭了吧！

骷髏架子和鬼火依次出牌，我本身就不怎麼會打麻將，我師父倒是喜歡玩這個，我也是看我師父玩才看會的。我正著急地猶豫不決不知該出哪張牌才好，就突然聽到身後夢演道人說道：「打熟不打生，病牌不出門。友人，這可是你教我的。」說著，夢演道人站在我的身後，伸出手指從我的牌裡推出了一張三筒。

「哎哎，觀牌不語！」對面的黑貓倒是有了意見。

我見夢演道人回來了便立馬起身，可是夢演道人卻笑咪咪地按住我的肩膀讓我重新坐下。雖沒使什麼大力，可我半個身子都有些發麻。無奈，我只好硬著頭皮繼續將這場麻將給打下去。

3

接下來的麻將打得我焦頭爛額，本就不是擅長之事，再加上身邊坐了一些不尋常的牌友，更是讓我如坐針氈。

我已經被逼迫得無路可走，只能拆已經組好的牌。我手剛放在一張六條上，身後一直微笑不語的夢演道人開了口：「友人，你要輸了。」

我一頭冷汗，實在是無計可施，只好停下了手中的動作轉頭問道：「這牌局……輸的是什麼？」

夢演道人笑而不語，倒是坐在一旁的骷髏架子接了話：「什麼都可以哦，只要是對方提出來的東西，只要輸了，就都要賠。」

「什麼都可以？」我重複著骷髏架子的話質疑道。

一旁的黑貓點了點頭：「是的，就算是你的陽壽，輸了的話一樣也是我們的。」

一聽這話我就更加沒底氣了，手指一哆嗦就碰倒了邊沿的一張麻將，我慌亂地扶起擺好，深呼吸一口再次定睛掃視了一眼手下的牌，卻突然發現了另一種組合方式。不知是方才我太過緊張而忽視了，還是手下的麻將在我不注意的時候自己變換了排列。我喜上眉梢，抬手就扔出去了一張東風。

牌局從這張東風開始似乎出現了逆轉，一開始便聽牌佔據上風的骷髏架子氣勢漸漸衰弱。我默默算計著，在抬手摸出一張九筒的時候，就連我自己都無法相信——我居然和牌了？！

「我……我贏了？」我不敢相信地將麻將亮開，黑貓湊上來看了看，不屑地哼了一聲；鬼火沒有出聲，悄然將自己面前的牌一推，默默看著我；而對面的骷髏架子十分不甘心地站起來反覆查證，嘴裡還嚷嚷著我出老千。

骷髏架子這麼一說，我才想起來牌局之前好似是已經出了四張九筒，可是我在打出去的麻將裡扒拉了許久都沒有見到，難道是我之前記錯了？這時我看到身後的夢演道人對我頷首一笑，我才恍然大悟——根本不是我出老千，也不是我運氣好，而是夢演道人的功勞！

黑貓他們沒有深究，反而一副輸了就輸了的樣子。其實我剛才還在想，就算是我輸了，也不過是要我幾年陽壽罷了，反正據說我能活一百年，所以少活幾年其實也無所謂。所幸我在夢演道人的「幫助」下僥倖贏了，這下，談條件的主動權便落在了我的頭上。

骷髏架子一抬屁股坐在麻將桌上對我說道：「願賭服輸。說吧，你想要什麼？」

我站起身對著身後的夢演道人點了點頭：「在下姜楚弦，其實我來這裡是想要找夢演道人，希望尋求——」

我話剛說一半就被夢演道人抬手打斷：「友人，你想要的他們都能給你，唯獨我沒這個能耐。所以，不如你先問問他們吧。」

夢演道人說話高深莫測，我雖不太理解其中奧妙，可眼下別無他法也只好照做，於是轉身對著那三名奇怪的牌友說道：「我想要的……是能夠打敗鬼豹妖女血莧的方法。」

黑貓聽到血莧的名字，弓了弓腰打了個哈欠：「那個女人還活著麼？」

骷髏架子歪頭思考了片刻說道：「是那個臭烘烘的女人嗎？」

鬼火一直都沒有說話，聽了我的話後先是抖動了身體，然後從頭頂竄出一縷細弱的火苗。火苗像是炙熱的爬蟲，在我的面前懸空畫了一連串奇怪的符號。我正要發問，卻突然看到了熟悉的符文，那正是我之前研究五行符咒的時候缺失的那些步驟，我見狀急忙認真盯著鬼火頭頂翻滾曲折的火苗，記下那些關鍵的符文。

只要記下這些，使用五行符咒恐怕就不成問題了。

沒想到這鬼火雖不言不語看似沒有什麼攻擊力，卻懂得如此複雜的符咒之術，實乃人不可貌相的典範。

一旁的骷髏架子看我一副驚訝的表情，於是笑嘻嘻地對我說：「它叫無息，原本是靈寶天尊桌案上一盞油燈的燈芯，由於常年在靈寶天尊桌案之上，因此精通各種道術符咒。後來被粗心的小道童不慎打翻了油燈，無息不慎引燃了大火，因此落入了凡間。你之前使用的五行符咒是一種最基本的咒法，對無息來說簡直是小菜一碟。」

描繪著符咒的火苗漸漸熄滅，那些符文我已迅速背下記在心中。這名爲無息的鬼火完成教學展示後依然一言不發地飄至遠方的一盞油燈上，化作了燈芯上的一朵花火。

緊接著，骷髏架子低頭看了看自己兩側的肋骨，挑揀了半天才選出了一小截親手掰斷遞給了我。我莫名其妙地看著她，接也不是，不接也不是。

骷髏架子不耐煩地扯起我的手，粗魯地將那一小截肋骨塞進了我的手中：「幹嘛啊，我的寶貝都輸給你了，你還有什麼不滿意的。」

「不是……姑娘，我不是這個意思……」對方的聲音畢竟是個少女，我這樣猶豫不決的確很是失禮，於是趕忙道歉。

骷髏架子衝我擺擺手，白骨鬆散地晃動著：「什麼姑娘，人家有名字的。我叫青骨，是前朝皇族郡主，死後葬於皇陵卻遭賊人下斗摸金，屍骨被整個拖出棺槨散落在地，所幸被大大救下重新拼湊才獲得重生，不過……我現在的這些壽命，可都是我打牌贏來的。要不是我今天運氣不好，才不會輸給你呢。」

我聽了她曲折的故事後便急忙拱手彎腰笑道：「抱歉，青骨郡主，是在下失禮了。可是……這一截肋骨，對於打敗妖女血莧而言，可有何用處？」

青骨抬手放在了我的肩膀上，光滑的白骨上散發出了一陣奇香，我這才猛然意識到我手中拿著的這段肋骨，到底是個什麼法寶！

這叫那伽骨，是一種名貴的藥材，終年散發異香，味道可驅蟲殺菌。妖女血莧善於操控毒蟲進行攻擊，那麼只要這那伽骨在身，便再沒有任何昆蟲能近得了我的身。這對於我打敗血莧而言，實在是不可多得的寶物。

青骨看我似乎是認出了她的奇異骨骼，便轉身坐在了麻將桌旁，百無聊賴地看著那隻黑貓：「咩咩，該你了。」

原來這黑貓竟叫咩咩……不應該是喵喵或者咪咪才對麼？

黑貓站起身抖了抖腦袋，抬起後腿就在自己的耳朵上一陣抓撓。我站在那裡呆呆地看著黑貓搔癢，不知道牠又會展示出什麼樣的本領來。

黑貓終於撓舒服了，然後抬爪給我指了指面前的麻將桌。我湊近一看，竟然是方才牠從腦袋上撓下來的一根細軟的貓毛，黑亮纖細，宛如狼毫。

黑貓跳下了麻將桌走向夢演道人的身邊，用自己的身子蹭了蹭夢演道人的腳踝，然後翻身躺倒在地十分嫵媚地看著我說：「拿著吧，關鍵時刻可是能救命的。」

雖然不知道這根貓毛究竟有何作用，不過我已經意識到了這道觀裡的玄妙，於是趕緊像是得了寶貝一樣將它拿起收好，然後連連道謝。

夢演道人從始至終都沒有說一句話，只是一直面帶微笑地看著我們。

「好了，說好了最後一局的。今天運氣眞背，一直輸，不玩了，我要去覓食了。」那隻叫咩咩的黑貓在地上打了個滾就再度站起，頭也不回地躍過破爛的門檻，朝著夜色深處走去。

青骨也伸了伸懶腰，發出一陣密集的喀嚓聲，然後對著夢演道人擺擺手：「我也去睡覺了，大大晚安。」

夢演道人微笑著朝她點點頭，拂塵一擺，目送她離去。

道觀裡瞬間就只剩下了我和夢演道人。

4

窗外夜色正濃，遠處傳來了貓頭鷹的叫聲，迴盪在破敗空曠的道觀中，就像是睡夢中孩童的囈語，咿咿呀呀的不知道在說著什麼。夢演道人微笑看著我，看得我渾身發麻，於是我趕緊滿臉堆笑地道謝：「多謝夢演道人方才在牌局上對我出手相助。」

夢演道人笑著搖搖頭：「這些……可都是友人你之前教給我的。」

我有些尷尬，我知道師父那個老不死的總是喜歡研究一些歪門邪道，可我沒想到，他竟然連出老千這種事情都悉心研究過，甚至還教給了這麼一個看起來風度翩翩的道長，於是我趕忙轉移了話題：「那個……夢演道人，我其實……還有一事相求……」

「友人但說無妨。」他撩起紫色的道袍，端坐在了椅子上。

我也跟著坐下：「據您方才所說，五十年前我師父與血莧大戰的時候，您是否也參與其中？」夢演道人一抬手，遠處的茶壺便自動飄了過來，替我們斟上了芳香的綠茶。他接過茶杯抿了一口，就眯起眼笑著對我說：「我的道法還不足以與血莧抗衡，當時，我只不過是替友人出了幾個主意罷了。」

我一聽有戲，便迫不及待地追問道：「那，不知能否告訴我，當年我師父，究竟是如何打敗血莧的？」

夢演道人耐人尋味地挑了挑眉毛，睜開了一直笑咪咪的眼盯著我：「友人著實不記得了？」

我苦笑：「抱歉，我眞的不是姜潤生。」

夢演道人搖搖頭歎了口氣：「姜楚弦，姜潤生，其實沒有差別的。」

「什麼？」我不解。

夢演道人笑了笑，抬手伸出雙指，輕輕朝著我的頭頂敲下：「時機，未到。」

我怔住。

這……夢演道人的動作和語氣，都和我師父一模一樣！

夢演道人見我發愣，便微笑收回手岔開了這個話題：「當年友人打敗血莧，只不過用了一種最簡單的方法，利用了一種原始衝動的本能感情。」

我回過神撓撓頭：「願聞其詳。」

「相愛。」夢演道人輕啓雙唇，扔給了我一個俗不可耐的字眼。

夢演道人倚在椅子靠背上，手指輕點桌案，笑著搖搖頭，娓娓道來了一段五十年前我師父與妖女血莧大戰的故事。

「我常年遊歷四方，廣交好友，居無定所。五十年前，我在深山中閉關修煉之時，遭到了邪物的暗算，身中劇毒幾乎斃命。所幸友人……哦不，是當時的姜潤生路經此處出手相救，我才算撿回了一條命。後來，我就定居在蓋帽山上這座廢棄的道觀中養傷，期間，姜潤生也隨我一併住下。我倆整日餐霞飲瀣，促膝長談，觀日出日落，賞雲卷雲舒，夜釣、下棋、品茶、論道，好不快活。我自認活得久而見多識廣，可他卻像是活了千年一樣，天下之事無所不知。他甚至捉來一些弱小的妖物，教我們如何打麻將。遇見他之後我才認識到，原來世間竟有如此多的有趣之事。」

原來我師父在收養我之前並不是一直孑然一身，還有夢演道人這麼一個摯友，可我從未聽他說起過。我放下手中的紫砂茶杯，示意夢演道人繼續說下去。

夢演道人將手中的拂塵放在雙腿上繼續說道：「可是，不管我倆怎樣玩樂，姜潤生卻終日唉聲歎氣，似有什麼難言之隱。後來才聽他說起，他與妖邪種族鬼豹有著巨大的矛盾，而鬼豹族四長老之一的妖女血莧更是他的宿敵，他們二人糾纏多年卻始終分不出勝負。當時我轉念一想，就提出了想辦法讓血莧動情進而暴露弱點的方法。」

我聽後不由得疑惑起來，爲什麼我從未聽師父提起過他與鬼豹族之間的矛盾，難道是他在故意對我隱瞞什麼？鬼豹族是申公豹創立的種族，族人是人類與豹精的後代，身居蠻荒，力大無窮，過著原始人一般的粗礪生活，在與朱雀族的大戰中我便已經見識過他們的威力了。我師父又怎麼會和他們牽扯到一起，甚至幫助朱雀化身流火牆抵擋鬼豹進攻，難道說，我師父也是爲了保護天晷？

夢演道人見我陷入沉思，便繼續說道：「血莧畢竟是個女人，美色出眾，並且在鬼豹族中享有極高的地位。因此姜潤生便在我的指點下，轉變了一直以來跟血莧針鋒相對的態度，而是拿出了極大的耐心和心思，變著法討血莧的歡心。

「姜潤生本身就是個富有情懷和故事的男人，果不其然，他眼眸中那一絲的憂鬱逐漸吸引了血莧的目光，血莧也如同融化了的冰川，從此看姜潤生的眼神中就帶了一絲異樣的光芒。

「原本按照我的計畫，友人只需在日常與血莧的交往之中趁其不備給對手致命一擊，他與鬼豹族的糾葛就可以告一段落。可是到了後來，事情發展得已經脫離了我的控制，雖然姜潤生總是以『時機未到』來搪塞我，可我看得出來，在姜潤生的眼眸裡，也出現了猶豫的閃爍。」夢演道人說著，便再次伸出右手雙指，輕輕敲在了自己的頭頂。

我愣住了。原來我師父曾經對夢演道人也做過這個「時機未到」的動作，而且據夢演道人所說，我師父……竟然假戲眞做，眞的愛上了那妖女？

「不知是日久生情還是相愛相殺，二人的感情迅速升溫。後來，姜潤生就不再回道觀了，道觀中也終日變得冷清起來。我無所事事耐不住寂寞，就只好選擇離開了道觀，繼續雲遊四方。

「就這樣不知道又過了多久，一日，我突然收到姜潤生的一封飛鴿傳書，書云：

聞說故居雪花開，風吹盡，白皚皚。我織一片明月光，願爲君司南。長亭久空道且長，酒空杯，思君歸。

「我閱後欣然赴約。那是一個漫天大雪的夜晚，姜潤生約我回到這道觀，就在那棵千年古樹下溫了一壺黃酒，我倆沐雪而坐，對飲長談，一醉方休。那簡直是我一生中度過的最漫長卻又最短暫的一夜，我們都說了些什麼我早已不記得了，只記得我倆觥籌交錯，耳邊還恍惚有行酒令在迴盪。可是，清早酒醒，對面卻早已無人。大雪掩蓋了姜潤生離去的腳印，我無從知曉他到底去了哪裡。三天之後，山下傳來消息，說是妖女血莧被人重傷擊敗，落入山崖之中。那時候我就知道，姜潤生怕是再也回不來了。」

夢演道人說罷，臉上浮現出了一絲惋惜的苦笑。我從沒想過夢演道人居然與我師父的感情這麼深刻，即便是已經過去了五十年，再度提起，夢演道人對我師父的不辭而別也仍舊如此惋惜。這一刻我才明白，之前夢演道人看到我時眼神中閃爍的光亮，和那聲聲親切的「友人」，都究竟是從何而來。

夢演道人繼續說道：「後來，我便不再四處雲遊，而是隱居在這道觀中。我一廂情願地相信姜潤生並沒有在大戰中死去，我就知道，你一定還會回來。或許只是如你所說，時機未到。我獨居在此，卻經常出山遊玩，遇到了不少有趣的朋友，就將他們一併帶了回來。」

「你說的……是青骨郡主、無息，還有那隻黑貓？」我指了指遠處桌案上的油燈。

夢演道人點點頭：「是啊。我們都是被拋棄之人、孤獨之人，於是只好紅塵結伴，打打麻將打發日子了。」

夢演道人話中有話，似乎是在責怪我師父的不辭而別。可我知道他怪的並不是那倉促的雪夜飲酒告別，而怪的是明明仍舊存活在世，卻對他避而不見。

按照我所調查的時間順序，我師父大戰血菀後可能受了重傷，療養調息後來到了仙人渡鎮，遇到了寶璐姑娘，不知爲何突然動了凡心，想要留在這平凡的小村子裡娶妻生子，過另外一種平凡的生活。可是寶璐的死讓我師父感到絕望，他再度踏上了流浪的生活，直至尋找到古墓中出生的我。

在這期間，我師父的心緒究竟發生了怎樣的轉變？

夢演道人見我在思考，於是一揮手，角落裡的一床被褥便自動鋪開，他緩緩起身走到了床榻前，紫衣自行脫落，和拂塵一起規整地擺在旁邊的架子上。

他當我不存在一般，自顧自地躺下：「友人，我知道的和能幫你的，都已經雙手奉上了。至於你認爲你是誰，這些都不重要。我相信終有一天你能想起來、看清楚，到那個時候，我會在這裡溫一壺酒等你。」說罷，夢演道人就轉身睡下了。

我站在那裡有些尷尬，他還是執拗地認爲我就是我師父。沒辦法，畢竟我來這裡是有求於人，我只好對著他側臥的背影行了個禮，揮袖轉身離開了。

夜裡的蓋帽山漆黑一片，下山的夜路很不好走，我磕磕碰碰地往下慢慢挪動，卻還是不慎跌了個跟頭。

就在我摸黑往山下走的時候，身後突然出現了微弱的亮光，一舉照亮了我腳下的路。我回頭看去發現竟是鬼火無息，正晃著幽藍的火影跟在我的身後。

我想，這一定是夢演道人吩咐的吧。

我對無息行了個謝禮，帶著夢演道人的好意，大踏步地往山下走去。

山腳下的牛車還在，我牽了牛跟無息告了別就朝著衛輝走去。無息一言不發地看我離去，才緩緩轉身飄回了山上。

一路顛簸，回到客棧都已經是後半夜了，靈琚和文溪和尚早已經睡下，雁南歸不知道跑到哪裡去了。嬴萱因爲傷口痛而睡不著，見我回來就叫我過來陪她說話，可我的心思還在那山頂道觀中，聽著嬴萱絮絮叨叨的嘟囔，我只好有一搭沒一搭地應和著。

「喂，怎麼上了趟山就跟丟了魂兒一樣？」嬴萱看我心不在焉就抱怨了兩句。

我猛地回過神來：「有嗎？」

「當然有。你去山上幹嘛了？」嬴萱一臉不解，抬手摸了摸我的額頭。

我笑了笑打掉她的手回答道：「只不過上山打了盤麻將而已。」隨後就自顧自站起身給嬴萱蓋上了被子，不等一臉疑惑的她發問，我就背對著她揮揮手走出了房間。

回到屋內，我點起油燈鋪開黃紙，將無息教我的那些符咒一一默寫下來，然後從懷中掏出那截幽香的那伽骨和那根細軟的黑色貓毛，再度陷入了沉思之中。情愛之事我並不擅長，簡單哄騙一些不諳世事的小姑娘倒是沒問題，可對手是那般心思細密詭計多端的女人，若不付出眞心，是不可能輕易接近她的。

況且，五十年前，我師父已經深深地傷害過她一次了。

看來，想要打敗血莧，並不是一件容易的事情。

5

第二日清早，我們三人圍坐在嬴萱床邊一起商議對抗血覓的事情，靈琚坐在角落裡啃著一串糖葫蘆，不知道是雁南歸從哪裡買來的。我將昨日在蓋帽山上的所見所聞都轉述給了文溪他們，一陣沉默之後，文溪和尚率先發出了一聲歎息。

「怎麼？」我不知文溪和尚爲何突然心情低落，於是轉身問他。

只見文溪和尚收起了一直以來那宛如十里春風的笑容，愁眉苦臉地上下打量著我說道：「我覺得……讓血覓愛上你，簡直比我們直接正面對戰打敗她還要難。」

「哎你什麼意思啊！」他話音剛落我就發毛，一拍桌子站了起來。

嬴萱撐著身子揮了揮手說：「我看不一定，上次那騷娘兒們不是挺喜歡楚弦的麼。你上次沒化夢，沒見到那場面，那女人簡直恨不得把姜楚弦渾身上下給舔一遍。」

「你說話怎麼這麼難聽……靈琚還在這兒呢。」我急忙打斷嬴萱的話。

靈琚聽見我喊了她的名字，於是抬起頭吸了吸鼻子：「舔了不止一遍呢，已經是第三遍啦。」

我頓時血脈賁張，甩了甩灰布長袍的衣袖，急忙尷尬地走過去低頭厲聲對靈琚說道：「小小孩子不學好，我們在說什麼你都不知道，別學那女流氓說話！」

靈琚看我發火，急忙擺出一臉哭相，無辜地舉起手中的糖葫蘆，小嘴往下一耷拉：「那靈琚不舔了……上面還有一點糖，留給師父舔……」

這丫頭原來是在說糖葫蘆……這下我更加尷尬了，身後的嬴萱和文溪和尚倒是肆無忌憚地笑了起來，就連窗子旁站著的雁南歸也一臉笑意地側目看過來。我深吸一口氣，然後換了副笑臉拍了拍靈琚的腦袋：「我是說……糖葫蘆要咬著吃，你把糖都給舔完了，等下乾吃山楂，可就要酸倒牙了。」

靈琚恍然大悟地點點頭：「怪不得呢。」說著就又繼續低頭吃起糖葫蘆來。

我走到文溪和尚面前，低下頭正色道：「我覺得正面交手現在咱們的條件還算是有利的，畢竟我們上次失手，是因爲大量的毒蟲血蟻，這次我們有了那伽骨，血莧的招數便不攻自破，我若是再將五行符咒運用成熟，我想問題應該不大。」

「但關鍵是……你行嗎？」躺在床上靜養的嬴萱試探地問道。

我一攤手衝她沒好氣地說道：「什麼行不行的，你又沒試過！女人是不能隨便說男人不行的！」

嬴萱不屑地撇了撇嘴，上下打量了我一番說道：「切，根本不用試。」

「退一萬步講，就算現在不行，我也能很快掌握。」我急忙反駁她。

嬴萱痞氣地歪嘴一笑：「喲，剛還說不能說不行，現在反倒自己說自己快。」

「你！」我最受不了嬴萱這副女流氓的樣子，能夠一副淡然地開口說著葷段子，絲毫不避諱自己是女人的這件事，眞擔心靈琚跟她相處久了而學壞。

雁南歸似乎也覺察到了我和嬴萱話中有話，忽然一臉冷漠地轉過身去，可那蒼白透亮的肌膚卻居然滲出了微紅。

文溪和尚看不下去了：「好了好了，咱們說正事。要不這樣，姜楚弦，你先練習一下昨日習得的五行符咒，時間緊迫，你先找一個最能克制對方的來練習，確保萬無一失，咱們再去正面迎戰也不遲。」

和尙說得有道理，我轉身拍了拍雁南歸的肩膀，叫他跟我出去。

靈琚嘴裡叼著糖葫蘆如橡皮糖一樣跟了上來，無奈，雁南歸只好馱起了靈琚，一同跟著我往客棧後面的荒林走去。

我得找個對手來練習五行符咒中的捉神符，嬴萱受傷，文溪和尙又手無寸鐵，只有朱雀神族的勇士雁南歸，才能足夠與代表金屬性的強大束縛性符咒捉神符相抗衡，這樣無形中對我而言也是種訓練。

荒林中人跡罕至，正是練習捉神符的好地方。靈琚一聽我要和雁南歸切磋，便十分興奮地爬到了遠處的一棵歪脖子樹上，蹺著小腿津津有味地看著我們。我突然覺得壓力有些大。

「那個……我先試試，你可以先做好防備，避免誤傷你。」我沒底氣地抽出玄木鞭橫在眼前，突然覺得在雁南歸的青鋼鬼爪下，玄木鞭幾乎沒有任何的殺傷力，可是畢竟靈琚在一旁看著，我不能滅了自家威風。

雁南歸沒有說話，更沒有掏出青鋼鬼爪，而是雙臂抱肩面無表情地看著我，隨即對我做了一個「請」的手勢。

這該死的野鳥……絕對是成心的。

我不去理會雁南歸的目中無人，閉上眼調整呼吸，回憶昨日剛剛背下的心法，氣運丹田，感受著體內筋脈的湧動。

天地未分之時，被稱爲混沌狀態。天地乾坤混在一起，日月星辰沒有生成，晝夜寒暑沒有交替出現，上面沒有風雨雷電，下面沒有草木山川人禽蟲獸。這時一股靈氣在裡面盤結運行，於是從太易之中生出水，從太初之中生出火，從太始之中生出木，從太素之中生出金，從太極之中生出土。五行由此而來，此後天地人各有發展。

五行之法，乃是木骨、金筋、土肌、水血、火氣，五物之象也，講究迴圈與相生相剋。我必須將自己的身體調整到一個迴圈運轉的狀態，方能催動五行。

我感受到體內湧動的暗流，便抬手撕下了玄木鞭上的一張原始天符甩向空中，手畫符咒，另一隻手持玄木鞭直擊懸浮在空中的符紙，準確地刺穿了符篆，同時單手結印唸出咒法：「陰陽破陣，萬符通天！」

無數道金光從玄木鞭和符咒的接口處四散開來，就像突然崩裂炸開的煙花。遠處的靈琚看得直拍手，我有些得意，抬手就向雁南歸揮去。

「捉神符，破！」隨著我的一聲令下，那些金光如同流星般滑落在雁南歸的四周，劃出了無數條若隱若現的軌跡，瞬間便將雁南歸包裹在其中。雁南歸的腳下出現了金光匯成的圖陣，金光收縮，一個金光閃閃的牢籠正要將雁南歸一舉收下。

就在我以為萬無一失的時候，雁南歸突然挑唇冷笑，隨即迅猛轉身，雙腿輕輕點地，一道白色的身影就在金色牢籠收縮的瞬間從縫隙中移動了出來。我還沒看清發生了什麼，就感到一股勁風直衝我而來。

下一秒，雁南歸蒼白骨感的手掌就已經卡住了我的咽喉。

他那白色的捲曲長髮迎風飛起，行動之迅速是我無法想像的。我試圖抬起玄木鞭向他擊去，可是他只要稍微再一用力，我就會直接身首分離。

「太慢了。再來。」雁南歸緩緩鬆開了手，側臉對著我毫無感情地說道，就像是軍營裡訓練戰士的將軍，肅然有威。

我還沒緩過勁，就聽遠處樹上的靈琚喊道：「第一局，小雁勝——」

我轉頭瞪了靈琚一眼，靈琚吐了吐舌頭，咧嘴對我傻笑。

畢竟是我第一次使用捉神符，速度過慢也是理所應當。我自我安慰道，然後再次閉上眼默唸心法。

這一次，我明顯提高了速度和準頭，抬手甩出玄木鞭，金光四濺，流光牢籠迅速而準確地捕捉到了雁南歸的身影，同時急速收縮。就在我以為萬無一失的瞬間，只見雁南歸雙手交叉在胸前一個十字斬，金光牢籠就瞬間破碎，散落成無數金珠碎片，就像是撒在空中的金粉。

「第二局，小雁勝！」靈琚及時報出了結果。

雁南歸毫不費力地對我挑挑下巴：「速度上來了，但是力量太弱。再來。」

雁南歸果然專業，能夠瞬間找出我的不足。雖然在靈琚面前輸給她所謂的小雁讓我很沒面子，但是在雁南歸精準的指點下，我能迅速調整好自己的狀態，這要比我一個人沒頭沒腦地練習有效率得多。

我一次次地努力調整自己的進攻，雁南歸也一次次不厭其煩地對我進行指導，但在靈琚一聲聲的播報戰況的聲音中，我漸漸感到力不從心。

「第二十四局，小雁勝……」

「第二十五局，小雁還是勝。」

「第二十六局，依舊是小雁勝……」

……

靈琚也漸漸沒力氣嚷嚷了，從剛開始的興奮變成了現在的哈欠連人。我的額角漸漸冒出細汗，幾乎有些筋疲力盡了。

「怎麼，就這樣認輸了？」雁南歸看我停止了手中的動作，挑釁地問道。

我胸中竄出一股無名的怒火，抬手就撕下了符咒：「捉神符，破！！」

這一次顯然要比之前效果都好，無數的金光迅速包裹住雁南歸四周所有的退路，之前犯的錯誤都已經修正克服，我揮動玄木鞭，迅速收縮牢籠。

雁南歸看來勢不妙急忙抬手揮爪，只不過，這次青鋼鬼爪與金籠相撞發出了劇烈的震動和聲響，而不是直接斬斷了金光。雁南歸見無法突破符咒便立即抽身，可我的捉神符就像是長著眼睛一般，迅速絆住了雁南歸將要後退的腳踝。

一著不慎，雁南歸便瞬間被金光束縛，緊緊地鎖入了牢籠之中。

「成了！」我一跺腳打了個響指。

靈琚驚訝地看著我，一副傻了眼的表情。我對著她點點頭，她才突然想起來報幕：「第三十七局，師父勝——」

我口中舌頭打響，得意地看了看雁南歸，隨即抬手收回符咒，將雁南歸放了出來。

雁南歸走上前拍了拍我的肩膀，語氣淡漠地說道：「還不錯。可是你別忘了，你是已經與我對戰了三十多次才摸準了我的漏洞。」

我得意的氣焰瞬間被澆滅。是的，雁南歸說得不錯，我與血莧並不熟悉，想要瞬間摸透對方的招式幾乎不可能。我再次陷入了苦惱，靠著歪脖子樹坐了下來冥思苦想。

靈琚看得心癢癢，從一旁拾起了一根小樹枝，一蹦一跳地跑到雁南歸身邊，舉起小樹枝興奮地說：「小雁，我們也來比一場吧。」

雁南歸低頭看看靈琚，沒有說話。

靈琚甩開了膀子揮動樹枝向雁南歸刺去，雁南歸沒有躲閃，樹枝便一下子戳在了他的腿肚上，喀嚓一聲折斷了。

雁南歸卻無動於衷，就像是被蚊子給叮了一下而已。靈琚得意地雙手扠腰，眼睛中泛著水光，得意地看著雁南歸。

「靈琚果然厲害。」雁南歸冷冷地說道，語氣絲毫不走心。

靈琚卻開心地晃著羊角辮朝我跑過來，跪坐在我的面前說道：「師父師父，靈琚贏了小雁呢！」

我正是煩躁，頭也不抬沒好氣地說：「你又沒學過功夫，那是人家讓著你。」

靈琚聽了嘴巴一嘟，不甘心地轉身回到了雁南歸身邊：「再來，不許讓著我！」說著又重新拾起了一根樹枝。

只聽「唰」的一聲巨響，我不知道他倆發生了什麼，轉過頭卻看見靈琚手裡的樹枝已經被瞬間削成了牙籤。靈琚愣愣地看著自己手心的牙籤，隨即雙眼一垂，轉身就委屈地撲進了我的懷裡。

雁南歸一臉窘迫，見勢不妙，急忙追上來蹲在靈琚身邊收起了青鋼鬼爪，輕聲地對著靈琚啜泣的背影說道：「對不起……」

我強忍住笑，從沒見過面對女生的撒嬌還如此較真耿直的男人，我彎腰抱起靈琚就回了客棧。

雁南歸，簡直一個大寫的直男。

我瞬間不再擔心靈琚會被他拐跑了，畢竟在這個世界上，像他這樣不解風情的人，簡直屈指可數。

6

回到客棧，嬴萱正在病床上吃起了午飯，文溪和尚坐在一旁研磨著草藥。我剛放下靈琚，她就一屁股坐在了文溪對面的椅子上，拿起桌角的藥材用指甲掐去了無用的根部，然後抬眼脆甜地對著文溪說道：「還是和尚師父最好啦。」

喂喂，剛才是誰抱你回來的？這個忘恩負義的小傢伙。

吃罷了午飯，我們決定正式潛入西周古墓。在黃袍鄭的夢境中，我們已經掌握了古墓的具體位置和裡面的構造，因此已經做好了充足的準備。畢竟我們首先要進入古墓中確認一下，文溪和尚的妹妹是否還在那裡。

嬴萱因有傷在身，因此和靈琚一起留在了客棧。我帶上筆墨，和文溪和尚與雁南歸一起向著地縫的方向走去。一路無言，我踏著破舊的布鞋走在前面帶路，雙手都縮進了灰布長袍裡，摩挲著光滑的青玉笛，就像是把玩一件包了漿的古玩。

雁南歸心裡估計還在惦記著靈琚，因此有些心不在焉，默默低頭跟在後面，雪白碎髮下的雙眸中閃動著若即若離的光芒。文溪和尚上次沒有一起化夢調查，這次就直接眞刀實槍地進古墓，因此有些緊張，一直手持佛珠在默唸著什麼，或許是在為自己的妹妹祈禱也說不定。

走了將近一個時辰，我們來到了東郊的那片荒地。斷橋殘垣和鄭商陸夢境中一模一樣，只不過這裡並沒有血色的螞蟻。我們走近了看去，果然在雜草叢中有一條裂開的地縫，我們二話沒說，接連跳了進去。

不知道妖女血莧是否在古墓中，我們都提高了警惕，沿著墓道小心行走，儘量不發出聲音驚動對方，不管是血莧還是那些毒蠱蟲。

臨走的時候，文溪和尚將那伽骨研磨成了粉末，給我們每個人都分了一小份，溫水送服，這樣一來，我們的體內便有了那伽骨的氣味，不說是平常的蒼蠅螞蟻，哪怕是血莧的蠱蟲，見了我們也得退讓三分。

我們腳踩黃土走入墓道，來到了那扇巨大的石門面前。在夢境中，這石門已經在我們和血莧的打鬥中被破壞了，可現實中它仍舊是完好無損地半開著，石門上面的石雕把手仍舊是一副將要脫落的樣子。

文溪和尚站定後點了點頭說道：「沒錯，當年我就是走到這裡，被突如其來的毒氣給逼了出去，因此沒有再往裡面走。」

我壓低了聲音回答：「當年就算沒有毒氣，你進去了也是一樣一無所獲。古墓裡連件正兒八經的陪葬品都沒有，不是什麼富貴人家的子弟。」說完後我又覺得奇怪，感覺好像是自己在罵自己，於是搖搖頭就不再說話了。

我用力拉開石門，鬆散脫落的黃土散落下來。我們走入墓室，那口和之前夢境中一模一樣的小型石棺就出現在了我們的眼前。

古墓中十分安靜，看來妖女血莧並不在這裡。眼前的棺槨上依舊是貼滿了奇奇怪怪的黃符，一旁的桌案上還是那盞生鏽的油燈。我抬手點燃，墓室中瞬間明亮了起來。

我二話沒說，鋪開了帶來的紙筆，端了油燈就坐在石棺旁邊，開始臨摹起上面的符文來。畢竟，我從這口石棺中出生，那一定和這些符咒脫不了干係。等血莧的事情解決了，到時候就拿著這些符咒去蓋帽山上找一趟夢演道人，問問看無息是否知曉這符文中的奧秘。

雁南歸守在古墓石門處，敏感地聆聽著外面的動靜。

文溪和尚自然是迫不及待地來到了一側的耳室。看到那些大大小小的酒罈子，聯想起契小乖所說的靈蠱，我就一陣毛骨悚然，我無法想像血莧是如何殘忍地殺害那些無辜的小和尚，將他們封入這尺寸不一的酒罈之中的。

因有那伽骨在體內，文溪和尚便不再懼怕其中的蠱蟲，二話沒說從地上拾起了一塊石頭，砸開了其中一個酒罈子罈口處封印的紅泥。

就像是火山噴發一般，唰啦一下，無數血紅色的螞蟻從酒罈一股腦兒湧了出來，像是無頭的蒼蠅般鋪滿了整間墓室的地面，紅絨絨的地毯波濤翻滾，卻都神奇地視我們而不見，紛紛自覺地繞開了我們三人的腳下，四下逃竄。

沒有血莧的指揮，再加上那伽骨的驅蟲效果，這些血蟻對我們而言根本就沒有任何殺傷力。

我抬手打落爬在宣紙上的蟻群，繼續低頭臨摹符文。

我剛要繼續下筆，就聽耳室內傳來了文溪和尚的一聲驚歎。我急忙放下紙筆趟著遍地的蟻群走向耳室，雁南歸似乎對這些血蟻仍舊心懷芥蒂，根本就不願意觸碰牠們，而是直接一個空翻便來到了文溪和尚的面前。

文溪和尚面色發白地癱坐在地上，雙唇哆嗦著欲言又止，抬手指了指那口被他打開的酒罈子，然後就急忙跌撞地站起身到牆角那裡嘔吐不止。

我雖然知道那裡面是什麼，但還是先做了一下心理準備，然後才探頭過去看。

一具高度腐爛的少年屍體蜷縮在酒罈子之中，身上的肌膚無一完好，要麼是腐爛化膿，要麼是被蟲蟻叮咬，就連身上那件單薄的僧服，也都被螞蟻啃得所剩無幾。腐屍半個身子都泡在血水之中，看樣子，應該是個半成品的靈蠱，估摸再過上十幾天，就會全部化作血水，被妖女血莧給盡數喝下。

我自認爲心理素質不錯，可還是止不住噁心反胃的感覺，急忙閉上眼深呼吸。我這時才明白，血莧身上散發出的那股臭烘烘的血腥味，到底是從何而來了。

文溪和尚吐了一地黃水，才面黃虛脫地回頭，有氣無力地說道：「我……認得他……」雖然屍體高度腐爛，可是因爲頭部朝上，因此受破壞的程度也最小。畢竟是從小在少林寺長大的人，熟知寺中的每一個和尚，也不知對此時的文溪和尚來說到底是好是壞。

「上個月……他還捧著藥經來找過我，請教我醫術上的問題……我當時……」文溪和尚雙手捂臉，似乎是陷入了痛苦的回憶。

雁南歸沒有說什麼，舉起青鋼鬼爪就將那些大大小小的酒罈子盡數打碎，無數的紅色螞蟻從靈蠱中四散逃竄，伴隨著一股又一股的惡臭，血水瞬間滲入黃土之中，還夾雜著一些沒有被完全腐蝕的破碎的肢體，一隻手掌、半張臉頰、一雙芒鞋、幾顆佛珠……這些酒罈子裡包裹著無數鮮活年輕的生命，卻都被血莧無情蹂躪，變成一罈罈令人作嘔的湯藥。

文溪和尚面對這些熟悉的小師弟，痛苦地閉上了眼睛。

雁南歸面不改色地在那些腐爛破碎的屍首中尋找著什麼，而後又去了另外的一間耳室裡，劈哩啪啦一陣碎響，片刻過後，雁南歸回到我們的面前，對著我們搖了搖頭。

「這裡並沒有女孩子的屍體碎片，我們還有希望。」雁南歸似乎是想要安慰文溪和尚，低下頭輕聲說道。

可此時，文溪和尚面對無數小和尚的慘烈死狀已經完全喪失了意志，跪坐在地淚流滿面，溫潤俊俏的臉龐深深埋在雙手中，熱淚從指縫中滑落，匯入了那一片血水之中。

我眉頭緊蹙，憤怒地握緊了拳頭，暴起的青筋在肌膚下洶湧膨脹。為恢復妖法而做出如此喪盡天良之事，這些小和尚們的仇，我姜楚弦一定要報！

7

我扶起文溪和尚，既然現在已經確定了子溪不在這些靈蠱之中，石棺上的符文我也已經盡數抄下，爲了避免和血莧起正面衝突，我提議還是先抓緊時間離開古墓。

「哎，眞是稀客啊。」就在我們準備撤離的時候，突然，熟悉且妖嬈的女聲從我們的身後傳來，我猛然起了一身的雞皮疙瘩。不用回頭，一股濃烈的血腥味撲面而來，瞬間就掩蓋了這些打碎的靈蠱所散發出的惡臭。

完了，血莧怎麼突然回來了？

我急忙將抄好的符文揣進懷裡，隨即拔出玄木鞭做出防禦姿態，但我耳邊卻突然迴響起了夢演道人的話來：「血莧終究是個女人，是女人就容易動眞感情。只要你以身試法，便可輕易接近她，趁其不備一舉將對方拿下……」

不知爲何，我鬼使神差地又收回了玄木鞭，閉上眼忍著惡臭深吸一口氣，嘴角上挑，輕笑著轉過了身。

「稀客應是你才對吧？這裡分明是我的居所。」我沒有抬眼看血莧，而是模仿著我師父甩了甩灰布袍的衣袖，大搖大擺地走到了石棺的旁邊，伸出胳膊將自己的身子支在上面，這才面不改色心不跳地抬頭看了血莧一眼。

雖然我此刻緊張異常，但我還是佯裝鎭定，努力尋找我師父的感覺。

雁南歸舉起了青鋼鬼爪將文溪和尚護在身後，沒有貿然攻擊，而是看了看我，不知我到底要幹嘛。

血莧見我態度與夢境中大相逕庭，自然吃了一驚。說實話，這是我第一次在現實中與眞正的鬼豹族人面對面，之前與鬼豹族的幾次交鋒，都是在別人的夢境之中，但眼前這名黑裙紅髮的妖女，可是實實在在距離我不到一丈遠的異族妖人。

血莧眼神中劃過一絲猜忌，轉頭看了看身後的雁南歸和文溪和尙，然後就伸出了長著黑色指甲的一雙玉手，掩面輕笑：「哎喲，奴家還以爲怎麼了呢。怎麼，我佔了你的老巢，親自找上門來算賬了？」

我控制住自己的呼吸，臉上掛著似有似無的微笑，也不說話，兩手往身後一背就晃到了血莧的面前，抬手用拇指的指肚輕撫她臉頰上那道疤痕，然後雙眸一沉說道：「這筆賬，不早在五十年前就算清了麼。」

血莧明顯受到了觸動，猛然轉頭一把推開我的手掌，然後抬起黑衣長裙的衣袂遮擋住自己的臉頰，慌亂地回應：「你……你想起來了？」

這個時候，管他想沒想起來，都一定要順著她的話往下走。我看冒充我師父這一招果然有戲，心裡也有了底氣，於是挺起胸膛就繞到了血莧的身後，一把拉住了她的手臂，另一隻手用力別過她躲閃我的面孔，四目相對，我強撐著自己的氣場，一字一句說道：「看著我，我在和你說話。」

因爲我過於緊張而用力過猛，血莧被我一扯，肩頭的黑紗長裙便瞬間滑落至胸前，那曼妙的身子在透明的薄紗中若隱若現，高挺的胸脯幾乎要撞到我的身上，她一頭紅髮隨意地垂在胸前，卻剛巧遮擋住了最爲重要的身體部位。

我有些尷尬，急忙努力平復自己，控制住自己的原始衝動。說實話，要不是血莧身上散發的腥臭，我說不定眞的會把持不住。可是轉念一想到耳室裡那些被她養成靈蟲的小和尙，我就瞬間怒火上竄。

血莧見我面頰緋紅，於是紅唇輕啓就貼在了我的耳邊：「到底是要看著你，還是要抱著你？」

不行……這妖女道行太深，作爲一個從來沒有碰過女人的我來說，我根本不是她的對手。因爲我剛巧面對著文溪和尙和雁南歸，而血莧此時面對著我鑽進了我的懷中，於是我趕緊趁血莧看不到身後而向文溪和尙求救。

我誇張地張開嘴，用不出聲的唇語向文溪和尙問道：「怎——麼——辦？」

文溪和尙突然靈機一動，轉身就拉住雁南歸一把抱在了懷裡，剛好和我與血莧的動作一模一樣，然後他衝我揮揮手，用同樣誇張的唇語對我說道：「跟——我——學！」

我無奈地眨眨眼表示同意。

雁南歸最是一臉莫名其妙，可眼下情況危急，卻又不得不配合文溪和尙，只好一動不動地任文溪和尙抱著。只見文溪和尙一把抓住雁南歸的右手放在了自己的臉頰上，然後用唇語對我說道：「不僅要看著你，抱著你，還要徹底擁有你。」雁南歸用看瘋子的眼神看著文溪和尙，然後身體僵硬地別過了頭。

我差點一口氣沒喘上來，這花和尙腦子裡都裝著些什麼？情話大百科麼？不過眼下別無他法，我只好硬著頭皮照做。我牽起血莧垂在我胸前的手放在了我的臉頰上，然後強忍住內心的反胃，輕聲說道：「不僅要看著你，抱著你，還要徹底擁有你。」

誰知道血莧竟然很吃這一套，居然嬌羞地笑了笑然後抽出自己的手輕輕打在我的身上，隨即整個人死死地貼在了我的身子上。雖然我穿著灰布袍，可是仍舊能清晰地感受到對方凹凸有致的曲線：「姜潤生你個老不死的，就知道耍嘴皮子。」

我一聽反而還來了勁，一把推開她嚴肅地說道：「說了不叫姜潤生，叫我姜楚弦。」

血莧愣了一下，然後再次依偎到我的懷中，凌厲的氣勢瞬間消失，如同小鳥依人般抬起頭，紅潤飽滿的雙唇輕輕貼在我的下巴上：「叫什麼都好，對奴家來講都一樣。」

我又不知道該怎麼往下接話了，於是只好伸出手臂將血莧抱在懷裡，一側身，再次求助遠處的文溪和尙。

文溪和尙無奈地搖搖頭，然後轉身將雁南歸推到了牆上，撐起一隻手阻攔了雁南歸想要閃躲的身影。雁南歸的白髮如同棉墊一樣墊在身後，瞪大了雙眼卻也看不透文溪和尙想要幹什麼。只見文溪另一隻手抬起了雁南歸的下巴，然後整個人就湊了上去，幾乎要吻到了雁南歸。雁南歸面色緊張地貼在墓室的牆壁上，手中的青鋼鬼爪「唰」的一聲就亮了出來，估計文溪和尙再靠近一步，雁南歸就要直接下手削了。

我的天……這和尙絕對是個花花腸子。

然而下一瞬間，文溪和尙就戛然而止，保持著擁吻的動作悄然伸出右手的雙指，猛然戳向雁南歸的腹部，不過當然也是點到爲止。我瞬間明白了文溪和尙的意思。

好吧，我心一橫，豁出去了！

我效仿文溪和尙一把將血莧推到了身後的牆壁上，血莧又驚又喜，面色紅潤地一抬手，無數隻螞蟻就瞬間湧了過來，將角落裡的雁南歸和文溪和尙包圍，螞蟻越聚越多，竟然慢慢形成了一堵蟻牆，將他倆關在了裡面。

這女人……簡直是調得一手好情，還能同時兼顧其他。這下沒了文溪和尚的指點，就全然靠我自己了，成敗在此一舉。我走上前抬起一隻手撐在了血莧的耳邊，然後模仿文溪和尚十分霸道地用另一隻手挑起了血莧的下巴，隨即將自己的雙唇逐漸靠近。

血莧果然閉上眼主動迎了上來。

我趁此機會用撐著牆的那隻手摸向了腰間的玄木鞭，可是血莧根本沒有停下來的意思，直接就貼向了我的雙唇。

這文溪和尚出的什麼餿主意！不行，老子的初吻不能就這麼莫名其妙地給一個妖女！就在血莧紅潤的雙唇即將貼上我的時候，我心一橫，瞬間轉身揮鞭，瞄準了血莧的腹部就是狠狠一擊，然後連連後退到一定的安全距離。

雁南歸和文溪和尚聽到我們有動靜，於是急忙從那堵蟻群牆後面走出。雁南歸舉起青鋼鬼爪就上前站在了我的身邊助陣，準備隨時與我一同進攻。

可讓我大跌眼鏡的是，血莧正一臉輕蔑地微笑看著我，身上沒有任何的傷痕。

剛才那一擊……竟然被她給躲過去了？！

8

只見血莧輕蔑一笑，隨即踮腳躍起，踩在螞蟻組成的臺階上撩起了自己血紅色的長髮，然後雙手交叉畫出一個黑色的十字斬，瞄準了我們飛來。雁南歸直接迎上，用青鋼鬼爪斬斷了那道黑色的光線。

「啊哈哈哈哈，本以爲能多陪奴家玩一會兒，可誰知道你居然這麼耐不住性子。」血莧彎腰坐下，蟻群迅速組成了一把寶座。她抬起食指在自己的唇間輕點，然後反手就給了我一個飛吻。

豈料這並不是單單一個飛吻，而是一隻黑色的昆蟲直朝我飛來。我不及躲閃，飛蟲即刻落在了我的額頭上，一陣刺痛，我再伸手去摸，可那飛蟲卻早已經鑽入了我的皮肉之中。

不可能！我身體裡明明有那伽骨！蟲子是根本不敢靠近的！

一陣強烈的痠痲感從我的天靈蓋傳來，我雙腿一軟就跌倒在地。雁南歸及時攙扶起我，而文溪和尚此時也上前，手持無患子珠默唸一段佛經，一縷橙光就籠罩在了我的身上。

「這是梵妙印，能暫時封住你身上的穴位，以防那飛蟲帶毒，毒素沿著你的血脈侵襲全身。」文溪和尚急忙摸向我的脈搏，可我此刻除了渾身抽搐之外什麼都做不了，只能惡狠狠地盯著血莧問道：「你……是怎麼知道我在騙你的？」

血莧把玩著自己的紅色長髮，連看都不看我一眼說道：「呵，可笑。你以爲你眞的能連續欺騙我兩次麼？我告訴你姜潤生，我臉上這道疤痕時時刻刻都在提醒著我你五十年前欺騙我的事實，我怎麼可能會那麼傻，在同一個地方跌倒兩次？」

身上的疼痲感越來越強烈，我的意識開始變得模糊起來。

血莧厲聲怒吼，一揮手就朝我們撲了過來。雁南歸起身瞬間擋住了血莧的攻擊，然後轉身對文溪和尚說道：「你帶姜楚弦先走！」

血莧張開魔爪就向雁南歸揮去：「逃也沒用！你以爲你有那伽骨就萬無一失了麼？我告訴你，你中的可是我整整煉製了五十年的毒蠱，是我專門爲你準備的。姜潤生，我讓你好好嚐嚐生不如死的滋味！啊哈哈哈！」

我無法拒絕，被文溪和尚揹起就離開了古墓，所有的螞蟻都對我們避讓。我的耳畔傳來文溪和尚的喘息聲，我兩眼一黑，不省人事。

我的身體像是被無數的蟲蟻蠶食，渾身上下每一寸血肉都遭到撕扯，像是被人硬生生扯下揉捏然後再重聚，身體早已經不受自己的控制。

我像是跌入了萬丈的深淵黑暗之中，四肢都被灌入了泥漿，每一個細微關節的細微活動，都像是牽扯了筋絡般鑽心的疼痛。

我……難道要死了麼？

我能清晰地感受到自己身體機能的迅速衰敗，這種加速的絕望讓我身心俱疲，就像是躺在病床上等死的病人，雙目空洞地沉淪在深層的夢境中不省人事。

我感覺自己做了一個十分漫長的夢境。在夢裡，我回到了生命的起始，睜開眼一片黑暗，我知道自己身在何處，冰冷的石棺讓我感到恐懼和無助，直到有一雙溫熱的大手將我從黑暗中拯救，我睜眼見到的第一個人，就是我尋了四年卻不見的師父。

我居然……想起了埋藏在心底的記憶。

我竟從嬰幼兒時期便有了記憶。滄桑卻年輕的師父將我從古墓中抱出，挨家討飯，好不容易找來一碗稀粥，自己卻根本不捨得喝下，而是用手指沾著米粥餵入我的口中。我在師父的照料下一天天長大，師父那張年輕好看的面龐，卻漸漸出現在了我的臉上。

真切的記憶回到我的腦海中，才終於坐實了我誕生於古墓的過去。

我躺在黑暗中沉淪著，像是沉入了河底般不見天日。這場漫長的夢境不知到底持續了多少個日夜，身體劇烈的疼痛已經麻木了我的神經，我備受煎熬，祈禱自己能趕快停止這生不如死的現狀。我就這樣在夢境深處懸浮著、飄蕩著，不知自己到底何時才能醒來。

Chapter 10

夢中迷夢

1

「友人，醒醒。」

一聲十分親切的問候敲擊著我麻木的神經，我努力睜開眼，卻在這黑暗的夢境中看到了夢演道人的身影。我苦笑著搖搖頭不去看他，因為不知該怎樣以自己如此狼狽的形象面對這位曾經的摯友。

「你……怎麼會出現在我的夢境中？」我的嗓音已然變了樣，腫脹的咽喉發出了詭異的音調，連我自己都嚇了一跳。

夢演道人信步走來，身姿輕盈，步步生蓮，紫色的衣袂輕飄，如同下凡的仙人。只見他拂塵一擺微笑說道：「我曾與友人共處那麼多年，偷師學藝這種事情，怎能不信手拈來呢。」

我聽後笑了笑，可是身子卻痛苦得很，就像是生鏽損毀的零件需要更換一般。

「可惜，本來答應了要同你對飲，這下恐怕要失約了。」我對自己的身體感到絕望，我不知道那蟲蠱到底有什麼樣的威力，竟讓我變成了這般行屍走肉的狀態，而且沉睡在深層的夢境中無法醒來。

可誰知夢演道人卻搖了搖頭：「友人是不會這麼輕易死去的。難道你忘記了，那日在牌局上贏來的那根貓毛？」

經他這麼一提醒，我倒是想起了那東西。此時那貓毛正揣在我的懷裡，可是我並不知道它究竟有什麼作用。夢演道人蹲下身子從我的懷中摸出那柔軟的毛髮，捏在手心中輕輕一吹，毛髮便散落成粉塵，落在了我的身上。

說也奇怪，我的身子沾染上那灰黑色的粉塵之後，竟然莫名變得輕盈起來。疼痛感逐漸消退，失去的身體機能也漸漸重組拼湊，就連我那一直在衰弱的呼吸也變得強勁起來。

夢演道人見我一臉驚訝，於是笑著對我說道：「友人忘記了，人常言貓有九條命嗎？」

我驚訝地站起身，此時此刻，我的身子已經再也感受不到任何的疼痛，活動筋骨，卻是湧出了用不盡的力量。難道說那日在牌局上咩咩輸給我的東西，竟然是牠九條命中的一條？！

那根本不是一場普通的牌局，而是夢演道人設計好的，為了幫助我打敗血莧的策略。

我正要道謝，夢演道人便將手掌放在了我的肩頭：「先不說那些客套之詞，友人你眼下還有更重要的事情要做。」

我師父與夢演道人果然是真情實意的摯友，我剛到嘴邊的話就不得不強咽了下去，轉而換了一個話題：「是的。等我醒來，我一定不會放過那個妖女！」

看來我們之前還是把事情想得太簡單了，被男人傷害過的女人才是最可怕的，用以前的那一套根本不管用，現在除了正面與血莧對抗之外別無他法。可是對手過於強大，我即便是在夢境中與她抗衡，也一樣不是她的對手。

「友人莫慌，難道你忘記了夢中夢這回事？」夢演道人話中有話，看我有些焦頭爛額便急忙對我拋出了支援。

「夢中夢？」這是我第一次聽到這個詞語。

夢演道人繼續說道：「曾經你還是姜潤生的時候，就同我提到過這個方法。通過進入宿主夢境中其他人物的夢境，也就是第二重夢境，這樣一來，夢境疊加，夢中邪祟妖物的力量就會相對削減。友人曾說過，這是一種對付棘手人物背水一戰的賭注，如果失敗了，不僅你會失去性命，就連夢境的宿主也會因夢中夢的坍塌而受到性命的威脅。」

我沒有再去計較他將我當作姜潤生的事情，而是被他所謂的「夢中夢」吸引了注意力。我從來不知道食夢先生還能夠通過夢境中的人物再去進入一重夢境，更不知道夢境疊加之後，居然會對製造噩夢的邪祟產生削弱的作用。這麼重要的理論和方法，我師父居然從來沒有對我提起過！

「你怎麼不早說還有這麼個方法！」我激動地打了個響指。在現實中對抗血莧是幾乎不可能完成的任務，即便是在夢境中，我們幾人也都不是她的對手。可是如果通過「夢中夢」來實現對血莧力量的削弱，那麼我們便又增加了幾分勝算！

夢演道人走近我，雙指捏起了我胸前掛著的天眼吊墜。我這時才注意到深棕色旋渦狀的天眼此時已經變成了純淨光滑的亮白色，我根本沒有注意過它是什麼時候變成這樣的，正要發問，夢演道人就主動發話了。

「友人可還記得這個天眼的用途嗎？」

我點點頭：「是不是能夠活血化瘀，快速癒合傷口？」

夢演道人搖搖頭：「友人說的，只不過是它的附屬效果而已。」

「哦？」我驚訝地接過那個天眼，放在手中觀察起來。

「天眼其實是區分夢境與現實的座標，當友人身在現實的時候，天眼是呈旋渦狀的閉合狀態；只有友人身處夢境之中，天眼才會睜開，變得圓潤光滑潔白。這，是食夢先生區分現實和夢境的最好的判斷方法。如果進入夢中夢，人會變得很容易迷失，也很容易忘記自己身處夢中。爲了避免被幻術迷惑，驗證自己是否從夢境中醒來，只要參看天眼的狀態便能知曉。」夢演道人雙手背在身後說道。

我沒想到這個吊墜居然有這種用處！

「這麼說來，只要我佩戴天眼進入夢中夢，就能時刻提醒自己身處夢中而不會迷失？那太好了，所有的條件都對我有利，這次血莧那妖女定不會逃出我的手心！」我緊緊將天眼攥入手中。

2

得知了夢中夢的方法，我便即刻充滿了信心。可是眼前的夢演道人卻顯得有些憂慮，眉間那一絲猶豫閃過，輕聲開口：「但是……友人曾經說過，進入夢中夢這種方法最好不要輕易嘗試，因爲它關係到夢境宿主的安危。」

我看夢演道人的話中似乎藏著什麼隱情，於是急忙追問。

夢演道人歎氣搖頭，擺了擺手中的拂塵，輕甩紫色衣袖說道：「因爲……友人你曾經說過，你曾因爲進入夢中夢不慎敗給了噩夢中的邪物，因此害一個無辜的夢境宿主丟失了性命。」

我愣住了。

怪不得我從沒見我師父進入過夢中夢，甚至他都從來沒有對我提起過。原來，是因爲師父他擅自進入夢中夢而無意害死了一個人的性命！

「那……那人是誰？」我不敢想像師父的手上居然沾有鮮血，雖然不是故意爲之，可還是足夠讓我震驚。

夢演道人苦笑著搖頭，並沒有回答我的問題，而是轉身揮袖離開。

「哎……」我剛要上前喊住他，卻只覺腳下一軟，再度睜開眼，我就已經躺在了客棧的床鋪上。

我睜開眼環顧四周，嬴萱已經能下地走路了，正站在我的床邊焦急地看著我，而文溪和尚則在一邊用金針對我腳底的穴位進行施針。靈琚坐在角落的小板凳上拿著一把蒲扇在搧風熬藥，而雁南歸的左臂則纏上了新的繃帶，看樣子應該是在撤離的時候與血覓交手而受了傷。

「夢演道人呢？」我猛然坐起身。

文溪和尙急忙一把按住我：「你別亂動！你身上的穴位都還被封著，強行活動會有損……咦？你的脈象怎麼……」說著，文溪和尙觸碰到我的手腕後就鬆開了手，疑惑地看著我。

我坐起來抬手拔掉了扎在腳底的金針，起身就披上了灰布袍。

「師父，你活過來了？」靈琚丟下手中的蒲扇一把撲進了我的懷裡，死死抱住我。

一旁的嬴萱也驚訝得不行，雙眼紅腫，看樣子應該是剛剛哭過。就連雁南歸也都疑惑地走上前，難以置信地摸了摸我脖子間跳動的脈搏。

「姜楚弦……你……」嬴萱抬手就打在了我的肩膀上，然後又一把抱住我，勒得我幾乎喘不過氣來。

「你、你幹嘛啊？要死不活的……」我急忙推開嬴萱，卻不小心碰到了她之前傷到的肋骨，她痛得齜牙咧嘴，抬手對著我就是一巴掌。

「姜楚弦你個沒良心的，你要是眞捨得死那我就捨得埋！你知不知道我們有多擔心你……你要是敢就這麼死了，小心我擰斷你的脖子！」嬴萱說著，眼淚就又掉了下來。

看來……我的確是在鬼門關上走了一遭，若不是咩咩的貓毛，恐怕我早就去見閻王爺了。

文溪和尙也是像看鬼一樣看著我，這裡摸摸，那裡聽聽，仍舊是疑惑不解地連連搖頭：「奇怪……怎麼就突然好了呢？」

看來他們並不知道是夢演道人進入我的夢境用咩咩的一條命救了我，那麼，夢演道人又是如何做到化夢的？

「我……到底怎麼了？」我上下端詳著自己的身體，根本是毫髮未損，看不出有任何的異常，甚至感覺還更加強壯了幾分。

文溪和尚驚訝地回答：「毒蟲進入你的身體，沿著你皮肉與骨骼之間的縫隙將你全身上下都爬了一遍，所到之處，你的皮膚上都是一條烏黑的細線。我把你揹回來的時候你就已經停止了呼吸，渾身腫脹，身上的皮膚一碰就破，隨即流出烏黑的毒血……我用梵妙印吊著你最後一口氣，試圖用金針將你體內的毒素排出。你躺了三天三夜，雖然皮膚已經恢復，但仍舊是沒有任何呼吸，幾乎成了一具屍體。可是……怎麼就突然……」

我聽了文溪和尚的話頭皮一陣發麻，看著我自己現在完好無損的樣子，我著實應該跪在地上拜謝一下夢演道人和那隻黑貓。我無法想像若是自己真的以那副慘狀死去，該是會多麼的不甘心。

我將夢演道人的事情告訴了他們，他們才從震驚中緩過了神來。面對我的死而復生，情緒波動最大的就屬嬴萱和靈琚了。文溪和尚說，我昏迷了多久，她倆就哭了多久，只可惜對我而言我不過是做了一場痛苦的噩夢，並沒有清晰感受到她們所感受的生離死別，這讓我面對她們熱情的關懷多少還是有些不適應。

「不過……」文溪和尚的手還在我的脈搏上放著，他皺了皺眉說道，「你體內的毒蟲並沒有驅趕出來，只不過你的身體好像對牠產生了免疫。但畢竟是毒蟲，一直寄生在體內也不是辦法……」

我聽了文溪和尚的話，雙眼一沉，抽回手抬頭望向東方的荒林：「放心，等我打敗了血莧，她自然會幫我取出毒蟲。」

誰知道嬴萱不樂意了，上來就推了我一把惡狠狠地說道：「你瘋了？！好不容易撿了條小命回來，你還要去招惹那騷娘兒們？你是不是嫌命長？」

就連一旁的靈琚也上前附和：「是啊師父，靈琚不想讓師父再去冒險了……」

我笑了笑，學著夢演道人的樣子背手走到窗前，成竹在胸地說道：「文溪和尚的妹妹還沒有找到，我師父的去向也還無從知曉，更何況，數以千計的衛輝村民都還有性命危險，我怎麼能善罷甘休？放心，這次，我自有辦法。」

他們四人都迷茫地對視了一番，然後都擺出了一副我腦子是不是有病的表情看著我。我不慌不忙地將夢演道人告訴我的事情講給他們聽，講解完夢中夢的方法，我們五人都陷入了沉默。

雖然辦法可行，但仍舊有一定的風險，想要做到萬無一失還需從長計議。我們現在還需要敲定很多細節，比如該選擇誰當這個夢中夢的宿主，承擔可能會丟失性命的風險；比如我這次該帶誰一起去完成這次任務。

雖然夢境疊加，經雙重夢境過濾後，血莧的妖法會大大削弱，但是進入夢中夢仍舊和成為夢中夢的宿主一樣危險。我提出了這個問題之後，文溪和尚就自告奮勇，提出想要和我一起進入夢中夢的意願。

「我雖然功夫差點，但我有極強的防禦能力，可以結印保護你，這樣也降低了你失敗的風險。更何況，這關係到我妹妹的生死，我不能就這麼待在這裡乾等。」文溪和尚說得不錯，我剛要回應，一邊的雁南歸也發了話。「我肯定要去，我作為主攻不可能臨陣退縮。況且血莧是鬼豹族，為了報屠我全族之仇，我必將手刃血莧。」

我點點頭，的確，雁南歸畢竟是我們這裡攻擊力最強的，也是打敗血莧的主力，他沒道理不跟去。

坐在我身邊的嬴萱卻著急了：「哎，那不行，我雖然身上還有傷，但是我擅長弓箭遠端攻擊，我可以在高處助攻，這樣勝算就更大了。」

這……嬴萱說得也沒錯，可是他們三人要都跟著我一起化夢，那麼誰來當這個夢中夢的宿主呢？我剛提出這個問題，一直縮在角落裡一言不發的靈琚就主動舉起了小手：「我！」

「不行不行！」我果斷拒絕。

靈琚一甩羊角辮跺了跺腳：「為什麼不行！」

「這太危險了，不是你應該做的事情！況且，如果我們四人在雙重夢境中失敗了，你也是會有生命危險的！」我連連拒絕，耳邊還響起了夢演道人說過的話，想起了我師父曾經因為莽撞進入夢中夢而害死了一個無辜的生命。

絕對……不能把靈琚置於一個危險的境地！

可是沒想到，靈琚居然十分堅定，跑過來拉住我的衣袖懇求道：「師父！如果師父師娘還有和尚師父和小雁都失敗了，大家都離開了，那只剩下靈琚一個人，這和靈琚也死去了沒什麼兩樣！」小丫頭並不是和我想像中那麼傻，很多事情她都是十分明白的，有時候甚至比我這個做師父的看得都要透徹。她的小手緊緊拉住我的手臂，由於過於用力而有些微微發抖。我看著她眼神中閃爍的光彩，終歸是不忍心地點了點頭。

我捧起她粉嫩的臉頰笑了笑，溫柔地對靈琚說道：「靈琚放心，今晚安心睡一覺，明天一早，我們一定會準時出現在你的面前，帶你去吃糖糕。」

靈琚用力點了點頭，眼神中透出的那種信任，讓我雙肩一沉。

我姜楚弦，一定會親手解決那個妖女，然後帶著這些信任我的人，完好無損地回來！

我絕不會讓這些我在乎的人受到任何的傷害！

中午，我們五人坐在一起要了一桌子好菜和上好的陳年老酒，我們都不約而同地隆重出席，就好像搞了一場沉默的告別儀式。今晚，將是孤注一擲的賭注，事情的成敗與結局都在此一舉。

我們一起乾下一碗烈酒，再怎樣的好酒好菜也無法掩蓋此時悲壯的氣氛，壯志饑餐胡虜肉，笑談渴飲匈奴血，我們如同是風蕭蕭兮易水寒的壯士，相互送行，一起上路。

我的目光依次掠過他們，年幼卻堅強的靈琚、暴躁卻義氣的嬴萱、勇猛卻傷痕累累的雁南歸、溫柔卻痛苦的文溪和尚……我的雙眼有些模糊，卻還是笑著飲下了最後一碗酒。我們本是素不相識的陌生人，可能只是因爲坐在一起喝了頓酒，就變成了生死之交的朋友。或許是爲了同一個目的，我們本身毫無交集的人生便如絲條般糾纏在一起了。

要麼，同生；要麼，共死。

3

夜色繾綣，麻木的衛輝城陷入一片死寂。在這寂靜小城的簡陋客棧裡，我們四人圍坐在靈琚的床邊，聽她柔和平緩的呼吸起伏，就如同遠山起伏的脈象。

由於青玉笛聲無法被沒有噩夢纏身的人聽到，於是我們才在晚飯的時候要了酒，可靈琚畢竟是小孩子，我只是給她倒了一小碟老酒，她喝完之後就呼呼大睡到不省人事。不過這也省了事，她已經陷入了深度睡眠，滿足了化夢的條件。

我喚出阿巴，交代了這次夢中夢的計畫。

阿巴聽後雖有所猶豫，可是看著我們四人視死如歸的表情也不好再說什麼動搖氣勢的話，向來怕麻煩的它竟然沒有異議，而是一臉愁容地張開大嘴將我們四人一併吞下。我知道，阿巴之前從沒一下子帶這麼多人一起化夢，這對它而言也同樣是一個挑戰。

我們四人順利進入了靈琚的夢境。按照計畫，我們需要在靈琚的夢境中找到黃袍鄭，借黃袍鄭的夢境再次進入那個全衛輝通連的噩夢之中。靈琚之前守在窗子前監視黃袍鄭也有一段時間，因此與黃袍鄭還算是有一面之緣，那麼黃袍鄭便會作爲路人的角色出現在靈琚的夢境中。我們只要在靈琚的夢境中找到打醬油的黃袍鄭，對他進行化夢，我們便可以再次進入衛輝村民們的噩夢之中。

而我們通過靈琚和黃袍鄭夢境的疊加，血莧的力量便會大大削弱。

我突然意識到這種方法的無限延展性。假設靈琚的夢境是平行於我們現實世界的空間甲，黃袍鄭所處的通連噩夢是空間乙，那麼我們如果通過正常的空間甲進入被噩夢感染的空間乙，那麼空間乙就會因空間甲的過濾而變得衰弱，所處空間乙的血莧的力量同樣也會削減。那麼如果按照這個道理，假設除了靈琚的正常夢境空間甲之外，我再找尋幾個同樣正常的夢境，比如雁南歸、嬴萱和文溪，一層一層地過濾，先從靈琚的夢境進入找到雁南歸，再從那夢中夢的雁南歸的夢境中找到嬴萱，然後再同樣找到文溪和尙，再找到黃袍鄭……那麼到最後所處被噩夢感染的空間乙的血莧豈不是就已經被過濾削弱得只剩下脆弱的軀殼了麼？

雖然理論上這麼想沒錯，可是畢竟食夢貘精力有限，多重的夢境必定會使它不堪重負，再加上夢演道人所說，多重的夢境疊加容易使人迷失而忘記自己身處夢境，進而永遠身陷夢境無法脫離，因此這種風險性極大的策略顯然得不償失。目前看來，還是雙重夢境比較划算。

我們四人來到了靈琚的夢境中。小丫頭的夢境中一片祥和，沒有被任何的噩夢所污染。暖陽之下，靈琚坐在樹梢，用枝頭的藤條正在編著一個花環，身邊環繞著幾隻撲棱著翅膀的粉蝶，笑容融化在陽光裡，簡直是一幅好看的畫作。看這裡的環境，應該是衛輝東郊的那片荒林。

「靈琚。」我率先上前同夢境中的靈琚打招呼。她抬頭看了看我，然後突然恍然大悟般拍了拍腦門，就一把丟下手中編了一半的花環爬下了樹枝，拍了拍身上翠綠的花布衫，對我們咧嘴一笑：「差點忘記了自己是在做夢呢。」

這小丫頭居然不用我們提醒就能在夢中想起來我們要利用她進入夢中夢的事情，想當初進入雁南歸的夢境時，我們即便是告知了他這是在夢境中，雁南歸還是想了好久才記起來。畢竟夢境就如同一個眞實的世界，我們在做夢的時候，一般是不會意識到自己是在做夢，除非有他人的提醒或者是很敏銳的思維，才能像靈琚這樣在看到我們的一瞬間就意識到自己是在做夢。

事不宜遲，我們帶著靈琚就向夢中的衛輝方向走去。想要找到黃袍鄭，肯定還是要先回到我們投宿的客棧去，因爲靈琚是在那裡見到黃袍鄭的。夢境作爲記憶的重演，在靈琚的夢境中，那麼黃袍鄭一定還是會出現在那裡。

引領夢境中的記憶重演，最好的辦法就是地點重現。因爲外部環境是客觀的，在食夢先生的操縱下將夢境主人帶回到記憶中的地點，那麼在這裡曾經發生過的一切，就都會再度在夢境中上演。這也是我之前幫雁南歸找回記憶時所用的方法。

我們快步來到客棧，對面便是黃袍鄭的家宅。我讓靈琚回到客棧裡休息，不要做任何激烈的活動，避免第一重夢境醒來而功虧一簣。靈琚聽話地點點頭，就晃著羊角辮回了客棧，然後仍舊是趴在客棧的窗子前，對我們揮了揮手。

我們四人埋伏在黃袍鄭家宅的角落裡，等待著黃袍鄭的出現。

果不其然，沒等多久我們就看到了黃袍鄭乘坐馬車回來的身影。因爲事出緊急，我們沒有充足的時間去給黃袍鄭解釋，而且黃袍鄭此刻作爲靈琚夢境中的人物，是沒有太強烈的個人意志的。我們二話沒說就上前劫了馬車，文溪和尙駕馬將馬車停靠在了一個偏僻的胡同裡，嬴萱用麻繩將黃袍鄭五花大綁，我們四人圍坐在車棚裡，開始了第二重夢境的操作。

我掏出了青玉笛放在嘴邊緩緩吹響。畢竟，在夢中想要再度睡去並不是一件簡單的事情，若不是有青玉笛在手，那是根本不可能完成的任務。黃袍鄭一臉驚恐和無辜的表情隨著笛聲漸漸消失，一曲終了，他便陷入了昏睡之中。我再度喚出已經渙散爲黃煙的阿巴，阿巴瞬間從煙霧狀具象化爲獸形，雁南歸同嬴萱還有文溪和尙一併上前，我輕撫阿巴的身體以示安撫，便命令它再度化夢，進入第二重夢境。

阿巴似乎有些疲憊，可仍舊是張開了大嘴將我們吞下，再次鑽入了鄭商陸的鼻孔。

進入第二重夢境，顯然與我之前進入的普通夢境有所不同。沒有眩暈感，但我們四人卻開始了迅猛的自由落體，強烈的失重感讓我感到不安，最後我們都重重地摔在地上。所幸身下是一片茂盛的荒草，還不算嚴重。

我們站起身環顧四周，發現我們已經來到了上次那個全衛輝村民通連的噩夢之中。

仍舊是空蕩蕩的鬼城，仍舊是黑雲壓境，仍舊是驚雷滾滾，仍舊是蕭瑟破敗的氛圍。

我們掉落的位置正好在衛輝東郊，腳下已經有稀疏的血蟻在爬行。由於我們之前都服用了那迦骨，因此這些螞蟻對我們來說根本構不成威脅。我攙扶起傷勢未癒的嬴萱。她的頭髮沒有紮成辮子，而是像雁南歸一樣紮了個高馬尾，瀑布般的黑髮垂瀉而下，倒是給嬴萱增添了幾分嬌柔，曾經那強勢的氣場也蕩然無存。

雁南歸上次為了擺脫血萇的追擊也身負重傷，手臂上纏著新換的繃帶，可即便這樣我也能隱隱看到滲出的鮮血。但他的表情卻沒有絲毫的痛苦，彷彿這區區小傷對這個歷經沙場的戰士而言根本不算什麼，反而一副謹慎的表情注視著四周的一切。

文溪和尚是第一次進入這場曠古的噩夢，只是一言不發地跟在我們身後，手中無意地盤著那串黑亮的無患子珠。若不是上次血萇威脅到我的性命，我還不知道文溪和尚竟然還會結印，甚至能祭出如此強大的防禦層，這讓我更加讀不懂這名神秘莫測的和尚了。

夢中夢與普通的夢境並沒有什麼不同，只不過這裡的一切都十分的脆弱，稍微用力一跺腳，這裡的大地便會顫抖；抬手推一把身邊人腰粗的樹幹，就能連根折斷。按照這樣的趨勢，血萇的力量便也會可想而知的衰弱。我低頭看了看自己胸前掛著的那個天眼，已然變成透亮的白色。

我們來到了東郊的地縫處，古墓中的蠱蟲太多，而且空間有限。於是我讓嬴萱埋伏在高處的土坡後面對我們進行掩護，然後讓雁南歸和文溪和尙分別守在地縫兩側，自己隻身進入古墓，以將血覓從古墓中引出來。

「你能行嗎？」文溪和尙顯然不太放心我一個人去冒險，上前摸了摸我的脈搏。

我故作輕鬆地笑了笑，抽出玄木鞭握在了手裡：「放心，我的身體已經無礙了。」

說罷，我不顧雁南歸的勸阻，就彎腰鑽入了地縫之中。

依舊是熟悉的墓道，我落腳極輕，儘量不發出任何能夠驚動血覓的聲音，貼著墓道一側走到石門面前。此時石門虛掩，我稍一側身就能毫不費力地鑽入墓室之中。

我閉氣凝神，迅速鑽入主墓室，然後躲在了右側的角落裡。石棺還完好無損地放置在那裡，上面也仍舊是貼滿了奇怪的黃紙符咒。主墓室裡的油燈是亮著的，說明那妖女血覓此時一定就在這古墓之中。

主墓室畢竟空曠，我打眼一看就知道她並不在這裡。兩側的耳室才是重點，畢竟那些裝著靈蠱的酒罈子就放在耳室之中。我先慢慢貼著牆來到了右側的耳室，酒罈子錯落有致，可是都空空蕩蕩，裡面根本沒有小和尙殘缺的屍塊，看來都已經被血覓盡數喝下了。地上通往少林寺塔林的地道也被一群血蟻塡補，這間耳室裡竟什麼都沒有。

我又以同樣的方式搜尋了另一側的耳室，可仍舊是空無一物，就連那些酒罈子也都空能見底。奇怪……油燈明明亮著，可這裡面的人哪兒去了？

我站在主墓室裡正在苦惱，卻突然感到額頭一涼。我心頭一驚伸手摸去，卻發現是一滴冰涼血水滴落在了我的額頭。

4

壞了！我急忙抬頭看去，就見血莧整個人都貼在墓室頂端，垂下的紅髮和黑紗長裙幾乎要觸碰到了我頭頂的髮絲。她一臉奸笑地看著我，血紅的嘴唇中正往下滴落鮮血，看來，這妖女在我進古墓的時候就已經發現了我，並且迅速喝光了所有的靈蠱，像蝙蝠一樣吊在上面等待我的到來。

「怎麼，你是如何化解奴家的毒蠱的？」妖女怡然自得地貼在墓室頂端，頭一歪，嘴角流下的鮮血又滴落在了我的肩膀上，暈染成一朵黑色的地獄血蓮。

「我福大命大，至於我現在是怎麼完好無損地站在你面前的，你沒必要知道。」我態度冷淡地回答，同時往後退去。

血莧突然發出厲聲刺耳的笑聲：「哈哈哈，姜潤生，你該不會又去換了副身體吧？怎麼樣，讓我嚐嚐這鮮嫩的皮囊到底味道如何？」說著，她突然張大了嘴，血紅的舌頭猛然從口中鑽出，如同會伸縮的橡皮糖一般，長舌「唰」地一下就伸到了我面前，舔在了我的臉頰上。

我急忙側身躲開，與她保持了一定的安全距離，隨即才怒氣沖沖地抬頭衝她喊道：「有本事你下來！」

血莧收回長舌抬手擦了擦嘴角，絲毫不爲所動，衝我拋了個媚眼就翻身換了個動作，雙腳攀附著頂端的石柱，整個人猛然倒吊，雙手垂下，血紅色的長髮就和黑紗長裙一併垂落。由於她的黑裙寬鬆柔軟，因此她這麼一動，肩頭披著的黑紗就順著她絲滑的肌膚褪下，落在了我的腳邊。

她就只穿單層黑裙，然後抬頭看著我，眼眸波光流轉，朱唇輕啓：「哎呀，奴家的衣裳掉了呢。」

我別過頭去不看她肆意裸露在外的身體，頭頂卻一片春光的景象。我在心中不停地思索該如何引她出去。這騷娘兒們明顯是在玩我，軟的不行，不如就直接強攻。

我下定決心，抬手就撕下了玄木鞭上的一道原始天符，迅速唸咒。

「火鈴符，破！」

隨著我的動作，金光閃現，火龍猛然從符咒中噴湧而出，直朝著血莧的紅色長髮就飛了出去。血莧輕蔑地笑了笑側身一躲，雖然躲過了火鈴符的攻擊，但是火苗卻引燃了血莧的長髮。血莧驚訝地看了看我，隨即抬手一揮，一股勁風突襲，火苗便瞬間熄滅了。

她顯然不知道我是通過夢中夢來到這裡的，因此也不會理解自己的敏捷度爲什麼會突然降低。她雙手捧著被燒焦的髮梢一躍而起，落在了墓室中央的石棺上，赤腳踩著我出生的那口石棺，雙眉上揚，眼眸中的怒氣無法掩飾：「姜潤生！我看你是活膩了！」

她話音剛落就抬手揮動著黑色指甲的雙手，一道道黑色勁風隨之而來。我抬手用玄木鞭擋下她的攻擊，同時開始向古墓外面移動。

血莧見我居然能輕鬆躲過她的攻擊，便更加憤怒地大吼一聲，紅色長髮四散開來飄浮在空中，她的肌膚上開始出現了細密的黑色紋路，像是數不清的蟲蟻在她的身上爬行留下的痕跡。我知道這是那些靈蠱的力量，因此提高了警惕。

隨著一陣難聞的惡臭，一股強大的力量就從血莧的體內爆發，我一個趔趄沒站穩就撞在了石壁上。血莧比我想像中的更加強大，雖然力量被削弱，可是如果不拚死一搏我根本不是她的對手。我再次使用火鈴符，幾條火龍纏繞在她的身上，將她逼退。

豈料血莧猛然就突破了火龍，迅速來到了我的身前，一手卡住我的咽喉，讓我根本來不及反應。她抬手一揮，之前掉落在地上的長紗重新回到了她的身上。血莧尖利的指甲已經陷入了我的皮膚之中，滲出了鮮紅的血液。

我根本無力還擊，試圖抬手用玄木鞭攻擊她，可卻被她率先識破，五指一動就將我的手腕劃破，玄木鞭應聲落地。

完了，看來還是我太輕敵。

我脖子上的血緩慢流下，血莧貼近了我的身體，貪婪地用她豐滿的雙唇吻在上面，一滴不落地將我流出的鮮血都盡數吮吸乾淨，末了，還趴在我的耳邊吹著熱氣說道：「太美味了……姜潤生，我簡直太愛你了，根本不捨得將你吃掉。」

我全身一陣發麻反胃，卻不知突然哪裡來的力氣，猛然抬腿就踢向了血莧的腹部：「說過了！我叫姜楚弦！！！」

由於她距離我很近，因此我一腳便將她踢得連連後退。我趁此間隙急忙蹲下拾起玄木鞭，顧不得手臂上的傷，抬手就揮向她。

血莧明顯一愣：「你、你的功力……怎麼會……」

我挑嘴一笑，沒等她反應過來就再次衝向她，玄木鞭正中她的腹腔，只聽噗哧一聲，玄木鞭便刺穿了血莧的身體。

結束……了麼？

血莧瞬間厲聲尖叫，腹部湧出了無數的污血。一時間，所有的血蟻都從洞穴中爬了出來，瞬間就塡滿了墓室。我和血莧被這些血蟻簇擁著帶出了古墓，守在外面的雁南歸見狀連忙拉起文溪和尚就向後退去。血蟻組成了紅色的浪潮，一舉淹沒了古墓的入口。

就在我以爲事情結束了的時候，我身下的血莧卻突然抬頭衝我笑了笑，然後她自行站立起來猛然往後退去，插在她體內的玄木鞭便被抽了出來，上面沾滿了膿血。血莧卻像是根本沒有事情一樣站在那裡衝我嬌笑，隨即，所有的紅色螞蟻都通過玄木鞭的傷口鑽入了血莧的體內，瞬間，血莧破損的身體便又恢復如初。

「哈哈哈，我管你叫姜潤生還是姜楚弦，不管你用了什麼方法，你也註定贏不了我！」血莧一躍而起，雙手交叉，黑色的十字斬瞬間就直衝我而來，我根本無處躲閃。

就在這千鈞一髮之際，一支黑色的利箭呼嘯著朝血莧直奔而來。血莧身子一歪，十字斬也就偏離我的位置打在了身後的大樹上。我驚喜地轉頭看去，就見遠處的嬴萱一腳踩著凸起的石塊，雙手拉弓，被風揚起的黑髮如同勝利的旌旗，正威風凜凜地看著我們。

太帥了。我從心底由衷讚歎。

可是血莧根本不在乎，雙臂交叉就將自己的十指掐入了自己的肩膀裡，雙手沾滿血的血莧大手一揮，膿血落地，就瞬間變成了數十個強壯的鬼豹族人，揮舞著巨斧和鐵錘朝我們撲了過來。

雁南歸飛身上前，青鋼鬼爪冷光一閃，一名上前的鬼豹族人瞬間就屍首分離：「這裡交給我們！你專心對付那妖女！」雁南歸側身對我說道，同時揮爪轉身，阻擋了一名撲向我的鬼豹族人。

遠處的嬴萱也拉滿了弓箭射向這些如同獸人的強壯敵人，文溪和尚手持佛珠默唸經文，爲他們二人鍍上了一層橙光。我感激地看了他們一眼，就握起玄木鞭站起身，直面血莧。

「你的對手是我！」我絲毫顧不上傷口的疼痛，抬手就將玄木鞭朝著她的胸口揮去。血莧連連躲閃，因敏捷度隨著夢境疊加過濾而衰弱，好幾次都沒有躲過，被我擊中了身體要害。

血莧顯然變得十分吃力了，雖然她的身體被血蟻重組，可是力量卻也流失了不少。她的利爪一次次蹭著我的身體掠過，有幾次甚至劃破了我的皮膚。

「不可能！我絕對不會輸給你！」血莧瘋狂地揮爪，血紅色的頭髮狼狽地糾結在一起，身下的紅色螞蟻越來越少，我知道，她的補給能量來源已經耗盡。

時機成熟，我猛然直擊血莧的胸口，她被我強大的力量震得連連後退，肩上披著的黑紗也早已破損得不成樣子。我迅速抬手將玄木鞭橫在眼前，撕下原始天符，感受到體內湧動的暗流，腳下如同生根，從大地中汲取不盡的能量。我將黃符甩向空中，手畫符文，同時單手持玄木鞭刺穿黃符唸出咒法：「陰陽破陣，萬符通天！」

崩裂的金花從玄木鞭上炸裂開來，無數條金光閃現，流星閃爍，金光如同無數條有生命的捆仙繩朝著遠處的血莧飛去。

「捉神符，破！」隨著我的一聲令下，那些金光如同流星般滑落在血莧的四周，金色的軌跡瞬間便將血莧包裹在其中，她的腳下同時也出現了金光匯成的圖陣。我雙手持玄木鞭努力控制住這股強大的力量，只見金光收縮，一個金光閃閃的牢籠準確地罩在了血莧的身上。

成了！我心中大喜。

可是事情並不如我所願。被金光束縛的血莧不甘心就此失敗，力量突然大增，幾乎要衝破我的封印。我的雙腳陷入了土地，這脆弱的夢境在如此激烈的戰鬥中幾乎就要坍塌。

我必須在夢境坍塌之前將血莧收服，不然將會功虧一簣！我雙臂用力握緊玄木鞭，可它卻因血莧的掙扎而發出強烈的震動。我努力控制住自己的身子不被這強大的力量突破，暴起的青筋清晰可見，我咬緊牙關，不敢有一絲的鬆懈。

金光收縮，血莧卻在頑強抵抗。漸漸地，我體力逐漸不支，控制著玄木鞭的雙手也漸漸疲軟。不行，我不能就這麼放棄！！

血莧奸笑著用盡全力與捉神符抗衡，幾乎讓我招架不住。

不行……現在所有的希望都寄託在我的身上，如果我失敗，靈琚將因此失去生命，嬴萱他們將因此陷入雙重的夢境中永遠無法脫離，衛輝將陷入萬劫不復的深淵……這一切於我而言，本身就十分沉重。而此刻所有的希望，都在我手中的這柄玄木鞭上！

我的身後空無一人，怎麼敢輕易倒下？

5

不行了……我的力量已然耗盡，我畢竟只是個普通人，面對鬼豹族妖女強大的體能，我根本不是她的對手！

對不起……我眞的盡力了。

我感受到自己的身體正在逐漸放鬆，手中玄木鞭強烈的震動已經無法控制。我雙腳一軟，跪倒在血莧的面前。我的雙眼已經模糊，眼前的黑衣血莧已然看不清輪廓，而捉神符因爲我的鬆懈而變得恍惚不定，幾乎要被血莧衝破。

「誰說你的身後空無一人，你把我忘了麼？」突然，冰冷卻熟悉的聲音從我的耳邊傳來，一股強大的力量將已經跪坐在地的我一把攙扶起來。我顫抖的雙手順便被一雙溫熱的大手握住，玄木鞭也因此而停止了強烈的震動。

我驚訝地轉頭看去，卻見雁南歸仍舊面無表情的，卻十分堅定地站在我的身邊握緊了我的雙手。由於有了他的支撐，我便能夠繼續站起來戰鬥，維持玄木鞭的力量，使捉神符能夠繼續收縮。

「還有我！」文溪和尚此時也從我的另一邊站到了我的身旁，同樣握起了我的雙手，將玄木鞭用力抬起。

「怎麼可能少了我！」嬴萱一把丟下弓箭來到我的身後，用背部抵住我的後腰，用力支撐起了我痠軟的雙腿。

三雙手握緊的玄木鞭，和身後那安穩的支撐，讓我早已經疲憊的身心重新找到了力量的源泉。是啊，我並不是孤身一人，若是沒有身邊這些朋友的支持，我定不會走到今天，也正是因爲他們對我的信任，才讓我感受到自己從未想像過的力量。

我挺直了脊梁怒目朝已經被金光包裹的血莧喊道：「妖女！你搶拐少林幼僧，殘忍煉製邪蠱，殺害無辜百姓，令數以百計的衛輝村民陷入噩夢之中……你，可覺悟？！」

血莧身體痛苦地扭曲著：「姜潤生……我是愛你的！」

「不知悔改，別怪我沒有手下留情！阿巴！」我抬手揮動玄木鞭，金光瞬間將血莧壓縮到拳頭大小，阿巴及時化作獸形，一口便吞下了那妖女最後的身形。

「姜潤生……我詛咒你！不管你換幾副身軀，你的命運也永遠逃不出這可悲的輪迴！」

隨著血莧最後淒厲的呼喊，眼前的一切便消失了。我們腳下的夢境也因激烈的打鬥而發生了坍塌，我眼前一黑就失去了重心。

白光閃現，我看到了血莧殘存的記憶。她的記憶淩亂不堪，各種片段堆積交織在一起，揮灑在我們的眼前。

先是五十年前血莧與我師父相愛的那段記憶。血莧身爲鬼豹族四長老之一，視我師父爲宿敵，三番兩次聽從鬼豹族族長申應離的指示對我師父痛下殺手。鬼豹族族長申應離乃是申公豹後人，爲人古怪，神秘莫測，沒有人知道他眞正的模樣。申應離手下有鬼豹族四大長老，分別是善於控制昆蟲的妖女血莧、力大無窮的獸人血竭、工於心計蠱惑人心的法師鬼臼、操控業火的獨眼老太昔邪。

而我師父不知爲何，竟主動承擔起了保護天晷不被鬼豹族奪取的重任，除了那次南極門大戰，師父之前也曾數次對守門的四大神獸族人提供幫助，甚至不惜與鬼豹族血莧針鋒相對。二人相愛相殺，終歸是兩敗俱傷，糾結的禁忌之愛痛苦折磨著這兩個人，最終在一次忘情的雪地擁吻下，我師父抬起了玄木鞭毫不猶豫地揮向血莧，她的臉頰上便留下了那道傷疤。師父動用五行符咒一舉將血莧擊落山崖，而後跪坐在雪地裡默默流了一整夜的淚，才裹緊了灰布長袍離開了衛輝。

緊接著是血莧在山崖下控制昆蟲來幫助她恢復力量的記憶。她被深深的怨念所控制，恨意督促著血莧重生。那是一段漫長卻毫無天日的折磨……直到現在，血莧才終於恢復了力量，回到衛輝，製造了一場曠古的通連噩夢。

噩夢產生的恐懼被血莧化作了可以吞噬一切的黑雲，交予同為鬼豹族四長老之一的血蝎率軍攻打南極門，也就是那日在雁南歸夢境中見到的最後令戰局反轉的黑雲，也是最後屠殺朱雀神族的那一片滾滾黑雲……原來，那可怕的武器竟是來源於人類的恐懼。恐懼產生的強大邪惡力量，竟一舉將守衛天暑的朱雀神族化為灰燼。

血莧最後的記憶，停留在了一名陌生的黑衣少女身上。那名少女留著一頭齊耳短髮，膚白如雪，五官卻極為俊朗，若不細看，根本無法認出她是女兒之身。她雙目空洞，像是沒有自主思維的傀儡，手持一柄圓刀跟隨在血莧的身後。她們二人來到了一處陰森的吊腳水樓，血莧親手將這名黑衣少女交到了吊腳樓中的一名瘦弱的黑袍男子手中。

記憶到此為止，白光逐漸渙散，我們都通過雙重夢境安然無恙地回到了客棧中。靈琚還在熟睡，身上散發著酒氣，好像時間並沒有過去多久一樣。血莧的記憶中並沒有任何關於我與我師父身分的線索，也沒有提到過我師父最終到底去向何方。我看著同樣是一身傷痕的大家，苦笑著搖了搖頭。

第二日，衛輝恢復了往日的光彩，村民們的臉上浮現出了久違的笑容。我們四人雖然都是一身傷痛，可看到眼前的景象，卻也是跟著由衷地笑了起來。我不求拯救蒼生，只想好好保護身邊的人；不求成爲千古流芳的英雄，只想所到之地的人們都幸福安康。

噩夢消散，衛輝恢復了正常。

我們來到古墓，用周遭的黃土和枯草將古墓裂開的地縫嚴實地填上，避免再有人不小心誤入古墓。

做完這一切，我們來到黃袍鄭的麵魚店，一人吃了一碗香辣的麵魚，吃得個個大汗淋漓。靈琚坐在我的大腿上抬手搭涼棚望向遠方柔和的太陽，甜膩的笑容綻放在臉頰上。

「師父，爲什麼大家見了我們都這麼開心？」靈琚放下小手，疑惑地眨著眼問我。

我笑著抱起她遞給身邊的雁南歸，雁南歸接過就將靈琚扛在了肩頭。我起身去結帳，老闆卻怎麼也不肯收我們的錢，無奈，我只好轉身離開。

你是驅散他們噩夢的使徒，撩撥開陰鬱的烏雲，讓和暖的日光傾瀉灑落在這座歷史悠久的小城，人們又怎會沒有一顆感恩的心，用最廉價也是最寶貴的笑容來回報我們呢？

我們說笑著走向遠方，陽光拉長了我們五人的身影。這條漫漫長路雖然走得十分艱難，可是有了他們的陪伴，我走得也並不是那麼孤單。前方還有更多未知的險阻和未解的謎題在等待著我，讓我們不得不攬一縷清風，即刻上路。

食夢先生
中州卷

作　　者　金子息
總 編 輯　莊宜勳
主　　編　鍾靈
出 版 者　春天出版國際文化有限公司
地　　址　台北市信義路四段458號3樓
電　　話　02-7718-0898
傳　　眞　02-7718-2388
E－mail　frank.spring@msa.hinet.net
網　　址　http://www.bookspring.com.tw
部 落 格　http://blog.pixnet.net/bookspring
郵政帳號　19705538
戶　　名　春天出版國際文化有限公司
法律顧問　蕭顯忠律師事務所
出版日期　二〇一七年八月初版
定　　價　399元

本書中文繁體版由四川一覽文化傳播廣告有限公司代理，
經金麻雀文化傳媒有限公司授權出版

總 經 銷　楨德圖書事業有限公司
地　　址　新北市新店區寶興路45巷6弄6號5樓
電　　話　02-8919-3186
傳　　眞　02-8914-5524
香港總代理　一代匯集
地　　址　九龍旺角塘尾道64號 龍駒企業大廈10 B&D室
電　　話　852-2783-8102
傳　　眞　852-2396-0050

ISBN 978-986-95077-8-3

國家圖書館出版品預行編目(CIP)資料

食夢先生. 中州卷 / 金子息作. -- 初版. -- 臺北市
: 春天出版國際, 2017.07
　面；　公分. -- (金子息作品；1)
ISBN 978-986-95077-8-3(平裝)

857.7　　　106011918